The perfect match

The Perfect match

초판 1쇄 찍은 날 § 2006년 1월 3일
초판 1쇄 펴낸 날 § 2006년 1월 13일

지은이 § 박미연
펴낸이 § 서경석

편집장 § 문혜영
편집책임 § 이종민
편집 § 한지윤

펴낸곳 § 도서출판 청어람
등록번호 § 제1081-1-89호
등록일자 § 1999. 5. 31
어람번호 § 제5-0075호

주소 § 경기도 부천시 원미구 심곡1동 350-1 남성B/D 3F (우) 420-011
전화 § 032-656-4452 팩스 § 032-656-4453
http://www.chungeoram.com
E-mail § eoram99@chollian.net

ⓒ 박미연, 2006

ISBN 89-5831-910-0 03810

※ 파본은 본사나 구입하신 서점에서 교환하여 드립니다.
※ 저자와 협의하여 인지를 붙이지 않습니다.

The perfect match

퍼펙트 매치

도서출판 청어람

프롤로그 .. 7 • 제1장 .. 13 • 제2장 .. 54
제3장 ... 109 • 제4장 ... 216 • 제5장 ... 308
제6장 ... 353 • 그리고 그 후… ... 369
작가후기 ... 382

프롤로그

신성의료원 응급실에 환자가 가장 적은 한적한 오후 시간, 느닷없는 대형 교통사고로 인해 수많은 환자가 모여들었다. 병원 의사들이 총동원된 응급실은 방금 전에 한적했던 흔적은 찾아볼 수 없는 전장의 임시 진료소를 방불케 했다. 의식있는 환자들은 서로 자신이 제일 아프다며 험한 소리로 아우성치고, 한쪽은 갑작스럽게 찾아온 가족의 죽음을 실감치 못하는 보호자들의 끊임없는 통곡이 이어졌다.

아픈 사람들의 처절한 신음과 통곡이 엉겨붙어 도저히 제정신으로 서 있지 못할 곳에 갑작스러운 소란이 일어났다. 한눈에 사설 경호원임이 드러나는 검은 정장을 입은 여러 명이 응급실 안을 들이닥쳤다. 그들은 누군가를 찾는 듯 시체를 덮은 시트를 거칠게 들추어내고 심지어 진료를 보고 있는 의사마저 밀치며 환자의 얼굴을 확인하는 일까지 서슴없이 벌였다. 그러나 누구 하나 말리지 못하고 겁먹은 얼굴로 앉아 그 모습을 보고만 있었다.

"찾았나?"

응급실 문을 열고 들어오는 남자의 목소리에 검은 정장을 입은 경호원들은 일사불란하게 남자의 앞에 모였다.

"없습니다."

남자는 안도의 한숨을 내쉬고 구두코를 돌려 응급실을 나가려 했다. 그때 갑작스럽게 앰뷸런스의 사이렌 소리가 들려오자 그 남자는 고갯짓으로 경호원에게 확인 명령을 내렸다.

앰뷸런스에서 옮겨지는 침대를 뒤로한 채 다가오는 경호원은 누구 하나 고개를 들지 못하고 침통한 목소리로 말했다.

"아가씨입니다."

남자는 그들의 말에 알았다는 손짓만 하고는 구석으로 옮겨진 여자를 보았다. 남자는 여자의 모습에 터져 나오려는 외마디 비명을 삼키며 충격이 가득한 얼굴로 주변을 물렸다. 여자의 얼굴은 머리에서 흐르는 피로 인해 검붉은 색으로 물들어 있었다.

"너 왜 이래? 왜 이렇게까지 하는 거야?"

묵묵부답인 여자의 머리에서 계속해서 흐르는 피로 인해 그나마 군데군데 남아 있던 하얀 피부는 금세 사라졌다. 남자는 그 모습이 안타까운 듯 여자의 얼굴을 자신의 손으로 닦아냈다. 남자는 눈을 뜨지 않는 여자의 몸을 두 손으로 붙잡고 흔들었다. 여자의 몸이 몇 번 흔들리더니 눈꺼풀을 힘겹게 올렸다.

"혁준 씨…… 왔구나. 혁준 씨, 목소리가 들렸어."

여자는 힘겹게 말을 이으며 한 손을 위로 올리려 했다. 혁준은 그 모습을 보고 여자의 손을 말없이 꽉 잡아주었다.

"나 행복했어. 너무 행복해서 도망가나 봐. 당신 옆에 유일한 여자로 있을 수 있어서 행복했어. 고마워."

혁준의 눈에서 한 방울의 눈물이 볼을 타고 흘러내렸다. 2년 전 대학 졸업과 동시에 이루어진 약혼, 피를 흘리고 죽어가는 여자는 혁준의 약혼녀 박지현이었다. 비록 정·재계가 만나는 정략적 약혼이었지만 서로의 곁을 내주는 유일한 사람이라는 의미가 부여된 사이였다. 그런 지현에게 죽음의 그림자가 아주 짙게, 그리고 선명하게 그녀 위에 드리워져 있었다.

"나 말고 아무도 사랑하지 않은 당신 때문에 행복했어. 억지로 당신 옆에 나를 두었다면 지금처럼 행복하지 못했을 거야. 나 특별했지?"

혁준은 지현이 말을 할 때마다 입에서 흘러나오는 피를 보자 어쩔 수 없이 거짓 대답을 해야 했다.

"특별했어. 나한테 특별했어."

혁준이 두 번이나 강조를 하며 대답해 주자 지현의 피범벅이 된 얼굴 속에서 아주 희미한 미소가 나타났다. 한참을 숨을 헐

떨거리며 가슴이 심하게 들썩이고 난 후에야 지현은 다시 입을 열었다.

"사랑하지 말고 살아요……. 너무 힘들어. 이렇게 힘들 줄 몰랐어. 나 지금 가는 거 억울하다……. 당신 옆에 오래 못 있어서 사랑받지 못한 거잖아. 나 하나만…… 가슴에 담아두라고 말할 수밖에 없어 미안해요. 사랑…… 하지 말라고 말하는 내 이기심이…… 미워."

그녀는 중간에 몇 번이나 입 밖으로 쏟아져 나오는 피로 인해 말이 끊어지면서도 끝까지 멈추지 않았다. 혁준은 그런 그녀에게 힘없이 고개를 아래위로 끄덕였다.

"알았어. 아무도 사랑하지 않을게."

지현은 머리에서 쏟아져 내리는 출혈로 인해 눈이 감기면서도 힘겹게 혁준의 손을 잡고 있었다. 그러나 그녀의 손은 대답을 다 듣지도 못한 채 스르르 힘이 빠져 버렸다. 그녀가 살아생전 그토록 기다리던 그의 대답은 죽은 후에나 듣게 되었다. 혁준은 지현의 늘어진 손을 침대 위에 가지런히 놓아준 후 초점을 잃고 떠 있는 눈을 한 손으로 감겨주었다.

"편히 가. 미안해."

〈야당 박인석 원내대표의 외동딸인 박지현 씨가 오늘 오후 88도로의 5중 추돌 사고로 3시 30분경 신성의료원 응급실에서 숨졌다. 故 박지현 씨는 신성그룹 후계자인 김혁준 씨의 약혼녀이며 국회

의사당 인턴사원으로 근무했다. 사고 목격자들은 박 씨가 의도적으로 차를 들이받았다는 진술을 내놓았다. 사고와 관련해 박 대표는 가정사이므로 취재를 자제해 주기를 요청했으며 故 박지현 씨의 임종을 지켜본 약혼자 김혁준 씨와 신성그룹은 공식적 입장 표명 없이 함구하고 있다. 장례는 3일간 가족장으로 치러지며 이 기간 동안 박 대표의 모든 일정은 취소되었다.〉

5년 후, 납골당.
"오랜만이지?"
혁준은 지현이 죽은 후로 처음 찾아온 납골당 유골함 앞에 섰다. 유리문 안으로 보이는 약혼 사진과 약혼반지 한 쌍은 잔뜩 먼지가 내려앉아 이전의 색깔을 잃어버린 채 형태만 남아 있었다.
"이렇게까지 네가 쓸쓸하게 지낼 줄 몰랐다. 사람 불러다 청소도 시키고 네가 좋아하던 것도 챙겨다 놓으라고 해야겠다."
혁준은 유리문을 열어 반지를 꺼내 쌓여 있는 먼지를 손수건으로 털어내기 시작했다. 지난 시절의 물건들은 보자 애써 지웠던 기억들이 떠올라 씁쓸해졌다.
"네가 떠난 지 벌써 5년이 흘렀으니, 시간이 참 빠르다."
조용한 납골당 안에 혁준의 혼잣말은 메아리치며 퍼져 나갔다.

"사랑하는 사람 없어. 때론 내가 너도 사랑하지 않았는데 다른 누굴 사랑할 수 있겠냐는 생각이 들어. 너라는 애 그리워. 밝게 웃고 조잘대던 그 모습 그리워. 하지만 사랑이 아니어서 지금도 너를 생각하면 미안해. 앞으로도 없을 것 같아. 만족하니?"

혁준은 먼지를 다 털어낸 액자와 반지를 조심히 넣어놓고 앞에 서 있었다. 그는 유리문 안에 있는 유골함이 자신이 던진 질문에 대답을 해주기를 기다리 듯 한참을 서 있었다가 아쉬운 눈길을 남기고 돌아섰다. 두 발자국 걸어가던 그가 갑자기 몸을 반쯤 돌려 유골함에 대고 머뭇거리며 그녀가 앞에 있는 듯 마지막 말을 조심히 꺼냈다.

"나 결혼할 것 같아. 너 힘들겠지만 나 축하해 줘라."

1

육 년 전, 작은아버지의 외동딸이자 나에게 가장 소중했던 사촌인 은선 언니는 대학 때부터 한 남자와 사 년간 사랑을 키워왔다. 예술을 하는 가난한 남자를 받아들일 수 없었던 작은아버지는 둘을 허락하지 않았다. 극심한 반대에도 불구하고 은선 언니는 지난 사 년간의 사랑을 단지 돈에 의해 저울질할 수 없다며 헤어지지 않겠다고 버텼었다. 작은아버지의 지속되는 압박에 지쳐 갈 때쯤 둘은 끝내 동반자살을 선택했다. 차가운 시체로 우리 곁에 돌아온 언니의 얼굴엔 우리가 본 적 없는 너무나 행복한 미소가 그려져 있었다. 아마도 마지막까지 그 남자와 같이할 수 있었기에……. 비극적 결말과 어울리지 않는 아름다운 미소가 온 집안

식구들의 가슴을 더욱더 아프게 했다. 언니의 장례식은 치러지지 않았다. 작은 아버지의 자존심을 무참히 짓이겨 버린 자식의 마지막을 절대 인정하고 싶지 않아—어쩌면 하나뿐인 딸의 죽음을 인정하고 싶지 않아서—절에 조용히 안치되었다.

그리고 육 개월 전, 나의 가장 친한 친구 병현이는 집안의 번영을 위해 사랑하는 여자를 자신의 손으로 놓았다. 미국 유학 시절 만났던 그 여자는 사생아였다. 그녀는 고지식한 병현의 부친에게 냉소적인 무시를 받고 견디지 못해 스스로 떠나기로 결정했다. 떠나기로 결정한 이후, 병현이는 모든 절차를 자신이 준비해 주고 그녀가 가는 마지막 모습을 공항에서 몰래 지켜보았다. 아쉬워 몇 번이나 돌아보는 그녀를 쳐다보다 병현은 끝내 두 눈에서 굵은 눈물을 쏟아내었다. 시간이 얼마 지나지도 않아 그는 다른 여자의 손을 잡고 결혼식장으로 들어갔다. 그는 결혼식 선서에서 평생 사랑하겠냐는 질문에 '네'라는 짧은 말로 맹세하고는 고개를 들지 못했다. 결혼식 내내 숙이고 있던 고개 속에서 나는 한 남자의 죽어버린 심장을 보았다. 그리고 두 여자의 불행을 예견했다.

아픈 사랑은 두 사람만의 불행으로 끝나지 않는다. 주변에 그 아픔을 전달해 고스란히 가슴에 묻어두게 만든다. 나는 그렇지 않았으면 좋겠다. 나는 모두에게 축복받는 사랑만 하고 싶었다. 나에게 모든 것이 허락된—내가 가지고, 누리고 있는 것들을 외면하지 않아도 되는—그런 사랑을 하고 싶었다. 하지만 그 어떤 사랑에도 최소한의 고통이 따른다는 것을 몰랐다. 그리고 난 그 고통을 절대로 겪지 않을 거라는 오만한 생각에 휩싸였었다.

―은수의 일기장 中에서.〉

  정 회장댁은 오랜만에 북적거리며 웃음소리가 끊이지 않고 있었다. 결혼 후 분가한 큰 아들인 은석 식구와 졸업과 동시에 독립을 원해 나가 사는 작은 아들인 은혁, 그리고 막내딸인 은수까지 큰 거실에 모여 앉았다. 탁자 위에 풍성한 과일 접시는 덩그러니 놓여 손 한 번 타지 않고 그대로 있었다. 삼 남매는 하나뿐인 조카의 재롱에 넋을 놓고 정신없이 아이의 움직임만 따라 다니기 바빴다. 그와 달리 정 회장은 친손자의 재롱조차 보지 않고 미간을 찌푸리며 막내딸을 보고 있었다. 평상시 같지 않은 남편의 행동을 눈치챈 김 여사가 말을 걸었다.
  "여보, 오늘 무슨 일 있어?"
  "일은 무슨 일?"
  "아니, 저녁 내내 당신이 은수만 보고 있어서 그렇죠."
  "저요?"
  은수는 자신의 이름이 나오자 조카에게 고정되어 있던 눈을 정 회장 쪽으로 돌렸다.
  "혹시 김혁준이라고 누군지 기억하겠냐?"
  "작은오빠 친구 아니에요? 아, 맞다. 돌아가신 김 회장님 아드님 아닌가?"
  "맞다."

혁준이라는 이름이 나오자 삼 남매의 시선은 모두 정 회장에게 꽂혔다. 더구나 여기 모인 사람들 중 김혁준에 대해 모르는 사람이 없을 텐데 되묻는 그의 의중이 궁금해 모두 다음 말을 기다렸다.

"혁준이가 버팀목이 필요할 것 같다. 난 김 회장이 그렇게 갈 때 이미 혁준이를 내 품 안에 자식과 다를 바 없다고 생각했다. 이미 회사에 사장으로 주총은 통과했지만 생각보다 적이 너무 많아. 이번에는 내가 나서줄 차례야."

은수는 직감적으로 무엇을 뜻하는지 알았다. 손을 내밀어 도움을 주는 것보다 가족이라는 울타리로 묶은 결속력으로 더 큰 시너지 효과를 낼 수 있다는 것은 한국의 독특한 사업방식 중 하나이다.

"여보?"

김 여사는 뜻하지 않은 정 회장의 말에 놀라 허리를 꼿꼿이 펴고 그를 쳐다보았다. 비단 김 여사뿐만 아니라 집안 식구들의 눈은 정 회장과 은수를 번갈아 보았다.

"도와드리세요. 안 될 이유가 없잖아요?"

담담하게 말을 하는 은수 때문에 모두들 당황한 얼굴로 그녀를 보았다.

"저 외계인이 미쳤군."

김 여사는 작은아들인 은혁의 말에 눈을 흘기면서 은수의 손을 다정스럽게 잡았다.

"은수야, 지금 아버지의 말은 평범하게 자금이나 인력으로 도와준다는 게 아니란다."

김 여사는 침착하고 다정스러운 어조로 말했으나 불안한 음성까지는 숨길 수 없었다.

"알아요. 나도 결혼할 나이가 됐고 이왕이면 사위로 삼아서 마음껏 도와주고 싶다는 거 아니에요? 가족으로 묶인다면 주위에서 보는 눈도 한결 부드러워질 테고 작은오빠 친구인 것만 빼면 나쁠 것 없잖아요?"

은수는 말수는 별로 없었지만 항상 의중을 잘 헤아려 식구들의 어여쁨을 받았었다. 그러나 모두들 은수가 차분하고 담담한 표정으로 자신의 결혼을 받아들이자 놀라지 않을 수 없었다. 갑작스러운 차가운 분위기에 예민한 조카가 울음을 터뜨리자 큰며느리는 아이와 함께 위층으로 사라졌다. 잠시 침묵이 흐르는 가운데 서로 서로 눈치만 보고 누구 하나 입을 여는 사람이 없었다.

"그렇지만 네가 따로 생각해 둔 사람이 있다면 난 구태여 이 결혼을 성사시킬 생각은 없다. 도움은 어느 방법으로든 줄 수 있는 것이니 찬찬히 깊게 생각해 봐라. 난 단지 혁준이가 네 짝으로 괜찮다 싶어 꺼낸 말이니……."

정 회장은 은수의 대답에 적잖이 당황해서 말끝을 흐리며 자리에서 일어나 서재로 들어갔다. 김 여사도 앉아 있는 삼 남매를 훑어보고는 남편을 따라 서재로 사라졌다.

"미쳤냐?"

은혁의 말에 은수는 고개를 갸우뚱거리며 입가를 살짝 움직여 미소를 만들었다.

"형, 저거 진짜 미쳤네. 웃는 것 봤지? 우리는 다 심각해 죽으려 하는데 혼자 웃고 있어. 야, 너 어느 별에서 왔어?"

"작은오빠!"

은수의 고함 소리에 은혁은 양손으로 귀를 막으며 혀를 쏙 내밀었다. 은석은 그 모습에 혀를 내두르며 걱정스러운 눈빛으로 은수에게 말을 건넸다.

"은혁이 말 무시해라. 근데 무슨 생각으로 아버지 제의를 받아들인 거니?"

"별생각없어요. 당장 결혼하라는 것도 아니고, 싫다고 할 필요도 없고, 어차피 할 결혼 하면 하는 거지 문제될 게 없는 것 같아요."

은수가 심드렁한 표정으로 대답하자 은석은 낮은 한숨을 내쉬고는 위층으로 아이를 데리고 사라졌던 아내를 찾으러 자리에서 일어났다.

"어이 외계인, 유에프오는 언제 온다니?"

"몰라. 우리 별에서 나 버렸나 봐."

은수는 은혁의 말장난을 받아줄 여유가 없어 말을 잘라 버렸다. 겉으로는 담담한 척했지만 생각지 않았던 결혼 제의, 식구들 반응, 그리고 마음 한구석에서 요동치는 또 다른 자신의 소리까지 견디어내기에는 짜증스러운 밤이 되어버렸다.

"혁준이가 어떤 놈인 줄이나 아냐? 여자는 사랑을 먹고사는 동물이야. 네가 아무리 네 안에 잠재하고 있는 사랑을 인정하지 않으려 해도 무의식중에 사랑을 찾게 될 거야. 그런데 혁준이란 놈은 너에게 그 사랑을 평생 줄 수 없을지도 모르는 놈이야. 그것만 알아둬."

은수의 머리 속은 은혁의 갑작스런 말로 인해 수많은 선들이 이리저리 얽히고설킨 듯 복잡해졌다.

"오빠, 난 사랑이 뭔지 몰라. 알 필요도 없어. 왜 사랑으로 인해 아파하면서 감정을 소비하고 눈물 흘리며 처절히 무너져야 하는데? 난 편한 게 좋아. 더구나 난 사랑이 필요한 게 아니라 내 자리가 필요할 뿐이야. 한 남자의 아내, 아이들의 엄마. 이게 내 자리잖아? 사랑이 없어도 가능한 자리잖아."

"난 차라리 네가 싫다고 했으면 좋겠어. 모두에게 축복받는 자리일 수는 있어도 외로운 자리가 될지도 몰라."

"그건 내 결정이야."

은혁은 차갑게 대답하는 은수 때문에 더 이상 말을 잇지 않았다. 하고 싶은 말이 많지만 이미 은수가 선택했기 때문에 속으로 다 하지 못한 말을 내뱉는 날이 올 것이라 생각했다.

'혁준이는 네게서 사랑을 끄집어낼지도 몰라. 어쩌면 너와 혁준이가 공유하는 사랑이 아니라 철저히 너만의 사랑으로 말이야. 혁준인 사람들이 모르는 아픔이 있거든. 그래서 난 말리고

싶은 거야. 혼자 하는 사랑이 얼마나 힘든지 겪어보지 않으면 몰라.'

"정은수, 넌 왜 그동안 사랑을 쓸모없는 감정이라 부정했다고 생각하니?"

"쓸모없는 것에는 이유가 없어."

"넌 아무도 반대하지 않는 오로지 모든 사람이 축복하는 그런 사랑을 하고 싶었던 거야. 조건으로는 반 이룬 거다."

"할 말 없어."

은혁은 위층으로 올라가는 은수의 뒷모습을 보면서 마음이 복잡해졌다.

'정은수, 하지만 나머지 반은 혁준의 손으로 옮겨졌다. 어찌 끝나게 될지는 나도 장담 못하겠다.'

"외계인, 너 오늘 혁준이 만난다면서?"

은수는 집에서 아버지에게 혁준에 대한 말을 들은 지 일주일째 되던 날, 김혁준으로부터 약속 장소와 시간, 그리고 그의 이름 딱 세 줄이 적힌 문자를 받았다. 처음 문자를 받았을 때의 마음은 무례하다고 여기고 불쾌했지만 시간이 지날수록 전화로 어색하게 말하거나 비서진을 보내 통보했다면 더한 불쾌감을 느꼈을 거라고 여겨졌다.

"사랑하는 동생에게 하고 많은 애칭 중에 외계인이 뭐야? 내가 어디가 외계인 같아? 지극히 매력적인 정상 지구인이구만."

은혁은 냉랭하게 톡 쏘는 은수의 말에 장난스럽게 웃으며 은수의 책상에 몸을 기댔다. 은수 쪽으로 몸을 숙인 은혁은 손짓으로 그녀에게 가까이 오라 했다.

"어느 외계인이 나 외계인이요, 하고 말하겠냐? 네 별에서 지구인의 발달된 문명을 염탐하라고 널 보냈지만 우리 식구들, 특히 이 멋진 나에게 반해서 배신을 때린 걸 난 알고 있지. 정상적인 지구인 행세를 한다고 해도 한때 안드로메다를 연구하던 나의 능력을 속일 수 없어. 너의 별 이름은 무엇이냐? 사실대로 말하면 과학자들에게는 이 사실을 숨겨주겠다."

 은수는 은혁의 장난에 코웃음을 치고 자기 앞에 보이는 은혁의 가슴팍을 두 손으로 힘껏 밀었다. 뒤로 밀려나면서 휘청거리던 은혁은 중심 잡고 서서 은수를 노려보았다.

"정 이사님, 오늘 회의에 불참하실 경우 회장님께서 카드를 정지시키겠다는 말을 꼭 전하라 하셨습니다. 더불어 오늘 회의에도 불참하실 계획인 이사님의 귀를 이 외계인 비서께서 친히 잡아당겨 회의실로 데려갈 작정이니 조용히 따라와."

"야, 야! 이거 안 놔? 존경해 마지않는 오빠한테 이런 식으로 대하면 미 국방부에 바로 연락한다. 너 X—파일 못 봤냐?"

 은수는 계속 구시렁대는 은혁의 귀를 놓지 않고 터벅터벅 걸어갔다. 은혁은 괜히 사무실로 들어와 끌려가는 게 못마땅했다.

"허튼소리 그만 해. 아까 책상에 있던 만화책 존경해 마지않는 오빠 자리에 갖다 놓았으니, 걱정 마시고 회의 주제나 한번 훑어봐."

"오냐, 고맙다! 그런 일은 제대로 하니 내가 차마 비서로서 널 자르지 못하는 거지. 어차피 회의 늦게 끝날 테니 먼저 퇴근해라. 혁준이 놈한테 안부나 전해줘."

"알았어. 얼른 들어가서 살펴봐."

"야, 외계인. 오늘 회의 주제는 1/4분기 마케팅 전략 실패에 따른 새로운 전략수립 및 대책회다. 잘 가라."

은수는 회의장 앞의 육중한 문 앞에서 넥타이를 고쳐 매고 손을 흔들며 들어가는 은혁을 보면서 가벼움과 진지함, 서로 다른 면을 완벽히 조화하고 있는 은혁이 신기했다. 그런 면에서 은수는 그의 절친한 친구인 김혁준이 그와 비슷하지 않을까 하는 기대감까지 생겼다.

서울호텔.

김혁준과의 약속 시간 한참 전에 도착한 은수는 막 로비 문을 통과하면서 핸드백을 열어 휴대폰을 꺼냈다.

"네가 매일같이 자랑하던 티 라운지다. 오랜만에 왔으니 삼 분 내에 내려와."

한눈에 나무로 둘러싸인 티 라운지가 들어왔다. 여러 종류의 초록색 나무들이 조화있게 둘러싼 유럽풍의 가든은 들어오는 사람의 기분마저 싱그럽게 만들었다. 웨이터가 자리를 안내하자 느지막한 오후의 호텔 티 라운지에 온 사람들을 구경이나 할 마음으로 중앙에서 벗어난 자리에 앉았다.

"Afternoon Tea Set."

은수는 주문하고 주변을 둘러보던 중 인공 폭포가 뒤에 보이는 창가에 앉은 한 일행이 눈에 들어왔다. 원형 테이블에 앉은 네 사람 중 한 사람만 빼놓고 모두 얼굴이 보였다. 두 사람은 이미 이성을 잃은 듯 얼굴색이 붉어진 채 입을 굳게 다물고 있었다. 또한 등을 보이고 있는 남자는 어깨가 심하게 들썩이는 모습이 다른 두 남자와 다를 바 없어 보였다. 멀지 않은 거리라 그들이 하는 소리가 어렴풋이 들려왔다. 다들 일본어를 사용하고 있었다.

'비즈니스인가? 일본인이 저렇게 흥분하는 걸 보니 일이 단단히 틀어진 모양이지?'

은수가 보기에도 점점 그들의 분위기가 험악해지고 있었다. 젊은 남자는 혼자 웃음을 잃지 않으며 간혹 입을 떼기도 했지만 주로 그들의 이야기를 듣는 것 같았다. 일본인 한 사람이 자리에서 일어나자 젊은 남자도 미련없다는 듯 일어났다.

『맘대로 하시지요. 더 이상 대화가 안 되겠군요. 전 손해 보는 일은 안 합니다.』

젊은 남자는 일본인들의 바로 앞에 서류철을 내던지면서 눈 하나 깜빡하지 않고 비웃으며 말했다. 세상에 3대 재밌는 일 중 건전하게 구경할 수 있는 것이 싸움이라 하지 않았던가. 은수는 기다리는 시간이 지루할 거라고 생각했는데 재미있어질 것 같아 그쪽으로 돌려 앉았다. 젊은 남자를 구경하는 도중에 어깨를 툭툭 치는 손에 의해 위를 올려다보았다.

"왔냐?"

"뭘 그렇게 봐?"

은수는 재빨리 다시 그들이 있던 쪽으로 고개를 돌렸지만 잠깐 대화하는 사이에 젊은 남자는 사라졌다.

"아무것도 아냐."

"뭘 보고 있었는데?"

라운지를 한참 둘러본 병현의 짜증스러운 목소리에 은수는 피식 웃었다. 그러고는 금세 남을 엿보고 재밌어했다는 걸 들키기 싫어서 표정을 감췄다.

"그냥, 이 호텔을 드나드는 대단한 사람들 구경이나 하려고 했지 뭐."

"너는 안 대단하고?"

"쓸데없는 소리 말아라."

"부탁한 것 가지러 온 거냐?"

은수가 대답을 하기도 전에 웨이터는 주문한 티 세트를 세팅하기 시작했다. 둘 다 그가 사라질 때까지 말을 하지 않고 기다렸다.

"저녁 약속이 있어 겸사겸사 오긴 했는데, 그 짜증 섞인 목소리는 뭐냐? 내가 부탁해서 짜증났다 이거야?"

"야, 이 시간에 배부르게 왜 티 세트를 시켰냐?"

은수의 말에 곤혹스러운 병현은 재빨리 화제를 바꾸려 앞에 놓인 풍성한 티 세트만 탓했다.

"처먹지 마. 내가 돈 내는 거야. 너 확실하게 알아온 것 맞아?"

"그럼. 내가 그거 알아내려고 얼마나 고생했는지 아냐? 김 사장 보통 깐깐한 사람 아니더라. 밑에 사람들도 입 꾹 다물고 있는 것 정말 어렵게 알아냈어."

"그래?"

"근데 너 김혁준 사장 몰라? 정 회장님하고도 각별하고 너희 작은형님하고도 친구 아니냐?"

"이름이야 알지. 다만 어디서 스쳐 지나갔을지는 몰라도 기억나게 만난 적은 없어. 어느 점쟁이가 신뢰도는 없지만 사람 만나는 때도 다 인연이 정해주는 거라고 하잖아."

"어이쿠. 어디 가서 그런 소리 하지 마라. 인격이 의심된다."

"안 만나지려 했으니 안 만났겠지 집안 행사 이외에는 참석하지 않아서 못 만났다 하고 다음은 오빠 친구라는 이유로 무관심했겠지. 작은오빠라면 지긋지긋하잖아. 오죽하면 내가 같은 미국에서도 같은 주면 유학 안 간다고 버텼겠냐?"

"작은형님만이 아니라 큰형님도 그렇고 다들 독특하시지. 그러고 보면 회장님은 너한테 참 관대하셔. 매번 정색하고 참석 안 해도 별 탈 없이 넘어가는 것 보면 역시 딸 사랑은 아버지인가 봐. 우리 집은 안 간다고 했다가는 1년 12달 365일 들들 볶인다. 그래도 요새는 정은이가 대신 하니 결혼하고 나서 그거 하난 편하더라."

"지금이라도 이렇게 만나는 것 보면 다른 인연으로 만나려고 지금까지 만나지 못했던 것 아닌가 싶어. 모르겠다. 서류나 줘 봐."

은수는 병현이가 테이블 너머로 주는 서류를 봉투에서 꺼내 훑어보았다. 깔끔하게 정리되어 있는 서류를 몇 장 넘기면서 만족한 표정을 지었다.

"다른 인연이 뭔데?"

"뭐가 그리 궁금해?"

"그래, 우리 사이에 비밀이 생겼다 이거지. 알았다. 나 올라간다."

병현의 의자가 뒤로 빠지는 소리가 들리자 은수는 고개를 들어 병현을 쳐다보았다.

"말하면 될 거 아냐. 우리 아버지가 결혼하라고 하는 사람이야. 됐냐?"

은수가 말을 채 다 하기도 전에 병현이 자리에서 일어나면서 입에 집어넣었던 스콘 한 덩어리가 기침과 함께 살짝 입에서 삐져나왔다. 그는 사레가 들린 듯 몇 번 잔기침을 하더니 물을 마시고 은수를 놀란 표정으로 보았다.

"더러운 놈, 뭘 그렇게 놀라? 너도 했는데 나는 결혼하면 안 되냐?"

은수는 자신의 결혼에 당사자인 자신보다 남들이 더 호들갑스럽게 반응하는 게 짜증났다. 그래서 손에 들고 있던 서류를 소리가 나도록 짜증스럽게 넘겼다.

"결혼할 사람이라면서 왜 사생활을 알아보는 건데?"

은수는 대답하지 않고 손에 들고 있던 서류를 마저 읽고는 몇 장 남겨두고 주저없이 찢어버렸다.

"네 아내 같은 실수 하고 싶지 않아서야. 사랑하는 사람 있는데 내가 그들 사이 갈라놓는 역할은 죽어도 하기 싫어. 내가 의도한 바는 아니지만 누군가에게 상처 주고 그 자리에 들어서면 결국 그 아픈 것 그대로 내가 돌려받잖아. 정은 씨처럼 아픈 것 싫어. 넌 모르고 있지? 정은 씨가 의도한 것도 아닌데 너한테 냉대받고 무시당하면서 아파하는 거. 저번에 만난 정은 씨 아파 보였어."

둘 사이에 갑작스럽게 차가운 침묵이 흘렀다. 세상 누구보다 친한 친구 사이라 해도 절대 꺼내지 말아야 하는 말이 있다면 그건 병현의 아내인 정은이 얘기였다.

"넌 그래서 원치 않는 정략결혼이라는 틀에 묶어두는 거니? 이런 말 내가 하면 뭣같이 웃기겠지만 사랑하는 것 너무 행복한 거다. 아플 거라고 지레짐작하지 말고 너도 느껴볼 수 있었으면 좋겠어."

은수는 자신 앞에서 사랑은 행복한 거라고 말하는 병현을 보고 있자니 가슴이 아팠다. 그의 표정은 그의 말과 다르게 너무나 괴롭다고 말하고 있었다.

"난 사랑을 거부한다거나 의도적으로 피하는 게 아니야. 어차피 할 거라면 정해진 사람이랑 하고 싶어. 그러면 정은 씨나 은선 언니처럼, 그리고 상대방도 상처받을 일 없잖아. 사랑도 사람 하는 일 중 하나잖아. 그렇다면 미리 정해진 완벽한 틀 안에서 하는 게 더 행복할 수 있지 않을까?"

"네가 사랑하는데 그 사람이 널 사랑하지 않는다면? 넌 사랑하지 않는데 그 사람이 사랑한다면? 누구도 예측할 수 없는 게 사랑이야. 김혁준 그 사람 네가 사랑하기로 결정한 사람이라면 그 사람의 마음을 붙잡아야 할 텐데 자신있어?"

"사랑하겠다고 결정하지 않았어. 결혼한다고 했지."

은수는 그의 질문에 대답할 수 없기에 피했다. 딱히 애초에 그 사람 마음을 붙잡을 자신 따위는 없었고 생각조차 하지 않았다.

"병현아, 정으로는 살 수 없을까? 친구 같은 관계도 괜찮고. 꼭 사랑해야만 하는 걸까?"

병현은 은수의 질문을 듣지 못했다는 듯 대답하지 않았고, 은수도 물어본 적 없다는 듯 그의 대답을 기다리지 않았다. 둘은 입을 꾹 다물고 작은 접시 위에 예쁘게 놓여 있는 케이크를 의도적으로 으깼다.

"사랑, 꼭 해야 하는 거야. 그런데 네가 생각하는 모든 게 완벽하게 들어맞는 사랑 따위는 없어. 예상치 못하게 찾아오는 게 사랑이고 피해갈 수 없는 게 사랑이야. 때론 아프고 힘들고 고통스럽기도 하지. 혹은 사랑 때문에 외롭기도 하지만 그 후에 진정한 행복을 느끼는 것도 사랑이라는 거야."

병현은 십 년 넘게 은수를 자기 옆에 가장 가까이 둔 친구지만 혹시나 자신의 불행한 기운이 옮겨갈까 결혼 후 예전같이 다가가지 못했다. 그는 보석같이 빛나고 영롱한 소중한 친구에게 가장 하고 싶은 말을 꺼내기 위해 숨을 길게 내쉬고 말을 이었다.

"유명한 말이지, '추리소설을 뒤에서부터 읽지 않는 것처럼 결혼을 전제로 사랑하려 들지 말 것'. 자만하지 마, 너만은 행복할 거라고. 모든 게 지금까지 어긋남없이 행복했다고 나머지도 네가 원하는 대로 계획되진 않아."

은수는 병현이의 말을 곱씹어보듯이 묵묵히 차를 마셨다. 은수는 차를 다 마시고 작은 초콜릿 쿠키를 입 안에 넣고 소리가 나도록 씹었다.

"난 추리소설 뒤에서부터 가끔 읽어. 이만 일어나야겠다. 너도 퇴근해서 정은 씨랑 영화나 한 편 봐라."

은수는 미리 구해온 영화 티켓을 병현에게 건네주고 라운지를 나와 엘리베이터 앞에 서서 내려오기만 기다리고 있었다.

'추리소설을 뒤에서부터 읽지 않는 것처럼 결혼을 전제로 사랑하려 들지 말 것. 내가 사랑을 하려고 결혼하는 건 아니잖아?'

시원한 한강이 훤히 내려다보이는 탁 트인 엘리베이터 안은 꼭 풀리지 않는 수학 답을 억지로 풀어야 할 때처럼 답답했다.

"김혁준 씨를 찾는데, 도착하셨나요?"
스카이라운지 안으로 들어선 은수는 프런트에 대기해 있는 직원에게 아직 이른 시간이기에 그의 도착 여부를 물어보았다. 지배인은 이미 도착해 있는 혁준에게 은수를 안내하러 창가 쪽에 사람들 눈에 잘 띄지 않는 자리로 발걸음을 옮겼다.
"사장님, 정은수 씨 오셨습니다."
혁준은 지배인의 말에 자리에서 일어나 은수를 보았다. 몸에 달라붙는 검은색 니트 원피스는 관리가 잘된 군살 없는 몸이라는 걸 한눈에 알게 해주었고, 원피스 목 언저리에 달린 은색 목걸이는 도시적인 세련미를 한껏 풍기게 했다. 잘 정돈되어 길게 내려진 검은 머리 사이에 드러나는 긴 목선과 풍만한 가슴에 혁준은 갑자기 몸이 묵직하게 반응하는 걸 느꼈다.
"안녕하세요? 김혁준이라고 합니다."
은수는 한눈에 라운지에서 찰나에 사라졌던 젊은 남자가 혁준임을 알아보았다. 하지만 그는 은수가 쳐다보고 있었다는 사실조차 모르고 있었다. 은수를 보고도 전혀 흔들리지 않은 그의 눈동자를 보고 확신했다.
"제 이름은 아실 테니 이만 앉아도 되겠지요?"
은수는 자신을 아래위로, 특히 가슴 쪽을 빤히 훑어보는 남자에게 보일 수 있는 최대한 정중한 미소를 보내고 그의 앞자리에 앉았다.

"저녁 시간도 지났고 혼자 기다리기 심심해서 술을 먼저 시작했습니다. 뭘로 하시겠습니까?"

지극히 딱딱 끊기는 차가운 어조로 물어오는 혁준의 질문에 은수는 기분이 상했다.

'나도 너 좋아서 나온 것 아니니까 대놓고 기분 나쁘게 거절하지 마라, 이 예의없는 놈아.'

"술 마시는 분 앞에서 음료수를 마실 정도로 매너없는 사람은 아니에요. 같이 마시죠."

은수는 속마음과 다르게 겉으론 웃으며 대답했다. 혁준은 빈 잔에 얼음과 술을 채우고 은수에게 건넸다. 은수는 그가 건네주는 잔을 잡으려 그를 정면에서 바라보다 꼭 차가운 얼음 조각을 앞에 둔 착각이 들었다. 얼굴 선 자체가 상당히 날카로워 보이는데 피부도 남자 피부치고는 흰 피부였다.

"무슨 생각으로 내 뒷조사를 하셨습니까?"

은수는 병현이에게 비밀리에 알아보라고 했지만 세상엔 비밀이 없다더니, 이미 그도 알고 있었다. 그의 불편한 태도를 이해할 수 있었다.

"별생각없어요. 생각이 있어야 하나요?"

혁준은 손에 들고 있던 잔의 술을 단숨에 비워 버리고 탁자에 큰 소리가 나도록 내려놓았다.

"정은수 씨, 솔직히 한 번 만나 이런 소리 해서 미안합니다만,

이 결혼은 정략적 결혼이라고 불릴 수도 있습니다. 그렇다면 내 재무조사를 하는 게 최우선일 텐데 왜 쓸데없는 극히 개인적인 내 사생활을 조사했는지 그 이유를 말씀해 주시겠습니까? 그걸 물어보기 위해서 나왔습니다."

은수는 매서운 그의 말투에 순간 몸에 소름이 돋는 걸 느꼈다. 그는 은수와 눈이 마주쳤지만 전혀 흔들리지 않았다. 이유만 말한다면 당장 이 자리를 떠날 거라는 확신에 차 있었다. 그와 눈을 마주치던 은수는 고개를 돌려 창밖을 보았다.

"서울 야경이 참 좋지요?"

은수의 뜻밖의 질문에 혁준도 고개를 돌려 창밖을 내다보았다.

"아무런 상관 없는 김혁준 씨랑 상관있는 사이가 되기 전에 내 나름대로 대비했다고 하면 되나요? 나 멍청한 여자 아니에요. 혁준 씨 회사의 재무 상태야 매일같이 언론이 떠들어대고 아버지가 보장하는데 뭣 하러 알아봐요? 하지만 만약 당신한테 사랑하는 사람이나 정부가 있다면 난 이 자리에 나오지 않으려고 친구한테 부탁했어요."

"이 자리에 나온 걸 보니 없다는 걸 알았겠군."

은수는 혁준의 말에 피식 웃었다. 작은 웃음소리로 인해 혁준의 시선이 창 너머에서 그녀에게로 옮겨갔다. 그의 시선을 느낀 은수는 그를 쳐다보다 어깨를 으쓱하고 다시 창 너머로 시선을 고정시켰다. 고정된 그녀의 검은 눈동자 속에 바깥의 노란색 불빛들이 일렁이며 고스란히 비춰지자 혁준은 묘하게 그녀의 눈동자에 자신을 비춰보고 싶었다. 그저 그녀의 눈동자 하나가 그를 자극시켰다.

"키 184㎝, 구두 사이즈 290, 정확한 소식통에 의하면 여자 연예인 스폰서를 한 번도 한 적 없음. 지난 한 달 동안 여자를 안은 적 없음. 근 5년간 정부나 애인 없었음. 술자리는 대부분 지분 확보를 위한 접대성이 짙음. 해외지분 확보를 위해 전력투구 중. 대충 요약하면 이 정도가 내가 알아낸 거예요. 별거없잖아요. 왜 그렇게 민감하게 살아요?"

"내가 민감해? 하지 말아야 할 것을 한 사람이 누구지?"

"그거 알아요? 당신 나한테 별볼일없어요. 그저 잘난 사장이라는 직함 빼고는 내 타입에 50%도 못 미쳐요."

'이 여자 왜 이렇게 거슬리는 거야?'

혁준은 갑자기 별볼일없는 남자로 전락한 자신의 기분이 왜 더 좋아지는지 의아했다. 지금까지 대화를 나누면서 특별한 행동을 하지 않고 오히려 무덤덤하기까지 한 정은수라는 사람 자체가 마비되었던 어느 한 부분의 신경을 깨우는 것 같았다. 그 부분은 오히려 그가 깨어나지 않도록 억제해 놓은 부분일지도 몰랐다.

"어쨌든 앞으로 어떤 상황이든 상대방 모르게 사생활에 대한 조사는 비열한 행동이란 걸 알아두면 좋을 거야."

은수는 삐뚤어진 학생을 꾸짖듯 말하는 혁준 앞에서 고개를 숙이지 않았다. 혁준은 자신과 마주 보고 있는 은수의 당돌한 눈빛에 그녀의 대답이 기다려졌다.

"비열한 건 인정할게요. 하지만 잘못되었다고는 생각하지 않아요. 내 권리니까요. 그래도 기분 나쁘셨다면 미안하다는 말 정도는 해줄 수 있어요."

'거슬리는 건 둘째 치고 보통 고집이 아니군.'

은수가 두 눈을 크게 뜨고 똑바로 쳐다보며 하고 싶은 말은 하고 말겠다는 결의가 찬 표정을 보이자 혁준은 슬슬 굳어 있던 표정이 풀렸다. 처음엔 어머니의 성화에 못 이겨 나섰던 자리에 있던 여자들과 별반 다를 게 없다고 생각했다. 기계에 찍어낸 듯 한결같이 얌전하고 말없는, 더구나 자신의 눈길 하나면 얼굴을 붉히며 고개까지 숙이는 여자들과 은수는 달랐다. 차갑게 말해도 흔들리지 않고 되받아치는 모습이 보기 좋았다. 그리고 이 여자가 자꾸 자신을 자극시켰다. 쉽게 생각했던 혁준은 이제야 정 회장의 제의가 후회되었다.

"은혁 오빠가 안부 전해달래요. 불쾌한 저하고 같이 자리 하시느라고 아까운 시간 허비하게 만들어 죄송합니다. 먼저 일어나겠습니다."

은수는 가볍게 혁준에게 목례를 하고 옆에 놓여 있던 핸드백을 챙겨 자리에 일어났다. 혁준은 갑작스러운 은수의 행동에 당황해 자리에서 일어나 반대편에 있는 은수의 팔을 잡았다.

"할 얘기 있어요?"

은수가 혁준의 손에 꽉 잡힌 팔을 내려다보며 얼굴을 찌푸리자 혁준은 재빨리 손을 뗐다.

"내가 실례했던 것 같군. 그쪽을 불편하게 만든 건 나니까 내가 사과하지. 원래 이런 사람은 아닌데 미안해."

혁준은 의도하지 않은 말이 툭 하고 튀어나와 스스로도 놀랐다. 그는 뜻하지 않은 말과 행동은 극도로 자제하는 편이다. 어떤 상황이든 그의 계획에서 벗어나는 일이 없었다. 하지만 은수의 팔을 잡고 사과를 한 일은 그의 무의식 속에서 벌어진 일과 같았다. 스스로의 통제를 잃어버린 반응이었다.

"사과 받을게요. 그리고 이 넓은 곳에서 혼자 술 마시고 있으면 실연당한 불쌍한 남자 같아 보일 테니, 술도 같이 마셔줄게요. 단, 술값 계산은 그쪽이?"

은수가 새침하게 입술을 내밀며 자리에 앉아 술잔을 들었다. 은수가 작은 소리로 'CHEERS'를 외치며 그에게 술잔 들기를 강요하자 혁준은 자신도 모르게 숨이 막힐 듯 큰 웃음이 터져 나왔다. 혁준을 팽팽하게 조이던 끈이 툭 하고 떨어져 나간 기분이었다.

"하하하. 하하……."

얼마 만에 웃어보는 웃음인지도 기억나지 않을 정도로 그동안 잃어버렸던 웃음이 한꺼번에 터져 멈추어지지 않았다. 은수는 영문을 모르지만 자신 앞에서 웃고 있는 남자가 기분 좋아 슬그머니 미소가 그려졌다.

한편, 은수의 두 오빠인 은석과 은혁은 스카이라운지 주방의 한구석에서 둘의 모습을 보며 한숨 짓고 있었다. 말끔하게 차려입은 두 사람은 호텔 측에 부탁해 주방에 몰래 숨어들었다. 사실 회의가 끝나고 둘은 술을 마실 생각이었지만 하나뿐인 여동생과 혁준이 만나서 어떻게 되어가는지 궁금해 저절로 발길이 이곳에 닿았다. 둘은 병현에게 협조하지 않으면 응징을 가하겠다고 협박해 주방과 홀 사이의 틈에 겨우 자리를 잡을 수 있었다. 둘은 몸을 최대한 굽히고 틈 사이로 망원경을 들이밀어 그들에게서 시선을 떼지 않고 있었다.

"형, 봤어?"

은혁이 물어오자 은석은 고개를 끄덕이며 은수가 앉아 있는 테이블에 망원경을 고정시켰다.

"혁준이가 왜 저렇게 웃는 거지? 저 자식도 외계인이었던 거야? 에이, 시팔! 어째 우리 지구에 왜 이렇게 많은 외계인들이 침투해 있는 거야. 둘이 아주 신났어."

은석은 은혁이 투덜거리는 동안 망원경에서 눈을 떼고 벽에 등을 기댔다. 주머니에서 담배를 꺼내 불을 붙인 후 은혁에게 건넸다.

"넌 혁준이 어떻게 생각해?"

담배를 받아 든 은혁은 바닥에 털썩 주저앉았다. 계속 쭈그려 앉아 있어 감각이 없을 정도로 저린 다리를 한 손으로 툭툭 건

드리며 움직여 보려 했다.

"친구로서, 아님 매제로서?"

"둘 다."

"친구로서는 만점을 주고도 남을 놈이지. 하지만 매제로서는 아직 확신이 없어. 형도 알잖아, 지현이 죽을 때 혁준이가 한 말. 그거 생각하면 우리 은수한테 부족한 놈이지."

"망자 앞에서 한 약속은 지켜야 하는 거지. 그런 면에서 난 혁준이 탐탁지 않다."

은석은 깊은 한숨과 함께 담배 연기를 내뿜었다. 은혁도 무언의 동의인 양 고개를 끄덕이며 담배를 빨아들였다.

"하지만 혁준이 잘못은 아니야. 죽으면서까지도 혁준이를 놓지 못한 지현이의 이기심이 문제지. 그런 잣대로 혁준이를 보면 안 돼."

"친구라고 편들기는, 생각해 보마."

"저 외계인 때문에 가오 죽게 우리가 무슨 고생이냐? 하여간 형의 아이디어는 몸으로 때우는 것 투성이야."

"그럼 네 말대로 도청했음 성공했을 것 같냐? 나라고 처자식 놔두고 이 밤에 이러고 싶겠냐고?"

은석과 은혁은 덜 풀린 다리를 주무르면서 자신들의 행동에 대해 이제야 웃음이 새어나왔다.

"가자. 더 볼 것도 없다."

"이런 자리 처음인가요?"

은수는 한결 부드러워진 표정을 하고 있는 혁준에게 웃으며 말을 건넸다. 처음 그의 딱딱하게 굳어 있던 얼굴은 차갑고 무섭다는 느낌이 먼저 들었지만 지금은 상당히 미남에 속해 보였다. 날카롭지만 끝이 부드러운 눈매와 높고 매끄럽게 떨어지는 콧날에 비해 부드러운 선이 뚜렷하게 나타나는 입술은 그의 인상을 한결 편하게 만들고 있었다. 더불어 매트로 섹슈얼로 꼽히는 디올 옴므의 슬림한 바디라인의 슈트를 소화한 패션 감각은 매력적으로 보였다. 그의 외모는 그녀의 눈을 고정시키기에 충분했다.

"아니, 여러 번 있었지."

은수는 고개를 끄덕였다. 지금 자신의 눈을 사로잡고 있는 남자를 다른 여자들이 가만두었다면 그건 지구의 멸망과 같다는 생각이 들었다. 은수는 왠지 그 여자들은 어떻게 되었는지까지 궁금해졌다.

"그럴 때마다 이런 곳에서 만났어요?"

혁준은 고개를 저으며 매고 있던 넥타이를 잡아당겨 흐트러뜨리고 의자에 등을 기댔다.

"아니, 유명하다고 소문난 식당에서 식사를 하거나 분위기 좋다는 찻집에서 차를 마셨지. 남들 선보는 것하고 별반 다를 게 없었어. 갈수록 시간이 아깝다는 생각에 그만두려고 할 때 회장님이 은수에 대해 말을 꺼냈지."

"우리 아버지의 공작이었군요."

"나는 은수가 나를 기억하고 있는 줄 알았는데 모르는 기색이군."

은수는 골똘히 생각해 봤지만 도통 그에 대한 기억이 없었다. 한참을 생각하다 못내 미안한 투로 대답했다.

"그냥 한두 번 스쳐 지나간 기억은 있어도 정확히 어떻다 하는 기억은 없어요."

"그건 나도 비슷하긴 하지. 하여간 오늘 이 장소는 은혁이 동생이라 조금 더 편하게 시간을 보낼 수 있다는 생각에 정했어. 술 한잔하면서 기분 좋게 친한 친구의 동생을 만나보고 싶었지만 네가 망쳤지."

술기운에 홍조를 띠고 있는 은수의 뺨이나 깊게 파여 있는 원피스 앞섶 사이로 숨을 쉴 때마다 들썩이며 보이는 가슴 굴곡이 그를 상당히 자극했다. 더구나 자세를 바꾸려 움직일 때마다 테이블 너머로 보이는 미끈하게 뻗은 그녀의 하체는 그의 욕망이 그녀의 사이로 파고들어 가고 싶게 만들었다. 혁준은 술기운 때문인지 제어하기 힘들 정도로 묵직해지는 욕망에 고개를 창가로 돌렸다.

"생각의 차이였다고 치부해 버리면 될 걸, 남자가 쪼잔하게 그걸 아직도 가슴에 담아둬서 사람 미안하게 만들어요?"

"미안하긴 한 건가? 진심으로 그렇다면 묻어두기는 하지. 지금은 애인 없어?"

은수는 혁준의 질문에 비웃었다. 혁준의 표정이 서서히 굳어지자 은수는 술잔을 원형으로 돌리면서 의자에 몸을 깊숙이 뉘었다.

"현재도, 그리고 과거에도 사랑하는 사람은 없어요. 하지만 애인이 없었다고는 말 못해요. 그저 그렇게 즐기던 남자들은 꾸준히 있었으니까."

"지금은?"

"지금도 당연히 없으니 이 자리에 나왔죠. 헤어지고 만나고를 반복하는 게 지겨워졌다고 할까요? 다 귀찮아졌어요."

은수의 말이 끝나자 혁준은 잔뜩 찌푸린 인상이 되었다. 은수는 남자는 여흥을 즐기고 다녀도 아무 문제 되지 않지만 여자가 그렇다 하면 부정의 눈길을 보내는, 그도 다른 이와 똑같은 세상의 잣대로 여자를 대하는 뻔한 남자인 것이 실망스러웠다.

"순수한 처녀를 옵션으로 원하신다면, 수술대에 올라가 줄 용의는 있어요. 단 내가 했던 말을 기억하지 못한다면요."

은수는 쉬지 않고 마신 술 때문에 취기가 돌기 시작했다. 그녀는 보통 때와 다르게 자신에 대해 확연히 드러내고 있으면서도 스스로는 눈치채지 못하고 있었다.

"자신이 가지고 있어야 남에게도 요구할 수 있는 것 아닌가? 솔직히 처녀라면 더 좋겠지. 아무도 받아들이지 않은 곳에 내가 처음이라는 건 정복욕에서도 극구 사양할 이유가 없지. 하지만 그렇다고 해서 나도 그 여자에게 처음이라면 몰라도 내가 처음이 아닌데 처녀를 강요하는 건 남성적 우월주의에 비양심적인 행태라고 생각해."

"의외인데요."

"즐기는 건 누구나 할 수 있는 것 아닌가? 여자라고 해서 성욕이 없는 건 아니잖아. 남자도 성욕 때문에 여자를 돈으로 사는 일이 허다한데 같은 인간인 여자가 성욕을 느끼고 즐기겠다는 걸 비난받을 행동이라고 생각하지는 않아. 하지만 무절제한 건 싫어해. 모든 건 절제된 선 안에서 용납되는 거라고 생각한다면 될까?"

"한국 남자한테 이런 말 들어보는 것 처음이에요. 말해 보기도 처음이지만."

"칭찬으로 들을게."

"그건 당신 아내한테도 적용되는 건가요?"

"물론이지. 내 아내도 분명 여자일 테니까."

"당신, 멋있어요."

"너도 솔직한 게 귀여워."

둘의 대화는 끊임없이 이어졌다. 시간이 흐를수록 대화는 스스럼없이 편해졌다. 비록 몇 시간 전에 만났다고 해도 서로에 대해서 꽤나 솔직해져 있었다.

술병은 그들도 모르게 비어 있었다. 혁준이 은수에게 물었다.

"더 할까, 아님 이만 헤어질까?"

은수는 혁준과 있는 시간이 즐거웠다. 지금껏 만났던 남자들과 다른 모습을 그에게서 발견해 나가는 재미를 놓치고 싶지 않았기에 주량을 넘어서는 줄도 몰랐다.

"아직 술기운도 돌지 않고, 어차피 술자리인데 더 마신다고 흉보는 건 아니겠죠?"

혁준은 촉촉한 입술 사이로 하얀 치아를 드러내며 자신을 향해 웃는 그녀의 모습에 알 수 없는 감정이 온몸을 휘감으며 꽉 조이는 것 같았다. 욕망이라고 하기에는 어울리지 않는 그 무엇이 가슴속에 파장을 일으켜 조금씩 퍼져 나갔다. 그는 어색한 감정으로 인해 그녀에게 고정되어 움직이려 하지 않는 시선을 억지로 다른 곳으로 돌리려 노력했다.

"정략결혼을 받아들일 만큼 이 바닥에 물들어 수긍하면서 사는 건가요?"

은수의 두서없는 질문에 혁준은 대답하지 않고 그녀의 잔에 술을 따라주었다. 민감한 주제임을 아는 두 사람은 잔에 술이 채워지고 비워지기를 몇 번이나 반복할 때까지 말이 없었다.

"집안을 시끄럽게 만드는 것 별로 안 좋아해. 적어도 내가 이 자리에 올라와 있다면 그만큼의 책임이 따르는 거니까 수긍하는 거지. 그렇지 않다고 해서 다른 수도 없잖아. 그래도 아무 느낌 없는 여자보다는 적어도 친구로서라도 내 파트너가 되어줄 여자가 아내가 된다면 좋겠다 싶어."

은수는 혁준의 말이 끝나자 웃으면서 일어나 그의 옆 자리로 옮겼다. 은수는 그의 옆에 가까이 앉아 그의 귓가에 입술을 가까이 대고 속삭였다.

"친구랑 섹스가 가능해요?"

은수의 입술이 혁준의 귀에 살짝 닿았다 떨어진 후 뜨거운 숨결이 퍼지자 혁준의 몸이 웅크려졌다 펴졌다. 혁준은 은수에게서 살짝 옆으로 이동했다. 그녀에게 굳어버린 몸을 들키고 싶지 않았다. 그러나 은수는 금세 알아채고는 얄궂은 미소를 머금었다. 그리곤 그의 허벅지 위에 그녀의 한쪽 손을 올려놓고 피아노 치듯 손가락으로 장난하기 시작했다. 혁준이 도발적인 그녀의 행동을 어떻게 해석해야 할지 한참을 생각하고 있을 때 은수의 손이 그의 허벅지 위에서 사라졌다.

"대답해요."

"아, 친구 같은 여자를 원한다고 했지 친구를 원한다고 한 적은 없어. 넌 가능해?"

"불가능해요. 몸을 섞는 순간 남자와 여자가 되어서 감정에 얽히게 되거든요. 한순간이라도 친구를 이성으로 본다면 그건 이미 관계가 깨지는 거예요. 질투를 할 수 있고 더불어 소유하고 싶어질 가능성이 내포되어지잖아요. 그런 폭탄을 마음에 품고 어떻게 친구라고 부를 수 있겠어요? 그래서 난 내가 친구라고 생각하면 절대 섹스 안 해요. 그 대신 남자랑은 해요."

혁준은 거침없고 솔직한 은수의 의견을 듣느라 시간이 얼마나 흘렀는지, 술은 얼마나 마시고 있는지 의식하지 못했다. 여자 중에 요란한 겉포장으로 상대방을 잔뜩 기대하게 만들었다가 이내 실망감을 안겨주는 부류가 있다면, 은수는 어떠한 평가를 강요하지 않고 있는 모습 그대로를 상대방에게 보여주는 여자였다.

"있잖아요. 나 지금 술이 많이 취한 것 같아요. 평상시엔 이렇지 않은데 오늘은 마음 한구석이 맥없이 늘어진 기분이에요. 그런데 너무너무 좋아요."

혁준은 빈 술병이 꽤 많이 늘어져 있는 테이블 쪽으로 은수의 몸이 기울어지자 위험스러워 자신의 어깨에 그녀를 기대게 했다. 그녀의 말은 혀가 힘없이 풀리는 바람에 말끝이 흐려져 알아듣기 힘들었다. 그는 그녀를 조금 더 가까이 끌어당겨 그녀의 말을 신경 쓰며 들었다.

"난 엄살이 심해요. 아픈 게 너무 싫어요. 내가 좋아하는 사람들은 항상 사랑 때문에 아프고 힘들어해요. 내가 볼 때 그 사람들은 사랑하는 사람만 없으면 참 행복한 인생이에요. 그런데 그 사람들은 그게 불행한 거래요. 혁준 씨는 어때요?"

은수는 말이 끝나자마자 몸에서 힘이 빠져 혁준이 붙잡을 사이도 없이 상체가 그의 무릎으로 고꾸라졌다.

"예전에 한 여자가 나한테 그랬었지. '당신의 사랑을 받지 못하는 것 하나만 제외하고는 당신 옆에 있어 행복해요'. 그 여자가 그렇게 말할 때 정말 행복한 거라고 생각했는데 그 여자는 불행했어. 그거 때문에 아프냐고 물어보면 아프지는 않아. 단지 그런 불행 속에 빠뜨려 놓은 게 미안할 뿐이야."

무엇에 대한 대답일까. 얼마 전 다녀온 납골당의 여파일까. 근래 계속해서 지현이 꿈에 나타나 자신의 존재를 상기시키는 것이 거슬렸기에 스스로에게 대답한 것이었다. 혁준은 무릎을 베고 누워 있는 은수의 흐트러진 긴 머리카락을 단정히 귀 뒤로 넘겨주면서 마지막 술잔을 집어 들었다. 술잔에 술을 가득 채우고 한참을 마시지 않던 혁준은 시계를 확인하고 술잔을 입에 털어 넣었다.

"아래 연락해서 차 대기시켜 놓으라고 말 좀 전해주시겠습니까?"

혁준은 지배인에게 팁을 쥐어주며 부탁하고 무릎 위에서 은수의 머리를 소파에 내려놓고 일어나 무릎을 굽혔다. 그가 은수를 등에 업으려 그녀의 두 손을 자신의 어깨에 얹고 막 일어서려 하자 지배인이 민망한 얼굴로 말을 걸었다.

"여자 분이 치마를 입으셔서 업고 내려가시면 여자분 다리가 훤히 드러날 겁니다. 상의를 벗어서 다리 쪽을 가려주시는 건 어떠십니까?"

혁준은 지배인의 말에 은수를 다시 소파에 내려놓고 상의를 벗었다. 은수를 앞으로 안아 들고 지배인에게 보이는 부분을 상의로 가리게 했다. 그는 행여 은수가 불편해 잠이 깨기라도 할까 봐 천천히 걸어갔다. 혁준이 한 걸음 걸을 때마다 자신의 품 안으로 파고드는 그녀의 몸짓이나 부드럽게 출렁거리는 그녀의 가슴이 술을 마신 그의 몸을 한껏 달구었다. 혁준은 처음 만나는, 더구나 친구의 동생에게 나타나는 욕정이 아무리 오랜만에 온 것이라지만 반갑지 않았다.

"거참, 요부 같은 여자군."

은수는 순간적으로 몸이 위로 들리는 기척에 잠이 깼지만 그의 품 안에 안겨 있는 기분이 나쁘지 않아 눈을 감고 있었다. 은수가 의도하지는 않았지만 유혹을 받고 있는 혁준을 생각하면서 티나지 않게 웃느라 자꾸 그의 가슴 쪽으로 얼굴을 묻었다.

"정은수, 일어나!"

은수는 머리 속이 흔들리도록 깨우는 거친 손길에 힘겹게 눈을 떴다. 뿌옇게 보이는 시야에 눈을 비비고 보니 김 여사의 잔뜩 찌푸린 얼굴이 드러났다.

"엄마, 아침부터 왜?"

"너 빨리 소리 지르고 울어."

은수는 아직도 잠결에서 헤어나오지 못한 데다가 뜬금없는 김 여사의 말에 눈만 깜박이고 있었다. 김 여사는 그녀가 덮고 있는 이불을 걷어내 새하얀 허벅지 안쪽을 힘 주어 꼬집었다.

"아악!"

은수가 갑작스러운 공격에 속수무책으로 다리를 바동거리며 소리를 지를 때 쿵쾅거리는 계단 소리가 들렸다. 김 여사는 재빨리 은수의 허벅지에서 손을 떼고는 안쓰러운 표정을 지으며 은수를 끌어안았다.

"당장 울어. 네 아버지가 가장 약한 게 네 눈물인 것 알지? 빨리 울어. 내가 네 눈까지 찔러야겠어?"

그제야 상황 파악이 된 은수는 이미 김 여사의 공격으로 맺혀 있던 눈물에 혀를 깨물어 눈물을 보탰다.

"아침부터 웬 눈물 바람이야?"

은수의 방문이 벌컥 열리며 정 회장이 들어오자 김 여사는 그녀의 등을 토닥거리기 시작했다. 은수는 그녀의 토닥거림에 맞춰 더욱더 서럽게 울었다.

"은수 왜 울어? 악몽 꿨니? 어디 아프니? 여보, 내가 은수를 깨우려고 들어왔더니 애가 경기하듯이 소리 지르며 울고 있는 거예요. 왜 이럴까요?"

은수는 김 여사의 말에 참지 못하고 웃음이 터져 나오려 하자 입 안에 있는 살들을 더욱더 심하게 깨물었다. 정 회장은 눈물이 폭포수처럼 흐르는 은수 때문에 사뭇 놀란 표정이었다.

"민 박사가 당분간 술 자제하라고 했는데, 혹시 위가 뒤틀린 건 아닌가?"

정 회장이 노기가 한풀 꺾인 목소리로 물어보면서 은수의 침대 근처로 오려 하자 김 여사는 은수를 침대에 널브러지게 밀어 버렸다. 그러고는 가까이 오려는 그의 옆에 가서 팔을 붙잡고 조심히 말을 꺼냈다.

"어제 은수가 술 마시고 싶어 마신 게 아니라 혁준이가 권해서 마신 거래요. 혁준이가 안아가지고 오는 것 당신도 봤지요?"

김 여사의 말에 뭐가 그리 서러운지 은수는 베개에 고개를 파묻으면서 더 크게 울었다. 정 회장은 하나뿐인 딸이 사정이야 어찌 되었든 저렇게 우는 모습이 마음 아팠다.

"그런데 왜 울어?"

 완전히 노기가 사라지고 걱정하는 정 회장의 음성에 김 여사는 그의 팔을 놓아주었다. 오늘도 작전이 완벽하게 성공한 것 같아 김 여사의 얼굴에는 미소까지 피어올랐다.

"엉엉……. 내가 마시려고 한 게 아니고 딸~꾹. 엉엉."

 은수는 웃음이 나올 것 같아 띄엄띄엄 힘겹게 말하며 고개를 베개에 더욱 깊게 파묻었다. 정 회장은 그동안 자신이 너무 엄하게 대해 저런 건 아닌지 안쓰러워 침대에 걸터앉아 은수의 머리를 쓰다듬어 주었다.

"우리 공주님, 진정하고 그만 울어야지. 아빠 화 안 났어. 뚝!"

 은수는 부드러운 목소리로 달래주는 아버지를 벌떡 일어나 안았다. 이제 안심한 은수는 김 여사에게 윙크를 했다. 아직 안심이 되지 않은 김 여사는 입 모양으로 재차 더 하라고 말했다.

"진짜 화 안 난 것 맞지?"

 정 회장은 깊은 한숨을 내쉬고 고개를 끄덕이자 두 모녀는 웃음을 참았다.

"우리 공주님, 어제 혁준이한테 왜 안겨서 들어왔는지 아빠한테 설명해 봐."

"어제 간단하게 딱 한 잔만 마시려고 했는데 얘기를 하다 보니까 그게 두 잔이 되고 세 잔이 되고, 아버지도 나 알잖아요?"

"혁준이가 권해서 어쩔 수 없었다 이 말이지?"

"그렇지. 우리 아버지 센스있네."

"앞으로는 조심해라. 외간남자한테 안겨 다니는 것 아무리 처음이었다 해도 아버지로서 보기 안 좋다."

"네."

"혁준이를 단단히 혼내야겠구나. 어디 여자한테 정신을 놓을 정도로 술을 먹여. 못된 놈, 내 저를 그리 안 봤구먼."

불똥이 엄한 쪽으로 튀자 당황한 김 여사는 정 회장을 말리기 시작했다.

"여보, 주는 술 안 먹는 건 예의가 아닌지라 예의 바른 은수가 동조한 책임도 있고 또 억지로야 먹였겠어요? 잘 받아 마시니 상대가 되겠다 싶어서 그랬을 거예요. 우리 딸을 봐서, 그리고 예의 바르게 키운 죄인 나를 봐서 그냥 덮어주시면 안 될까요?"

정 회장은 김 여사의 말에 헛기침을 하며 알았다는 말을 남기고 방을 나갔다.

"내가 너 때문에 못살겠다. 무슨 여자애가 그렇게 술이면 끝장을 봐야 하니?"

"내가 원래 확실한 걸 좋아하잖아."

은수는 김 여사의 잔소리에도 불구하고 한숨 더 자기 위해 이불을 머리끝까지 덮어버렸다.

"일어나. 어제 너 안고 들어온 혁준이도 네 아버지한테 붙잡혀 손님방에서 잤어."

은수는 혁준이 한집에 있다는 소리에 침대에서 벌떡 일어났다.

"아니, 어째 넌 네 오빠들도 안 하던 짓을 하니? 네 아버지 밖에서 워낙 사람들 눈초리를 피할 수 없으니 집에서 편하게 쉬시라고 서로들 배려하는데 어째 너만 그래. 앞으로 만나도 밖에서 끝내. 내 딸이지만 너 정말 감당 안 된다. 지 아버지가 그리 여자 술 마시고 돌아다니는 것 딱 질색하는 거 알면서 사단을 내요. 쯧쯧."

"엄마, 지금 이 모든 사태를 혁준 씨도 당연히 들었겠지?"

"창피하긴 한 것 보니 네가 사람이 맞구나. 이게 무슨 망신이니."

"그러게."

"뭐 잘했다고 입을 열어? 내 평생 너 키우면서 우아함을 잃어버렸다. 학교 다닐 때는 사고 쳐서 선생님한테 매일같이 불려가, 유학 보내놓고 잠잠하다 싶으니 병현이랑 둘이서 술 먹고 사고 쳐서 내가 비행기 타고 날아간 게 몇 번인 줄 기억하니? 이제 살 만해서 고상 좀 떨어볼까 했더니 허구한 날 술 먹고 들어와 사단을 만드니 내가 어떻게 해야 할지 정말 고민이다."

은수는 술 먹은 다음날 아침이면 어김없이 듣는 잔소리가 귀찮아 가운을 집어 들고 욕실로 향했다.

"정 억울하면 주조회사를 고발해. 난 경제를 위해 마시는 거야. 나 같은 사람 없으면 그 회사들 다 망해."

은수가 할 말을 다 했다고 욕실 문을 닫아버리자 어이없는 김 여사는 화장대 위에 놓여 있는 그녀의 핸드백을 보았다. 은수의 지갑을 꺼내 신용카드와 현금카드를 모두 꺼내고 다시 지갑을 넣어놓았다.

"계집애. 누구 딸인지 말이라도 못하면 몰라. 한동안 고생 좀 해봐라."

혁준은 이미 말끔하게 정돈된 모습으로 자리에 앉아 식당에 들어오는 은수를 올려다보았다.

"어제 일은 혁준이가 실수라고 인정해서 덮어두기로 했다."

은수는 자신을 보며 부드럽고 달콤해 보이기까지 한 미소를 보내는 혁준의 주변에 오색찬란한 빛이 흐르는 것 같았다.

"내가 정녕 미쳐 가는 거지. 이젠 별 헛것이 다 보이고 지랄이네."

은수의 말에 부부는 인상을 잔뜩 찌푸리며 혁준의 앞에서 민망함을 감추지 못했다. 김 여사는 서서 고개만 흔들고 있는 은수의 팔을 잡아당겨 자리에 앉혔다.

"은수야, 엄마가 혁준이 집에 있다고 말하지 않았니?"

어금니를 꽉 깨물고 복화술로 웃으며 말하는 김 여사 때문에 은수는 입을 손으로 막으며 고개를 숙였다.

"혁준 씨한테 한 소리 아니었어요. 오해하지 마세요. 제가 요새 과음이 잦아서 눈이 안 좋아졌는지 이상한 게 보여서, 죄송합니다."

"괜찮아. 어르신, 식사 시작하시지요."

식탁에서 누구 하나 소리 내지 않는 어색하고 조용한 아침 식사 중에 유일하게 은수만 국 대접을 들고 소리를 내며 마셨다. 두 부부는 한숨을 내쉬고, 혁준은 소리 내지 않고 웃었다.

"외계인, 오늘 하루 푸석한 게 드디어 네가 지구인의 탈을 벗으려나 보다."

은수가 아침부터 힘에 부쳐 하자 은혁은 끝내 한마디 했다.

"필름이 끊길 정도로 과음했어. 거기다 아침에 아버지한테 혼날까 봐 엄마랑 둘이 쇼까지 했다."

은혁은 두 모녀의 합작극을 상상이라도 하듯 키득거리며 은수에게 서류철을 넘겼다.

"아버지도 매번 속으시는 것 보면 딸이 좋은가 보다. 우리 모친이 친히 내일 봉사활동 데려간다고 전화하셨다. 외계인을 지구인으로 만들 계획을 품으셨으니 가서 즐겁게 놀다 와라."

은수는 은혁의 말에 서류철을 넘기던 손을 멈추며 긴 한숨을 내뱉었다.

"가긴 가야 하는데 마음이 원치 않는 봉사는 죄악인 것 같아. 그러면서도 매번 난 왜 거절을 못하고 쫓아가지?"

은혁은 금세 풀이 죽은 은수의 머리를 쓰다듬어 주었다.

 "지구인이 되는 게 그리 쉬운 게 아니란다. 네가 진심으로 봉사를 배울 수 있는 기회가 주어지는 것에 감사하고 열심히 해봐. 그 대신 그 아이들에게 맘에 없는 선심으로 다가가지 말고 네가 할 수 있는 일을 찾아서 하면 돼. 선심 쓰는 셈치고 내비치는 동정은 사람의 자존심을 상하게 하는 수가 있으니. 알았지?"

 은수는 은혁에게 고개를 아래위로 끄덕이면서 웃었다. 은혁은 은수에게 괴로움과 기쁨을 말 할 수 있는 가장 가까운 핏줄이었다.

2

"사장님."

혁준이 막 회사에 들어서자 기다리고 있던 비서실장이 급하게 그의 옆에서 말을 꺼냈다.

"지금 회의 들어가셔야 합니다."

혁준이 시계를 보니 벌써 십 분이나 지나 있었다. 여태껏 단 한 번도 회의 시간을 잊어본 적 없는데 회의 자체를 잊어버렸다. 뿐만 아니라 출근길 내내 어젯밤에 은수의 행동들과 말이 머리 속에서 떠나지 않았었다. 연달아 일어나는 의외의 행동들이 기분이 나쁘지 않은 듯 그는 미소를 머금고 회의장으로 바쁘게 걸음을 옮겼다.

"죄송합니다. 제가 아침에 중요한 일로 인해 여러분들을 기다리게 했습니다. 제가 취임 후에 첫 회의에서 한 말을 기억하고 계십니까?"

자리에 참석한 사람들은 갑작스럽게 회의를 소집한 젊은 사장의 말에 대답하기보다 서로 눈치를 살피며 아무도 입을 열지 않았다.

"'모든 걸 받아들일 자신이 있습니다. 그러니 연륜이 있으신 여러분의 충고도, 비난도 겸허히 받아들이겠습니다. 하지만 이 자리는 탐내지 마시길 바랍니다' 라고 했습니다. 하지만 지금 저하고 경영권 분쟁을 하자는 겁니까?"

되돌아오지 않는 대답을 예상이라도 했다는 듯 그는 대답을 기다리지 않고 차분한 어조로 바로 말을 이어갔다.

"회사의 지분을 가지고 몇몇 분들이 지금 다른 분을 이 자리에 앉히기 위해 주식을 가지고 장난하시는 게 발견되었습니다. 여기서 지금 당장 사직서를 받지는 않겠습니다. 어느 사회나 줄타기는 존재하니 그쪽 줄에 서서 열심히 올라와 보십시오. 제가 그 줄을 끊어버리는 순간 그 줄을 잡으신 모든 분들은 가차없이 퇴사하셔야 합니다. 퇴직금과 스톡옵션까지 모두 거두겠습니다. 그 책임을 감당할 자신이 있으신 분만 시작하십시오. 경고가 아니라 도전장입니다."

술렁이는 회의장 안은 어느새 서로 간에 눈치를 보며 사장의 말에 아무 대답 없이 고개를 숙이고 있었다.

"전 연륜을 무시하는 사람이 아닙니다. 거기에 합당한 대접을 해드린 것에 불만이 있으시다면 저와 상의를 하십시오. 특히 신성자동차 최태욱 사장님 외 여러 이사님들."

얼굴이 흙빛으로 변하는 중역들을 보면서 이미 가지치기의 대상은 머리 속에 그려져 있었다. 그들은 가지고 있어도 끝없이 욕심내는 사람들이다. 자신들의 한계점은 깨닫지 못하고 더 높은 곳, 더 많은 것을 가지려 안간힘을 쓰는 그들을 보면서 인간의 욕심의 끝은 어디쯤인지, 그는 냉소적이지 않을 수 없었다.

"김혁준 사장, 무슨 근거로 그렇게 말하는 거지?"

최태욱 사장의 말에 모든 시선은 혁준과 함께 그의 고종사촌을 쳐다보았다. 태욱은 혁준과 같은 나이로 가장 핵심인 자동차 사업을 맡아 경영 능력을 발휘하며 입지를 점점 넓혀가고 있었다. 태욱은 혁준에게 가장 가까운 형제이지만 너무 멀어진 형제였다.

"최 사장님, 억울하십니까?"

"억울하다면 풀어주기나 할 건가?"

둘이 한 치도 굽히지 않고 팽팽하게 신경전을 벌이는 모습을 모두 침을 삼키며 보았다. 그룹 내 최고 경영자와 그룹 내 최고의 입지를 다진 내종 간의 신경전은 그들에게 또 다른 구경거리이기도 했다.

"얼마 전 주식 장외 매수하셨지요?"

혁준은 자신의 심기를 건드린 태욱의 자리 앞에 그동안의 동향이 적혀져 있는 서류철을 던졌다. 정확히 태욱 앞에 떨어진 서류철은 큰 소리를 내며 모든 사람의 시선을 얼어붙게 만들었다.

"최 사장과 여러 이사들의 명의로 주식을 사들여 지분 확보를 하시겠다는 의미가 아니면 무엇인지 설명해 주시지요."

다들 혁준의 말에 수긍하는 낯빛으로 태욱을 쳐다보았다. 그의 대답에 따라 오늘 또 패가 다시 갈릴 것이다.

"그런 건 귀신같이 알아내면서 그게 얼마 되지도 않는 건 모르는가 보지? 그깟 주식 몇 프로에 경영권이 불안하다면 차라리 그만두는 게 어때?"

태욱은 줄곧 비협조적인 태도로 혁준의 비위를 긁었지만 표정 변화 없이 안정적인 태도로 좌중을 압도하는 그의 모습이 마음에 들지 않았다. 아니, 조금 더 솔직히 말하자면 태욱은 그런 그의 모습이 질투나도록 탐났다.

"김 사장이 가진 지분에 우호 세력이 그렇게 없어? 난 계열사 분리하면서 어쩔 수 없이 사들인 것뿐이야. 경영권을 가지고자 했음 네가 취임하기 전에 이미 내 손에 놓아둘 수 있었어."

줄곧 표정 변화 없이 앉아 있던 혁준의 얼굴에 한쪽 입꼬리가 올라가며 비웃음이 걸쳐졌다. 자신보다 유리한 위치에서 시작한 태욱이 항상 자신을 압박하는 수단 중 하나가 경영권이다. 매번 되풀이될수록 서로 그 말이 얼마나 값어치 없어지는지는 알고 있을 것이다.

"그럼 금융감독위원회에 불공정 거래행위로 신고해도 되겠습니까? 내부자 거래에 안 걸려들 자신 있으신지요?"

태욱은 그가 던지는 말을 듣고 있자니 꼭 날카롭게 날이 선 칼날이 목에 닿아 조금만 움직여도 목 안으로 쑥 들어올 것 같은 기분이었다.

혁준은 붉어진 태욱의 얼굴을 보면서 회의장 안을 둘러보았다. 다들 설마 그렇게까지 하겠냐는 반신반의로 자신의 자리를 지키기 위해 머리를 굴리는 게 한눈에 보였다.

"내부자 거래? 부당 이익을 취했다고 생각하나? 우리나라에서 어느 기업이든 계열사 분리하면서 대주주의 지분 정리는 필수인 거야!"

태욱은 언성을 높이며 혁준을 쏘아보았다. 언제부터인가 그의 저런 무표정한 얼굴이 싫었다. 자신은 열을 내며 그를 자극하려고 하는데 오히려 멀리서 관망하는 표정이 그를 질리게 만들었다. 자꾸만 그 모습이 한 사람을 생각나게 해 더욱더 건드리고 무너뜨리고 싶었다.

"그 계열사가 1차적 유동성 자금의 위기가 있기 전에 팔아치우고, 그 주식에 대해 이익을 본 돈으로 신성그룹의 주식을 산 걸 내가 모를 것 같습니까? 미공개 정보를 이용해 이미 내리막길 걸은 사업장에 대해 집중적으로 주식을 처분해 부당 이익을 얻은 건 명백한 사실입니다. 증권거래법에 사내 미공개 정보를 이용한 주식 거래를 한 대주주는 십 년 이하의 징역이나 해당

손실금에 대해 여덟 배의 벌금을 내야 하는 건 잊지 않았겠지요? 거기다."

태욱은 혁준의 말을 끊었다. 더 들어볼 필요도 없는 명백한 사실을 늘어놓아 봤자 지금 이 분위기는 더욱 그를 불리하게 만들게 뻔했다.

"증거가 있다 해서 설마 그 증거를 넘기려는 건 아니겠지? 그게 넘어간다면 우리 자동차 사업뿐 아니라 신성그룹 전체가 시끄러울 텐데, 앞으로 기업 운영하는 데 득이 될 게 없다는 건 사장자리에 앉아 있는 네가 더 잘 알 거야."

말은 느긋하게 하지만 태욱의 얼굴은 이미 초조함으로 물들어 있었다. 한 번 아니다 싶으면 두 번 다시 돌아보지 않는 혁준의 성격에 조용히 넘어갈 것을 생각하는 것보다 피해를 줄일 수 있는 게 가장 좋은 방법일 거라 결정을 내린 것이었다.

"기업은 개인의 사리사욕을 차리는 곳이 아닙니다. 절대 앞으로 어떤 편법도 저희 그룹 내에서는 있어서 안 됩니다. 이런 일이 다시 발생할 경우엔 절대 그냥 넘어가지 않습니다. 참여연대 쪽에서 눈치챈 것 같아 미리 막았지만 이번 건은 분명히 내부에서 책임을 져야 하는 문제라고 생각하지 않습니까?"

혁준이 우호적으로 말하고는 있지만 분명한 책임의 중심에 서 있는 태욱에게 묻고 있었다.

"그렇다고 기업에서 전자 부분을 제외하고 가장 큰 성과를 내고 있는 최 사장을 경질할 수는 없는 일이네."

기업의 사외이사를 맡고 있는 노인의 말에 혁준은 웃으며 그의 눈을 맞추었다.

"그럼 아랫사람 관리 못한 제가 물러나야 하는 건가요?"

노인은 혁준의 말에 헛기침만 하며 그의 시선을 피했다. 책임을 요구하는 혁준의 말에 동조하던 사람들은 태욱만 쳐다보고 있었다.

"내가 책임지지. 내가 사장 자리를 내놓으면 되겠냐?"

태욱의 말에 혁준은 푹신한 의자에 몸을 깊숙이 기대어 주변을 보았다. 태욱을 동조했던 자들은 이미 포기했는지 고개를 숙이고 있었고, 다른 편에서는 혁준의 처사가 너무한 듯 이 분쟁을 어찌해야 할지 몰라 당황한 낯빛이 역력했다. 그의 말이 얼마나 큰 파장을 가져올지는 이미 이 자리에서 보인 거나 마찬가지다. 충분한 경고가 됐다고 생각한 혁준은 마무리를 위한 카드를 꺼냈다.

"신성자동차 사장 자리가 그렇게 쉬운 것인지 몰랐습니다. 전 그런 책임을 바란 게 아니란 걸 아실 거라고 믿습니다."

태욱은 자신을 쳐다보는 혁준의 눈이 날카롭게 빛을 내는 걸 발견했다. 먹이를 잡으면 절대 놓지 않는 하이에나와 같은 근성을 지닌 혁준이 이번 일을 들쑤시는 이유를 가지치기 작업인 줄 알았건만 그의 본심은 달랐다. 한동안 그의 행보를 보고 받으며 눈치챘어야 했다.

"내놓지."

회의장은 조용하다 못해 사람이 없는 듯 갑자기 적막감만 흘렀다. 혁준의 취임 후 꾸준히 걸어온 싸움에서 태욱이 또 패배한 것이다. 경영권 획득을 위해 한 발 내디딘 태욱의 걸음은 혁진으로 인해 두 발 뒤로 물러나게 된 모양새였다.

"내가 사들인 주식을 내놓지. 더불어 나와 같이했던 이사들 주식마저 내놓을 테니 그 이상은 바라지도 마."

혁준은 그제야 자리에서 일어나 앉아 있는 모든 사람과 일일이 눈을 맞추고는 입을 열었다.

"더 이상 제가 걸어가는데 앞에서 장난치듯 발 걸지 마십시오. 마음에 들든 안 들든 제가 이 자리에 앉은 이상 김혁준이 신성그룹 사장입니다. 저는 경영권 방어에 최대한 제 힘을 쏟아부을 작정입니다. 앞으로 싸움을 거실 거면 공개매수를 선택하시는 게 제일 좋을 것 같습니다. 그래야 진정한 싸움으로 한판 붙어볼 것 아닙니까?"

혁준의 말에 모두들 자신 앞에 나눠진 서류 몇 장을 보면서 아무 말도 하지 않았다. 그 서류에 몇 달간 태욱과 동조했던 이사들의 주식 거래 판매 동향과 계열사 정리의 시점까지 정리되어 있었다.

"오늘 회의 이만 마칩니다. 최태욱 사장은 앞으로 회의 때 자신의 상사에게 경어를 사용할 줄 아는 에티켓을 숙지하고 나오시기 바랍니다."

혁준의 나가는 뒷모습을 바라보며 회의장에 앉아 있던 사람들에게는 오늘 일이 만만히 보았던 조용한 젊은 사장을 다시 생각해 볼 계기가 되었다. 그리고 무모했던 태욱에 대한 평가도 다시 내려졌다.

 태욱이 회의장을 나와 혁준의 사무실을 들어가려 하자 비서진들이 그를 막아섰다.
 "지금 뭐 하는 거야?"
 "사장님께서 오전에는 아무도 들이지 말라고 하셨습니다."
 태욱은 '아무도' 라는 말에 힘주어 말하는 비서의 어깨를 한 손으로 꽉 잡고 눈을 맞췄다. 비서가 순간적으로 움찔하자 옆으로 밀치고 사장실 안으로 들어갔다.
 "야, 김혁준."
 "할 말 있음 나중에 해라. 어제 과음해서 머리 아파 죽을 지경이야."
 태욱은 창가로 의자를 돌리고 앉아 있는 혁준의 뒷모습을 보고 소파에 앉았다.
 "술고래가 과음이라고 하면 그 상대는 죽음인가?"
 혁준은 어차피 누구인지 안다면 저 성질에 가만있을 위인이 아니기에 태욱의 질문에 대답하지 않고 자신의 말만 했다.
 "너 아니어도 나 건드리는 사람 많으니 제발 그만 해라. 그리고 회의장에서 존칭 좀 명확히 해라. 누가 뭐라고 해도 난 네 상사야."

태욱은 고개를 갸우뚱거리며 대답을 피해 화제를 돌리는 그의 말을 신경 쓰지 않았다. 오히려 간만에 술에서 덜 깨어난 혁준의 술 상대가 궁금했다.

"너 그 자리에서 물러나면 그만둘게. 근데 술 상대가 누구시기에 잘나가는 김혁준 사장을 숙취에 몸서리치게 만드시나?"

혁준은 의자를 돌려 태욱을 보았다. 삐뚤어진 마음처럼 태욱의 말은 자신의 비위를 건드렸다. 피해도 될 말인 것을 알면서도 자신같이 되어보라는 마음으로 말했다.

"여자. 은혁이 동생."

태욱은 놀라움을 감추지 않고 혁준을 보며 분노의 눈빛을 내비쳤다.

"설마, 너 결혼할 생각으로 여자를 만나고 다니는 건 아니지?"

"아직은 몰라. 단 한 번 만나고 결혼을 결정할 만큼 쉬운 여자 아냐."

"그럼 만나지 마. 만나지 말고 쳐다보지도 마. 너한테는 허락되지 않는 거야."

태욱의 분노를 이해하지 못하는 것이 아니었다. 하지만 이제 그 자리에 머물러 있기에는 많은 시간이 흘렀다.

"허락받을 일이라고 생각 안 해. 정 회장님의 지지를 받는다면 이 자리를 지키기가 더 쉬워."

태욱은 자리에서 일어나 혁준의 앞으로 걸어왔다. 태욱은 두 손의 주먹을 꽉 지고 온몸을 부르르 떨고 있었다.

"지현이는 어쩌고 다른 여자를 만나서 결혼한다는 거야?"

혁준은 아무 대답 없이 태욱을 한참 바라만 보다 미간을 찌푸리며 어렵게 말을 꺼냈다.

"지현이는 오 년 전에 죽었어."

태욱은 우악스러운 손길로 혁준의 멱살을 잡아 단번에 의자에서 일으켜 세웠다.

"왜 죽었는데? 너한테 사랑을 구걸하다 비참한 모습으로 왜 죽었는데? 그때 네가 결혼한다고 했으면 안 죽었어. 근데 이제 와서 지현이는 죽었으니까 결혼하겠다고? 그때 결혼했으면 지현이는 죽지 않았어!"

꽉 잡힌 멱살의 갑갑함도 잊어버린 채 오히려 혁준은 안쓰러운 눈빛으로 태욱을 내려다보았다. 지현의 눈길 한번 받지 못하면서도 그녀 곁을 끈질기게 맴돌다 힘들면 어깨를 내어주는 역할마저 흔쾌히 했던 외사랑의 아픔을 아직도 벗어나지 못한 그의 미련함이 측은했다.

"죽을 목숨이었어. 운명이 거기까지였던 걸 나한테 어떡하라고? 그때로 돌아가면 난 똑같이 말할 거야. 시간은 흐르고 죽은 사람은 잊히기 마련이야."

혁준의 입에서 처음으로 듣는 지현이에 대한 냉정한 말에 태욱은 힘이 빠진 듯 손을 놓았다. 태욱은 혁준의 기억 속에서 살아 있길 바랐을 지현이 혁준의 가슴이 아닌 자신의 가슴속에 남아 있는 걸 안다면 쓸쓸해할 그녀의 모습이 떠올랐다.

"그렇다고 지현의 부탁을 잊은 건 아니겠지?"

혁준은 창가로 들어오는 햇살에 눈이 부셔 잠시 눈을 감았다. 오 년 동안 끊임없이 혁준을 쫓아다니며 피할 수 없게 만들어 버리는 질문이었다. 왜 그토록 마지막까지 자신에게 집착을 했는지 지현을 탓할 수 없는 자신의 무심했던 태도 또한 매번 상기되었다.

"사람의 감정을 어떻게 장담해? 눈앞에 사랑이 보이는데도 이건 사랑이 아니야, 지현이가 부탁했으니 이건 사랑이 아닐 거야 하고 뒤돌아서는 게 옳다는 거야? 무슨 수로 막을 수 있어? 너와 지현이도 끝내 벗어나지 못한 사랑이 나한테 찾아오면 난 무슨 수로 벗어나라는 건지 모르겠다."

혁준은 그동안 한 번도 입 밖으로 내본 적 없는 자신의 감정을 갑자기 눈앞에 떠오르는 은수의 웃고 있는 얼굴 때문에 태욱에게 불쑥 말했다. 그는 약속이라면 약속이고, 마지막 부탁이라면 마지막 부탁인 지현의 말을 들어주고 싶었다. 하지만 오늘 아침 물어오는 태욱의 말에 숨이 막혀 버릴 것 같았다. 단어 하나하나가 얼기설기 엮이어 단단한 줄이 되어 자신의 목을 꽉 조이는 기분이었다.

"최소한의 노력은 하고 있다고만 말해라. 피할 수 있다면 피하겠다고 말해 줘. 내 말이 억지스러운 것 알고 있지만 난 네가 죽은 사람 앞에서 한 약속을 그렇게 쉽게 버릴 놈이 아니라고 믿고 싶다. 그리고 지현이 쉽게 잊혀지지 않을 만큼 그렇게 특별했어."

"나도 모르겠다. 버겁다고 말하면 이해하겠니? 지현이가 특별했던 건 사실이야. 하지만 나한테 책임을 물으라고 한다면 지난 오 년간 내 주변을 봐."

그들 사이에는 지현이라는 벽으로 인해 더 이상 대화를 할 수 없어졌다. 답답해진 혁진은 말을 돌렸다.

"내일 저녁 은혁이가 히스(his's)에서 여덟 시에 만나자고 연락 왔어."

알았다는 말을 마치고 나가는 태욱의 모습을 보면서 혁준은 불현듯 스치는 생각에 명함 한 장을 꺼내보았다. 그리고 왜 하필 그때 은수의 모습이 떠올랐고 그런 용기가 어디서 났는지 차근히 생각해 보아야겠다는 생각을 하면서 전화번호를 눌렀다.

선덕고아원 뒤뜰.

"정은 씨, 오랜만이네."

은수는 일을 분업하기 위해 뒤뜰에 모인 자리에서 정은을 발견했다. 가뜩이나 마른 그녀의 몸이 그새 앙상한 뼈만 남은 듯 마음고생 한 것이 눈에 보였다.

"네, 그동안 잘 지내셨어요?"

정은은 차분히 대답하면서도 못내 은수와 마주쳐야 하는 이 자리가 불편했다. 자신의 결혼 생활을 들여다보고 있기에 그녀

앞에서는 자신의 치부를 들킨 것 같은 수치심마저 들었다.
"영화 보라고 표 줬는데 재미있었어?"
"네?"
"아냐, 착각했다."
 은수는 병현이가 당연히 그녀와 영화 보러 같이 갔을 거라는 생각에 물어보았다. 아무것도 모르고 궁금한 표정으로 되물어 오는 정은이 때문이 괜한 말을 꺼낸 게 아닌지 걱정되었다.
 '언제쯤에나 그놈의 마음이 열리려나.'
 둘은 할당된 이불 빨래를 두 손 가득 들고 각자 큰 대야에 넣은 후 바지를 걷어 올리고 안으로 들어가 밟기 시작했다. 유달리도 말이 적은 정은이랑 같이 있는 것이 어색한 은수는 이런 저런 이야기를 꺼냈다.
"근데 정은 씨, 난 내가 사랑하는 사람에게 사랑받지 못한다면 아마 가슴이 아플 거야. 지금 행복해?"
 정은은 은수를 보며 고개를 끄덕이고 다시 고개를 숙여 계속해서 이불을 밟았다. 순간 정은이 은수에게 보여주었던 알 수 없는 감정으로 뒤덮여 있음에도 불구하고 평안한 검은 눈동자는 자신이 한 말을 부끄럽게 만들었다.
"언니, 더 가슴 아프고 더 힘든 일은 그 사람에게 내가 사랑하는지, 어떻게 느끼는지를 차마 전하지 못할 때에요."
 정은은 차분히 말하고 있지만 희미하게 떨리는 음성이 그녀의 아픔을 고스란히 전해주는 것 같았다.

"난 정은 씨가 참 좋은 시기를 너무 아프게 보내는 것 같아서 안쓰러워. 가고 싶은 곳 다니고, 하고 싶은 일 하면서 살아. 정은 씨가 살고 있는 인생은 단 한 번이고 기회도 한 번이야. 정은 씨가 아무리 사랑한다 해도 인연이 아니라면 그 일이 인생에서 가장 슬픈 일이라도 보내주어야 해."

매몰찬 은수의 말에 정은의 눈가에 눈에 띄게 눈물이 고이기 시작했다. 평온해 보이던 그 눈동자도 어느새 이리저리 흔들리는 그들의 관계와 같았다.

"기회가 한 번이고 내 인생도 한 번이라면 난 오빠 곁에 있는 걸 선택하겠어요. 난 오빠를 사랑하기까지 하루가 걸렸지만 잊는 데는 평생이 걸릴 거예요. 이 사랑은 폭풍같이 다가와 내 안을 다 잠식시켜 버리고 이젠 내가 되어버린 거예요. 이해할 수 있겠어요?"

은수는 긴 말을 차분히 또박또박 말하는 정은을 살펴보았다. 아파 보이지만은 않은 그녀를 자신의 편견으로 아파 보이게 만들 수도 있다는 생각이 들었다. 자신이 보려고 했던 모습으로 정은을 보고 판단했기에 그녀를 더 괴롭혔을지도 모른다는 생각이 들었다.

"언니, 전 불행하다고 생각하지 않아요. 언니가 절 항상 안타깝게 보시는 것 알아요. 근데 전 남들의 눈에 아프고 힘들어 보일지 몰라도 희망이란 게 있어 그렇지 않아요. 언제가 그 여자에 대한 사랑이 옅어지거나 시간이 흘러 기억 속에 희미해진다면 나를 한번 돌아봐 주지 않을까, 내 감정을 한 번쯤은 표현할 날이 오지 않을까 하면서 기다리는 시간이 힘들지 않아요."

은수는 정은의 사랑을 자신의 마음대로 가볍게 보고 던진 말에 상처받지나 않을까 미안해졌다. 이젠 그녀만의 사랑이고 그녀가 짊어질 짐이기에 더 이상 말하지 않아야겠다고 생각했다. 은수는 각기 다른 사람이 다른 생각을 가지고 살아가는 것인데 자신만의 기준으로 보았다는 생각에 씁쓸해졌다.

"정은 씨의 사랑을 얕게 봐서 한 말이 아닌 거라고 생각해 줬으면 좋겠어. 난 모든 걸 내 기준에 놓고 평가하는 버릇이 있거든. 안 좋은 것 아는데 잘 안 고쳐진다."

멋쩍게 웃으며 말하는 은수를 따라 정은도 웃었다. 겨울의 추위를 막아주는 따뜻한 오후의 햇살마냥 편안한 미소를 짓고 있는 정은을 보면서 언젠가 저 미소가 얼어붙은 병현의 마음도 녹일 수 있다는 생각이 들었다.

"그게 언니의 매력일지도 모르죠."

"그런가? 내가 뭔들 매력적이지 않겠어."

은수의 장난스러운 말에 정은도 기분이 좋아져 빨래를 힘차게 밟으면서 이런저런 얘기가 오갔다.

"은수야!"

은수는 김 여사 일행이 멀리서 부르며 다가오자 대야에서 나와 가볍게 고개를 숙여 인사했다.

"몇 달 안 나오셨죠? 근래 서울클럽 대표 사모님들이세요. 입

김들이 보통이 아니에요. 특히 우리 시어머님 조심하세요. 아까 점심때부터 기분이 안 좋으세요."

은수의 귓속에 대고 조심하라고 일러주는 정은이 귀여워 웃음이 나왔다.

"은수, 오랜만에 나왔구나. 안 그래도 안 보이기에 궁금했는데 그동안 신성그룹 사장하고 애기가 있었다며?"

은수는 병현의 어머니인 이 여사의 말에 당황하며 김 여사를 쳐다보았다. 뭐가 그리 좋은지 웃음꽃을 피우며 다른 사람들과 얘기를 나누면서도 자신에게 눈을 흘겼다. 뜻을 알아차린 은수는 인위적으로 활짝 웃으며 이여사의 궁금증을 풀어주었다.

"한 번밖에 만나지 않아서 이렇다 드릴 얘기는 없지만 나중에 잘되면 제일 먼저 알려 드릴게요."

"어머! 그럼 은수 엄마 너무 앞서 갔던 것 아냐? 우리한테는 이미 다 된 거라고 하더니만 한 번뿐이 안 만났는데 무슨 사돈 소리를 해."

"아니, 내 말은 우리 은수가 혁준이랑 잘 어울리니 사돈을 맺어도 괜찮다고 했지 내가 언제 사돈이 됐다고 했어?"

"하여간 김칫국부터 마신다니까. 김 여사 말은 반은 허풍이라고 알아서 생각해야지 별수있겠어."

"야! 이복순, 너 말이면 단 줄 알아? 신성 회장님이 아까 나한테 사돈 맺었으면 좋겠다고 두 손 꼭 붙잡고 잘 부탁한다는 것 못 봤니? 우리 바깥양반 인품이 좋아서 여기저기 달라는 것 골라가며 뿌리치는 애가 우리 은수야. 우리만 좋다 하면 줄을 서는 집안이 1㎞란 말이야. 어디서 아들 하나밖에 없는 주제에 까불어."

"엄마, 1㎞는 심했다. 100m로 줄여."

정은은 뭐가 그리 재미있는지 참지 못하고 벌써부터 키득대기 시작했다. 김 여사는 은수의 말을 무시하며 쳐다보지도 않았다.

"내가 이름 부르지 말라고 했지? 솔직히 말해서 은수가 정 회장님 닮았니? 허구한 날 병현이 꼬드겨 술 마시고, 쌈질하고. 우리 병현이 얼마나 얌전한데 은수 만나서 애 버린 것 세상이 다 안다."

"야, 입은 삐뚤어져도 말은 바로 하라고 언제 우리 은수가 병현이를 꼬드겨? 은수가 꽃뱀이냐? 내가 그렇게 같이 유학 보내지 말자고 했는데 네가 같이 보내자고 부추겼잖아. 네 아들 모자란 걸 어디서 우리 은수 탓을 하니? 은수가 같이 놀아준 걸로 감지덕지해라. 내 딸이라 하는 말이 아니라 애가 마음이 넓어서 네 아들이랑 어울렸지, 조금만 마음이 좁았으면 가까이 오지도 못하게 했을 거야."

"어머, 정말 기가 막히고 어이가 없네. 너 그런 식으로 살지 마라."

"너나 그런 식으로 살지 마."

은수와 정은은 점점 유치해지는 둘의 싸움에 터져 나오려는 웃음을 애써 참으며, 자식이라면 끔찍한 두 어머니가 붙었으니 쉽게 끝나지 않을 거라는 생각에 잠시 뒤로 물러섰다. 계속되는 말싸움에 육탄전으로 치닫으려는 분위기가 보이자 처음 보는 부인이 나타났다.

"알 만하신 분들이 사람 많은 장소에서 낯뜨겁게 이러시면 안 되죠. 이 여사께서 기분이 안 좋으신 것 같으니 이번 일은 덮어 두시고 어서 일이나 합시다."

은수는 처음 보는데도 그녀가 혁준의 어머니인 걸 한눈에 알 수 있었다. 여자치고 큰 키에 선이 고운 얼굴을 가진 단아한 외모는 귀품이 흘렀다. 혁준이와 똑 닮은 콧날과 눈매는 여장부의 모습을 나타내기에 부족함이 없었다. 은수는 부인이 자신을 차근차근 훑어보는 시선에 당황해 고개를 숙였다.

"들었지? 이복순, 앞으로 까불지 말고 네 자식이나 간수 잘해라."

"흥! 팔은 안으로 굽는다 하더니 내참. 김순덕, 너나 은수 관리 잘해라."

두 사람은 앙칼진 목소리로 서로 쏘아붙이고는 각자 다른 방향으로 걸어갔다. 두 사람이 완전히 사라지자 은수와 정은은 웃음을 터뜨렸다. 그 모습을 보던 혁준의 어머니도 웃음을 머금었지만 은수를 보는 싸늘한 시선은 좀체 걷혀지지 않았다.

"오늘 늦는다고 혁준이한테 전화 왔었다. 회사에 무슨 일

있냐?"

은혁은 가뜩이나 차가 막혀 약속 시간을 넘기고 있었는데 혁준이 늦는다는 전화로 인해 마음이 급했다. 꽉 막혀 있는 도로에 신호까지 무시하고 차 사이를 새치기해 가며 겨우 빠져나와 히스(his's) 앞에 도착했다. 혼자 있을 태욱 때문에 주차요원에게 키를 던져 주고 빨리 걷기 시작했다. 아마 며칠 내로 도착할 교통위반 벌칙금만도 몇 통이 될 거다. 룸 안으로 들어서자 태욱 혼자 이미 한 병이 넘는 술을 비우고 있었다.

"몰라. 그 새끼야 원래 세상에서 제일 바쁜 놈이잖아."

"한동안 잘 지내는 것 같더니 뒤틀린 이유가 뭔데?"

은혁은 지난 오 년간 그들 사이에서 한쪽만 친구라고 편을 들어줄 수 없기에 아슬아슬하게 걸쳐 있었다. 요 몇 달 이제야 제자리를 찾아가는 것처럼 보이던 그들의 관계가 다시 틀어질까 봐 조바심에 운을 띄웠다.

"없어, 시간 약속 안 지키는 네놈을 어찌 죽일까 고민하다 상상으로만 끝냈으니 겁먹지 말고 와서 술이나 따라라."

"미친 새끼. 네놈의 상상을 현실화시키면 나의 반응은 어떨지 생각해 봤냐?"

은혁이 멀찌감치 떨어져 앉으며 말하자 험악해 보이던 태욱의 얼굴이 조금은 편하게 풀렸다.

"항상 나의 상상에서는 넌 비굴하게 살려달라고 애원하는데, 현실에서도 마찬가지라 믿어 의심치 않는다."

"과소평가하기는."

은혁의 말에 피식 웃는 태욱에게 은혁은 한참을 망설이다 말을 꺼냈다.

"혁준이 내 동생하고 만났다."

"알아."

"왜 만났는지도 알아?"

태욱은 은혁의 말에 대답하지 않고 얼마 남아 있지 않은 술을 잔에 가득 채워 물 마시듯 벌컥벌컥 들이마셨다.

"네 동생 단념시켜라. 혁준에게는 지현이가 있다."

은혁은 태욱의 반응을 예상했지만 은수 때문인지 컵을 쥐고 있는 손에 힘이 들어갔다.

"지현이는 오 년 전에 교통사고로 죽었고 혁준이는 아무런 책임이 없는 놈이야. 다만 죽기 전에 맘 편히 가라고 허튼 약속 한 것 가지고 옭아매지 마라."

"약속은 약속이야."

은혁은 한자한자 힘주어 말하는 태욱의 술잔에 술이 넘치도록 따르면서도 멈추지 않았다.

"지나친 것은 모자란 것만 못한 법이지. 지현이가 그때 욕심을 부리지 않았다면 그럴 일은 없었어. 왜 모든 걸 혁준이 탓으로 돌리는 거야. 네가 사랑했던 여자니까?"

"내가 사랑하는 여자야. 지금도 울면서 어딘가에서 혁준이를 부르고 있을까 봐 괜히 주변을 돌아보게 돼. 어디서 '태욱아, 나

우울해' 하면서 달려와 울 것 같아 밤에 잠도 안 와. 그런 지현이가 마지막 통화 때 뭐라고 했는지 알아!"

태욱이 처음으로 마지막 통화에 대해 말을 꺼냈다. 처음 지현의 사망 당시 마지막 통화자가 태욱이기에 그녀의 죽음이 자살이냐 사고냐 하는 문제로 고심할 때도 그는 평범한 통화였다며 내용에 대해 함구했다. 그 후로 모두 궁금증을 뒤로한 채 잊고 있던 이야기를 태욱이 먼저 꺼냈다.

"뭐라고 했는데?"

룸의 문을 소리나게 닫고 들어서는 혁준의 표정은 보는 사람마저 오금이 저릴 정도로 싸늘했다. 죽어서마저 자신들 곁에 맴도는 지현을 끔찍이도 사랑했던 태욱과 잊어버리려고 노력하는 혁준 사이에 또 다른 고비가 찾아왔다.

"알 거 없어."

혁준은 의도적으로 대답을 피하는 태욱의 앞으로 걸어가 그가 마시던 술잔을 빼앗아 바닥에 떨어뜨렸다. 혁준은 깨진 유리조각을 발로 짓밟으며 태욱의 눈을 쳐다보고 말했다.

"두 번 안 물어. 지금 말하지 않을 거면 지현이 얘기 내 앞에서 두 번 다시 꺼내지 마."

태욱은 은혁 앞에 놓인 술잔을 집어 들어 혁준에게 던졌다. 컵은 아슬아슬하게 혁준의 얼굴을 비켜갔지만 술은 그의 얼굴 위로 뿌려졌다.

"꺼내지 마! 그따위 소리가 너한테서 나와? 지현이는 결혼해

주지 않겠다는 너한테 잊혀지지 않는 특별한 여자로 남기 위해 자살을 선택했어. 지현이는 언제나 불안했고 버려진다는 상상 속에서 벗어나지 못했어. 그러니까 네가 죽인 거라고!"

룸 안 가득 무거운 긴장감이 짓누르고 있었다. 혁준의 얼굴에서 타고 흐르는 술이 바닥에 떨어지는 소리 외에는 세 사람 모두 숨이 멎은 듯 가만히 있었다.

"내가 언제까지 이런 대접을 받아야 할까?"

혁준은 기운을 다 잃어버린 사람처럼 소파에 털썩 주저앉아 두 손으로 머리를 감쌌다.

"매번 똑같은 얘기야. 다른 사람 사랑하지 말고 그 누구와도 결혼하지 말라고 죽어서까지 이기심 부린 지현이 때문에 이게 무슨 꼴이야? 너희 형제잖아. 내종사촌이라고 해도 어렸을 때부터 한집에서 같이 커왔잖아. 교통사고였든 자살이었든 지현이는 이미 죽은 사람이야. 그만들 잊어. 죽은 사람 들먹거리는 것 고인한테 못할 짓인 거 모르니?"

태욱은 은혁의 말에 자리에서 일어나 걸려 있는 양복 상의를 낚아채듯이 꺼냈다. 그리고 앉아 있는 두 사람을 쏘아보며 힘주어 말했다.

"죽은 사람은 잊히지만 사랑하는 사람은 잊히지 않는 법이야. 단 한 번도 지현이에게 사랑한단 말 할 기회조차 없이 보냈어. 너희들 눈에는 지현이를 붙잡고 있는 내가 미친놈처럼 보일지 몰라. 하지만 가질 수 없었기에 더 간절하고, 사랑받지 못한 아품을 알기에 죽어가면서까지 원했다는 걸 들어주고 싶은 거야."

 문을 닫고 나가는 태욱의 뒷모습에 둘 다 길고 긴 한숨을 여러 번 내뱉었다. 지현이의 문제는 극으로 치닫고 극으로 받아치며 깨져 버려서라도 마무리를 지어야 하는 시기가 가까이 온 것을 둘 다 알고 있었다.

 "잊어버려. 저 자식 지현이라면 워낙 끔찍하게 아껴서 더 한 거야."

 "자살인 것 알고 있었어. 그래서 나도 들어주려고 노력했어."

 "나도 알고 있었어. 오 년 전 일이야. 잊어."

 "휴…… 할 말 없다."

 "예전엔 그냥 넘기더니 오늘은 왜 태욱이를 긁었냐?"

 "화가 나서. 웃는 걸 잊어버렸는지 오랜만에 웃으니까 어색하더라. 그러면서도 자꾸만 웃고 싶었어. 나도 웃으면 안 될까. 이딴 생각 들고 왜 나만 불행할까 싶고 요새 일이 꼬여서 스트레스 받았나 봐."

 은혁은 고개를 떨어뜨리며 힘없이 말하는 혁준을 보면서 자신의 여동생이 혹시라도 상처를 받을까 걱정되었다.

 "자살이든 교통사고든 죽은 사람은 묻어두는 게 가장 좋은 방법이야. 지현이도 하늘에서 네가 행복한 걸 보고 싶어할 거야. 사랑했다면 행복을 빌어주고 있을 거야."

 혁준은 대답 대신 새 술잔에 술을 따라 은혁에게 건네주었다. 룸 안에는 여러 번에 걸쳐 술잔 부딪치는 경쾌한 소리만 울리고 한참 동안 정적이 흘렀다.

"은수 별말없냐?"

은혁은 갑작스럽게 은수에 대해 묻는 혁준에게 놀란 표정을 감추지 않고 되물었다.

"별말없냐는 게 무슨 뜻이냐?"

"뭐, 그런 것 있잖아."

"뭐?"

"짜식, 쑥스럽게. 대충 알아들어라."

"김혁준, 짜증 내기 전에 말해라."

"내참, 괜찮은 남자인 것 같다든지 몸매가 좋다든지 성격이 마음에 확 꽂힌다, 또는 굉장한 미남이다 등의 무슨 평가가 있을 것 아냐?"

"이런 미친놈, 술 많이 마셔서 푸석푸석한 것 빼고는 별말없었는데, 우리 은수는 내가 옆에 있기 때문에 웬만한 남자를 두고 괜찮다는 평가를 내리기 힘들지."

"내가 웬만한 남자는 아니지."

"뛰는 김혁준 위에 나는 정은혁 있다. 까불지 마."

"마음대로. 하여간 별말없었다는 거네."

은혁은 맥 빠진 혁준을 보면서 문득 떠오르는 생각에 혁준을 쳐다보았다.

"그냥 하는 소리인데 은수가 너랑 자자고 했냐, 아님 잤냐?"

혁준은 은혁의 말이 떨어지기도 전에 손을 뻗어 은혁의 머리를 내려쳤다. 큰 소리를 내며 혁준의 손이 은혁의 머리에 닿자 은혁은 두 손으로 머리를 감싸며 인상을 찌푸렸다.

"네 여동생을 그따위로밖에 안 보냐? 아님 날 그따위 허접한 새끼로 본 거냐?"

은혁은 아직도 아픈지 머리를 문지르며 혁준의 말에 슬그머니 웃으며 소파에 몸을 기댔다.

"걔가 워낙 자유분방해야지. 맘에 들면 앞뒤 상관없이 자기 좋은 대로 하고 마는 성격이라 물어본 거야. 앞으로도 절대 건드리지 마라. 하고 싶으면 플라토닉으로 해라, 플.라.토.닉."

"강조하지 않아도 돼. 은수 정말 자유로워 보이더라. 근데 막무가내가 아니라 선이 보이게 자유로워. 그 모습이 예뻐."

혁준이 아직도 할 말이 남아 있듯이 손가락으로 테이블을 툭툭 치며 생각에 잠기자 은혁은 궁금함을 꾹 참고 그의 뒷말을 기다렸다.

"은수는 표현하는 것에 겁을 내지 않고, 자신에 대해 당당해 보여. 주변의 평판보다 자기 기준을 더 중요시 여기는 약간은 공격적인 여자 같아."

말하는 혁준의 표정은 즐거웠던 첫 만남을 상기시키듯 미소가 걸쳐져 있었다. 그는 단 한 번의 만남으로 그녀를 평가할 수는 없으나 그동안 사업적으로 키워진 감각에 의하면 자신의 평가가 많이 빗나가지 않을 것이라 생각했다. 혁준의 웃음 띤 밝은 얼굴을 오랜만에 본 은혁은 속으로 반가웠다. 하지만 그것이 은수로부터 생긴 것이라면 왠지 탐탁지 않았다.

"우리 은수는 표현하는 것을 겁내지 않지만 표현하고 나서 혼자 후회하고 자신의 기준이 최우선이라고 생각하는 오만함을 지녔어. 당당하지만 쉽게 우울해지는 성향이 있지. 한마디로 변덕이 죽 끓듯 하지. 그래도 다른 여자들에 비해 공격적이면서도 지성적이긴 해. 그 애를 한 번에 평가하려고 들지 마."

"단 한 번을 만나도 거부감을 주는 사람이 있다면, 은수는 그 다음번 만남을 기대하게 만드는 여자인 건 확실해."

"왜 또 만나? 너희들 만나서 뭐 할 건데?"

"알아서 뭐 하게?"

"몰라. 술 값 네가 내."

"왜 내가 내? 네가 만나자고 했잖아."

"너 그럼 내 동생 만나지 마."

"아, 치사한 자식."

"잘해라."

혁준은 주말임에도 불구하고 쌓여 있는 업무 때문에 출근했다. 평상시 같으면 평일과 다를 바 없이 근무를 하겠지만 은수와 만나기로 약속한 이상 급하게 마무리했다. 혁준은 약속 시간보다 넉넉히 회사를 나와 한남동으로 차를 몰았다.

"은수가 얼마나 꽃을 좋아하는지 아나? 것도 계집애라고 장미 사다 주면 볼에 뽀뽀하고 안기고 이성을 잃어버리지. 정말 그 맛에 꽃 산다."

혁준은 술에 취했던 은혁에게 은수에 대한 정보를 얻어내려 부단히도 노력했지만 얻어낸 것은 달랑 장미꽃을 좋아한다는 것뿐이었다. 은수의 집 앞에 도착한 혁준은 차에서 장미 꽃다발을 들고 내렸다. 은수에게 도착했다는 문자를 보낸 혁준은 자신이 손수 골라서 만든 장미 꽃다발을 쳐다보며 괜스레 볼을 한번 쓰다듬었다.

"촌스럽게 웬 꽃이에요?"

은수가 대문에서 나와 혁준의 손에 들려 있는 꽃다발을 보자 달갑지 않은 표정이었다. 혁준은 그녀의 표정에 당황해 자신도 모르게 꽃다발을 등 뒤로 숨겼다.

"설마 나 주려고 가져온 건 아니죠?"

은수의 톡 쏘는 말에 혁준은 할 말을 잃고 속으로 은혁을 탓하며 굳어 있었다. 장난기가 발동한 은수는 뒤로 쏙 감추고 있는 꽃다발을 뺏으려 가까이 다가갔다. 그녀가 가까이 다가가자 그는 더 멀리 꽃다발을 옮기며 뺏기지 않으려 애썼다.

"난 그러니까, 그래, 은혁이 어머님 드리려고 사 왔지."

은수는 혁준의 말을 들은 척도 하지 않았다. 혁준은 자신이 생각해도 참 어이없는 변명이었다. 자꾸만 뒤에 감춘 꽃다발을 잡으러 은수가 몸을 붙여오자 혁준은 그녀의 볼록한 가슴 때문에 당황했다. 그녀의 볼록한 가슴이 그의 가슴에 닿아 이리저리 움직이자 혁준은 몸을 은수의 앞쪽으로 슬쩍 밀었다. 그러나 은수의 볼록하던 가슴은 온데간데없고 횡한 바람만 뜨거워지려고 발동 걸렸던 가슴을 쓸고 지나갔다. 그리고 은수의 손에 꽃다발이 들려 있었다.

"내 허락없이 백만 불짜리 가슴을 느꼈으니 이 꽃다발은 그 보상으로 받을게요."

은수가 조수석 문을 열고 차를 타자 혁준은 왠지 자신이 당했다는 생각이 들었다. 그제야 혁준은 입가에 미소를 지으며 차 안으로 들어가 운전대를 잡았다.

"너 운전면허 있는 건 확실해?"

은석의 질문에 은혁은 아랑곳하지 않은 채 차들 사이를 아슬아슬하게 비켜가며 혁준의 차를 따라갔다. 어찌나 험악하게 운전하는지 은석의 몸은 은혁이 핸들을 움직일 때마다 같은 방향으로 휩쓸려 다녔다.

"혁준이 그 새끼가 은근슬쩍 외계인의 가슴을 농락하는 걸 본 이상 나와 형은 기필코 저 새끼에게 플라토닉의 정의를 알려줘야 할 의무가 생겼다고 봐."

"내 보기에는 은수가 일부러 그런 것 같은데, 생각해 봐. 혁준이는 가만히 서 있는데 은수가 몸을 가까이 가져가 이리저리 틀었잖아."

"형은 누구 편이야?"

"지금 우리 편 가르기 하는 거였냐?"

"저런 극악무도한 놈에게서 우리 은수를 한마음 한뜻으로 지켜야 할 것 아냐!"

은혁은 갑자기 들려오는 사이렌 소리에 룸미러로 뒤를 살펴보다 도로 한쪽에 차를 정차시켰다. 두 사람의 대화는 어느새 도로의 무법자였던 은혁의 잘못인가, 아님 우리나라 경찰의 극악무도한 단속의 문제인가로 옮겨지면서 언성이 높아졌다.

상암 CGV 골드클래스 영화관 라운지에 은수가 혁준에게 팔짱을 살짝 끼고 여느 다정한 연인처럼 들어왔다.

"아까 우리 뒷차 봤어요? 대낮에 시내 한복판에서 레이스를 하는 것도 아니고 무슨 운전을 그렇게 험악하게 하는지 완전 무법자가 따로 없더라고요."

"신경 쓸 것도 많다. 경찰이 붙잡던데 알아서 처리했겠지."

은수는 소파를 빼주며 자리를 청하는 혁준의 모습을 훑어보았다. 확실히 혁준은 옷을 입는 감각을 아는 남자였다. 감색 니트와 회색 바지를 입고 있으니 인상 자체가 부드러워 보이고 조금 더 여유있어 보였다. 그리고 처음 만났던 날과 달리 그는 이야기 도중 보일 듯 말 듯한 미소를 자주 지으며 밝아 보였다. 맞은편에 앉은 혁준은 시계를 보며 영화 상영까지 남은 시간을 계산하고 주변을 돌아보았다. 그의 모습에 은수도 따라 고개를 움직였다. 그의 시선이 옆 테이블에 젊은 대학생들이 탑을 쌓는 보드게임을 하고 있는 모습에 멈추었다.

"저거 무너지면 속상할 거예요."

"그렇겠지. 그래도 여럿이 같이 하면 재밌는 것 아니겠어."

은수는 혁준의 말이 쓸쓸하게 들렸다. 그는 저 젊은 대학생들의 열기가 부러운 것인지 눈을 떼지 않고 있었다.

"게임할 줄 알아?"

"그럼요."

"무슨 게임 할래?"

"우리가 하자고요?"

"설마 할 줄 모르는 건 아니지?"

"해봤어요. 나도 할 줄 알아요."

은수는 보드게임이라는 것 자체를 한 번도 해본 적이 없었다. 혁준이 아는 것을 자신이 모른다고 말을 하기에 자존심이 상한 은수는 발끈했다.

"무슨 게임 할래?"

"브루마블."

혁준이 어이없어하는 표정을 하자 은수는 조그마하게 말했다.

"혁준 씨 마음대로 해요."

은수의 말에 혁준은 직원에게 게임을 말하고 세팅되기를 기다렸다.

"이 게임은 'AMAZING LABYRINTH', 즉 미궁이라고 알려진 게임이야. 길 찾기 게임이니까 쉬울 거야. 게임이니 오늘 저녁 내기할까?"

은수는 지금 혁준이 진심으로 내기를 하자는 건지 어지러운 테이블에서 그에게로 시선을 옮겼다. 니트의 소맷자락을 위로 걷으면서 전의에 불타는 그의 모습에 그녀는 할 말을 잃었다.

"남자가 첫 데이트에서 저녁 내기나 하자고 하고, 사람이 그렇게 쫀쫀하게 굴면 안 돼요."

게임 도구들이 하나씩 자리 잡기 시작하면서 혁준은 혼자 바빠지기 시작했다. 커다란 정사각형 판을 펼치고 사십구 개의 길 모양 카드들을 판 위에 불규칙적으로 늘어놓았다. 하나의 길 모양 카드를 판 옆에 두고 나머지들은 보물카드라며 섞은 후 각자 앞에 열두 장씩 놓았다.

"어떻게 하는 건지 알지?"

"네, 걱정 말아요. 설마 내가 이런 게임 하나 모를까."

은수는 자신있게 손을 놀리는 그를 보며 은근히 부아가 치밀어 올라 생전 처음 보는 게임을 여러 번 해본 듯 말했다.

"혁준 씨부터 시작해요. 선을 내주는 건 보통 큰맘먹고 못하는 거 알죠?"

혁준은 그녀의 뜻이 무엇인지 아는지 한참 웃음기를 머금고 자신의 앞에 놓인 보물카드 한 장을 열어보고는 노란색 말을 움직이기 시작했다.

"판 가로세로 가장자리에 노란색 화살표 보이지? 그곳으로만 내가 빼놓았던 길 카드를 집어넣으며 길 모양을 만들어 움직이면 돼."

처음 해보는 은수에게 열심히 설명하는 혁준의 모습에 그녀는 부루퉁했지만 집중하려고 노력했다.

"아, 여기로 들어가는구나."

혁준의 설명대로 은수도 보물카드를 보고 혁준이 만들어놓은 길을 한 칸 밀어내며 초록색 말을 움직였다. 게임이 어려워질수록 은수는 처음 해보는 게임에 점점 빠져들었다.

"너 학교 잔디 깔고 들어갔지?"

혁준은 은수의 게임하는 모습을 보고 못해도 저 정도까지 못할 수 있을까 하는 생각이 들었다.

"그 말이 지금 왜 나와요?"

"내가 보물 열 개를 찾을 동안 넌 어떻게 하나도 못 찾을 수가 있지?"

"그래서 그 말은 내 머리가 나쁘단 말이에요?"

은수가 보물 곁으로 가면 혁준은 알고 있었다는 듯 길을 엉망으로 만들어 처음부터 다시 길을 만들어야 했다. 가뜩이나 지기 싫어하는 그녀의 성격에 잔뜩 신경질이 나 있는데 그의 말은 그녀의 가슴에 기름을 부었다.

"우리 삼십 분 동안 이 게임 하고 있는 건 알고 물어보는 거지?"

"그게 어쨌는데요?"

"보통 십 분이면 끝나는 게임을 너로 인해 삼십 분 동안 붙잡고 있다는 걸 강조하는 거야."

혁준이 말하는 내내 씩씩대던 은수가 그의 말이 끝나자 벌떡 일어나 테이블 위에 놓여 있는 게임판을 엎어버렸다.

"그래, 나 학교 잔디 깔고 들어가서 기념관 하나 지어주고 졸업했다. 여자랑 첫 데이트에 애들이나 하는 게임 하자고 하는 것도 참아주고 열심히 해줬더니 머리 나쁘다고 구박해? 나 원래 길치라 길 찾는 게임 못해. 그래서 내가 브루마블 하자고 했잖아. 이상한 게임 들고 와서 하자고 그래 놓고 왜 날 구박해?"

은수의 얼굴이 성질에 못 이겨 새빨갛게 변하자 혁준의 얼굴에는 승리에 만족한 미소가 피어올랐다.

"왜 이래? 이게 무슨 애들 게임이야? 우리 비서팀하고 회식 때마다 빼놓지 않고 하는데, 요새 젊은 사람들의 트랜드도 몰라?"

"몰라요."

"그러게 왜 공들여 사간 꽃을 촌스럽다고 하고 거기다 멀쩡히 서 있던 남자를 변태 취급까지 해."

혁준의 말에 은수의 머리끝까지 치밀어 올랐던 열은 맥이 빠진 듯 빠르게 식으며 그녀를 소파에 털썩 주저앉게 만들었다.

"당신, 바보지? 내숭 몰라요, 내숭? 그리고 당신이 꽃 사 왔다고 좋아서 펄쩍 안기고 가슴을 느끼는데 '좋으니 더 느끼시와요' 해야 하는 거예요?"

혁준은 은수의 차분한 말에 대답하지 못했다. 그의 생각에도 은수의 말이 틀린 것 같지 않았다. 하지만 그는 씩씩대며 감정을 거침없이 표현하는 그녀의 모습에 그의 속까지 시원해졌. 혁준은 은수에게 말을 하려 입을 열려고 할 때, 병현과 정은이 나타났다.

"오랜만에 뵙습니다."

병현이 정중하게 인사를 하자 혁준은 그들에게 자리를 청했다. 은수는 자리에 일어나 비어 있는 혁준의 옆 자리로 옮겼다.

"정은 씨, 자주 보게 되네. 혁준 씨, 이쪽은 내 친구 유병현, 그리고 병현이 아내 박정은 씨예요."

혁준은 둘에게 가볍게 고개를 숙여 인사하고 자리에 앉았다. 그가 앉자 나머지 셋도 자리에 앉아 마실 걸 주문했다.

"사람 많은 데서 왜 열 내고 지랄이냐?"

병현의 말에 혁준이 움찔하자 은수는 굳었던 표정이 풀렸다. 아마 그도 방금 전에 자신이 한 일이 자랑스럽지는 않은 듯했다.

"내가 언제 열 냈다고 시비냐? 보드게임 하다 살짝 억울함을 토로했을 뿐이야."

"내가 매일같이 하는 말이지만 너 머리 나쁜 것 인정 좀 해라. 게임하다 판 엎어버리는 짓은 머리 나쁜 것 인정하기 싫어 그런 거잖아."

"어디서 되어먹지도 않은 소리로 나의 명성에 먹칠하려고 음

해공작을 펼치는지 모르겠으나 너보다는 머리 좋은 거 세상이 다 안다고 자부한다. 나의 섬세한 손길이 없었다면 네가 대학 졸업이나 했을 것 같아?"

"그럼 네 성질이 더럽거나 괴팍스러운 건 인정하냐?"

은수는 병현의 계속되는 시비에 대꾸하지 않고 둘이서만 이야기하는 게 미안해 혁준에게 눈을 돌렸다. 정은과 혁준은 서로 고개를 반대 방향으로 향하게 하며 의식적으로 피하는 냉랭한 기운을 느꼈다.

"데이트 중이셨습니까?"

"네, 실례합니다만 영화 시간이 다 되어서 저희는 먼저 일어나겠습니다."

혁준과 은수가 일어나자 병현이도 자리에서 일어났다. 그리고 은수 앞에 병현은 손에 들고 있던 티켓을 내 보였다.

"뭐야?"

"네가 준 티켓 날짜가 안 맞아서 오늘 걸로 바꿨어."

"너 되게 무례해. 혁준 씨 앞에서 왜 그래?"

"뭘?"

"나 그만 쫓아다녀라. 결혼까지 해서 나한테 너무 집착하는 것 아냐? 둘이 오붓한 시간 보내라."

말을 마친 은수는 뒤도 돌아보지 않고 혁준을 끌고 영화관 쪽으로 걸어갔다. 그들을 따돌리기라고 할 듯 빠른 걸음으로 걸었다. 혁준은 정은이 등장하면서부터 얼굴에 웃음기가 사라지고 처음 만났을 때의 모습처럼 차갑게 굳어져 있었다. 은수는 둘의 관계에 분명 무언가 있을 거라는 생각하고 궁금했지만 입을 꾹 다물었다.

"병현이가 워낙 친하다 보니까 실례한 것 같아요. 미안해요."

"괜찮아."

영화관 안에 들어온 두 사람은 대기하던 직원을 따라 자리에 앉았다. 혁준은 목이 타는지 아이스티를 주문하고 아직 상영하지 않는 스크린만 응시하고 있었다.

"그때 사생활 조사를 부탁했다는 친구?"

"네."

그의 눈초리가 매서워졌다. 은수를 보는 그의 눈이 한없이 차가웠다. 은수는 그의 그런 모습이 어색하고 부담스러웠다.

"영화 시작했어요."

그의 시선이 스크린에 고정되었지만 둘 다 영화에 집중하지 못했다. 주변에서는 코믹스러운 영화 장면에 다들 웃지만 두 사람은 화면이 바뀌는 스크린만을 무의식적으로 쳐다보며 굳게 입을 다물고 있었다.

"그래서 나를 어떻게 평가했지? 아니, 이미 알고 있으면서 날 비웃고 있겠군."

"무슨 말이에요?"

한참이나 어색하게 침묵이 흐르던 둘 사이에 침묵을 깬 혁준의 질문에 은수는 황당한 표정을 지었다. 혁준은 말이 왜 그렇게 날카롭고 비비 꼬여 나갔는지 모르겠다. 그는 말해야 자신의 못난 모습만 꺼낼 뿐 다음번이 존재하지 않으면 그만이라고 생각하고 사과를 하려던 마음을 접었다.

"당신에 대해 알 만큼 조사한 건 사실이에요. 하지만 난 그 안에 무슨 사정이 존재하는지, 아님 그것들이 뭔지 안다 해도 신경 쓰지 않아요. 나에게 중요했던 건 당신에게 내가 제대로 된 대접을 받을 수 있느냐는 거지 당신의 과거가 관심사가 아니라고요."

혁준은 자신에 대해 정은이 은수에게 했을 지독한 말들로 인해 머리 속이 이미 멍해지고 답답해져서 은수의 말이 뚜렷하게 들리지 않았다. 벗어날 수 없는 굴레 속에 갇혀 버린 기분이고 숨이 턱 하고 막혔다.

"그렇다고 해서 나를 둘러싼 말들에 대해 무심할 수 있다고 생각해? 정은수라는 여자가 주변에서 떠들어대는 말을 아무리 한 귀로 듣고 한 귀로 흘린다고 해도 그 말의 한 귀퉁이가 머리 속에 자리잡지 않을 거라고 생각해?"

은수는 숨을 거칠게 쉬면서 초초하고 불안해하는 그를 보면서 도저히 무슨 말을 하는지 감을 잡을 수 없었다. 그러나 그녀는 아무 이유 없이 괴로워하고 있는 그가 안쓰러워 보였다. 그의 큰 손 위로 은수는 자신의 손을 올려놓았다.

"난 지금 솔직히 혁준 씨가 무슨 말을 하는지 하나도 알아들을 수가 없어요. 정은 씨와 무슨 사이에요? 왜 정은 씨가 나타난 이후로 이렇게 예민해져 있어요? 설명해 줘요."

혁준은 지현의 죽음으로 인해 자신을 향한 수많은 비난과 의심들로 인해 은수에게로부터 방어막을 치고 있었다. 혁준은 시간이 지나서 괜찮을 줄 알았는데 정은으로 인해 다시 떠오르면서 예민하게 가시를 세우고 말았다.

"영화 끝날 때까진 들어줄 테니 말해요. 하지만 영화가 끝날 때까지 말하지 않으면 난 이 극장을 나간 후 다시는 당신을 보지 않을 거예요."

혁준의 큰 손 위에 있는 은수의 손에 힘이 들어갔다. 그의 손을 꽉 잡고 있는 은수의 따뜻한 손이 자신의 마음을 어루만지며 털어놓으라는 것 같았다. 하지만 그는 아직도 그녀에게 말할 자신이 없었다. 그는 의자에 몸을 깊숙이 묻고 눈을 감고 있다가 한참이나 지난 후 입을 열었다.

"약혼자가 있었어."

"알아요."

"그리고 죽었어."

혁준은 쓴 약을 입에 물고 있는 듯 잔뜩 인상을 썼다. 쳇바퀴 위에 놓인 다람쥐처럼 같은 이야기 안에 맴도는 자신을 남에게 처음으로 드러내는 것이었다.

"박정은. 내 전 약혼자 박지현의 사촌동생."

은수는 속으로 놀라지 않을 수 없었다. 자신이 듣기로 사이가 좋게 끝나지 않은 두 집안이었다. 그녀는 놀란 속내를 드러내지 않으려 부단히 노력하며 그의 말을 기다렸다.

"아버지가 위험을 무릅쓰고 정부 승인까지 받아줬는데 왜 나랑 결혼하지 못하겠다는 거예요?"

박 의원의 힘으로 신성그룹 사업 확장을 위한 정부 승인을 가까스로 통과시켰다. 여론에서 승인에 대해 검은 커넥션이 작용했다고 매일같이 떠들어대고 지현은 갈수록 박 의원을 통해 압력을 가해오는 상황이 계속되었다. 안 좋은 상황으로 인해 혁준이 지현을 피하자 지현은 사무실로 찾아왔다.

"너와 결혼하지 않겠다는 게 아니잖아. 지금은 결혼을 하기에 시기도 안 좋을뿐더러 난 이제 겨우 스물일곱이야."

"우리 만난 지 정확히 십 년이에요. 당신 곁에서 맴도는 역할만 십 년이라고!"

"나는 너에게 맴도는 역할을 시킨 적 없어. 네가 시작한 거잖아!"

혁준은 가뜩이나 일이 풀리지 않아 날카로운데 지현이마저 옆에서 신경에 거슬리자 말이 심하게 나갔다.

"그래요. 그러니까 결혼하고 나면 더 이상 당신에게 바라는 것 없을 거예요. 매일같이 나뿐이라고 말하지만 날 사랑하지는 않잖아. 사랑하는 여자 생겼다면 나를 버릴지도 모른다는 불안에 떠는 것 보기 싫다면 결혼해 줘요."

지현의 말에 혁준은 갑갑한 넥타이를 풀어 버리고 와이셔츠

단추를 풀었다. 혁준은 되도록이면 사무실에서 피우지 않는 담배를 꺼내어 불을 붙이며 지현의 흔들리는 눈동자를 보았다.

"난 한 가정을 꾸리고 그 책임을 감당하기보다는 사업에 내 모든 걸 걸고 매달려야 할 때야. 알다시피 후계자 수업 시작한 지 고작 이 년밖에 안 됐어. 아직 아무도 나에게 성과를 바라지 않지만 앞으로 성과를 내지 못하면 이 회사에 내 자리는 없어."

"난 많은 걸 요구한 게 아니잖아. 당신에게 단 하나를 얻어내기 위해 내 진심마저 외면당할 거라고 생각 못했어요. 나도 때론 흔들릴 수 있고 기다림에 지칠 수 있는 인간이에요."

혁준은 고개를 숙이며 눈물을 흘리는 지현을 보면서도 지금 그녀에게 쐐기를 박지 않는다면 계속될 요구에 모질게 말했다.

"그 하나를 줄 수 없다는 거야. 대단하고 절실히 네가 원하는 것 아는데 난 준비되어 있지 않아. 이런 식으로 나에게 강요하면 우린 절대적으로 평행선이야."

"왜 그렇게 생각해요?"

"그걸 몰라서 묻는 거야? 지금 우리 사이엔 서로의 입장에 대해 생각하고 적절한 합의점이란 게 없잖아. 난 싫다 하고 넌 무조건 하자 하는데 이런 식으로 가다가는 서로 마주 볼 수 없는 평생선이 되어버리지 않겠어. 극으로 갈수록 우리 둘 다 감정적으로 다치기만 하니 조금 더 시간을 두고 생각해 보자."

모질게 말하는 혁준은 내심 지현의 여린 마음이 상처 입지 않을까 걱정하면서도 자신을 이해시켜야 한다고 생각했다.

"당신한테 난 짐이었구나. 내가 당신 발목을 붙잡는 족쇄가 되어버렸구나."

"지현아, 네가 왜 족쇄고 짐이야? 그건 말이 안 돼. 다만 조금만 더 생각을 해보고 그때도 해야겠으면 하자는 말이지 네가 싫다는 말이 아니야. 결혼은 반드시 너랑 할 테니 조금만 이해해 주라. 난 지금 해야 할 일들이 너무 많아."

사무실을 나간 지현은 몇 시간 후에 혁준에게 한 통의 전화를 걸었다.

[나 너무 아파요. 이제 그만 할래.]

그날 혁준의 거절은 지현을 자살로 내몰았다. 그 후 그를 둘러싼 수많은 비난을 그녀의 약혼자로서 묵묵히 감수해야 했다.

혁준은 눈을 뜨고 자신을 바라보는 은수에게 어떤 말부터 꺼내야 할지 몰라 머뭇거렸다.

"지현이의 죽음의 책임 한가운데 서 있던 사람이 나야. 정략적으로 이용하고 버림받은 여자가 박지현이고 그 파렴치한 사람이 나라고 모두들 수군거렸지."

은수는 혁준의 전 약혼자 사고를 두고 한동안 사교모임에 빠뜨릴 수 없는 뜨거운 감자였던 걸 어렴풋이 알고 있었다. 하지만 지금은 그 사건은 기억 속에 묻혔고 사람들이 경솔하게 내뱉던 말들이 이 남자에게 이토록 큰 상처를 주고 그 일로 인해 아직도 아파하고 있을 거라고 생각지 못했다.

"지금도 아니라고는 말 못하지만 내 인생에서 유일하게 경멸의 시선을 받아야 했던 시간이었기에 그 일에 연계된 사람이나 말들이 나오면 나도 모르게 예민해져."

은수는 섣부른 말로 인해 다시금 이 남자에게 상처를 주는 사람이 되고 싶지 않아 입을 열지 않았다. 은수의 침묵이 계속되자 혁준은 섣불리 얘기를 꺼낸 자신의 경솔함을 탓했다. 그러면서도 그는 왜 그녀에게 이런 말까지 하고 그녀의 반응을 기다리는지 자신에게 되물었다. 그는 그녀에게 솔직한 반응을 기다리고 있었다. 그리고 그 반응이 그에게 위안이 되리라 모험을 걸었다.

"냉면 먹고 싶어요. 매콤한 냉면을 먹으면 우울한 기분이 날아가거든요."

영화가 끝나 엔딩 자막이 올라가면서 영화관 안이 밝아지자 은수는 미소 지으며 혁준의 손을 위로 끌었다. 그는 마음 한구석의 불안감이 사라졌다. 이렇기 때문에 그가 그녀에게 모험을 걸지 않았을까 싶었다.

S재즈바 안은 반원형의 무대를 중심으로 배열된 테이블에는 젊은 남녀가 사랑을 속삭이는가 하면 심각한 모습으로 대화에 열중하는 비즈니스맨의 모습이 눈에 띄는 바였다. 무대 앞쪽, 로얄석이라 부르는 자리에 은수와 혁준, 그리고 병현 부부가 앉

아 있었다.

"너 오늘 진짜 마음에 안 들어. 냉면 사줬으면 됐지 왜 남의 첫 데이트까지 쫓아와서 불편하게 만드는 거야?"

"둘이 다니면 어색하잖아. 너를 위해 내가 희생해 주는데 왜 신경질이야."

"짜증나. 내가 너를 친구로 받아들인 그 순간이 내 인생의 가장 큰 실수다. 혁준 씨랑 정은 씨, 불편하게 해서 미안해요."

은수는 영화관을 나와 병현이를 피해 주차장까지 잘 갔지만 이미 그는 주차장 엘리베이터 앞에 기다리고 있었다. 은수는 저녁을 같이 먹으러 가자며 들러붙는 병현을 뿌리치려 하자 혁준이 흔쾌히 받아들여 같이 움직였다. 설마 병현이 여기까지 따라올 거라고 생각지 못했기 때문에 미안한 마음에 그들에게 사과했다.

"시가 피울래?"

은수는 혁준이 시가를 만지작거리며 물어보는 표정에 예의상 물으며 자신의 반응을 살피는 기색이 없자 웃으며 고개를 끄덕였다.

"예전에 유학 시절에 '시가처럼 독하게 사랑하고 살자'라고 말했던 놈이 있었는데."

"전 담배 피우는 여자를 좋은 눈으로 보지 않는데 김 사장님은 관대하신가 봅니다."

은수는 병현의 말에 죽일 듯이 노려보며 탁자 밑으로 그의 발을 툭툭 치며 신경질을 부렸다.

"글쎄요, 남자라는 이유 하나로 관대하다고 말할 자격이 나한테 있을까요?"

혁준은 병현에게 무심하게 말을 하고 시가 케이스에서 꺼낸 시가의 끝을 자르고 몸통에 두르고 있던 밴드를 떼어냈다. 병현은 그의 대답을 듣고는 정은과 함께 자리에 일어났다.

"오늘 실례 많았습니다. 여기까지가 제가 할 몫이었습니다. 우리 부부는 이만 자리를 피해 드리지요."

정은은 단 한 마디도 하지 않고 병현을 따라 걸음을 옮겼다. 은수의 눈에 정은이 돌아서면서 혁준을 싸늘하고 경멸의 눈으로 내려 보는 게 보였다.

"갈 거면 진작 가지 왜 여기까지 쫓아왔냐? 정은 씨도 잘 가고 다음에 봐."

은수의 말에 뒤도 돌아보지 않고 걸어가는 정은의 모습에 여태껏 그녀를 좋게 보았던 생각이 한순간에 바뀌며 마음 상했다.

"오늘 나 때문에 불편한 식사 하고 원치 않은 사람하고 동행하게 해서 미안해요."

"미안하다는 말 안 해도 돼. 오히려 내 태도를 불쾌하게 생각했을 거야."

혁준은 고개를 끄덕이며 시가에 성냥으로 불을 붙였다. 혁준이 건네주는 시가를 받아 물고 은수는 잔을 기울였다.

"내 첫 데이트를 망친 저 자식을 이 시가만큼 독하게 저주할 거야."

은수는 이제야 다시 웃음을 되찾은 혁준을 보면서 갑자기 몸 깊숙한 곳에서부터 열기가 꿈틀거리기 시작했다.

"날 계속 만날 생각인가요?"

혁준은 은수의 질문에 당연하다는 듯 주저없이 고개를 끄덕였다.

"결혼을 전제로 만났고, 앞으로도 그런 의미에서 만났으면 좋겠어. 나만 그런 건가?"

"글쎄요, 두 번 만났고 다시 만날 거라고 확신을 한다면 대답이 되겠어요?"

혁준은 은수의 대답이 아주 만족스러워 은수의 어깨에 자신의 팔을 둘러 그녀를 끌어당겼다.

"급하지 않게 누군가에 밀려가듯이 너를 대하지 않을게."

은수는 그의 어깨에 걸쳐진 자신의 머리를 쓰다듬는 그의 손길이 좋았다. 지금도 그는 그녀에게 급했다. 겨우 두 번에 그는 그녀를 의도하지 않았어도 안아보았고 지금은 자연스럽게 그녀를 자신의 어깨에 기대게 만들었다. 은수는 앞에 놓인 잔을 들어 혁준과 잔을 부딪쳐 맑은 소리를 냈다.

"궁금한 건 못 참는 성격인 거 알 거라고 생각해요. 왜 전 약혼녀의 죽음의 책임이 당신에게 있다고 생각해요?"

"왜일까?"

혁준은 은수의 질문에 대한 답으로 자신에게 되물었다. 은수는 그의 입가가 미세하게 떨리는 모습을 보고 조용히 그의 대답을 기다렸다.

"지현이는 나와 다르게 결혼에 대해 조급했어. 만난 지 오래되었고 약혼 기간도 길어지자 점점 불안해했었어. 그 마음을 몰랐던 건 아니지만 난 그 당시 결혼보다는 회사 일이 먼저였어."

"스물일곱의 남자한테 결혼은 무덤이라고 남자들은 생각하지요. 아까 나갔던 저 자식을 포함해서."

은수의 대답에 혁준은 고개를 끄덕이며 그녀에 대한 평가에 문제의 본질을 꿰뚫는 여자라는 걸 추가시켰다. 괜찮은 여자는 어디서나 찾을 수 있지만 자신의 말을 제대로 이해해 줄 줄 아는 여자는 쉽게 찾을 수 없기에 은수는 더 강하게 혁준의 뇌리에 박혔다.

"하지만 자신의 존재를 결혼과 동일시 여길 줄 몰랐어. 결혼의 책임감을 피하려 하는 내가 자신을 피한다고 생각한 거지. 그러다 교통사고를 당한 거야."

혁준은 지현의 죽음을 자살이라 말하면 자신에 대한 은수의 시선이 변할까 두려워 사고라 말했다. 아니, 그녀의 사안이 교통사고임은 사실이다. 그는 그녀에게 사실을 말한 거라고 스스로 자위했다.

"어떤 분이었어요?"

혁준은 은수의 질문이 오히려 반가웠다. 지금이 아니라면 그녀에게 다시는 말해 줄 수 없는 걸 그 자신이 더 잘 알고 있었다. 터져 버린 고랑으로 물이 쏟아져 내렸다.

"내 옆에서 유일하게 곁을 내줬던 여자였지. 고등학교 막 입학할 때부터 보았고 집에서도 당연히 좋은 사이로 발전할 수 있을 거라고 생각했어. 그래서 약혼까지 오게 됐지만 정말 성욕이 한 번도 생기지 않았어. 인간적으로는 더할 나위 없이 의지가 되기도 하고 편하게 대할 수 있는 몇 안 되는 사람이었지만 그건 연인의 관계가 아니었거든. 이상하게도 시간이 흐를수록 나를 믿지 못하고 언제나 불안해했어. 세상에서 가장 행복한 척하면서 실제로는 불행했던 여자였던 것 같아. 이게 내 머리 속에 존재하는 지현이의 부분이야."

"왜 믿지 못했다고 생각해요?"

"아마 믿었다면 내가 자신을 피하는 게 아니라 결혼을 늦추고 싶어한다는 걸 알았겠지. 그렇다면 내가 지금 이 자리에 나와 있을 이유가 없을 테고 말이지."

말하지 않아도 자신이 사랑받고 있는지 아닌지는 누구나 충분히 감지할 수 있기에 혁준은 죽어갈 때까지 자신에게 사랑을 원해 불행을 감수했던 지현이 생각나 입 안이 텁텁해졌다. 그러고는 자신의 잔에 넘치도록 술을 따르고 씁쓸한 헛기침을 뱉었다.

"당신이 말하는 그 믿음, 나한테 줄 수 있어요?"

은수는 자신도 모르게 내뱉은 말에 놀라서 두 손으로 입을 가렸다. 혁준은 가려진 그녀의 손을 걷어내 그녀가 말을 내뱉게 하는 혀를 자신의 입 안으로 빨아들여 가둬놓고 싶었다. 그는 그녀와 같이하고 있는 오늘, 지난 세월의 끊어야 하는 기억들이 툭툭 튀어나오게 되었다. 그리고 그 기억들이 툭툭 튀어나와 자신을 찌르려 하면 그녀가 나타난다.

"마음에 없는 소리 아니에요. 오해하지 말아요. 단지 나한테 이런 용기가 있나 싶어서 놀랐을 뿐이에요."

"정은수가 용기가 없다고 하면 누가 믿을까?"

차갑게 조롱하는 듯한 그의 말에 은수는 목구멍이 따끔해졌다.

"날 다 아는 것처럼 말하지 말아요."

앙칼지게 말하는 은수의 말에 둘 사이에는 차가운 기운만 맴돌았다.

"춤출래?"

느릿한 재즈가 연주되고 있었다. 혁준은 일어나 은수에게 손을 내밀었다. 그의 손 너머 무대엔 아무도 없었다. 은수는 고개를 저으며 그가 내민 손을 뿌리쳤다.

"내가 못하는 것 중 또 다른 하나가 춤이에요."

"이번엔 뭐라고 하지 않을게."

혁준은 은수의 대답을 기다리지 않고 은수의 앞에 한쪽 무릎을 구부렸다. 그는 손을 뻗어 은수의 구두를 조심히 그녀의 발에서 벗겨냈다.

"높은 신발을 신고 춤추면 혹사시켰다고 나를 미워하겠지?"

혁준은 어디다 둘 줄 모르고 헤매고 있는 그녀의 당황한 양발을 자신의 구두 위에 한쪽씩 포개어놓았다. 그리고 두 손을 그녀에게 뻗었다.

"내 손 잡아."

은수는 엉겹결에 그의 손 위에 자신의 손을 올려놓았다. 혁준은 손을 꽉 잡아 그녀를 자리에서 들어 올린 뒤 그녀의 손을 자신의 목에 두르게 했다.

"이렇게 한발한발 내 위에서 움직이면 자연적으로 춤을 잘 추게 되는 것 아니겠어?"

"그 말 너무 야해요."

"사상이 불순해."

혁준은 넘어지지 않게 은수의 허리를 한 손으로 감싸 안고 천천히 앞으로 움직였다. 그는 두근거리는 그의 심장 고동 소리가 전해질까 두려워 더욱더 꽉 안았다. 은수는 혹시나 터질 듯한 그녀의 맥박 소리에 그가 놀랄까 봐 숨을 고르며 진정시키기 위해 눈을 감았다.

"몸에 힘을 빼야 내가 덜 무겁지."

혁준은 긴장하는 은수에게 가벼운 농담을 던지며 스테이지 중심으로 그녀를 이끌었다. 어두웠던 스테이지는 둘에게 스포트라이트를 비추어주었다. 음악 소리는 여전히 느렸고 그들의 움직임도 크지 않았다. 그들을 따라 조금씩 움직이는 불빛에 은수는 그의 어깨에 턱을 기대고 몸이 흔들리는 대로 맡겼다. 혁준의 어깨 위로 불규칙하게 떨어지는 은수의 숨은 그대로 그의 등으로부터 시작해 발끝까지 타고 내려가 그의 욕구를 바르르 떨게 만들었다. 그는 떨리는 그의 욕구를 붙잡으려 그녀의 머리를 한 손으로 쓰다듬으며 손가락 사이마다 그녀의 머리칼을 넣었다 뺐다를 반복했다.

"내가 어떻게 해야지 믿음을 줄 수 있을까?"

"그건 내가 줄게 믿어라 하고 말하는 게 아니에요. 난 믿음은 사람들의 만남에서 가장 기본이 되는 거라고 생각해요."

은수는 혁준의 미끄러운 구두 때문에 발이 밀려나 아슬아슬하게 걸쳐졌다. 혁준이 은수가 떨어질세라 빠짝 끌어당기는 바람에 온몸이 그의 꿈틀거리는 근육들을 느낄 수 있었다. 잠시 말을 멈추었던 은수는 숨을 깊게 들이마시고 말을 이었다.

"사람이 진심으로 행동하고 보여주면 믿음은 자연스럽게 자리잡는 거라고 생각해요. 나한테 줄 수 있을 것 같아요?"

혁준은 은수의 말에 그녀의 허리를 감고 있는 손을 느슨하게 만들어 그녀의 눈과 눈을 맞추었다. 기대감으로 반짝이는 눈을 하고 있는 은수를 보면서 혁준은 무엇이든 이 여자와 있으면 어려울 게 없을 것 같았다. 아니, 그는 어두웠던 면이 점점 흰색에 의해 중화되는 느낌이었다.

"말로써 되지 않는 거라면 노력하고 보여준다면 되겠어?"

은수는 마주친 눈으로 인해서일까, 아니면 맞대고 있는 몸 사이로 작은 떨림까지 느낄 수 있어서일까. 얼굴이 붉게 물들었다. 그러고는 혁준의 어깨에 묻고 작은 소리로 말했다.

"고마워요."

혁준은 은수가 왜 고맙다고 말하는지 알 수 없었다. 그는 더 이상 알고 싶지 않고 이 시간을 깨뜨리고 싶지 않아 그저 음악에 맞추어 몸을 움직였다. 오히려 그는 한 발 앞으로 내디디게 만든 그녀에게 고맙다 말하고 싶었다.

"들어가자."

음악이 끝나며 스테이지에 환한 불이 들어오자 은수와 혁준은 두 손을 마주 잡고 혁준의 발에 맞춰 움직였다. 특별한 이유도 없이 서로 마주 보고 웃으며 눈을 떼지 않았다.

"키스! 키스!"

자리로 들어가는 두 사람에게 주변의 사람들이 외치기 시작했다. 바의 주인마저 나와서 직원들과 같이 박수를 치며 둘에게 환호하기 시작했다. 은수는 오히려 그들의 반응을 즐기는 듯 주변을 둘러보고 혁준의 얼굴에 가까이 붙었다. 또다시 어두워진 바 안은 그 둘에게 다시 한 번 스포트라이트가 비춰졌.

"당신에게 믿음을 줄 수 있도록 나도 노력할 거예요."

은수는 말을 끝내고 혁준의 입술 위로 조심스럽게 자신의 입술을 포개었다. 혁준은 입술을 살짝 움직여 은수가 입을 열 때까지 집요하게 혀끝으로 입술을 간질거렸다. 오래지 않아 은수의 입술이 양 갈래로 벌어지며 신음 소리가 내뱉어졌다. 은수는 벌어진 사이로 혁준의 혀가 들어오자 강하게 끌어당기며 그를 놓지 않을 듯 엉키기 시작했다. 끌어당기는 힘이 강하면 강할수록 둘 사이에는 공기조차 들어올 공간이 없이 몸을 밀착시켰다. 더 많은 타액이 오가며 숨을 쉴 수 없어지자 혁준이 그녀의 입술을 놓아줬다.

"위험해."

주변의 환호 소리에도 혁준의 말은 은수의 귀에 뚜렷하게 들어왔다. 그들의 자리에 들어와 불빛이 사라지고 각자 다들 자신의 술자리로 돌아가자 혁준은 은수의 등을 손으로 받히고 몸을 그녀에게 밀착시키며 그녀의 입 안으로 침범했다. 아까보다 더 강하게, 그러나 조심하며 입 안 곳곳을 헤매고 다녔다. 등을 감싸던 손은 어느새 은수의 몸 위를 방황하기 시작했다. 혁준의 가슴에서 들썩거리는 그녀의 가슴은 풍만하고 그의 손으로 느껴지는 그녀의 몸의 곡선은 완벽하고 탐스러웠다. 점점 깊이 그녀의 두 다리 사이로 몸이 찾아 들어가려 하자 혁준은 정신을 차렸다. 혁준의 머리카락을 더듬거리는 은수의 손이 떨리는 걸 알아채고는 그녀의 입술에서 아쉽게 떨어져 나왔다.

"조금만 더요."

"너무 깊어. 그래서 위험해."

은수는 갑자기 사라진 그의 입술 때문에 길고도 긴 욕망의 아쉬운 신음 소리를 내뱉고 혁준을 보았다. 열정으로 인해 흐려진 눈과 조금 전의 키스로 인해 부어오른 입술을 한 혁준을 보자 자신과 마찬가지로 흥분했음을 알 수 있었다. 둘의 성급했던 첫 키스는 사람들의 열렬한 환호를 받았고 욕망 이상의 새로운 키스를 둘 다 경험했다.

"유병현, 지금 이 경악을 금치 못하고 분노에 휩싸이며 되돌릴 수 없는 사태에 대해 어떻게 책임질래?"

S재즈바를 내려가는 지하 입구에 기대서서 은혁은 앞에 서 있는 병현에게 살벌하게 물었다.

"형님, 어찌 저를 탓하십니까?"

"그럼 누구를 탓해야 하나?"

계단에 앉아 있던 은석의 말에 병현은 할 말을 잃고 문 너머로 보이는 혁준과 은수의 다정한 모습에 원망의 눈초리만 보냈다.

"은수 성격 알지 않습니까? 일 분만 더 앉아 있다간 초상 치를 분위기인데, 형님들이라도 저처럼 도망 나왔을 겁니다."

은석과 은혁은 서로 수군거리며 한동안 상의를 하다 은석이 병현이에게 가까이 오라고 손짓했다.

"우리가 확인한 부분까지 3분 18초 동안 쟤들 저 상태로 입을 맞추고 있었다. 이 사태를 통감하는 마음으로 네 대만 맞아라."

"아니, 3분 18초면 세 대지 왜 네 대입니까?"

병현이 목에 핏대까지 세우며 억울해하자 은혁이 쐐기의 말을 던졌다.

"우리 식의 올림법이야."

은혁이 조용해진 병현의 뒷덜미를 끌고 나오려 하는데도 은석은 계단에 앉아 둘을 쳐다보았다.

"네 형수한테 저렇게 하면 감동하겠지?"

"저건 외계인한테만 통하는 거야. 형수는 지구인이라 저런 것 해주면 오히려 짐 싸서 도망가."

은석은 자리에 일어나 엉덩이를 툭툭 털고 고개를 저으며 애꿎은 병현의 뒤통수만 때렸다.

3

"은수 씨, 발령 받았어?"

 은수는 입사 때 좋은 성적을 가지고 있어서 기획실에 지원했었다. 하지만 그룹 자체가 보수적인 편이어서 남의 집안의 며느리가 될 사람이 기업 내에 입지를 다지면 분쟁이 일어난다는 반대로 인해 비서실에 근무하게 되었다. 어쩌다 한 번 인사이동 때마다 미련을 버리지 못하고 눈여겨보다 한숨짓는 걸 아는 비서실장이 은수의 행동에 미심쩍어하며 말을 꺼냈다.

 "제가 비서실 떠나면 이사님 만행으로 직원들이 다 사직서 낼 텐데 누가 저를 발령 내주겠어요. 갑자기 오셔서 웬 뜬금없는 소리를 하고 그러세요?"

비서실장은 고개를 갸우뚱거리며 의아한 얼굴이었다.

"오늘 아침 직원회의에서도 그렇고 요 며칠 기분 좋아 보인다고 소문나서 회장실에서 나 몰래 발령 내렸나 싶었지."

은수는 비서실장의 말에 어색한 미소만 지으며 애써 서운한 감정을 감추었다. 그녀는 평생 이 회사를 다녀도 아버지는 절대로 그런 인사를 하실 분이 아니란 걸 누구보다 잘 알고 있었다.

"은수 씨, 요새 연애해?"

"그래 보여요?"

"그랬구나. 벌써 그런 나이가 되었네."

은수는 자신도 모르는 새 뺨에 연한 홍조가 생겼다.

"연애하니 좋아?"

"생각만 해도 좋아요."

"아주 푹 빠졌구만."

"그랬나 봐요. 그 사람이 어떻게 웃었는지, 무슨 말을 했는지 그런 것들을 생각하면 가슴에 바람이 부는 것같이 흔들리면서 저절로 기분이 좋아지네요."

그녀가 혁준과 나눴던 키스는 새로운 경험이었다. 욕망에 들떠 급하게 파고들며 엉켜 버리는 키스가 아닌 조심스러우면서 잔잔하고 부드러우면서도 폭풍같이 강한 키스였다. 그의 가슴에서 전해져 오는 심장 박동이나 거칠게 내뿜는 숨소리는 촉촉이 젖어드는 것처럼 감미롭고 짜릿했다. 욕망만이 아닌 열정을 가진 키스였다.

"그럴 때가 있지. 좋을 때 열심히 연애해."

잔잔한 호수에 바람이 불어 일어난 물결이 몸 안에 밀려오는 기분일까, 첫눈이 내려진 정원에 소복이 쌓인 하얀 눈을 처음 밟을 때의 설렘일까. 김혁준은 그런 남자였다. 그는 아무것도 하지 않고 가만히 그 자리에 서 있어도 그녀의 머리 속이 아닌 가슴속에 들어와 바람을 만들었다.

"실장님, 지금 비서실은 난리인데 안 올라오시고 여기서 뭐 하세요?"

회장실의 비서실 여직원의 다급한 목소리에 은수는 정신을 차리고 비서실장을 보았다.

"맞다. 회장님이 이사님 찾으신다고 전해줄래?"

은수는 자리에 일어나 사무실 문을 두 번 노크하고 기다렸다. 대답이 들려오지 않는 문을 조심히 열어 고개를 안으로 집어넣자 사무실은 텅 비어 있었다.

"미스 김, 이사님 어디 가셨어요?"

"담배 피우러 가신다고 십 분 전쯤 나가셨는데요."

"근데 왜 나한테 말 안 했어요?"

"이사님이 나가신다고 말했는데 언니가 듣지도 않고 딴 데 정신 팔고 있었잖아요."

은수에게 눈을 동그랗게 뜨고 억울하다고 말하는 직원 때문에 민망해져 사라진 은혁을 찾아 비상계단으로 잰걸음을 재촉했다.

"오빠, 아버지 콜이야. 비서실장님이 직접 내려오신 것 보니 빨리 올라가는 게 좋을 것 같아."

은혁은 은수의 말이 들리지 않는 듯 새 담배를 꺼내 물고 불을 붙였다. 그러자 은수는 은혁의 옆에 앉아 막 불을 붙인 담배를 뺏어 입에 물었다.

"내 말 안 들려?"

"알았어."

"왜 그렇게 기운이 없어? 주말에 뭔 일 있었어?"

은혁이 다시 담배를 꺼내 불을 붙이자 은수는 불현듯 스쳐 지나가는 생각에 조심히 말했다.

"오빠, 만족하고 사는 사람이 얼마나 되겠어? 너무 실망하지 마. 솔직히 오빠가 다양한 경험에 의해 테크닉은 대단할지 몰라도 원체 끊기가 없긴 없어서……. 그걸 생각하면 짧은 시간에 집중력으로 승부를 보아야 한다고 할 수가 있지."

"무슨 뜻이야?"

은혁의 당황해하는 표정에 은수는 남자의 자존심을 최대한 건드리지 않으려 노력했다.

"상대편의 반응이 어땠는데? 설명해 봐. 오빠의 동생이자 여자로서 내 짧은 소견으로라도 문제점을 찾아줄게."

"야, 정은수! 내가 설마 밤일 하나 제대로 못 치러서 이러고 있는 줄 아냐? 좋아 죽는다고 소리 지르는 형편이라 귀가 멍멍

할 지경인데 뭐? 집중력 승부? 어이없다."

"아니면 말지, 왜 목에 핏대까지 세우며 소리치냐? 그러니까 더 이상하다."

"머리에 피도 안 마른 게 까불고 있어."

"그럼 왜 그러는데?"

"네 별에서 유에프오가 날아와 널 데려가려고 하니 지구인으로서 외계인 연구 한번 제대로 못한 것 같아 아쉬워서 그런다."

은혁은 피우던 담배를 구둣발로 짓이겨 끄고는 자리에서 일어났다.

"정은수, 다른 별에 가서 냉대받고 상처받아 다시 지구로 돌아오지 말고 네 별에서 보낸 유에프오인지 확인하고 타라. 회장실 간다."

은혁의 알 수 없는 말에 은수는 몇 번이나 고개를 갸우뚱거리다 이내 고개를 흔들곤 피우던 담배를 끄고 사무실로 향했다.

"부른 지가 언제인데 이제야 나타나는 게야?"

은혁은 잔뜩 노기를 품은 정 회장의 목소리에 넉살스럽게 웃으며 은석의 옆에 앉았다. 은혁은 바쁘다고 소문난 혁준과 은석까지 모두 한자리에 모은 이유가 궁금했다.

"이 시간이면 일하느라 늦지 다른 이유가 있습니까? 근데 형이랑 저 정체불명의 유에프오까지 부르시고 무슨 일 있으신가요?"

"혁준이가 왜 유에프오야?"

"그러게 말입니다."

은석이 은혁에게 물어보자 혁준도 궁금했던지라 그의 말을 거들었다.

"알 것 없어."

은혁의 말에 둘이 실없는 놈이라고 핀잔을 주었다. 정 회장은 헛기침을 하며 셋의 시선을 모았다.

"김 사장, 경영권은 안정적으로 확보해 가고 있는 건가?"

"아직은 불안한 상태입니다. 조금 더 시간이 지나야 안정이 될 것 같습니다."

"김 회장이 워낙 흔들림없이 지켜와서 큰 문제는 없을 걸세. 그래도 지분 확보에만 치중하지 말고 주변 인물을 내 사람으로 포섭하는 일에도 신경을 쓰는 게 도움이 될 게야. 특히 외국인 지주들을 조심하게. 도와주는 척하다가도 어느새 공격하는 경우가 한두 번이 아니니 언제나 방어하는 자세를 늦추지 말게."

"잘 알겠습니다."

은석은 정 회장이 끄덕거리며 자신을 쳐다보자 준비했던 말을 꺼냈다.

"저번에 말한 나눔경영이라는 제안에 대해서 우리 회사도 검토해 봤지만 너무 앞서 간다고 생각합니다."

"그거 때문에 모인 거야? 그건 안 돼."

"정은혁, 매너있게 행동해라."

정 회장의 말에 은혁은 알았다는 듯 정 회장을 보고 고개를 살짝 숙였다 들며 말을 이었다.

"팁을 주는 문화도 익숙지 않은 나라에서 기부 문화는 아직 성급하다고 생각합니다."

"성급하다고 생각하지 않습니다. 요즘 사회는 기업과 기업인에게 사회적 책임을 요구하고 있습니다. 기업이 이익을 많이 낼 수 있던 배경도 따지고 보면 고객들의 기여가 크기 때문이라고 생각합니다. 이젠 고객들도 어떤 기업과 기업인이 사회적 책임에 앞장서는지 지켜보기 시작했습니다. 이런 추세에 맞춰 한 걸음 앞서 나눔경영을 마케팅으로 활용하면 유리한 위치에 설 수 있을 거라고 생각합니다."

정 회장은 고개를 끄덕거리며 혁준의 말에 동의하는 눈길을 보냈다.

"지금같이 반 기업가 정서에 기부를 한다고 나서면 상류층의 보수주의적 지배를 정당화하는 수단으로 보여질 수도 있습니다."

"'노블레스 오블리제'라는 말이 한국 사회에서 '오블리제가 없는 노블레스'라고 불립니다. 즉 의무를 망각한 신분 집단임을 꼬집는 말이죠. 그런 면에서 본다면 위치에 따른 책임을 자각하고 사회적 약자를 돕는 것은 공동체의 구성원으로 가져야 할 당연한 것입니다. 부의 사회적 환원은 브랜드 이미지를 높이는 데 큰 역할을 할 거라 기대합니다."

"하지만 사회적 과시에 불과하다고 보는 시각이나 언론 플레이라고 비쳐질 수 있다는 것 또한 무시할 수 없지 않습니까?"

"제가 말하고자 하는 나눔은 베푸는 것이 아닙니다. 원래부터 저희 것은 없었다고 봅니다. 지금 우리가 가진 것은 세상으로부터 받은 혜택이니 이제는 그 세상에 받은 혜택을 돌려주자는 것이 제 취지입니다. 그 취지만 제대로 알린다면 색안경을 끼고 보는 시선도 점차적으로 걷어질 거라고 생각합니다. 언젠가는 해야 할 일이 아닙니까?"

은혁과 혁준의 한 치의 양보없는 첨예한 대립에 은석과 정 회장은 침묵을 지키고 있었다. 두 사람 중 은혁은 인상을 잔뜩 찌푸리며 목소리를 높였고, 혁준은 전혀 동요하지 않은 채 무표정을 유지했다. 그 모습에 정 회장은 혁준이 어떤 상황에서도 감정적으로 휘말리지 않고 상대방을 제압하는 사업가의 자질을 타고났음을 인정했다.

"기부 문화에 앞장섰다는 점에서 기업 이미지는 높이 살 수 있다고 생각합니다. 만약 동참하실 생각이 없으시다면 저희 회사에서만 단독으로 진행하겠습니다."

은혁은 혁준의 확신에 찬 목소리에 더 이상 말을 하지 않았다. 그가 그렇게 자신있어한다면 그와 함께 가주거나 돌아서는 길 중 하나이기에 정 회장의 결정을 기다렸다.

"흠, 우리에게 부여된 의무를 다할 때 사회적 위치는 자연히 빛나 보이는 법이지. 서두르는 감은 있지만 틀렸다고는 할 수 없네. 홍보이사가 김 사장하고 잘 상의해서 정은석 사장에게 앞으로의 일들에 대해 보고하고 정 사장은 경영 전략 차원에서 접근해 보게."

"……네."

은혁은 정 회장이 혁준에게 손을 들어주자 마지못해 대답했다. 은석은 맞은편에 앉아 있는 혁준을 보며 내심 그에 대해 놀란 마음을 감추려고 했다. 은석은 그가 은혁과 친구이고 갑작스러운 김 회장의 죽음으로 인해 어영부영 저 자리에 앉은 거라고 생각했지만, 신념과 앞을 볼 줄 아는 감각, 그리고 원하는 바를 위해 뜻을 굽히지 않는 모습이 은석에게 혁준을 다시 보게 만들었다.

"은수를 만나보니 어떤가?"

정 회장의 갑작스러운 말에 놀란 셋은 한순간에 숨을 들이켰다.

"내가 못 물어볼 말을 한 것도 아니고 왜들 그리 놀라?"

혁준이 어떤 대답을 하느냐에 따라 길이 나눠질 것이란 걸 염두에 두고 은혁과 은석은 긴장한 채 그의 대답을 기다렸다.

"은수를 만나면 만날수록 회장님이 저에게 어떻게 그리 과분한 따님을 주실 결심을 하셨는지 궁금해졌습니다."

정 회장은 혁준의 말에 딸을 가진 아버지로서 티가 나도록 기분 좋은 웃음을 지었다.

"과분한가? 부족한 내 딸을 과분하다고 말해 주니 기분 좋구면. 자네라면 내 딸을 굶어 죽이지는 않겠다 싶었네."

"사막에 버려두면 모래라도 집어먹고 살 애를 무슨 그런 이유로 시집보내십니까?"

은혁이 퉁명스럽게 말을 하자 은석도 질세라 입을 열었다.

"제가 데리고 있어도 밥은 먹입니다. 은수를 그런 이유로 시집보내신다면 은혁이와 같이 사직서를 제출하겠습니다."

"난 사직서까지는 안 낼 거야. 미쳤어? 왜 오버하고 그래? 우리가 여기 아니면 어디 가서 일해? 막말로 밥 먹여주는 게 가장 중요한 거지. 형은 비유법도 몰라? 아버지 말씀이 옳으십니다."

은석은 은혁의 배신에 벌어진 입을 다물 수 없었다.

"내 저 두 녀석을 보면 앞이 깜깜하다네. 저리들 철이 없으니, 쯧쯧."

"회장님 자제 분들이야 반듯하고 제 몫을 다 하기로 유명하지 않습니까? 걱정 마십시오."

"그런가? 자네는 은수의 어디가 맘에 들었나?"

혁준은 정 회장의 말에 잠시 뜸을 들이다 조심스럽게 말을 꺼냈다.

"자기 주장이 명확하나 상대방의 입장 역시 충분히 고려할 줄 아는 상당히 지혜로운 여성인 것 같습니다. 만나면서 굉장히 편안했습니다. 그게 은수가 가진 큰 장점이 아닐까 생각합니다."

"별걸 다 아네."

은혁의 가시 돋친 말에 혁준은 웃기만 했다.

"제 파트너로서 손색이 없을 것 같습니다."
"파트너?"
"파트너?"
은석과 은혁이 동시에 되물었다. 정 회장 역시 두 눈을 동그랗게 뜬 채 혁준을 바라보았다.
"설마, 섹스 파트너를 말하는 건 아니겠지?"
"정은혁."
은혁은 엄하게 꾸짖는 정 회장 때문에 입을 다물고 혁준을 노려보았다.
"제 인생에 가장 중요한 파트너는 아내라고 생각합니다. 은수는 충분히 같은 곳을 바라볼 줄 아는 안목을 가진 여자라고 생각됩니다. 제가 가고 있는 길이 평탄하지 않고 때론 장애물에 부딪혀 흔들리고 있을 때 같이 손을 잡고 걸어가 줄 사람으로서 손색이 없을 거라고 생각합니다."
혁준의 말에 정 회장은 떫은 입맛을 다셨다. 차갑게 말하는 혁준 안에서 자신의 여식이 어떻게 따뜻한 가정을 잘 꾸려 나갈 수 있을까 싶었다. 그래도 맺어지고 있는 인연을 믿어보자는 생각과 만나서 살다 보면 언젠가 또 사람이 변하기도 하는 것이니 좋지 않은 생각은 떨쳐 버렸다.
"박 의원은 아직도 후원을 거부하는가?"
혁준은 그들의 얘기는 자신의 죄인 것만 같아 매번 저절로 고개가 떨어뜨려졌다.

"자네가 이해 못하는 게 있을 것이야. 그 사람 명예도 중시하고 욕심도 많은 사람이지만 자기 자식 하나밖에 모르는 부모인 걸 어쩌겠나. 자기 딸을 가슴에 묻었는데 주변을 돌볼 여유가 있겠는가. 말로만 위로할 뿐 어느 누가 그 사람의 아픔을 나눠 가질 수 있겠는가. 섭섭해하지 말고 절대 스스로를 탓하지 말게. 그 사람의 아픔이야 그 사람이 감당할 몫이고 자네는 자네의 몫만 감당하면 돼. 젊은 나이에 모든 걸 다 짊어지려 하면 자네는 그 속에서 헤어날 수 없네."

정 회장의 말에 혁준은 지금 자신이 결혼을 논의할 자격이 있을까 싶은 송구스러운 마음이 들었다. 혁준은 근래 그 많은 몫을 감당해야 하는 자신의 처지에 은수에 대한 생소한 감정까지 많이 혼란스럽고 괴로웠다.

"제가 부조했던 탓이니 누구를 섭섭하게 여길 마음은 없습니다. 다 제 몫이라고 생각합니다."

"은수를 행복하게 해주게나. 그것이 지난 시간에 대한 자네가 앞으로 짊어질 몫이야."

"이해해 주시니 감사합니다."

정 회장에게 깊이 고개를 숙이며 인사하는 어두운 그늘이 드리워진 혁준을 은석과 은혁은 안쓰러운 눈길로 보았다.

"오라버니, 나 먼저 퇴근해."

은수는 자리에서 일어나 퇴근 준비를 마치고 옷매무새를 다듬으며 은혁에게 말했다. 그의 어두운 표정을 보면서 괜히 불통이 자기한테 튈까 싶어 은수는 한시바삐 사무실을 벗어나고 싶었다.

"회장실에 혁준이 와 있는데 안 보고 가냐?"

"어머, 정말? 왜 왔는데?"

은수의 얼굴이 혁준이라는 이름 하나에 웃음꽃이 피자 은혁은 가슴이 답답해졌다. 그는 완전한 사랑의 틀에서 자라온 그녀가 혁준의 안에 담고 있는 상처를 만져 줄 위인이 아니라고 생각했다. 그의 친구임에도 불구하고 자꾸만 부정적인 곳으로 생각을 끌어가는 자신 때문에 짜증이 났다.

"일거리 만들어왔어. 나눔경영이라는 새로운 형식의 기부 문화를 만들자고 난리치는 바람에 나만 죽어라 일하게 생겼다."

"나눔경영?"

"눈만 해태인 줄 알았더니 귀도 해태냐? 나눔경영."

은혁이 신경질적으로 대답하자 은수는 입술을 삐죽거렸다.

"대단한걸. 요새 자기가 가진 걸 지키려고만 하지 누가 나누어주려고 하나. 배워라, 배워."

"지금 네 눈에 뭔들 안 좋아 보이겠냐? 안 그래도 우울한 지구인에게 외계인은 그만 집적대고 꺼져라."

은혁이 자신의 방으로 문을 부숴 버릴 듯 세게 닫고 들어가 버리자 은수는 온종일 그가 저기압인 이유가 궁금했다.

"미스 김, 지구인이라고 말하는 남자는 생리를 할까, 안 할까?"

은수의 말에 비서실 직원들이 다들 키득거리며 웃었다. 그들에게 인사를 하고 사무실 문을 막 나서려던 참에 혁준이 나타났다.

"지금 막 올라가려고 했는데 내려오셨네요."

　혁준은 자신을 향해 환하게 웃는 은수를 보자 자신이 저 웃음을 걷어내는 불운일까 가슴이 따끔거렸다.

"아직 퇴근 전이면 저녁 식사하러 갈까?"

"미안해서 어떡하죠? 나 선약이 있어 나가려던 참이었거든요. 미리 연락해 주면 이런 일 없을 텐데."

　은수가 아쉬운 듯 말끝을 흐리자 혁준은 최대한 빨리 다음 약속을 정해서 미리 알려주겠다고 말하고 같이 로비로 걸어갔다.

"혁준 씨한테 그런 면이 있는지 몰랐어요."

"무슨 소리야?"

"난 예전부터 따뜻한 사람을 만나서 완벽하게 멋진 가정을 가졌으면 했어요. 남을 배려하고 가진 걸 나눠 줄 줄 아는 마음을 가진 사람이 혁준 씨라는 게 너무 행복해요."

"날 따뜻하다고 한 사람은 은수가 처음인데."

"그러니 우린 아주 잘 어울리는 거죠."

　둘은 자신들의 걸음이 얼마나 느린지 눈치채지 못한 채 대화에 집중했다.

"난 처음부터 차갑거나 악한 사람은 없다고 생각해요. 누구나 가슴속에 불같은 열정을 품고 있지만 드러낼 수 없는 상황이 이어지다 보면 의도하지 않게 차갑게 보일 수도 있고 따뜻하고 선한 마음을 표현하고 싶어도 어쩌면 살아가는 방법에 통하지 않아 변질될 수도 있는 것 아닌가 싶어요. 혁준 씨가 말한 나눔경영으로 인해 돈 벌기 위한 차원을 떠나 원래 가지고 있던 따뜻한 면이나 선한 부분이 드러난 거라고 생각해요."

은수의 말에 혁준의 따끔따끔하던 가슴의 부위가 점점 번져갔다. 고개를 돌려 은수를 보았다. 그의 눈길을 의식한 은수도 그에게로 고개를 돌렸다. 그리고 서로의 눈 속에서 각자의 모습을 발견했다.

그는 그녀의 눈에 있는 자신을 자세히 보려 한 발짝 앞으로 나가려다 그녀에게서 다시는 빠져나올 수 없을 것 같은 예감에 오히려 한 발 뒤로 물러섰다. 그는 그녀에게 줄 수 없는 게 있다는 사실을 알리고 싶지 않았다.

"내가 일부러 드러내지 않는 건 감정적으로 엉켜 버리기 싫어서일 수도 있지."

"난 쓸데없는 감정적 소모전은 싫어해도 교감은 좋아해요. 꼭 사랑을 하고 안 하고가 중요한 게 아니라 상대방을 얼마만큼 믿고 내 나머지 인생을 같이 보낼 수 있을까 하는 것이 더 중요해요. 난 불안한 상황 속에서 사랑을 꿈꾸기보다는 안정적인 곳에서 괜찮은 사람과 지내는 게 훨씬 나은 선택이라고 생각해요."

은수의 말에 혁준은 안도의 한숨을 내쉬면서도 못내 아쉽고 안타까웠다. 그는 그의 생소하고도 그를 뒤흔들어 놓는 감정의

꼬리를 알고 있었다. 은수에 대한 호기심, 호기심을 넘어서는 사람에 대한 끌림. 그는 사랑이 어떤 것인지 경험해 보지 않아서 모른다. 하지만 감정이 하나하나 시간에 따라 발전해 간다면 이것이 사랑이 안 된다고 누가 장담하겠는가. 불확실한 그의 감정에 스스로 지금보다 더 키워가는 일은 절대로 없을 것이라고 약속했다. 그래야만 그는 지현이한테 미안하지 않을 것 같았다.

"약속 장소까지 데려다 줄게."

혁준은 은수의 어깨를 자신의 큰 손으로 감싸안고 차가 대기하고 있는 곳으로 걸어갔다.

서울호텔의 라운지로 들어서자 정은이 앉아 있었다. 오후에 갑작스러운 정은의 전화를 은수는 차마 거절할 수가 없었다. 할 말이 있는데 지금 아니면 할 수 없다면서 만나달라고 부탁하는 그녀의 말이 혹시 병현이와 안 좋은 일이 있나 싶어 은수는 마음을 졸이며 나왔다.

"정은 씨, 무슨 일이야? 병현이랑 무슨 문제 있는 거야?"

"그런 건 아니고 혁준 오빠에 대해서 할 말이 있어요."

숨넘어갈 듯 자신을 불러낸 정은이 느긋하게 앉아 말하는 태도에 은수는 기분이 나빠졌다. 더구나 저번에 보았던 혁준에 대한 정은의 태도가 그를 오빠라 부를 수 있는지조차 짜증이 났다.

"무슨 말이 하고 싶어서 날 불러냈는지 말해 봐."

"오 년 전 혁준 오빠 약혼녀인 지현 언니에 대해서 아는 것 있어요?"

"알아야 하는 거였어? 지나간 사람은 지나간 사람일 뿐이라고 생각해. 하지만 구태여 말해 주겠다면 들어줄 테니 말해 봐."

은수는 정은이 무슨 말을 하려는지 알고 있다는 듯 침착한 표정을 지었다.

"지현 언니는 내 사촌 언니였어요."

"알아. 그날 혁준 씨에게 들었어."

"놀라지 않았어요?"

"놀라지 않았다면 거짓말이겠지. 충분히 놀랐고 궁금했지만 내가 두 사람의 앙금에 대해서 관여할 필요가 없다고 생각했어. 둘의 문제이니 내가 나설 필요가 없잖아. 그래서 그저 덮어둘 뿐이야."

"그렇다면 지현 언니가 어떻게 죽었는지도 알겠군요?"

"아쉽게도 젊은 나이에 교통사고로 돌아가셨다고 알고 있어. 유명한 사건이었잖아."

정은은 은수의 말에 용기를 얻어 아무것도 모르는 그녀를 위해 연습하고 또 연습했던 말을 내뱉기 시작했다.

"교통사고? 차마 자기가 만든 살인이라고는 말하지 못했나 보군요?"

"살인?"

은수는 살인이라는 단어 앞에서 모든 사고가 정지되고 멍했다. 김혁준의 살인. 은수는 도통 이해할 수가 없었다.

"언니의 죽음은 자살이었어요. 그 자살의 원인을 제공한 사람이 혁준 오빠였고 알면서도 방조하고 있었어요."

"계속해."

"언니는 사랑하는 사람을 위해서 큰아버지한테 어려운 결정을 부탁했어요. 결과적으로 그 일은 큰아버지의 정치 생명에 큰 타격을 입혔고 혁준 오빠 회사에는 이익이 됐어요."

"그 일을 혁준 씨가 지현 씨에게 강요한 게 확실한 거니?"

은수는 지금 정은이 하고 있는 이야기를 듣고 있자니 기막혔다. 은수의 질문에 정은은 쉽게 입을 열지 못했다.

"강요한 건 아니지만 언니는 그 정도면 결혼할 수 있다고 생각했어요. 자그마치 십 년 동안 바라보는 역할을 한 언니는 지쳐 있었어요. 긴 시간 동안 불안해하던 언니에겐 오빠가 안정이 필요할 때였다는 걸 누구보다 더 잘 알았을 거예요. 언니의 죽음은 목숨보다 사랑한 사람한테 더 이상 쓸모없는 사람이 되어버린 좌절감에 어쩔 수 없이 한 선택이었어요."

"무서운 사람이었구나."

두 사람은 아무 말 없이 서로의 눈만 마주 보고 있었다. 은수의 앞에서 움츠러들던 정은은 사라지고 뿌연 안개에 뒤덮인 알 수 없는 사람으로 변해 있었다.

"나한테 하고 싶은 요점만 십 초 안에 말해."

은수는 지현의 자살에 대해 정당했다고 말하고 있는 정은을 더 이상 마주하고 싶지 않았다. 뿐만 아니라 자살은 자살이다. 자기 목숨에 대한 값어치를 스스로 팽개쳐 버린 행위는 어떤 변명으로도 옹호될 수 없다는 게 은수의 생각이었다. 은수의 차가운 말투에 정은은 입술을 파르르 떨었다.

"혁준 오빠는 언제 언니를 버릴지 몰라요. 지현 언니가 당한 것처럼 이용가치가 없어지면 버려질지 모른다는 말이에요. 십 년 동안 옆에 있던 여자를 한 번에 버린 남자인데 언니한테는 다를 것 같아요?"

"지금 나를 위해서 하는 말이라는 거니?"

정은은 은수에게 너무나 당당하고도 오만하게 고개를 끄덕였다. 그녀의 모습에는 자신이 한 여자를 구했다는 뿌듯함과 확신에 가득 차 있었다. 은수는 그 모습에 가슴이 꽉 막히고 머리가 욱신거려서 잠시 할 말을 잃었다.

"내가 지금 무슨 말을 해야 할지 모르겠다."

"언니가 제 말을 오해하지 않았으면 좋겠어요. 제가 말한 건 사실이고 혁준 오빠는 한 여자의 인생을 앗아간 사람이에요."

"혁준 씨가 교통사고 현장에 있었니?"

혼란스러워하던 은수는 안정을 찾았다. 눈앞에 의기양양해하는 정은에게 그녀는 추궁하듯 물었다.

"아님 자살을 한 거라고 말했는데 혁준 씨가 동조했니?"

"그런 건 아니에요. 하지만 혁준 오빠는 충분히 알고 있었을 거예요."

"그건 네 추측이지 혁준 씨가 알았다고 무슨 근거로 장담하니?"

"그건……."

"이미 알고 아무런 조치를 취하지 않거나 도와주었을 때만 자살 방조가 성립되는 거야. 그런 면에서 혁준 씨가 만든 자살이라는 건 네 추측이고 아무런 근거가 없어. 그렇지 않아?"

정은은 얼굴이 점점 창백해져 가면서 앞에 놓인 물을 급하게 들이켰다.

"버림받았다는 생각이나 배신당했다는 말들, 살아 있는 사람들이 만들어낸 말 아닐까?"

은수의 날카로운 말에 정은의 아랫입술에서는 붉은 피가 맺히는 것이 보였다.

"사고든 자살이든 그 나이에 안타깝게 돌아가신 건 모두 불행이라고 생각할 거야. 하지만 엄연히 자기 목숨을 끊은 건 스스로의 선택이었고 책임이라고 말하면 매정할까?"

정은은 은수가 자신의 뜻대로 안 되자 답답하고 화가 나기 시작했다.

"혁준 오빠는 아무런 책임이 없다는 건가요?"

은수는 말도 안 된다는 표정으로 자신을 보는 정은이 답답해 말이 거칠어졌다.

"죽은 것도 안됐으니 그 죽음에 대해 이미 세상 떠난 사람을 비난할 사람은 거의 없어. 그렇다면 누구에게 화살이 꽂힐까?

당연히 살아 있는 사람의 몫이 아닐까?"

"지현 언니의 죽음에 그 누구도 비난할 수 없어요."

"그렇다면 혁준 씨는 죽음의 모든 책임을 뒤집어쓴 파렴치한이 되어도 괜찮다고 생각하니? 난 파혼이 아닌 결혼을 연기했다고 들었는데 그 일이 배신이고 버림이었니?"

"언니는 사랑하는 사람한테 사랑받지 못하는 마음을, 단 하나의 끈이라도 붙잡아 묶어두고 싶은 절망적인 마음을 겪어보지 못해서 몰라요."

"그래서 넌 병현이를 결혼이라는 틀로 묶어놓고 있니? 병현이가 이혼을 요구하면 너도 자살할 거고, 병현에겐 너를 이용했다며 사람들의 비난 섞인 눈초리를 받게 하고 싶니?"

은수는 지금 자신의 말이 심했다는 걸 알면서도 참고 있던 속엣말들이 의지와 상관없이 터져 나왔다.

"난 사랑이라는 것에 화가 나. 사랑하는 사람을 괴롭게 만들고 상처주는 게 수많은 사람들이 하고 있는 사랑이니?"

"언니 그건."

정은이 입을 열자 은수는 냉정하게 그녀의 말을 끊었다.

"내 말부터 들어. 혁준 씨를 비난하는 시선들을 이해하지 못하는 것 아냐. 이야깃거리 만들어내는 사람들 입장에서 죽은 사람이 말을 할 수 없으니 그 대상을 혁준 씨로 삼는 것 이해할 수 있어. 하지만 언니 분은 자신의 우매한 죽음이 사랑한다는 사람을 괴롭게 만들고 남들에게 냉혹한 시선을 받게 만들었다는 걸 알았을까?"

정은은 우매한 죽음이라 말하는 은수에게 자리에서 일어나 분노에 온몸이 흔들리도록 소리를 질렀다.

"언니가 뭘 알아요? 사랑을 알아요? 우리 언니가 겪었을 고통을 알아요? 그것에 비해 혁준 오빠가 당하는 고통은 아무것도 아니에요. 언니가 뭔데 오빠를 두둔해요?"

"너 그 정도밖에 안 되는 아이였니? 그렇게 이기적인 아이였어?"

순간 은수는 벽을 보고 말하는 게 정은이와 말하는 것보다 덜 답답할 것 같다고 생각했다. 정은은 피해의식으로 똘똘 뭉쳐져 있고 자신이 믿고 있는 사실 외에는 듣거나 받아들이려고도 하지 않아 얘기는 겉돌고 있었다.

"사람 많은 곳에서 둘이 뭐 하는 짓이야?"

은수는 병현의 말에야 주변의 따가운 시선이 느껴졌다. 은수는 얼음물을 한 잔 부탁하고 허리를 꼿꼿이 펴며 표정을 풀려고 애썼다.

"네가 끼어들 문제가 아냐."

병현은 이 정도로 사람 많은 곳에서 정은이 목소리를 높였다면 분명 심상치 않은 일일 거라고 직감했다.

"박정은, 네가 말해 봐. 무슨 일이야?"

은수는 병현의 말에 자신이 가해자인 척하는 정은의 가식적인 모습에 자신도 모르게 비웃음이 흘러나왔다.

"왜 말 못하니? 네가 해놓고도 어이없지?"

"정은수, 말이 그게 뭐야?"

"나 보지 마. 너도 미워할 것 같아. 난 적어도 사람을 미워하거나 비난하기 전에 한 번쯤은 그 사람의 입장에서 생각해 보는 게 당연하다고 생각해 왔어. 하지만 네 와이프는 해당이 안 되는 것 같다."

"박정은, 당장 설명해!"

정은은 화가 잔뜩 묻어 있는 병현의 목소리에 움찔하고 눈물 흘리면서 방금 전 은수와 나눴던 대화를 더듬거리며 말했다. 정은이 말을 하면 할수록 탁자 위에 놓여 있는 병현의 주먹에는 힘이 강하게 들어갔다.

"미안하다. 내가 대신 사과할게. 네 성격 모르고 한 일 같으니 너무 미워하지 마라. 내가 알면서도 주의시키지 못했어. 설마 이 정도까지인 줄 몰랐어."

병현이 잔뜩 기운없는 목소리로 사과하자 정은은 그를 쳐다보았다. 그녀는 왜 그가 사과를 하고 있는지 모르고 있었다.

"난 남녀 간의 사랑도, 친구 간의 우정도 믿음에서 시작한다고 생각해. 정은 씨도 똑바로 알아둬. 상대방에 대한 믿음을 먼저 버린 사람이 그 관계를 깨뜨리는 거야. 박정은, 내가 말하는 자살을 방조하고 한 여자의 인생을 앗아갔다는 혁준 씨는 내 앞에서 당당하게 언니 분이 사고를 당하지 않으셨다면 나와 자신이 얽히지 않았을 거라고 말했어. 그리고 너 상대 잘못 골랐어.

내가 자살하는 사람들을 이유불문하고 얼마나 싫어하는지 몰랐지?"

"알아들었을 거야."

"그래. 다시는 그따위 막돼먹은 소리 하지 않을 거라고 믿고 싶다."

은수는 정은이 고개를 숙이며 이런 상황에서도 병현의 눈치만 보고 있는 모습에 울컥해졌다.

"네 마누라한테 잘해. 사랑할 자신 없으면 최소한 인간적으로 외롭지는 않게 하라고, 이 빌어먹을 자식아."

"왜 나한테 시비야?"

은수는 한순간이라도 이성을 잃지 않으려고 최대한 감정을 억누르다 보니 피곤이 몰려왔다. 은수가 자리에서 일어나 로비로 빠르게 걸어나가자 병현이 뒤따라와 그녀를 붙잡았다.

"싫다면 정색하는 건, 나이를 먹어도 변하지 않는구나. 뒤끝 없는 은수 모습 한 번만 더 보자. 최소한 삼세번이라고 했잖아. 정은이 그렇게 나쁜 애는 아니야. 잘 타이를 테니까 그만 풀어."

은수는 이런 상황에서 정은을 두둔하는 병현의 모습에 낯설었다. 언제나 그가 그녀의 편에서 같이 화를 내던 모습은 이제 정은에게 서서히 옮겨가고 있었다. 은수는 뜻 모를 웃음을 지으며 병현을 두 팔로 안았다.

"내가 그래서 너를 믿는 건지도 모르겠다. 잘해주고 오늘 일 너무 화내지 마."

"그래. 잘 가. 다음에 보자."

은수를 로비까지 배웅해 주고 들어온 병현은 아직 그 자리에 앉아 있는 정은을 싸늘한 눈으로 보고는 엘리베이터에 홀로 올라탔다.

은수는 호텔 앞에 대기하고 있는 차의 운전석 문을 열었다.
"제가 운전할 테니 이만 퇴근하세요."
"안 됩니다. 그러다 길이라도 잃어버리면 큰일납니다."
기사는 은수를 의심스러운 눈빛으로 바라보기만 할 뿐 자리에서 일어나지 않았다.
"네비게이션이 있잖아요. 걱정하지 마시고 들어가세요."
운전석에 앉은 은수는 네비게이션의 전원을 켜 '자유로'를 입력하고 호텔을 유유히 빠져나갔다. 퇴근 시간이라 모든 도로는 은수의 답답한 마음처럼 꽉 막혀 있었다. 차를 돌려 그냥 집으로 갈까 고민하는 사이 차는 어느새 자유로로 들어섰다. 은수는 시원하게 뚫려 있는 길에 들어서자 가속페달을 힘 주어 누르며 계기판의 바늘을 바르게 눕혀갔다.

"언니가 뭔데 오빠를 두둔해요?"

은수의 귓가에 정은의 말이 울렸다. 그녀를 몰아붙이는 그 말에 시원하게 달리는 차와 달리 머리 속은 멈추어 있었다.

'그에게 있어 난 무엇이고, 나에게 있어 그는 무엇이지? 난 왜 그를 두둔하며 정은에게 이기적이라고 몰아세웠지? 왜 그로 인해 혼란스러운 거야?'

그가 죽은 약혼자의 말을 할 때 어둡고 슬픈 눈을 보았다. 그리고 그는 자신에게 퍼부어지는 비난에 아파하면서도 조용히 죽은 그녀에 대한 도리를 지키고 있었다. 그래서 은수는 그를 보면서 마음이 아팠다. 은수는 바보처럼 되돌려 줄 수 있는데 가만히 있는 그를 안아주고 싶었다. 그의 눈이 사랑하는 사람을 잃어버린 아픔을 가진 눈이 아니었기에 그 이외의 것은 그 무엇도 은수에게 중요치 않았다. 단 하나, 사랑만 아니면 되었다. 그토록 은수가 피하고 피하는 남의 사랑.

'그에게 믿겠다고 말해 놓고 왜 아픈 걸까? 설마 그에 대한 믿음의 연장선이 아픔일까?'

은수는 그의 눈을 보았을 때 그 안에 가득 비춰진 자신의 모습을 보았다. 믿겠다고 약속하고도 이렇게 어이없는 생각을 하는 자신에게 웃음마저 나왔다. 은수는 혼란스럽고 예상치 못한 감정에 당황스러워 어떻게 그 감정을 추슬러야 할지 모르고 있었다.

"넌 그 사람에게 무엇이 되고 싶은 거니?"

은수는 자신에게 묻는 말에 그에게 특별한 여자가 되고 싶다는 대답이 되돌아왔다. 그의 사랑을 받지 못했다고는 하지만 십 년의 시간 동안 혁준을 차지하고 혁준에게 자살이라는 극단적인 방법으로 시간으로도 지울 수 없는 상처를 준 그 여자보다 더 특별해지고 싶어졌다. 그러나 그녀는 그가 감당하고 있는 고통을 얼마나 이해하고 공감할 수 있을지 자신할 수 없었다. 그가 처한 상황을 다 알고 나니 그를 향한 자신의 마음이 동정인지 아닌지 분간하기 힘들었다.

"정은수, 언제부터 남들 하는 소리에 관심 가졌냐? 네 방식대로 살아. 아니다 싶을 때 돌아서면 그만이야. 까짓것 부딪쳐 보면 되는 것 가지고 고민하지 마."

지금 은수에게 확실한 건 이대로 그에게 등을 보이기 싫다는 것이다. 아니, 등을 보이면 안 될 것 같았다. 그와 한 약속이 붙잡는 것이 아니라 처음으로 마음이 그리하고 싶었다.

은수는 머리 속이 맑아지자 서서히 속도를 낮추기 시작했다.

"젠장! 여기가 어디야?"

은수는 도로가 아닌 낯선 곳이라는 걸 알아채고 차를 세웠다. 주변을 돌아보자 자신의 차에서 나오는 불빛 이외에는 아무것도 보이지 않는 컴컴한 곳이었다. 네비게이션을 확인하려 모니터를 보자 전원이 꺼져 아무것도 보이지 않았다. 급한 마음에 눈에 띄는 버튼마다 다 눌러보았지만 여전히 작동하지 않았다. 그녀는 의자에 몸을 기대며 어떻게 여기까지 왔는지 찬찬히 생각해 보았다. 중간에 한참 머리가 복잡한데 기계에서 이리저리로 가라는 소리가 나오자 몇 번 툭 쳤던 게 또 기계를 고장 낸 것 같았다. 그녀에게 멀쩡한 차가 도로 한복판에서 고장나는 건

다반사였고 길을 잃어버려 한참을 헤매다 도움을 청하는 일은 자주 있는 일이었다. 그래서 사람들은 그녀를 '마이너스의 손'이라 칭했다.

은수는 조수석에 놓인 핸드백에서 꺼낸 휴대폰의 전화번호 목록을 몇 번이나 검색하면서 마음을 정하지 못하다 과감히 통화 버튼을 눌렀다.

혁준은 은수와 함께 저녁을 하기 위해 오후 일정을 취소했기에 마땅히 할 일이 없었다. 누구와 저녁을 먹을 만큼 좋은 기분이 아니었고 집에 들어가기에는 이른 시간이라 사무실에 들어와 서류를 검토하면서 밀린 일을 처리하고 있었다. 끊임없이 울려대는 휴대폰 소리에 액정을 확인했다.

[당신네 자동차 회사 고발해 버릴 거야!]

은수의 비명처럼 내지르는 소리에 혁준은 벌떡 일어났다. 그가 일어나면서 의자가 뒤로 넘어갔지만 혁준은 그녀에게 차 사고가 난 것이라 생각하자 그 짧은 순간에 별의별 상상이 다 들었다.

[내 말 안 들려요?]

은수의 다급한 목소리에 혁준은 듣고 있다는 짧은 말을 하면서 옷걸이에 걸린 그의 양복 상의를 집어 들었다.

[어디인지 모르겠어요. 또 길을 잃어버린 것 같아요. 자유로까지 들어왔는데 그 후로는 네비게이션이 작동 안 한 것 같아

요. 사방은 컴컴하고 배고픈데 나 어떻게 할까요?]

혁준은 은수의 말에 불안한 마음이 일렁거렸다. 양복 상의를 한 손으로 급하게 입은 혁준은 사무실 문을 열어 비서실 직원을 손짓으로 가까이 오게 했다.

"차 문은 잠갔어?"

[네.]

"그럼 시동 끄지 말고 사이드 브레이크 올리지 마. 주변에 누가 오면 바로 페달을 밟을 수 있게 준비하고 위치 추적할 테니까 핸드폰 계속 켜놓고 있어."

[알았어요.]

"위험하니까 절대 나와서 기다리거나 창문 내리지 마."

단단히 일러두는 혁준의 말에 은수가 알았다고 대답하자 그는 전화를 끊었다. 비서실 직원에게 은수의 전화번호를 넘기면서 조사팀에게 위치 추적을 지시하고 비서를 동행해 급하게 차에 올라탔다.

"우선 자유로 쪽으로 가봅시다."

그녀에 대한 자신의 감정이 어렴풋이 윤곽이 잡히자 거친 바람에 힘없이 나뭇가지들이 흔들리는 것마냥 걷잡을 수 없었다. 처음엔 자신의 앞에서 강한 척하던 여자가 거슬렸다. 그 다음은 거침없이 솔직한 여자가 눈에 들어왔고, 이해와 배려를 아는 여자가 머리 속에 자리잡았다. 거기까지일 줄 알았던 그녀가 그의 마음속에 예상하지도, 기대하지도 않은 감정으로 들어왔다.

"속도 높여."

혁준은 그들이 최대한의 속도로 운전하고 있다는 걸 알지만 더디게 가는 기분이었다. 여태까지 그녀는 혁준에게 당돌하고 겁없는 여자처럼 굴었지만 오늘은 불안해하며 떨리는 목소리로 도움을 청했다. 그래서 더 마음이 쓰이고 불안했다. 그녀가 얼마나 겁을 내며 불안해할지, 그는 당장 가서 그녀를 안아주고 싶었다.

"정확한 위치를 찾았습니다. 여기서 별로 멀지 않은 곳입니다."

"알았어."

혁준은 비서의 말에 안도의 한숨을 내쉬었다. 여태껏 그는 누군가로 인해 이렇게 마음 졸이며 걱정해 본 적이 없었다. 이렇게 박하 향의 매운 기운이 속 안을 헤집고 다니긴 처음이었다. 지현을 걱정하지 않았던 건 아니다. 그러나 그녀의 불안한 기운에 아파했던 적은 없었다. 그러면서도 한 사람을 죽음으로 치닫게 만든 자신이 이런 감정을 가질 수 있는 것인지 확신할 수 없어 가능하면 뒤로 물러나고 싶었다.

"저쪽에 계시는 것 같습니다."

혁준은 비서가 손가락으로 가리키는 곳을 보았다. 차에 기대선 채 담배를 피우며 사방을 둘러보고 있는 은수가 그의 눈에 들어왔다.

"위험하게 뭐 하는 짓이야?"

혁준은 몇 번이나 그녀에게 당부했음에도 차 밖으로 나와 있는 그녀에게 자신도 모르게 화를 냈다. 은수는 들고 있던 담배를 바닥에 버리고 혁준에게 걸어왔다.

"기다리다 답답해서 담배 한 대 피운 것 가지고 늦게 온 주제에 지금 나한테 큰소리치는 거예요?"

"내가 나와 있지 말라고 했잖아."

"몇십 분 동안 창문도 열지 않고 히터 돌아가는 차 안에서 기다려 봐요. 당신 오기 전에 질식사로 죽지. 일찍이나 왔으면 말이나 안 해."

"일찍 온 거야. 거기서 여기 거리가 얼마인데."

"몰라, 몰라. 집에 가고 싶고 운전하기는 싫어요."

혁준은 큰소리치는 은수의 모습에 불안감이 풍선의 바람 빠지듯 한순간에 해소되었다. 오히려 조금 전까지 불안에 떠는 은수를 달래줄 생각으로 급히 달려온 자신한테 맥이 다 빠질 지경이었다. 은수는 이제야 혈색이 돌아온 그의 안색을 살피며 혁준의 차로 걸어갔다.

"내가 운전할 테니 정은수 씨 차는 정 회장님 댁에 갖다 놓으세요."

"알겠습니다."

혁준은 차 근처에서 대기하고 있던 비서에게 지시하고 운전석으로 향하자 그는 은수의 따가운 눈초리를 느꼈다.

"왜?"

"차 문을 열어줘야 탈 것 아니에요. 정말 무례하기 짝이 없어."

혁준은 도도하게 요구하는 은수를 보면서 저런 자신감이 어디서 나오는지 궁금했다. 그러면서도 혁준은 은수 말대로 차 문을 열어주었다.

"길도 잘 모르는 것 같은데 뭐 하러 운전해서 헤매고 다니는 거야?"

혁준의 퉁명스러운 말에도 은수는 대답하지 않았다. 은수는 따뜻한 곳에 들어오자 피곤이 몰려와 창문 쪽으로 고개를 돌리고 눈을 감았다.

"네비게이션 100% 믿지 마. 기계가 사람을 대신할 수 있다는 건 착각이야. 다음부터는 기사한테 부탁하든지 나한테 말해. 알았어?"

혁준의 타이르는 말투에도 은수의 반응은 그저 눈을 떠 몇 번 깜박거리는 게 다였다. 혁준은 차창 밖만 하염없이 쳐다보며 자신에게는 눈길 한번 돌리지 않는 은수에게 서운한 마음이 들었다.

"찬바람 쐬더니 감기 기운 오니?"

혁준은 은수의 이마를 짚어보기 위해 손을 올렸다 닿기도 전에 힘없이 아래로 떨어뜨렸다. 오늘 괜히 자신이 감정의 욕심을 부린 탓에 하늘이 노해 은수에게 좋지 않은 일이 생긴 것 같아 자신이 없었다. 그는 그녀에게 올 때는 그녀 하나 때문에 그 어떤 생각도 들지 않았지만 이제 그는 그녀를 걱정하는 게 옳은 행동인지조차 구분할 수 없었다.

"난 오늘 어떤 사람이 얼마나 고통스러운 시간을 보냈을까 하는 생각에 마음이 아팠어요. 나, 원래 나밖에 모르는 이기주의자인데 그 사람이 괴롭고 힘들었을 시간을 생각하니 내 가슴에서 눈물이 났어요."

혁준은 은수의 말에 갓길에 차를 세웠다. 그는 혼자서는 운전하지 않는다는 은수가 오늘 혼자 운전한 것에 막연히 무슨 일이 있을 거라고 생각했었다.

"무슨 말이야?"

고개를 돌린 은수의 표정은 그가 한 번도 본 적이 없는 슬픈 표정이었다. 너무 슬퍼 보여 그녀의 눈에서 당장이라도 눈물이 떨어질 것 같았다. 그리고 그와 상관있는 일임을 예감했다.

"당신을 믿으려고 노력하는 나한테 숨기지 말아요."

"숨기는 것 없어."

"전 약혼녀에 관해서는요?"

혁준은 그녀가 자신에게 무엇을 말해 달라는지 짐작할 수 있었다.

"말하지 않으려는 건 구태여 알아야 할 필요가 없는 거야."

혁준의 말은 더 이상 내 안을 들추려 하지 말라는 거부의 뜻이었다. 아무에게도 보이고 싶지 않다는 가시 돋친 방어였다.

"난 내가 누군가에게 특별한 여자가 되어야겠다는 생각 따위는 해본 적 없었어요. 나에 대해 별 불만 없는 남자면 상관없다고 생각했어요. 그런데 당신에게는 특별한 여자가 되고 싶어졌어요."

"지금도 충분히 특별해."

혁준은 은수의 머리를 한 손으로 부드럽게 쓸어 내렸다. 단 한 번도 흔들린 적 없던 마음에 거친 바람을 불러일으키고, 늦은 시간에 온통 걱정과 불안 속으로 밀어 넣어 도로를 질주하게 만드는 은수는 그에게 있어 정말 특별한 여자가 아닐 수 없었다.

"당신 마음속에도?"

혁준은 대답하지 않고 차 뒷좌석에 있는 담요를 집어 펼쳐 들었다. 은수의 몸 위에 바람이 들어올 틈을 주지 않겠다는 듯이 목 위까지 숨이 막히도록 감싸 덮어주고는 차창을 열었다. 혁준은 담배를 한 대 꺼내 불을 붙이며 그것이 다 타 들어갈 때까지 말을 하지 않았다.

"자살인 것 어떻게 알았어?"

은수는 혁준을 보았다. 그의 표정엔 자신의 치부를 억지로 들어낸 대한 수치심이 잔뜩 서려 있었다.

"말이 떠도는 세상에 비밀은 없어요. 더욱이 우리가 속해 있는 사회는 폐쇄적이잖아요."

혁준은 그 부분을 들추어내고 싶지 않았다. 은수가 알게 된다면 자신에게서 멀어질까 겁났다. 그녀가 자신을 비열하고 냉혈

한 인간이라고 비웃을까 그는 두려웠다. 그는 지금도 피하고 싶은 마음이 가득이지만 더 이상 피할 도리가 없어졌다. 그는 그녀가 그 일에 대해 알았다면 그녀와 더 이상 엮이지 않고 이대로 끝내는 것이 그가 상처받지 않는 최선이라고 생각했다.

"뭐라고 해도 좋아. 그 부분이 걸려서 날 믿지 않겠다고 해도 할 말 없어."

은수는 혁준이 자신에 대해 단단한 방어막을 만들어 미리 도망가려 해 가슴이 먹먹해졌다.

"당신, 의도적으로 나 밀어내는 거지? 내가 지현 씨의 죽음에 대해서 알았다고 변할까 봐 나 밀어내는 거잖아. 아니야?"

"그래, 맞아. 더 이상 사람에게 상처받고 싶지 않아."

"내가 당신이 죽였냐고 물어봤어?"

"누가 뭐라고 해도 내가 중심에 서 있는 죽음이야. 나로 인해 결심한 자살에 너라면 책임이 없다고 생각할 수 있겠니? 죄책감 따위는 조금도 들지 않겠니? 그래서 싫어. 생각나게 해서 싫다고."

혁준은 히터의 열기로 인해 꽉 막힌 차 안이 그의 마음 같아 차 밖으로 나왔다. 시원한 바람이 폐 속으로 들어와 몸 구석구석 퍼지자 화가 가라앉는 것 같았다. 떠올리고 싶지 않은 기억은 시시때때로 사람들에 의해 들춰진다. 그리고 그에게 묻는다.

'너는 그때 왜 그렇게밖에 하지 못했니? 너는 왜 그것밖에 안 되는 인간이니? 멀쩡한 사람 그렇게 만들어놓고 넌 행복하게 웃

을 수 있니?'

끊임없이 그를 따라다니는 말들에 그는 괴롭다. 언제나 그의 주변은 자신의 말을 듣기보다는 그녀의 선택에 동조한다. 그래서 그가 더 함구하며 피하는 것이다.

"당신 책임이 아닐 수도 있어요."

은수는 차 밖으로 나와 몇 발자국 떨어져 축 처져 있는 혁준의 등 뒤에 대고 말했다.

"결혼에 대한 입장 차이를 인식하지 못한 그분의 선택까지 왜 당신이 짊어지려고 해요? 당신은 나한테 충분히 설득했다고 말했어요. 거짓말 아니었잖아요."

은수의 말에 혁준은 몸을 돌려 그녀를 마주 보았다. 그는 아무 말 하지 못하고 그녀의 한 마디 한 마디를 충격적으로 듣고 있었다.

"그걸로 당신은 충분해요. 당신은 죄인이 아니에요. 살인을 한 것도 아니고, 자살을 방조한 것도 아니에요. 자살은 자기 의지예요."

은수로 인해 혁준은 처음으로 용기가 생겼다. 그는 그동안 한 마디도 내뱉었던 적이 없는, 마음속 깊숙이 구겨놓았던 말을 은수에게 보여주기 시작했다.

"지현이는 언젠가부터 내 옆에 서서 자신에게 마음을 달라고 했어. 나는 한동안 그걸로 인해 무척이나 갈등했고 움직이지 않는 마음을 무슨 수로 줄 수 있냐고 대답했어. 차라리 그때 헤어졌어야 했는데, 지현인 나에게 그 자리에서 움직이지 말고 가만히 있으면 자기가 움직여 내 마음으로 오겠다고 했어. 난 정말 가만히 그 자리에서 움직이지 않고 있었어. 그건 그 애에 대한 최소한의 예의였으니까. 그런데 행복하다고 하고선 죽었어."

혁준의 흔들리는 목소리에 은수는 한 발짝 다가가 그의 앞에 섰다.

"이렇게 한 발 다가서면 혁준 씨가 가만히 있지 않고 뒤로 한 발 물러서, 더 이상 폭이 좁아지지 않을 것 같은 두려움이었을지도 몰라요. 결혼도 용기를 내어 말했는데 당신이 물러나니까 사실은 물러난 것이 아니라 미루어두었던 것뿐이지만 더 이상 기회가 없을 것 같아 두려워 도망간 것일 수도 있어요. 스스로 자신의 감정을 이기지 못하고 도망친 끝이 자살이었던 게 아닐까 싶어요."

혁준은 자신이 부족하기에 지현에게 믿음을 주지 못했다고 생각했다. 이제야 불안해하고 조급하던 지현의 행동을 이해할 수 있을 것 같았다.

"당신은 그 자리에 있었는데 그걸 보지 못하고 도망간 거예요."

혁준은 은수에게 한 발 다가갔다. 그녀의 얼굴이 바로 그의 밑에 있었다.

"이렇게 한 발 다가서지 못한 나의 책임은?"

"십 년의 시간 동안 움직이지 않은 마음에 책임을 가져야 하나요? 외사랑이 상대방에게 책임이 가해지는 건가요? 아니잖아요. 그래서 사람들이 외사랑을 힘들다고 하는 거예요. 누구에게도 물을 수 없는 자신의 감정을 스스로 다스려야 하잖아. 상대방에게 받아달라 아무리 발버둥을 쳐도 그건 혼자만의 얘기일 뿐이니까요."

혁준은 자신의 앞에서 또박또박 말하는 은수를 끌어안았다. 은수는 편안함을 넘어 그에게 안식처 같은 기분이었다. 그 일 이후 혁준에게 동정이 아니라 아파서 건드리지도 못했던 상처를 만져 주는 사람이 생긴 것이다.

"난 이기적이에요. 내가 좋아하는 사람들 입장에서만 보려고 해요. 그래서 싸늘하게 죽은 사람한테 이렇게 말하는지 몰라도 난 당신부터 생각하고 싶어요. 그게 지금 원하는 전부예요."

"이것이 전부가 되어도 좋아. 더는 바라지 않아."

혁준은 자신의 품 안에서 또렷이 말하는 은수를 두 팔에 힘주어 세게 안았다. 그녀의 말에 가슴이 벅차올랐다. 그는 지금 당장 자신을 비난하고 있는 모든 사람들 앞에 그녀를 데려가고 싶었다. 당신들이 아무리 나에게 뭐라 해도 나에게 그들이 틀렸다며 아파하지 말라고 해주는 사람이 있다고 알려주고 싶었다. 그의 상처에 자신도 아프다고 말해 주는 사람이 단 한 명, 그의 품 안에 있다고 큰 소리로 외치고 싶었다.

"혁준 씨에 대한 내 감정이 무엇인지 갈피도 못 잡은 채 왜 그렇게 그 사람에게 가시 돋친 말까지 해가며 당신을 두둔했는지 알 수 없어 나 굉장히 혼란스러웠어요. 나에게 혁준 씨를 둘러싼 주변의 말에 무심할 수 있냐고, 아니면 그 말들이 머리 속 한 귀퉁이에 자리잡지 않을 거냐며 물어본 적 있지요?"

 혁준은 은수의 몸에서 살짝 떨어져 나와 찬바람에 차가워진 은수의 얼굴을 두 손으로 감쌌다. 그는 은수와 눈을 마주한 채 미소를 지으며 말했다.

 "꾸준히 계속되어 온 말에 무심할 순 없을 거야. 하지만 부탁할게. 그 말들보다는 나를 믿어줘. 그 말들이 머리 속에 자리잡게 되면 내가 아니라고 말해 줄게. 내가 너의 믿음을 깨지 않게 보여줄게."

 "나한테 그런 말 하는 사람들에게 아니라 말해 주고, 만약 머리 속에 자리를 잡으면 그 자리의 뇌세포들을 괴롭혀 기능하지 못하게 할 거예요. 그러니 그 일로 당신 스스로를 아프게 만들지 마요. 이제 당신이 아프면 내 마음도 아파요."

 은수는 꼭 안고 있는 그의 손을 가져다 자신의 가슴에 얹어두었다. 불규칙하게 뛰는 은수의 박동이 고스란히 그의 손바닥을 타고 전해져 왔다. 그녀 역시 자신과 같은 감정으로 벅차하고 있었다.

 '지금 제 눈에 보이는 저 별 중 하나가 제 품 안으로 들어왔습니다. 지금껏 제대로 살았다고 할 수 없는 제게 이토록 과분한 사람을 주시다니……. 혹여 도로 가져가시려 한다면 이미 늦었다고 말할 겁니다. 세상의 모든 신이여, 감사합니다.'

'나에게 당신이 들어왔듯이 당신에게도 내가 들어갔다고 믿어요. 당신은 마음에 유일하게 들어온 남자예요. 수많은 남자를 만났다고는 하지만 마음만은 당신이 처음이라는 것 알아줬으면 좋겠어요.'

"아침부터 왜 또 전화하고 그래요?"

은수는 근래 들어 혁준의 전화가 잦아지면서 잠을 제대로 이루지 못하고 있었다. 시시때때로 그는 그녀에게 전화를 걸어 별말없이 목소리만 듣고 끊을 때도 많았다. 처음에는 그의 그런 관심이 좋았지만 계속될수록 거추장스러웠다.

[잘 잤어?]

"그거 알아요? 시도 때도 없이 전화하는 당신 때문에 나 정말 미치기 일보 직전이에요."

[어제 보지도 못하고 온종일 통화도 못해서 아침에 전화한 것뿐이야.]

"한 달 내내 지겹도록 보고 하루를 못 참는다는 게 말이 돼요?"

[남들이 들으면 오해하기 십상이다.]

"내가 보고 싶었다고 사실대로 말해요."

[흠. 정은수, 상당히 뻔뻔해지고 있어. 저녁에 특별한 일 없지?]

"네, 오늘 저녁에 봐요."

[좋은 하루.]

은수는 혁준을 점점 알아갈수록 의외의 모습들을 많이 보게 되었다. 그는 아침이면 전화를 걸어 다정하게 인사를 건네고 하루를 기분 좋게 시작하게 만들었다. 더구나 저녁이면 매일같이 바쁜 시간을 쪼개어 그녀와 식사를 즐기기도 하고 영화를 보는 것은 그의 저녁 스케줄의 하나가 되어버렸다. 때로는 늦은 시간에 아무 말 없이 드라이브하며 시간을 보내기도 하고 손을 꼭 잡고 때늦은 산책을 즐기기도 했다. 그는 단 한 번도 정해지지 않은 곳을 가지 않았다. 매번 그녀를 만날 때마다 무엇을 먹을지, 어디를 갈 것인지 다 결정이 되어 있었다. 멋지고 화려한 데이트는 아니지만 둘은 같이 있어 행복했다.

"오늘 출근하지 말고 나랑 병원 가자."

은수는 출근하러 이층 계단을 내려와 현관에 다다르자 뒤에서 김 여사가 그녀를 붙잡았다.

"누구 입원하셨어? 그래도 나 일해야 해. 엄마, 제발 내가 회사를 다니고 있는 직장인이라는 사실을 잊지 말아줘."

은수는 집안에 일이 있을 때마다 회사 일을 뒷전으로 미루게 만드는 김 여사가 못마땅해 톡 쏘아붙였다.

"넌 네 카드를 어쩌다 잃어버렸는지 궁금하지 않니?"

은수는 김 여사의 검지와 중지 사이에 껴져 있는 자신의 카드들을 발견하고 그 자리에 주저앉았다.

"엄마가 가져갔었어?"

"갈 거야, 말 거야?"

"카드 잃어버린 나를 자학하면서 카드 재발급을 받으려 투자한 시간과 지금의 끓어오르는 분노로 인해 엄마를 용서할 수 없으나."

"없으나 뭐?"

"돌려만 주신다면 병원이 아니라 오지라도 쫓아갑니다. 갑시다, 병원."

김 여사는 은수의 말에 회심의 미소를 지으며 카드를 자신의 핸드백에 집어넣었다.

"안사돈이 얼마나 꼼꼼한지 김 사장 건강진단서를 보냈지 뭐니. 우리도 보내야 앞으로의 이야기를 진행할 것 아니겠니? 안사돈이 미리 예약을 해두신다고 연락하셔서 오늘 가기로 했다."

은수는 '안사돈'이라고 자연스럽게 말하는 김 여사에게 기가 질려 아무 말 하지 않은 채 따라나섰다.

"근데 그거 왜 꼭 주고받아야 해? 큰오빠 결혼할 때도 받았어?"

"당연히 받아야지. 건강한 육체 속에 건강한 자손을 보는 거야. 어디 아픈 곳 있으면 미리 치료해 가면 서로 좋은 일이고 혹시 나중에 네가 건강에 안 좋은 일이 생겨도 우리한테 뭐라고 할 수가 없지. 막말로 애 못 낳는 게 여자 문제만이 아닌데 이럴 때 확실히 해둬야 그런 문제가 생기면 큰소리칠 수 있는 법이야."

김 여사가 혀를 차며 열심히 설명하기 시작했다. 하지만 은수는 병원에 도착해 귀찮은 검진을 할 생각에 인상을 찌푸리고 한 귀로 흘려들었다.

신성의료원에 도착한 은수와 김 여사는 기다리고 있던 직원의 안내를 받아 예약된 진료실로 들어갔다.

"오랜만에 뵙습니다. 자주 뵈어도 안 좋은 일이지만 정 회장님 댁은 유난히 저를 멀리하십니다. 혹시 다른 병원으로 옮기신 것 아닙니까?"

주치의 민 박사의 넉살스러운 말에 김 여사도 웃으며 그를 위해 준비해 온 선물을 책상에 올려놓았다.

"저희 집 사람들이 원체 건강 체질이라 병원에 올 일이 없을 뿐이지, 민 박사님같이 유능한 분을 놔두고 다른 데를 간다는 건 저희 손해지요. 가당치도 않은 말씀입니다."

"이건 뭡니까?"

"보성차밭에서 올라온 건데 맛 좀 보시라고 가져왔습니다."

민 박사는 간호사에게 책상에 놓인 차를 건네며 은수의 검진 준비를 지시했다.

"이번에 신성그룹 자제 분하고 혼사가 오간다고 들었습니다. 좋은 인연이라 여겨지는데 김 여사님은 마음이 편하시겠습니다."

"좋은 인연이 될 수 있도록 노력해야지요. 본인들이 흡족해야 혼사가 이루어지는 것이지 저희들이 원한다고 되겠습니까?"

"정 회장님 댁이 움직이면 안 되는 일이 어디 있겠습니까? 조만간 좋은 소식 들려올 거라 생각하고 있겠습니다."

민 박사는 자리에 일어나 은수를 데리고 검진하러 진료실을 빠져나왔다.

"두 시간 정도 걸릴 게야. B형 간염, C형 간염 등 전염성 질환하고 산부인과인 매독, 풍진, 자궁, 방광염에 대한 검진이니 긴장하지 않아도 돼. 내 보기에는 워낙 건강한 체질이라 문제없을 것 같은데 아직도 담배 피우나?"

민 박사는 은수가 대답을 못하자 그녀를 엄하게 꾸짖었다.

"산모의 역할이 얼마나 중요한데 아직도 그걸 끊지 못해. 백해무익한 걸 뭐 좋다고 그렇게 붙잡고 있어? 쯧쯧."

은수는 민 박사의 꾸짖는 말에 아무 대답 못하고 검진실 안으로 들어갔다.

두 시간이 지나고 검진실을 나온 은수는 녹초가 되었다. 누워만 있는 것이 아니라 이리저리 몸을 움직여야 하고 검진이라는 이유로 아래 속을 훤히 보여야 하는 산부인과 진료는 찜찜하고 불쾌했다.

은수가 옷을 갈아입고 진료실에 들어가자 얼마 전에 뵌 혁준의 어머니가 앉아 있었다.

"제 딸 은수입니다."

김 여사의 소개 후 은수는 갑작스러운 혁준 어머니의 등장에 어리둥절해하면서도 그녀에게 인사를 했다.

"처음 인사드립니다. 정은수입니다."

혁준의 어머니는 은수의 인사에 흡족한 웃음을 지었다.

"혁준의 어미 되는 사람이에요. 따로 만나자 하면 불편할 것 같아 이렇게 자리를 만들었어요. 앞으로 자주 만날 사이인데 어려워 말고 편하게 대해요."

혁준의 어머니인 박 여사의 말에 김 여사는 흐뭇하게 둘을 지켜보았다. 바깥사돈이 없는 자리라 내심 시집살이라도 톡톡히 치르지 않을까 걱정했지만 은수를 대하는 그녀의 편안한 말투와 직접 챙기는 모습에 안심했다.

"지금 점심시간이고 은수 양도 검진 받느라 힘들었을 데 점심 같이 하는 게 어떨까요?"

"아쉽지만 저는 며늘아기랑 선약이 되어 있어 같이 못하겠네요."

"어머, 부러워라. 저도 곧 그러겠지요?"

"그럼요. 은수, 너는 괜찮지?"

은수는 박 여사를 앞에 두고 불편해 싫다고 거절할 수 없기에 흔쾌히 응하는 척하며 두 사람 뒤를 따라갔다.

식당을 들어와 자리에 앉기 전까지 둘 사이에는 아무런 대화도 오가지 않았다. 병원에서 보였던 박 여사의 편안하던 인상은 차에 타는 순간 사라졌고 대신 매서웠던 눈매가 날카롭게 살아

났다.

"며느리는 낮은 데서 들이고 사위는 높은 곳에서 들이라는데 이 혼사는 거꾸로 된 것 같아 마음이 편치 않아."

은수는 박 여사의 말이 무슨 뜻인지 쉽게 가늠할 수 없어 아무 말도 할 수 없었다.

"내 말 이해 못한 건 아닐 테고, 내 앞에서 얌전한 척할 필요 없어. 어차피 내 마음에 들고 안 들고를 떠나 이 혼사가 이루어져야지 우리 혁준이가 좀 더 편할 테니 나에겐 선택권이 없지."

싸늘한 박 여사의 태도에 은수는 섣불리 대답하지도 못하고 그저 그녀의 눈치만 살피며 치마 위에 올려놓은 냅킨만 만지작거렸다.

"내 말 이해 못한 건 아니지?"

은수는 신경질적인 말투에 불쾌한 인상을 하고 자신을 쳐다보는 박 여사에게 생글맞게 웃었다.

"제가 마음에 안 드세요?"

"마음에 안 들 수가 없지. 좋은 학벌에 다들 탐내는 집안의 여식인데 누가 뭐라고 해도 좋은 며느릿감이지. 근데 나한테는 아니야. 난 떠받드는 며느리는 별로 달갑지 않아."

비꼬아져 있는 박 여사의 황당한 소리에 은수는 어안이 벙벙했다.

"너무 잘났어. 그래서 싫어. 날 시어머니로 대접이나 하겠어? 무시나 하지 않으면 다행이지."

박 여사는 신경질적으로 손을 닦던 물수건을 탁자에 내팽개쳤다.

"저를 조금 더 겪어보시면 그렇지 않다는 것 아실 거예요. 좋게 봐주세요."

은수는 최대한 자기 부모에 대한 예의로 감정을 억누르며 말했다.

"너희 집에서는 어른 말하는데 눈 동그랗게 뜨고 그렇게 말대답하라고 가르쳤니?"

은수는 자기 집까지 비하시키며 황당무계하게 말을 끌고 나가는 박 여사에게 참지 못하고 뭐라 말을 꺼내려 하는데 종업원들이 들어와 상을 차리기 시작했다.

"맛있게 들어라."

식사 시간 내내 누구도 먼저 말을 꺼내지 않았다. 박 여사는 찬찬히 은수의 단정한 식사 예절을 눈여겨보았다. 자신의 불쾌한 말에 흔들릴 만도 한데 어른이 수저를 들기를 끝내 기다리는 모습이나 생선 가시를 발라내 가지런히 구석으로 몰아놓는 깔끔한 솜씨가 눈에 들어왔다. 수저가 그릇에 부딪치는 소리 한 번 없이 조용히 국을 떠먹으면서 느긋하게 자신과 속도를 맞추는 은수를 보니 정 회장댁 자식들을 왜 하나같이 탐내는지 알 수 있었다.

'저 정도는 되어야 혁준이 옆에 설 수 있겠지만 애가 조금 딱딱한 게 마음에 걸린단 말이야.'

박 여사는 식사를 마치고 후식으로 들어온 식혜를 마시며 굳어 있는 은수에게 말을 걸었다.

"혁준이 마음에 드니?"

"혁준 씨는 흠잡을 데가 없는 것 같은데, 회장님은 저 어떠세요?"

은수는 뒤틀린 마음을 다잡으며 앞으로의 관계를 염두해 두었다.

"회장님이 뭐니? 어머님이라고 불러라."

"네, 어머님."

은수는 이내 부드러워진 박 여사 때문에 다시 생글맞은 웃음을 찾아갔다.

"들리는 소문이 다 맞는 건 아니겠지만 그럭저럭 마음에 든다. 다만 지금 정 회장님의 도움이 필요한 상황이라 네가 그걸 이용해 우리 혁준이를 무시할까 봐 그게 걱정일 뿐이야."

박 여사는 자기 자식한테 도움 준다는 사람이 밉게 보일 턱이 있게냐만은 자기 잘난 맛에 배려할 줄 모르는 여자들이 너무 많아 은수도 그렇지 않을까 하는 조바심에 자기도 모르게 거칠게 말하고 있었다.

"어머님, 저 잘할 테니 예쁘게 봐주세요. 밉다 하시면 미운 점만 보일 것 아니에요."

박 여사는 은수가 살갑게 굴면서 웃자 마음이 슬그머니 풀어지는 걸 느꼈다.

"네가 나를 가르치려 드는구나. 너도 들은 적 있겠지만 별로 시기가 좋지 않았을 때 약혼했던 애가 사고로 갑자기 저 세상으로 갔단다. 그 바람에 혁준이가 별의별 소리 다 들으면서 속깨나 썩었다. 겉으로 보기엔 괜찮아 보이지만 속으로 상처가 많을 테니 그건 네가 감당해라. 앞으로는 네가 신성그룹의 이미지가 되는 거야. 내 말 알아듣지?"

"네, 노력할게요."

은수의 말이 끝나자 박 여사는 자리에서 일어났다. 은수를 회사까지 태워다 준다며 동행을 권했지만 은수는 체기가 있는 상황에 차까지 같이 타면 속이 완전히 뒤틀릴 것 같았다.

"어머님과 제가 가는 방향이 달라서 시간이 오래 걸릴 거예요. 전 그냥 택시 타고 갈게요."

"바깥일 하는 사람 내조하려면 고집 부리는 것부터 버려라."

박 여사는 차에 올라타며 끝내 한 마디 더 하고 갔다. 은수는 만만치 않은 시어머니의 등장으로 머리가 지끈거렸다. 박 여사의 태도는 모호했다. 그녀의 말은 분명 가시 돋친 말이지만 때론 그녀는 걱정하고 염려하는 모습이었다. 혁준이 담고 있는 상처 때문에 힘들어하지 않기를 바라는 그녀의 소원도, 확실한 내조를 원하는 그녀의 바람도 은수는 자신만의 확대 해석일지 모른다는 생각을 하며 택시 위에 올라탔다.

"병원에서 지구인이 아니라면 검사를 못해준다고 했냐?"

은수가 사무실에 들어와 커피를 한 잔 타서 막 자리에 앉을 때 은혁이 들어왔다.

"외계인이 아닌 지구인이라 완벽하게 검사해 준다더라. 오늘 스케줄 비었었는데 누구랑 먹었어?"

"친구랑 먹었다. 근데 넌 왜 이 화사한 정은혁의 사무실에서 인상을 찌푸려 어두컴컴한 분위기를 조성하냐?"

"산 넘어 산이라더니 혁준 씨 주변은 왜 이리 지뢰밭인 거야?"

은혁은 은수의 말에 잠시 전의 태욱의 말이 떠올랐다.

"너한테 혁준이가 중요한지, 아니면 네 동생이 중요한지 결정해. 어차피 지금 우리 사이에 우정 따위는 존재하지 않잖아. 마지막 결정권은 너한테 준다."

"외계인이 지구인의 심오한 인간관계를 어찌 알겠냐? 자신 없으면 그만둬. 혁준이 아니더라도 좋은 놈 많다."

은혁은 제법 진진한 어투로 은수에게 말하고는 사무실로 들어갔다. 은수는 그의 말에 입을 삐죽 내밀며 닫힌 사무실 문을 흘겨보았다.

예전에 오빠가 자신을 말리며 모두에게 축복받을 수 있는 자리일지 몰라도 외로운 자리일 수 있다며 말리던 것이 떠올랐다. 은혁은 가장 친한 친구라고 말하면서도 혁준의 안에 사람들에게, 그리고 한 여자의 죽음으로 받았던 상처와 소외된 외로움을 알지 못했다. 그는 그의 상황에 동정을 보냈지만 마음 깊숙이까지 보지 못했다. 그의 겉은 차갑고 딱딱하게 포장되어 있지만 속은 따뜻하고 상대방을 배려할 줄 안다. 그리고 은수 스스로를 특별하게 만들어주는 남자이다. 그에게 지금보다 더한 걸 바라기보다 그이기에 은수는 만족했다.

"미스 김, 남자 친구 있어?"

"아뇨."

"어머, 그럼 이런 것 못 받아봤겠네?"

"뭔데요?"

은수는 핸드백에서 종이 한 장을 꺼냈다.

"내가 요새 연애를 하잖아. 알지?"

"네."

"우리 서로에게 하는 실수를 최대한 줄이자고 우리 그이가 생각해 낸 거야."

"그러니까 그게 뭔데요?"

"미스 김, 기다려. 그러니 애인이 없지. 예고장이야. 봐."

은수는 반듯이 네 번 접혀 있던 종이를 조심스레 펴고는 그녀의 손에 올려놓았다.

"구기지 말고 봐."

"이게 뭐예요? 자기소개서?"

"아니, 상대방이 뭘 좋아하고 싫어하는지, 또는 취향이 무엇인지, 과거에는 무엇을 하며 취미 생활을 보냈는지, 원하던 꿈은 무엇인지 등등 서로에 대해서 소소한 것들을 적어놓은 거야."

"왜요?"

"아, 정말 생각을 좀 해봐. 연인들이 왜 싸우겠어? 아주 작은 것 하나에 서운해하고 싫어하는 것 억지로 해야 하기 때문이야. 그걸 줄이자는 거지."

"언니, 속은 것 같은데요."

"왜?"

"여기다 적어놓은 건 나 너한테 안 시킬 테니 너도 나 귀찮게 하지 마, 이 뜻 아니에요?"

"아니야. 빨리 일이나 해."

은수는 미스 김의 손에서 들려 있는 종이를 빼앗아 다시 한 번 찬찬히 살펴보았다. 그의 생일부터 시작해 신체 사이즈, 학창 시절의 꿈, 그가 좋아하는 음식, 그가 가장 싫어하는 말들을 훑어보면서 자기도 모르게 즐거운 웃음이 나왔다.

은수는 좀 전에 만난 박 여사가 맘에 걸려 은석의 아내인 진희에게 전화를 걸었다.

"언니, 나예요."

[아가씨, 저 방금 어머님 만났는데 신성 회장님이랑 식사하셨다면서요? 어때요? 마음에 들어하시죠?]

"당연하죠. 굉장히 마음에 들어하시던 눈치시더라고요."

[그래요? 까다로운 분 아니시니 당연히 아가씨 마음에 들어 하시겠죠.]

은수는 까다로운 분이 아니긴 뭐가 아니냐고 따져 묻고 싶은 말을 꾹 참았다.

"언니, 오늘 저녁 바빠요? 큰오빠 오늘 저녁 스케줄 있던데 할 일 없으면 나랑 술이나 한잔할래요?"

[좋아요. 하지만 술은 됐어요. 제가 결혼식 이후로는 술 끊은 것 아시죠? 저녁에 기사 보내 드릴 테니 그거 타고 오세요.]

"고마워요."

[제발 차 좀 사세요. 매일 어머님한테 얻어 타는 것 힘들지 않아요? 아니, 젊은 나이에 왜 운전을 안 해요?]

"제가 차 사면 아마 자동차 회사 매일 실시간으로 정비사 보내느냐고 업무 마비되지요. 그쪽도 그렇게 자주 고장나는 차 어디 감당이나 하겠어요? 차라리 엄마 차로 연명하는 게 더 편해요."

[그건 그러네요.]

은수는 진희의 웃음소리와 함께 약속 장소를 정하고 전화를 끊고는 제대로 도움을 청하고 있는 건지 의심이 들었다. 그래도 그 일 이후 진희는 김 여사를 자신의 편으로 만든 경력을 생각하면 다른 곳이 떠오르지도 않았다.

"사장님, 투자 회사의 매수가 심상치 않습니다."

기획실장의 말에 혁진은 얼마 전 회의에서 논의됐던 외국 투자 회사의 동향이 적혀 있는 서류를 훑어보았다.

"외국인 투자가 국내증시에 42%를 차지하고 있는 상황에서 투자자의 손이 미치지 않은 회사는 없습니다. 그래서 저번 회의 때 경영권 방어에 대해 가닥을 잡았다고 생각하는데 어느 부분이 문제인 겁니까?"

혁준은 그래프에 급격한 상승곡선을 보이는 외국 투자 회사의 의도를 의아해했다. 하지만 흔하게 있는 일이고 이 정도 방어 능력은 충분히 갖춘 자신에게 왜 보여주는 건지 물었다.

"그래프 곡선이 급격히 상승한 부분을 보십시오. 신생 외국계 투자 회사 둘이 주식 시장에 들어와 매입한 것처럼 보이지만 알아본 결과 둘은 하나의 회사입니다. 지금 이 숫자를 보시면 두 회사가 매입한 자사 주식은 총 주식의 31%입니다. 결코 무시할 수 없는 수치이지요. 저희도 수많은 검토 끝에 보고 드리는 겁니다."

"이 회사는 주식 거래 5% 이상 지분 보유 목적 보고에서 경영권 참여 의사가 아닌 투자 목적으로 사전 신고했다고 들었습니다. 그래서 주시 대상에서 제외하자고 먼저 실장님이 제안하지 않으셨습니까?"

노기가 서려 있는 혁준의 음성에 기획실장은 아무 말도 못하고 고개를 숙였다.

"우리 그룹만이 아니라 다른 그룹들 주식에도 경영 참여 의사가 없다고 했다는 걸로 알고 있는데, 아니었다면 처음부터 제대로 주시하고 변화에 대처했어야지 뒤늦게 들썩이는 것은 저쪽에게 선점을 내주는 행동이라고 생각지 않습니까?"

"잠재적 인수합병(M&A) 세력의 실체와 자금 출처, 조성 경위 등이 제대로 파악되지 못하고 있는 게 현실입니다. 언제든지 보유 목적을 바꾸고 경영 참여를 할 수 있는 상황에서 성급하게 결론 내렸던 저희의 책임입니다."

혁준은 기획실장의 말에 들고 있던 펜으로 책상을 툭툭 치면서 생각에 잠겼다.

"지금 기획실장님의 말에 의하면 경영 참여 목적이 처음부터 존재했고 한마디로 이 투자 회사의 다른 그룹 주식 매수나 투자 목적 보고는 눈 돌리기 작전에 불과했다는 얘기군요."

혁준의 말에 기획실장은 그래프가 여러 개 그려져 있는 보고서를 가리키며 말을 했다.

"이 비교 자료에 나와 있듯 우리 주식을 매입한 액수와 다른 그룹 세 개의 매입한 액수가 거의 동일한 걸 보면 우리 회사를 집중적으로 매수한 건 확실합니다. 더구나 현재 두 회사가 집중적으로 매입하는 회사들은 저희 회사와 연계되어 있습니다."

혁준은 좀 더 자세히 올라온 서류를 차근차근 훑어보기 시작했다. 매입하는 회사들의 명단을 살펴보니 눈에 띨 정도로 자신과 연계되어 있는 곳뿐이었다.

한 곳은 공개적으로 자신을 지지하는 외가의 그룹이었고 또

한 곳은 정 회장의 그룹이었다. 극히 최근에 매입을 시작한 것으로 보아 자신과 은수와의 관계를 눈치챈 듯했다.

우호적인 관계의 회사들을 매입하는 의도는 다분히 경영 참여나 인수 합병이라고 말할 수 있었다. 하지만 이상하게 걸리는 점은 정 회장이 대외적으로 자신을 지지한 적이 없고 외부로 은수와의 관계가 섣불리 흘러나간 일이 없기에 정 회장 그룹의 매입은 의심스러웠다.

"충분히 가능한 이야기입니다만 더불어 굉장히 위험한 시나리오가 될 수도 있습니다. 오늘부터 실장님 퇴근하시기 힘드시겠습니다."

기획실장은 뜻하지 않은 농담을 던지는 혁준을 의아해하며 웃으며 말했다.

"집사람이나 애들이 불만이지 저야 일하는 것만큼 신나는 일이 어디 있겠습니까? 조사팀은 사장님 퇴근 전에 꾸려 보고 드리겠습니다."

기획실장의 말에 혁준은 비서실에 인터폰을 해 오늘 저녁 스케줄을 모두 취소시킨 뒤 기획실장을 쳐다보았다.

"저도 좀 바빠져야 하겠는걸요. 사람 하나 스카우트해 올 테니 조사팀에 자리 하나 비워두세요."

"네? 저희 기획실 직원들은 아시다시피 이 분야에 최고입니다. 오히려 외부인사 영입은 사기를 저하시킬 수 있습니다."

"외부인사 아닙니다. 제 안사람 될 사람입니다. 굉장히 똑똑

한 여자이고 사리판단 정확한 유쾌한 사람입니다. 아마 보시면 마음에 들어하실 겁니다. 미국에서 이 분야에 대해 공부했고 이번 일에 충분히 도움이 될 사람입니다. 프로필은 나가시는 대로 비서실을 통해 보내겠습니다."

혁준의 말에 기획실장은 짓궂게 말했다.

"사내연애를 하시겠다는 말씀이시군요. 이러시면 제가 용납 못합니다."

"그런 것 아닙니다. 좋은 인재를 데려다 쓰는 게 무슨 연애입니까?"

혁준이 넉살스럽게 말했다. 돌아가신 아버지의 가장 심복이었던 기획실장은 혁준에게 또 다른 아버지였다.

"허허. 사장님이 그리 말하시면 제가 꼼짝을 못하지 않습니까? 비밀로 해드리겠습니다. 들키시면 제 책임 아닙니다."

비서실장은 아들 같은 혁준이 실패를 겪은 후 마음을 열지 못하고 속으로만 삭이며 여자를 멀리하는 것 같아 맘이 편치 못했는데, 제 짝을 만났는지 안정된 모습을 보자 기분 좋은 웃음이 가시지 않았다.

"오늘 저녁 식사한 후에 회의실에서 모입시다."

뒤돌아 나가는 기획실장의 모습이 완전히 사라진 후 혁진은 은수의 핸드폰 번호를 눌렀다.

"미안한데 오늘 저녁에 긴급회의가 생겨서 만날 수 없을 것 같은데 내일 점심은 어때?"

은수의 대답을 들은 혁준의 얼굴에 미소가 잔뜩 번졌다. 앞으로 회사 일이 재밌어질 것 같고 자신의 결정에 은수의 반응이 궁금해 조급해졌다.

은수는 예상했던 시간보다 늦게 식당에 도착해 급하게 들어가자 진희가 눈에 띄었다.
"먼저 왔네요. 은혁 오빠가 요새 신경질만 늘어서 비위 맞추다 보니 늦었어요."
진희는 은수의 말에 충분히 공감하는 듯한 표정을 지었다.
"은석 씨도 요새 밤에 어딜 그렇게 갔다 오는지 저녁 늦게 들어와요. 그러고는 잔뜩 우울해하다가 저한테 막 신경질 부리고 그래서 제가 화가 나서 술 마시고 싶다는 생각을 다 했다니까요. 바람난 건 아닌지 모르겠어요."
"언니는 우리 오빠가 바람날 사람으로 보여요? 세상에 여자는 언니 하나라고 굳건히 믿고 사는 사람한테 너무 가혹한 의심인 듯한데요?"
창립기념 파티에서 만나 두 달 만에 결혼한 두 사람의 연애담은 전설이었다. 두 사람은 열렬히 사랑하다 못해 한시라도 떨어질 수 없다고 당장 결혼시켜 달라며 두 집안을 발칵 뒤집어놓았다. 각 집에서는 결혼에도 준비가 필요하다며 말리자 제주도로 도망가 돌아오지 않았다. 그리하여 양쪽 집안은 일주일 만에 결혼식을 준비해서 두 사람을 불러들였다. 그 덕분인지 그들은 결혼한 지 팔 개월 만에 예쁜 남자아이를 낳아 모든 사람들을 다시금 경악하게 만들었으니 누가 뭐래도 바람을 피운다는 상상은 있을 수 없는 일이었다.

"그런데 요즘은 그런 가혹한 의심까지 하게 만든다니까요. 밤마다 도청장비 카탈로그를 보면서 한숨을 쉬지 않나, 얼마 전에는 은혁 도련님하고 술을 마시면서 뜬금없이 3분 18초를 외치면서 화를 내고 있는 것 있죠. 근래엔 정말 내가 아는 은석 씨가 맞나 싶어요. 근데 왜 만나자고 한 거예요?"

은수도 진희가 말하는 은석의 이상한 행동에 집중하다 보니 자신의 할 말을 잊어버리고 있었다.

"아, 근데 주문했어요?"

은수는 말을 꺼내기 어려워 말을 돌리자 진희는 미리 주문했다면 은수를 재촉했다.

"언니, 내가 고집스러워요?"

진희는 은수의 말에 피식 웃으며 고개를 끄덕였다.

"미국에서도 경영학 전공하겠다는 것 반대하니까 죽음을 달라며 브루클린 다리(맨해튼과 브루클린을 연결하는 다리) 위에 올라가는 소동을 부려서 아버님이 기절까지 하셨다는 걸 아는 저로서는 어떻게 말씀드려야 할지 모르겠네요."

은수는 진희가 그 사건을 알고 있을 줄 몰랐기에 은석의 가벼운 입을 탓했다. 미국에 유학 간 이후 학과를 결정하는 기로에 있을 때 정 회장은 교육학이 아니면 경제적 지원을 끊어버리겠다고 협박했다. 은수는 대립 상태가 길어지면서 자신이 밀리자 끝내 결판을 보자는 심정으로 정 회장을 미국으로 끌어들였다.

은수는 아버지를 태우고 브루클린 다리 중간까지 운전을 하고는 차를 세웠다. 다리 위에 올라가 죽음으로 맞서겠다며 몸을 반 이상 강 쪽으로 내밀자 정 회장은 정말 그녀가 자살하려는 줄 알고 그 자리에서 은수의 이름 한 번 부르고 기절하고 말았다. 병원에서 깨어난 정 회장은 은수의 고집에 밀려서 경영학을 택하게 놔두었고 그 일은 집안의 비밀이 되었다.

"그렇군요. 난 내가 고집있다고 생각해 본 적이 없어서 온순하다고 여기며 살았어요."

은수의 말에 기가 막힌 진희는 마침 종업원이 가지고 온 음료수를 벌컥 들이마셨다.

"글쎄요, 온순한 성격은 아니지요. 근데 왜요? 회장님이 고집스럽대요?"

은수는 어차피 결심하고 나온 이상 끝을 봐야겠다는 생각에 진희에게 사실대로 말했다.

"사실 제가 탐탁지 않으신가 봐요. 근데 또 막상 들어보면 제가 싫다는 말도 아니고 혁준 씨 때문에 걱정하는 것도 같은데 말은 너무 가시가 돋쳐 있어서 헷갈려요."

"마음에 안 들어하시는 거네요."

은수는 딱 잘라 직접적으로 말하는 진희를 보면서 자신도 이제껏 저렇게 재수없게 말할 때 상대방이 느꼈을 고통이 몸소 전해져 왔다.

"언니도 우리 엄마가 마음에 안 들어했는데 한 번에 바뀌었잖아요."

은수의 말에 순식간에 얼굴에 핏빛이 가신 진희는 목에 핏대까지 세우며 말을 했다.

"어머! 아가씨, 무슨 말을 그렇게 서운하게 해요? 한 번에 안 바뀌었어요. 꾸준히 노력해서 얻은 결과를 그렇게 쉽게 말하면 원인 제공자로서 맘 편해요?"

은수는 혼자 지은 죄도 아니건만 매번 자신에게만 그 일에 대해 추궁하는 진희에게 은혁의 아이디어라고 말해 주고 싶었다. 그러나 은수는 둘이 미움받느니 혼자 미움받는 게 나을 듯 싶어 입을 닫았다.

"대체로 시어머님들은 음식 잘하는 며느리 좋아해요. 누가 자기 자식이 남의 손에 밥해 먹이고 굶기는 것 좋아하겠어요. 음식 잘하는 며느리는 우선 반은 예쁨받는 거지요. 아가씨도 요리학원 다녔잖아요."

"엄마가 등록해 줬는데 한창 귀국 축하모임이 많을 때라 두 번밖에 못 나갔어요. 혁준 씨네 가서 한번 만들어보게 가장 쉽고 맛있는 걸로 언니가 요리법 좀 적어줘요. 적혀 있는 대로 만들면 되지 음식이 별거 있겠어요."

은수는 메모지와 펜을 꺼내 진희에게 건네주고는 생전 해보지 않은 음식을 무슨 수로 만들 건지 앞날이 참 고되다는 생각이 들었다.

"이대로 해요. 재료는 내가 좋은 걸로 준비해 놓을 테니 가기 전날 미리 전화하구요."

은수는 진희가 적어놓은 순서를 보고는 의외로 간단한 요리법에 놀랐다. 은수는 이 정도면 간단히 해낼 수 있다는 생각에 기분이 들떠 앞에 놓인 스파게티를 먹는 둥 마는 둥 하며 피자를 주문했다.

"이만 일어나요. 저 피자 배달 가야 해요."

은수의 말에 진희는 아쉬운 듯 꼭 전화하라며 계산까지 하고는 가는 방향까지 태워다 준다며 차로 끌고 갔다.

"지금 이 시간에 은혁 도련님이 피자 드실 리는 없고 김 사장님한테 갈 거잖아요. 타요."

어쩜 저리도 눈치가 빠른지 자신이 갈 방향까지 미리 알고 타라고 하는 진희를 도저히 뿌리칠 수 없어 은수는 얌전히 차에 올라탔다.

"예전에 모임에서 김 사장님을 뵈었었는데 얼굴에 꼭 차가운 얼음을 뒤집어쓴 사람 같아 보였어요. 만나보니 어때요?"

은수는 진희의 말에 터져 나오는 웃음을 막으며 말했다.

"겉보기에는 그저 그랬는데 사람은 겪어봐야 안다고 얼마나 배려심도 많고 따뜻한데요. 아, 춤도 잘 춰요."

"다시 봤네. 은석 씨는 춤 못 추는데."

"어디다 비교해요. 은석 오빠가 못하는 게 한두 가지예요?"

"아가씨, 그렇게 말하면 안 되죠. 은석 씨만큼 잘난 남자가 세상에 또 있을 것 같아요?"

은수는 그 나물의 그 밥이라 생각하며 은석이 하는 행동을 고대로 하는 진희의 말에 대꾸하지 않았다.

"근데 김 사장님 전 약혼녀 얘기 알아요?"

진희의 호기심이 섞인 조심스러운 말투에 은수는 가슴 한구석에 불길이 일어났다.

"처음부터 알았어요."

은수의 날카로운 목소리에 진희는 한숨을 내뱉으며 말했다.

"잘 생각했어요. 남들은 어떻게 말하는지 몰라도 난 정말 김 사장님이 왜 그런 소리를 들어야 하는지 이해 못했거든요. 살인이 아니라면 죽음에 책임이 어디 있어요? 내가 사랑을 해본 경험자로서 사랑은 양방향일 때 사랑이라 부를 수 있더라고요. 사랑은 강요하거나 요구한다고 해서 얻어낼 수 있는 게 아닌데 지현이가 생각을 잘못했던 것 같아요. 아가씨가 앞으로 많이 감싸주세요. 김 사장님 어렸을 때 참 밝았는데 오랜만에 다시 뵈니까 그렇게 차가워진 것 보면서 제 마음이 다 안됐더라고요."

"고마워요."

진희의 말에 은수의 안에서 일어났던 불길은 사그라지면서 은석의 아내이자 자신의 올케로서 정말 괜찮은 여자라는 생각이 들었다.

"아가씨, 다 왔어요. 사무실에서 화끈한 밤 보내봐요. 나름대로 괜찮답니다."

은수는 차에서 내리는 자신의 뒤에다 소리 높여 말하는 진희에게 기분 좋게 손까지 흔들어주며 안으로 걸어 들어갔다.

은수가 사장실 문을 열고 들어가자 비서진 전원의 집중적인 시선을 받았다. 그들이 무언가 기대를 한 듯 반짝반짝거리는 눈빛으로 쳐다보자 은수는 피자 박스를 그들의 책상에 놓았다.

"맛있게 드세요."

은수가 말을 마치고 사장실로 들어가려 하자 남자 비서가 재빨리 문 앞을 막아섰다.

"정은수 씨 맞으십니까?"

"네."

"전 비서실을 대표하여 만나뵙게 되어 영광입니다. 요새 저희 사장님께 최상의 컨디션을 제공해 주시는 예비 사모님 덕에 회사에 더욱더 충성하게 되었습니다. 앞으로도 변함없이 최상의 컨디션을 만들어주실 것을 약조해 주시면 이 문을 통과시켜 드리겠습니다."

은수는 뜬금없는 비서의 협박에 아무 말 못하고 물끄러미 쳐다보기만 했다.

"뭐 하는 짓들이야?"

사무실 문이 열리며 갑작스러운 혁준의 고함 소리에 앞을 막고 있던 비서는 재빨리 자신의 자리로 돌아가 일하는 척했다.

서로들 모르는 일이라며 모니터만 보고 있자 은수는 터져 나오는 웃음 때문에 한 손으로 입을 막고 있었다.
"할 일들이 없어 그러나 본데 일거리를 만들어줘야 하겠군. 그리고 책상 위에 누가 음식물 함부로 올려놓으라고 했어?"
"저 그게 아니라……."
혁준은 비서의 말을 다 듣지도 않고 고개도 들지 못하고 있는 비서진들을 혼냈다.
"지금 때가 어느 때라고 이렇게 정신머리들이 없어?"
혁준의 날카로운 말투에 은수는 재빨리 자신의 손에 든 피자를 혁준 앞에 보여주었다.
"제가 사 온 거예요. 너무 그러지 마세요."
"아, 무슨 피자야?"
"고구마 피자요."
"맛있게들 먹게. 김 비서는 은수 씨 마실 음료수 좀 갖다 주고."
비서진들은 갑자기 부드러워진 혁준의 목소리에 입을 다물지 못한 채 들어가는 그의 뒷모습만 쳐다보았다.
"혁준 씨도 사장이 맞긴 맞나 봐요."
은수가 자리에 앉아 포장을 풀며 말을 이었다.
"아까 혼내는데 나마저 겁먹을 뻔했어요."
혁준은 머리를 긁적이며 저녁을 굶어 배고팠던 탓에 서둘러 피자를 한입 베어 물었다. 은수는 눈에 보이는 냉장고 안에 마실 거리를 찾을 생각에 자리에서 일어나자 혁준이 손을 잡아 앉혔다.

"겁먹고 도망가는 거야?"

조금 전에 비서들에게 소리치던 남자가 맞는 건지. 은수는 웃으면서 고개를 흔들었다.

"당신, 나를 뭘로 아는 거예요? 혹시 당신 목 메일까 싶어 마실 거리 찾으려고 했어요."

"기다려. 김 비서가 가져올 거야. 그리고 난 탄산음료 안 마셔서 냉장고 안에 온통 물밖에 없어. 마시고 싶은 것 있으면 김 비서한테 말해."

혁준은 미국 유학 초창기에 탄산음료에 중독되어 몸무게가 20kg이 불어났었던 기억 때문에 탄산음료를 마시지 않는다. 그로 인해 피나는 다이어트로 얻어진 탄탄하고 마른 몸은 그의 자부심이었다.

"가리는 것도 많아요. 참, 나 오늘 혁준 씨 어머님 뵈었어요."

혁준은 먹던 피자를 내려놓고 티슈로 입가를 닦았다.

"우리 어머니?"

은수는 고개를 끄덕이며 막 들어오는 비서에게 물을 받아 혁준에게 건네주었다. 그리곤 자신도 피자 한 조각을 집어 들었다.

"네. 건강검진 받으러 갔는데 거기 계시더라고요."

"혹시 감기 걸렸어? 거봐, 어제 나랑 같이 있자니까 혼자 놀러가더니 벌받은 거야."

"아파서 간 것 아니에요. 혁준 씨 어머님이 당신 건강검진서 보내주셔서 나도 보내 드리려고 검사 받으러 갔는데 오셨더라고요."

"쓸데없는 짓 하셨구나."

은수가 입 안에 가득 문 피자로 인해 대답을 못하자 혁준은 부풀어 있는 은수의 볼을 손가락을 꾹 눌렀다. 한 번 눌러 안 들어가자 여러 번 누르며 혼자 키득대는 혁준 때문에 은수는 억지로 피자를 삼키고 입을 열었다.

"왜 그래요? 놀라서 목에 걸릴 뻔했잖아요."

"먹는 것도 예뻐서."

은수는 예상치 못한 혁준의 대답에 눈을 동그랗게 뜨고 물끄러미 쳐다보았다.

"뭘 그렇게 쳐다봐? 예쁜 걸 예쁘다고 하지 못생겼다고 하나?"

은수는 이상하다고 고개를 갸웃거리며 혁준의 이마에 손을 가져다 댔다.

"아파요? 피자에 이상한 것 들었나?"

은수의 당황스런 표정에 혁준은 그저 웃기만 했다. 예뻐 보였다. 처음 보았을 때 눈에 띄는 미모는 아니었지만 시간이 흐르면 흐를수록 더욱더 예뻐 보인다. 하는 행동, 말 한마디가 더욱더 그녀를 빛나게 만든다. 그의 눈길을 사로잡는다. 말하는 그녀의 입술을 자신의 입 안에 가두고 싶다. 그녀의 손길을 자신의 몸 안에서 움직이게 만들고 싶다. 까닥거리며 흔드는 그녀의 다리를 자신의 다리에 엉켜 버리게 만들고 싶다.

"나한테 혹시 할 말 있어요?"

은수는 혁준의 말에 기분 좋으면서도 의문을 버릴 수 없었다.

"미국에서 경영학 전공했지?"

"내가 적어줬잖아요. 왜 또 물어요?"

"저번에 준 예고장에 보니까 비서실에서 일하는 것 불만이라고 하던데 혹시 기획실에서 근무할 기회가 있다면 어떡하겠어?"

"뭐, 나를 스카우트할 계획이시라면 당연히 응하겠지만 그럴 사람이 어디 있어요. 이미 우리 아버지한테 매인 몸인 데다가 이제 시집갈 것 다 아는데 나 같은 사람 데려다 쓰는 게 이상하지. 진작에 포기했어요."

혁준은 은수의 풀 죽은 모습을 보자 자신의 제의에 자신감이 생겼다.

"우리 기획실에서 요번에 조사팀을 만들 계획인데 한번 일해 보는 건 어때?"

"혁준 씨, 나랑 결혼할 생각이에요? 프러포즈를 돌려 하는 거예요?"

은수는 그룹 내에서 여자가 일을 할 기회가 많지 않다는 것을 알고 있었다. 특히 자기 같은 입장에서는 드문 일이었다. 그런 자신에게 혁준이 기획실을 제안한다는 건 이미 자기네 사람으로 인정하고 가장 안쪽에 자리를 마련해 주는 거나 마찬가지였다.

"그래서 만나고 있는 것 아니었어?"

"정말이에요? 나 정말 일하게 만들어주는 거예요?"

"학교 성적도 톱이었고, 논문도 좋다는 것 인정해. 집에서만 있기에는 아까울 것 같아서 내 아내로서 한 번쯤 기회를 주고 싶어. 그만큼 해낼 거라고도 믿으니까."

믿을 수 없다는 표정을 짓는 은수의 두 눈에는 촉촉하게 눈물이 맺혀갔다. 하지만 혁준은 성급한 결정으로 은수의 자존심에 상처를 준 게 아닌지 하는 걱정이 들었다. 은수의 눈에 눈물이 흐르자 혁준은 왠지 쓸데없는 짓을 한 자신이 울린 것 같아 마음이 불안했다. 그는 혹시 지나치게 상처받아 이 자리를 박차고 나가면 어떤 방법으로 그녀에게 사과해야 할지 고민하기 시작했다.

"내가 성급했다면 미안해."

혁준의 말에 은수는 한달음에 옮겨와 그의 무릎에 털썩 앉고는 두 손으로 그의 목을 끌어안았다.

"고마워요. 당신은 나를 처음으로 인정해 준 사람이에요. 아버지는 많이 배우고 활동하는 여자일수록 팔자가 사납다고 했어요. 부족한 것 없이 자라서 욕심만 많다고 일해볼 생각조차 못하게 했어요. 근데 나 너무 행복해요. 내가…… 내가……."

혁준은 은수가 말을 다 하지 못하고 자신의 어깨에 고개를 묻고 눈물을 흘리자 그녀의 등을 천천히 두드려 주었다. 자신이 졸업하고 무엇을 하겠다는 열망으로 열심히 공부했지만 현실이라는 벽에 부딪혀, 그것도 여자라는 단 하나의 이유로 안으로 삭여야 했으니 답답하고 화가 났을 것이다. 평범했다면 다른 곳을 찾아가 능력을 발휘하며 성취감에 만족해하며 살았을지도 모르지만 어느 그룹의 고명딸을 쉽게 받아줄 회사는 찾기조차 힘들고 시도조차 하지 못했을 것이다. 그렇기에 자신의 꿈을 묻어놓고 평범히 사는 건 고통이었을지도 모른다. 자신의 제의에 고마워하는 은수를 다독거렸다.

"울지 마. 웃고 기뻐하라고 한 말에 울면 이 말 하기까지 조바심 냈던 내 마음은 누가 달래줄 거야?"

혁준의 말에 은수는 고개를 들어 혁준과 눈을 마주 보았다.

"혁준 씨, 아래로 내려다보는 게 아니라 나와 같이 눈을 마주 보아줘서 고마워요."

눈물로 인해 반짝거리는 은수의 눈을 보면서 혁준은 부드러운 미소를 지었다.

"나도 고마워, 너로 인해 나를 비난하는 시선만 있다는 게 아니란 걸 깨닫고 벗어날 수 있는 계기를 만들어주어서. 그리고 성급했을지 모르는 나의 제의에 이토록 고마워해 줘서."

은수는 혁준의 말에 그를 바라볼 수밖에 없었다. 서로에게 이렇게 다가가고 있음을 느꼈다. 자신이 한 발 내밀어 혁준에게 다가갔다면 혁준도 자신에게 이렇게 한 발 다가온 것이었다.

"아버지가 허락할까요?"

"저녁에 말씀드렸어. 더 이상 내 집 식구가 아니라 여기고 보내신다면서 돌려보낼 생각하지 말라고 하시던대."

은수는 오히려 아버지의 승낙에 놀라며 입을 닫지 못했다.

"왜, 마음에 안 들면 돌아갈 생각한 거야?"

혁준은 은수가 그렇다고 대답할까 봐 은수의 입술에 자신의 입술을 살며시 올려놓았다. 혁준이 은수의 입술의 윤곽을 따라 천천히 혀로 그리며 놀라 미처 다물어지지 못한 그녀의 입술 틈새로 쉽게 들어갔다. 너무 쉽게 들어간 그의 혀는 하나하나 흔적을 입 안에 남기듯 안을 천천히 돌아다녔다. 은수는 혀를 툭툭 건드리며 살살 핥는 혁준 때문에 두 다리가 꼬였다.

은수의 혀가 혁준의 것과 엉키자 혁준은 은수를 자신의 가까이로 끌어당겼다. 팽팽히 당겨지는 긴장감과 쾌감에 혁준의 손은 은수의 블라우스를 벗겨내면서도 키스를 멈추지 않았다. 혁준은 입 안에 따뜻하고 물컹거리며 자유롭게 돌아다니는 그녀로 인해 첫 만남 때부터 끊임없이 반응하던 남성이 터져 버릴 듯이 부풀어 올랐다. 참고 있던 이성의 끈이 끊어지자 혁준은 은수의 몸 위에 놓여 있는 손을 제어할 수 없었다.

브래지어를 간단히 풀어내고 그녀의 가슴을 손바닥으로 지그시 누르며 부드럽게 원을 그렸다. 가슴 전체를 둘러싼 그의 손이 움직이면서 한 번씩 그녀의 가슴을 강하게 움켜질 때마다 그녀의 몸은 비틀어지면서 그에게 더 가까이 몸을 붙였다. 그녀가 그의 손길에 만족한 쾌감의 반응들이었다.

"돌아가게 할 정도밖에 안 돼요?"

은수는 자신의 두 다리를 벌려 그 사이로 그의 다리를 넣어놓고 자리를 고쳐 앉았다. 혁준이 쉴 새 없이 두 손으로 은수의 가슴을 강하게 주무르고 움켜지며 비틀 때마다 그녀의 입에서 거친 신음 소리가 옅게 새어나왔다. 혁준이 그녀의 가슴을 움켜쥐고 자신에게 최대한 끌어당겼다. 그의 혀가 그녀의 귓불 주변으로 옮겨져 귓속까지 따듯한 숨결이 불어넣어지자 예민한 살결에 닿아 온몸이 미세하게 떨렸다.

"아니, 돌아가지 못하게 할 거야."

혁준은 귓불에서 목으로 입술을 옮기며 그녀의 목 언저리를 자근자근 깨물며 핥기 시작했다. 은수는 어떤 말도 못하고 혁준의 몸에 자신의 몸을 가까이 붙이며 그에게 내맡겼다. 둘 다 이성은 이미 사라져 버렸다. 성을 느끼는 감각만이 몸 밖으로 터져 나오며 서로의 손길을 기다릴 뿐이었다.

"이렇게 잡아둘 거야. 기억해 둬."

혁준은 꼿꼿해진 그녀의 유두를 손바닥으로 살살 문지르며 지그시 누르기를 반복하다 두 손가락으로 잡아당겼다. 참고 있던 은수의 신음 소리가 크게 터져 나오자 혁준의 남성은 더욱더 부풀어 그녀의 다리 사이에 은밀한 부분과 맞닿았다. 혁준은 욕망에 짙어진 눈으로 은수의 가슴을 내려다보며 그녀의 유두를 두 손가락 사이에 껴 넣고 장난스럽게 살짝 당기며 흔들었다. 그녀는 가쁘게 숨을 쉬면서 혁준에게 말했다.

"기억하고 있어요. 좀 더, 강하게, 기억하게 만들어줘요."

혁준은 말이 필요없었다. 그는 고개를 숙여 그녀의 들썩거리는 가슴을 한입에 담았다. 혁준은 한입 베어 문 아이스크림을 입 안 전체로 부드럽게 녹여 내리는 느낌으로 조심히 그녀의 유두 주변만을 핥았다. 그의 두 손은 이미 그녀의 치마 사이로 들어가 엉덩이를 만지며 자신의 쪽으로 한없이 끌어당기고 있었다. 달뜬 신음 소리를 내뱉으며 몸을 비트는 은수는 한껏 부풀어 오른 남성을 자신의 안으로 부르고 싶었다.

"안으로 들어와요."

"도발하지 마. 참는 중이야."

은수는 자신의 가슴을 아이처럼 빨고 있는 그를 내려다보았다. 그리곤 그의 이마에 맺힌 땀으로 인해 붙어 있는 몇 가닥의 머리카락을 쓸어 넘겨주었다. 이마에 돋아져 나온 핏줄을 보자 그가 얼마나 참고 있는지 알 수 있었다.

혁준은 은수의 손이 몸에 닿자 온몸에 불길이 휘감는 듯한 욕망이 일어나 참을 수 없었다. 그녀의 엉덩이를 두 손으로 꽉 쥐고 입 안에서 놀리고 있던 그녀의 유두를 살짝 물어 이로 잡아당겼다. 은수의 몸이 점점 뒤로 젖혀지기 시작하자 그녀의 가슴에서 입을 떼고 두 손으로 강하게 잡아 양쪽을 비틀었다.

은수는 몸 전체 퍼지는 욕망의 기운에 참지 못하고 그의 어깨를 잡아 그를 안았다. 그녀가 살짝 몸을 들어 그의 남성 위에서 움직이기 시작하자 혁준은 거친 숨을 몰아쉬며 고개를 뒤로 젖혔다. 그의 위에서 움직이는 그녀로 인해 그의 손에 놓였던 그녀의 엉덩이는 춤을 추듯 움직였다. 은수는 당장 그가 안으로 들어와 이 터질 것 같은 욕망을 잠식시켜 주길 바랐다.

"오늘은 여기까지, 더 이상은 안 돼. 실수일지도 몰라."

혁준은 은수의 엉덩이를 잡고 있던 손을 떼어내 그녀를 움직이지 못하게 꼭 안았다. 아직 맞닿아 있는 은밀한 곳으로 인해 진정되지 않은 그녀의 거친 숨결이 그의 어깨에 고스란히 내려앉았다. 말하는 것조차 힘겨운 그들은 그대로 서로를 강하게 안으며 눈을 감고 있었다. 은수는 그의 남성이 꿈틀대며 움직이는 것이 뚜렷하게 전해져 왔다.

"또 다른 당신은 이렇게 원하는데 왜 참아요?"

"이렇게 참는 남자, 다시는 만날 수 없을 거야. 몸으로 알아간 관계는 욕정이 사라지면 뒤도 돌아보지 않는 동물의 교미랑 똑같아. 성급하게 시작해서 후회하고 싶지 않아."

혁준의 행동은 둘의 관계에 대한 배려였다. 서로 조급했던 사실이었다. 입술이 닿은 그 순간 둘 다 이성이 마비되었다. 아무 생각이 들지 않았다. 단지 조금 더 가까이 더 느껴보고 싶은 것뿐이었다. 하지만 서투른 이 상태에서 성급히 한 섹스에 대해 서로 후회하지 않을 자신도 없었다.

은수는 자신을 앞에 두고 이토록 인내심을 보이는 그에게 더 깊이 마음이 일렁거렸다. 그는 자신을 섹스할 수 있는 대상의 여자로 보는 것이 아니었다. 그는 그녀를 같은 감정을 교류하는 사람으로 보는 것이었다. 그녀는 자신에 대한 예의를 지키는 이 사람의 곁에 더욱 오래 머물고 싶어졌다.

"나도 후회하기 싫어요. 설마 내가 맘에 안 들어 내치는 건 아니지요? 나도 자존심이 있다고요."

혁준은 소파에 걸쳐져 있는 은수의 블라우스를 입혀주고 하나하나 단추를 채웠다. 그는 급하게 벗겨냈음에도 불구하고 단추 하나 떨어져 나가지 않은 모양새를 보고는 자신의 참을성에 속으로 박수를 보냈다.

"그렇게 생각한다면 아마 이 자리에서 눕혀 버릴지도 몰라. 나 잠시 화장실 다녀올게."

은수는 뒤돌아 화장실로 들어가는 그의 모습을 보면서 혼자 열심히 손 운동을 할 모습이 눈앞에 그려졌다. 말쑥하게 잘 차려입은 삼십대 남자가 조그마한 변기 앞에서 얼굴이 벌게질 걸 생각하니 혼자 소리 내며 한참을 웃었다.

"혼자서도 잘해요. 그게 남자의 장점이자 단점이지."

은수는 핸드백에서 거울을 꺼내 흐트러진 머리를 정돈하고는 앞에 놓여 있는 식은 피자를 물었다. 움직이고 나니 배가 고파졌다. 역시 최고의 운동은 sexercise(섹스운동)이라 생각했다.

꽤나 긴 시간 동안 혼자 먹고 있자 혁준은 좀 전의 흐트러진 모습은 찾아볼 수 없을 정도로 단정해진 모습으로 나왔다. 물론 그의 아랫도리도 차분히 가라앉아 있었다.

"방금 그 난리를 치고도 그게 넘어가?"

혁준은 뜻하지 않은 격렬했던 상황으로 인해 자신은 기운을 소진해 버린 듯한 기분인데 은수는 피자를 너무나 맛있게 먹고 있자 약간 심술이 났다. 그 모습에 방금 전 자신의 품에서 신음 소리를 내뱉던 요부는 어디로 사라졌나 싶었다. 그는 그녀의 변화무쌍한 모습을 생각하며 다음번엔 어떻게 변할지 생각하자 다시금 힘이 들어가는 남성 때문에 자신도 앉아 남아 있는 피자를 급히 입에 집어넣었다.

은수는 침대에 바로 누워 눈을 감고 어젯밤 일에 취해 있었다. 뜻밖의 그의 열정적인 행동에 은수는 마치 새로운 곳을 여행 가기 전처럼 온몸이 들썩거리는 설렘으로 인해 잠을 이룰 수 없었다. 하지만 여행 가기 전처럼 알지 못하는 곳에 대한 두려움은 없었다. 오히려 혁준은 편안하고 다정하게 은수에게 오라고 손짓하는 것 같았다.

은수는 그에게 어떤 감정이라고 정확히 말할 수 없었다. 은수는 오히려 정확히 말해 보라고 하면 말문이 막힐 것 같았다. 그는 여태껏 만나온 사람들하고 달랐다. 그리고 그녀가 그를 막연히 원했다.

"정은수."

은수는 방문을 노크하는 소리에 이불 끝을 두 손으로 꼭 잡고 움직이지 않았다. 자리에 일어나 다시 일상으로 돌아가면 지금 이 황홀하고도 아름다운 기분을 잃어버릴 것 같았다.

"외계인, 지구의 해가 떴다. 당장 지구인의 모습을 갖추어라."

은수는 짜증스럽게 몸을 일으켰다. 은혁은 부스스하게 머리를 긁적대며 일어나는 은수에게 다가가 침대 이불을 들추어냈다.

"아낙네의 적나라한 자태를 탐하지 마. 이른 아침에 왜 온 거야?"

은수는 자신이 속이 훤히 드러나는 슬립을 입고 자는 걸 뻔히 아는 은혁이 깨울 때마다 이불을 들추는 게 짜증나 신경질을 부렸다.

"아버지가 비상을 선언하셨다. 무슨 일인지 몰라도 심각한 표정으로 거실에 나와 계시니 씻고 내려와. 볼 것 없는 것들이 난리친다더니 딱 너를 두고 하는 말이다."

은혁은 침대 옆에 놓여 있는 가운을 은수의 얼굴에 던져 주고 이른 아침부터 불려온 신경질을 부리며 방을 나갔다. 은수는 정 회장이 비상선언을 한 이유를 알고 있어 꾸물대다 모든 화살을 다 받을 수 있다는 생각에 얼른 일어나 욕실로 들어갔다.

은수는 거실에 집안 식구들이 다 모여 있는 걸 보고 정 회장 옆에 앉았다. 정 회장은 자신의 아내보다 은수를 옆에 앉히기 좋아했다. 딸에 대한 그의 애정은 유달리도 각별했다. 그러나 바람 불면 날아갈까 걱정하게 만드는 여린 아내를 닮길 원했던 그의 바람과 다르게 나이를 먹으면 먹을수록 제 오빠들보다 당차고 강해지기만 하는 딸이 마음에 걸렸다.

"김혁준 사장이 우리 가족이 될 생각인가 보더구나."

정 회장의 말에 다들 놀라기는커녕 이미 예견한 일에 뭐 하러 저렇게 진지하게 말을 하는 것인지 의아해했다.

"다 알았나 보군. 말 안 해줘도 다 아는 것 같으니 이만 식사하러 가자."

아무도 그의 말에 동조를 해주지 않아 무안해진 정 회장을 다독거리는 건 며느리의 몫이었다.

"어머, 아버님 사실이에요? 제가 너무 놀라서 아무 말도 못했어요. 축하드려요. 우리 집안에 경사난 것 같은데요."

며느리에 질세라 김 여사도 호들갑을 떨며 말을 보탰다.

"당신, 나한테 말도 안 해주고 이렇게 좋은 일을 숨길 수 있어요? 애들도 너무 놀라 아무 말도 못하는 것 봐요. 당신은 사람을 놀라게 하는 재주가 있어요."

정 회장은 두 사람의 호들갑스러움에 슬그머니 웃음을 지었다. 그는 천천히 가족들 하나하나 표정을 살폈다. 다들 얼굴에 궁금증이라는 가면을 쓰고 그의 말을 기다렸다.

"아직 약혼이나 결혼을 얘기한 건 아니지만 신성그룹 기획실로 은수를 보내달라고 하더구나."

"기획실이요?"

"그래."

은석이 꽤나 놀란 눈치로 정 회장에게 되물었다. 은혁은 은수를 째려보며 말했다.

"전 반대입니다."

"나도 반대."

정 회장은 예상치 못했던 반대에 당황한 것이 얼굴에 역력히 나타났다.

"반대하는 이유가 뭐냐?"

"아버지, 은수를 기획실에 발령 내달라고 제가 청을 드렸을 때 뭐라 하셨습니까?"

"여자애가 뭐 그리 욕심이 많아. 시집이나 가면 그만이지. 지 팔자 지가 들볶는 거야. 쯧쯧."

은석의 말에 은혁이 목소리를 내리깔며 정 회장의 말투를 따라 읊조렸다.

"김 사장이 우리 은수를 인정해서 그 자리에 쓴다니 난 보낼 거다. 나도 내가 심하다 싶을 정도로 외면했던 걸 모르는 바 아니다. 다만 분란의 소지를 만들고 싶지 않았을 뿐이었다. 아직도 여자가 그룹 내에서 한자리 하면 시집갈 때 그 부분 떼어준다고 생각하는 사람들이 태반인데 은수한테 그런 자리 맡기고 너희들이나 나나 그 사람들 등쌀에 배겨날 수 있을 것 같으냐? 기업은 여러 사람의 목소리를 수렴해야 하는 법이다. 우리의 욕심대로 자리를 내줄 수 있었다면 나도 그렇게 모질게 은수를 내치지는 않았을 것이야."

 정 회장이 자신에게 하는 변명일지도 몰랐다. 자식 중 유달리도 정이 더 가는 자식이 있다면 정 회장에게는 은수가 그런 자식이었다. 집안에 딸이 귀하기에 한 번 더 손이 갔고 그 손이 특별한 정이 되었다. 언제나 바른소리를 하며 학교에서 분란을 일으켜도 정 회장은 한 번도 은수가 엇나간 것이라고 생각하지 않았다. 오히려 은수가 굽히지 않고 당당히 커준 게 고마웠다. 남자들한테 치이고 당하며 사랑을 갈구하는 딸이 아니기에 더 눈에 들어왔다. 하지만 현실은 달랐다. 그가 더 큰 그릇에 담고 싶어 욕심을 내자 주변에서는 작은 그릇에 띄워 그녀를 보내라 했다. 누가 자신의 손으로 자식을 내치고 타협에 굴하게 만들고 싶겠는가. 그렇기에 미안하고 안쓰러운 마음으로 혁준이를 마음에 담아둔 것이었다.

 "김 사장네 가풍이 워낙 여세가 강했다. 김 사장 모친이 회장으로 있는 것만 봐도 은수가 그 자리에 설 여건이 된다고 생각하지 않느냐?"

 은석과 은혁은 아무 말 하지 않았다. 그녀를 보낼 작정을 안 한 것은 아니었다. 하지만 갑자기 급물살에 휘말린 것 같았다.

 "능력이 되는 아이입니다. 하지만 이렇게 약조 한마디 없이 보낼 수는 없습니다."

 은석의 말을 은혁이 이었다.

 "약혼을 시키고 보내시지요. 세간에서 은수의 움직임을 눈치

못 챌 것도 아니고 이렇다 할 관계의 진전도 없이 무턱대고 보냈다가 우리 집안이나 그쪽이나 구설수에 휘말리고 말 겁니다. 사람을 받아들일 때에는 그만큼 생각하고 청한 것 아니겠습니까?"

은혁의 말에 은수는 꾹 다물고 있던 입을 열었다.

"이 결정은 전적으로 제 의사인데 왜 저에겐 아무도 물어보지 않는 거지요?"

은수의 말에 그제야 집안 식구들의 시선이 그녀에게 쏠렸다.

"안 갈 생각도 아니면서 뭘 뻗대는 척해. 갈 거면 가만있어."

은혁의 말에 화가 난 은수는 목소리를 높였다.

"가든 안 가든 내 자유 의사야. 내 약혼에 왜 내 의사 반영이 안 되고 있는지 묻는 거야. 아버지랑 오빠들이 혁준 씨랑 살 것 아니잖아."

"그럼 내 의사를 말해 봐. 싫다는 소리는 접수 안 한다는 걸 염두에 두고 말해라."

은수는 은석의 말에 잔뜩 성을 내던 숨을 고르며 차분하게 말하려 노력했다.

"나 혁준 씨 마음에 드는 건 사실이야. 단지 안 갈 것 뻗대는 척이 아니라 좀 성급하다고 생각해. 확실치도 않은 사이에 약혼자라는 선을 만들어 버리면 지금 시작한 관계는 거기서 끝나는 거라고 생각해. 좀 더 알아가고 싶어. 알아보고 안 가겠다는 게 아니라 좀 더 자유로운 상황 속에서 서로에 대해 더 큰 확신을 가지고 싶어."

정 회장은 그제야 옆에 앉은 딸의 손을 잡았다.

"미안하구나."

은수는 두툼하고 거친 손이 자신의 손 위에 올라오자 차마 독하게 내뱉으려던 말을 할 수 없었다. 매끈했던 아버지의 손은 어느새 거친 주름이 잡혀 있었다. 은수는 자신만 나이 먹는 줄 알았건만 이젠 자신이 먹은 세월만큼 아버지도 나이 드셨다는 걸 깨달았다.

은수는 유학 시절 공항에서 자신을 혼자 두고 간다는 걱정에 흰머리 가득하고 어느새 작아진 어깨로 힘겹게 뒤돌아 가시던 아버지 가슴에서 소리없이 흐르는 눈물을 보았다. 은수는 그의 작아진 등에 날개가 되어드리겠다고 생각했건만 제대로 마음 한번 써본 적 없이 원망만 하고 있었다. 은수는 아버지가 또 따라잡을 수 없는 세월의 강을 건너신 것 같아 마음이 아파왔다.

"네 말도 이해가 간다. 아버지가 네 말을 이해 못해서 하는 말은 아니지만 사람들의 눈은 그렇게 자유롭지 못하단다. 눈에 보이지 않으면 자기 식대로 해석해 버리기 마련이고, 네가 아닌 김 사장이 구설수에 오를 수도 있다는 게 문제이지. 네가 원하는 대로 해라. 우리는 너에게 강요를 하자고 모인 게 아니었단다."

은수는 혁준이 구설수에 오른다는 말에 명치끝이 꽉 막혔다.

그토록 버겁게 많은 사람의 시선을 받았던 사람을 자신의 욕심으로 인해 다시 주목받게 하고 싶지 않았다. 자신을 배려해 주고 인정해 주려는 그에게 짐이 되고 싶지 않았다.

"아가씨, 자리가 사람을 만든다는 말이 있어요. 여기서 생뚱맞게 들릴지도 모르지만 확실치 않으면 그 자리가 확실하게 만들 수도 있어요. 석준 아빠, 그렇죠?"

은석은 진희의 말에 고개를 끄덕이며 은혁을 째려보았다. 형수의 말에 당장 동조하지 않으면 죽여 버리겠다는 눈빛을 두 부부를 뺀 나머지 사람들은 모두 알아챘다.

"형수님 말이 맞죠. 결단코 이의를 제기할 수 없는 자명한 사실입니다."

"아버지, 새삼 이런 말 죄송하지만 사랑해요. 아버지가 있었기에 지금 제가 있다는 걸 가끔 잊어버리고 사는 것 같아요. 약혼해서 더 좋은 모습 보여 드릴게요."

정 회장이 은수의 손을 꽉 잡자 그녀의 눈에 눈물이 핑 돌았다. 그 모습에 은석과 은혁도 말을 하지 못하고 부정에 대해 다시금 생각해 보았다.

"정은수, 너는 원인에만 치중하는구나."

김 여사의 뜬금없는 말에 모두들 그녀를 쳐다보자 무안해 말을 흘리고 부엌으로 향했다.

"결과적으로는 엄마가 널 낳았는데 원인을 제공한 아버지만 사랑한다니 하는 말이다."

김 여사가 질투를 하는 모습에 다들 웃음을 머금고 자리에서 일어났다. 한 가정이 온전히 이루어질 수 있는 건 아마 두 부부의 사랑도 중요하지만 자식과의 관계도 빠질 수 없는 것이었다.
　자식의 의사를 존중해 주고 제대로 된 충고와 질책을 하는 부모와 그 충고와 질책을 제대로 이해하고 받아들여 존경할 줄 아는 마음을 가진 자식. 그렇게 되기까지 그 안에 수많은 시행착오가 있었겠지만 그것마저도 그들의 사랑에 거름이 되지 않았을까 싶었다. 외부에서 정 회장의 집안을 다들 부러워하는 건 어쩌면 당연한 일이지도 모른다.

　호텔방 안에서 약속 시간을 한참이나 남겨둔 태욱은 술을 잔에 따라 한강이 내려다보이는 창가에 서 있었다. 태욱은 물 흐르듯 세월도 흐르고, 감정도 흐르는 법인데 근래 부쩍 자신만 한곳에 갇혀 있는 듯한 기분이었다. 혁준마저 새로운 인연을 만들어가고 지현을 기억하고 있는 사람은 이제 찾기 힘든데 이제는 정말 자신의 안에서만 살아 있는 것 같아 가슴 한곳이 저렸다. 태욱은 지현이 차라리 죽지 말고 살아서 혁준의 옆에 붙어 있지 왜 죽어서 아픈 기억으로 남고 싶어했는지 알 수 없었다. 그는 그렇게 허망하게 그녀가 떠나가 버린 오 년 전의 그날에서 벗어나지 못하고 자신만 유일하게 갇혀 있었다.

　『일찍 오셨습니까?』

태욱은 들어오는 외국 남자에게 고개를 까닥하고는 자리를 청했다. 테이블에 앉아 손에 들려 있는 노란 봉투를 보며 웃음 지었다.

『가져오셨군요.』

외국 남자는 고개를 끄덕거리며 자신의 잔에 술을 채웠다.

『왜 신성그룹에게 등을 보이시는 건가요?』

외국 남자의 말에 태욱은 아무 대답 없이 얼음이 빨리 녹을 수 있게 잔을 돌리기만 했다.

『제가 이 일에 동의하는 것만으로도 충분하지 않습니까?』

『성공해도 이 일이 미치는 파장까지 감수하셔야 하는 걸 아실 텐데도 불구하고 동의하시는 이유가 궁금합니다.』

태욱은 외국 남자가 건네준 노란 봉투를 집어 들고 일어났다. 아마 평생을 살아도 자신의 마음을 이 푸른 눈의 남자가 어찌 이해할 수 있을까 싶었다.

『한 사람. 딱 한 사람만을 위해서.』

"조사팀에 들어올 새 인물에 대해서 며칠 전에 드린 프로필을 보시고 이미 각자 평가하셨을 겁니다. 제가 그 평가에 대해 일일이 말씀드리지 않겠습니다만 여자라고 해서, 또는 경력 부족이라고 배타적인 모습을 보이는 건 삼가해 주시길 바랍니다. 전 인사를 가장 중요시하는 사람입니다. 하늘이 내린 인재를 찾아 사용하는 것도 좋지만 그 자리에 어울릴 만한 사람을 데려와 그

능력을 발굴하는 것도 중요하다고 생각하기에 이 자리에 여러분들이 있는 겁니다."

아침에 열린 회의에서 새로 오게 되는 부팀장의 프로필을 손에 들고 팀원들의 불평에 혁준은 경고의 메시지를 보냈다.

"저희는 사장님을 여태껏 믿고 이 자리에 있었습니다. 하지만 한 번도 검증된 자리에 있어본 적 없는 분을 저희를 이끌어가실 부팀장으로 임명하신 건 역시 재벌계의 족벌 경영 한 단면을 본 것 같아 씁쓸합니다."

당돌한 직원의 말에 혁준은 앞에 놓인 커피를 마시며 말을 하기 전까지 뜸을 들였다.

"누가 말했는지 몰라도 안사람 될 사람을 중요 자리에 데려다 놓는 건 족벌 경영 맞습니다. 하지만 제가 질문 하나 하지요. 여기 계신 분들 중에서 자기 사업체를 가지게 된다면 제일 먼저 누구를 중요한 자리에 데리고 오고 싶습니까?"

혁준의 말에 직원들은 서로 얼굴만 쳐다보며 다음 말을 기다렸다. 실장은 자신이 말했지만 혁준의 행동이 잘못됐다고 생각지 않아 웃으며 혁준을 지켜보았다. 실장은 어차피 한 번은 치러야 할 일이라 생각했고 혁준이 알아서 잘할 수 있을 거라 믿었다.

"믿을 수 있는 사람이 첫째겠지요. 그 믿을 수 있는 사람이 내 핏줄, 내 가족이면 더할 나위 없을 거라고 생각할 겁니다. 아니라고 단호하게 말할 수 있는 분 있으십니까?"

직원들은 누가 아니라 할 수 있을까 생각했기에 아무 대꾸도 할 수 없었다.

"전 여러분에게 강요할 생각은 없습니다. 능력이 부족하면 언제든지 말씀하세요. 단 며칠간은 봐주셔야 합니다. 누구나 적응기간은 필요한 법이지 않습니까?"

직원들은 혁준의 말에 더 이상 이의를 제기하지 않고 수긍했다. 혁준도 그들이 이해할 수 있어서 다행이라 여기며 어색한 침묵을 지켰다. 한 직원이 가라앉은 분위기를 깨기 위해 혁준에게 물었다.

"새로 오실 부팀장님은 미인이십니까?"

"아마도."

"설마 사장님의 눈에만 미인 아닙니까?"

"글쎄요. 보고 첫눈에 반했다든지 미모에 눈이 멀 것 같다는 말이나 하지 마십시오."

"우리 중에 누가 총각이야?"

한 직원이 직원들에게 물어보자 다른 직원이 쭈뼛거리며 자신이라고 말했다. 혁준은 그 직원을 보고 웃으며 실없는 농담으로 직원들의 분위기를 맞추어주었다.

"골골해 보일지 몰라도 제가 한힘 합니다."

혁준의 말에 직원들은 박장대소를 했다. 그 모습을 본 기획실장은 혁준의 변해가는 모습에 뿌듯했다. 언제나 칼날 같은 잣대로 직원들을 벼랑 끝으로 내몰던 혁준에게 여유가 생긴 것이었다. 자신을 보는 직원들의 시선에 한 발 물러나 피하는 면이 다분히 있었다면 최근에는 그 시선 속에 무엇을 품고 있는지 보려고 노력하는 중이었다.

"오늘 회의는 여기까지입니다. 각자 자료 분석 철저히 하십시오. 두 번의 실수는 용납하지 않습니다."

뒤돌아 나가는 혁준의 모습에 각자 자신의 자리로 돌아갈 준비를 했다.

"사장님, 정진그룹 정은혁 홍보실장이 급한 용무라며 여러 번 전화했습니다. 휴대폰도 꺼놓으시고 피하면 상책이냐면서 꼭 전화 달라고 하셨습니다."

혁준은 사무실에 들어서자 안절부절못하는 비서를 보고 은혁이 수십 통의 전화를 걸었다는 걸 쉽게 유추해 냈다.

"나가봐요. 참, 이제 비서실하고 조사팀 입단속 철저히 시키세요. 앞으로 소문나면 그 책임은 김 비서가 지는 겁니다. 시끄러운 건 하루 이틀이지만 편견은 오래갑니다."

우선은 기획실장으로 인해 알려지게 된 은수의 배경은 능력을 가릴 수 있는 장막이 되어버렸다. 더군다나 소문이 난다면 은수가 아무리 이 일을 잘해내도 배경에 묻혀 버릴 수 있기에 더욱 조심해야 했다.

"나다. 왜 남의 회사에 테러질이냐?"

은혁은 난데없는 '테러' 라 칭하는 혁준의 말에 어이가 없었다.

[미친놈, 외계인을 지구인화는 못 시킬망정 외계인을 닮아가다니 너를 믿은 내가 병신이다.]

"남의 비서한테 전화해 당장 바꾸라고 소리쳐 그만두게 만들 작정하는 네 심보나 외계인 타령하는 것 보면 너 병신 맞는 것 같다."

[아버지 전화 받았지?]

혁준은 며칠 전 정 회장의 전화를 받고 잠시 생각하다 약혼을 하겠다고 말했다. 자신으로 인해 은수가 남의 구설수에 오르는 게 싫었다. 혁준은 당해본 사람만이 아는 그 비참하고 더러운 기분을 은수에게는 알려주고 싶지 않았다. 이제는 더 이상 은수를 멀리서 보는 게 아니라 자신의 옆에서 볼 수 있는 기회가 온 것이다. 거부할 뚜렷한 이유가 없었다기보다는 오히려 반겨야 할 이유가 많았다.

"한다고 전해드렸다. 은수가 동의했다는 말에 마음이 편해. 앞으로 나를 제대로 대접하지 않으면 은수가 고생할 거다."

은혁은 혁준의 시답잖은 소리에 비웃음을 보냈다.

[풋, 우리는 유에프오 잘못 탄 외계인을 끌어 내려 제대로 된 유에프오에 태울 자신이 있는 지구인이라서 협박이자 막말은 무시한다.]

"아까부터 외계인이라고 하는데 혹시 은수 두고 하는 말이냐?"

[이제 알아먹었냐? 역시 질적 향상이 필요한 놈이야. 그런 말

은 시답잖고 이번 주에 시간 좀 내라. 우리 가족으로 받아들이려면 우리만의 심사를 거쳐야 한다.]

"어떤 심사인데? 오후, 아님 저녁?"

[우리가 언제 밥을 즐겼냐? 저녁이다. 일 다 하고 놀 시간에 만나자가 나의 존경을 마지않는 은석 형의 이론이다. 우리 형수님도 나오실 예정이니 그리 알아.]

"알았다. 은수도 오는 거지?"

[너 질적 향상이 굉장히 필요한 놈이다. 은수, 아직 정씨네 식구다. 당연히 빠질 수 없는걸. 아, 정말 마음에 안 들어, 안 들어.]

"간다고, 새끼야. 하여간 너도 무지 구시렁대는 것 알지? 말 좀 아껴라."

둘의 통화는 욕설로 인해 더 이상 대화를 하지 못할 상황까지 가서야 끊겼다. 혁준은 언제나 유쾌한 은혁이 부러웠다. 하지만 아직 그에게 어떤 시련이 없었기에 가능하지 않을까 생각하면서도 은혁만의 아픔이나 시련이 왜 없었겠냐 싶었다. 자신도 다시금 예전의 모습을 찾아가려 노력하는 중이었다. 그 모습을 보여주고 싶다. 자신도 모르는 사이 더 나은 모습, 더 멋있는 모습을 보여주고 싶은 마음이 모든 걸 바꾸어놓고 있었다. 스물일곱 살 이후로 혼란스럽고 비참하며 우울했던 시간은 은수로 인해 다시 시작하고 있는 것 같았다.

"오빠, 지금 너무한 것 아냐?"

은혁이 전화를 끊자 어느새 사무실 안으로 들어온 은수는 불편한 목소리를 내었다.

"형수 때도 했는데 왜 혁준이는 빼고 넘어가냐? 그리고 은석 형이 하자고 한 거야. 난 매번 행동대장이다."

"올케 언니한테 써먹을 때만 해도 오빠가 의견 낸 거잖아. 난 안 가. 그렇게 민망한 자리에 내가 가서 뭐 해. 잘 거야."

은혁은 은수의 말에 콧방귀를 꼈다. 은수가 피해갈 수 없는 게 있다면 지금 이 상황이었다. 은석이 자신의 아내가 그렇게 당하고 이를 갈아온 시간이 몇 년인데 자신들을 그냥 놔둘 사람이 아니었다. 은석은 같은 방법으로 복수하겠다며 은혁을 부추겼고, 은혁은 재미있었던 그때를 생각하며 다시 해보고자 하는 욕구와 부합해 실행에 옮기기로 했다.

"웃기는 소리 하지 말고 나와. 은석 형이 그때 우리 말 무시하고 안 나와서 형수가 두 배로 당한 것 알지?"

은수는 이러지도 저러지도 못하고 알았다 대답했다. 그녀는 이 난감한 상황을 어찌 헤쳐 나가야 할지 막막했다. 남에게 하는 건 쉬웠지만 당하는 자신을 생각하니 더 그러했다. 한마디로 창피했다.

"결혼식도 아니고 약혼한다는데 너무 성급한 것 같지 않아? 나 업무 인수인계 며칠 안 남아서 일거리도 많은 걸 감안해서 나중에 하자."

은혁은 은수의 말은 들을 가치도 없다는 듯 앞에 놓인 서류만 보면서 손짓으로 나가라 명령하고 있었다. 은수는 사무실을 나오자 밀려오는 짜증에 업무 인계차 온 새 직원에게 똑바로 하라며 신경질을 부리고 책상에 털썩 걸터앉았다.

"시간아, 제발 멈춰라. 우리 집의 추악상은 여기서 끝맺음되고 나의 아름다운 자태만 뽐내어라."

그 말을 들은 직원들은 멀쩡한 사람의 입에서 나오는 말인지 다들 의심 섞인 눈초리로 은수를 보고 있었다.

은수는 한참 동안 책상에 걸터앉아 심란한 마음을 다잡고 있을 때 갑자기 울리는 휴대폰 소리에 발신인을 확인했다.

"나예요."

은수의 기운없는 목소리에 혁준은 순간 무슨 일 있나 걱정이 밀려왔다.

[어디 아파? 왜 그렇기 기운이 없어?]

혁준의 말에 은수는 한숨을 쉬었다.

"보고 싶어요."

[어?]

"혁준 씨 보고 싶다고."

[웬일로 은수가 그런 말을 다 해?]

"그냥. 왜, 나 안 보고 싶어요?"

[보고 싶어. 근데 정말 아픈 것 아냐?]

"나 의사 선생님도 튼튼하다고 한 건강 체질이에요. 다만 오빠들의 등쌀에 아마 남들보다 열 배 빠른 노화 속도를 달리고 있을 거예요."

혁준은 은수의 말에 목소리에 왜 기운이 없는지 알아차리고 기분 좋은 목소리로 그녀를 달랬다.

[걱정해서 하는 거지, 다른 뜻은 없을 거야. 은수 같은 동생이 어디 흔해? 열거할 수 없을 정도로 장점만 있는 동생을 보내는데 술 한잔 사야지.]

혁준이 아무것도 모른 채 가볍게 생각하는 듯하자 은수는 더욱더 한숨이 나왔다.

"각오해요. 내가 올케 언니 때 직접 참여한 사람으로서 하는 말인데 창피하다고 하면 당신 가만 안 둘 거예요."

혁준은 은수의 말에 웃었다. 더 길게 통화하고 싶었지만 하루 종일 전화기를 붙잡고 놓지 않을 것 같아 약속 시간을 정하고 끊었다.

은수는 초인적인 힘으로 완벽하게 업무 인수인계를 다 하고 결국은 약속한 날이 왔다는 것도 잊지 않으면서 하루 종일 잠만 잤다. 저녁 약속이기에 편한 마음으로 잠을 자다 일어나 저녁을 먹고 자신을 꼭 데리러 오겠다고 욕심을 부리던 혁준을 기다리고 있었다. 은수는 밝은 불빛을 뿜어내며 차가 대문 앞에 서자 올라탔다.

"정장과 비교도 안 될 정도로 가벼워 보이는 게 예쁘다."

은수는 멀쩡한 청바지를 왜 군데군데 찢느냐고 구박하는 김 여사의 말을 가뿐히 무시하고 어렵게 만든 청바지와 나풀거리는 시폰 블라우스를 입었다. 평상시 입을 기회가 없어 특별한 때가 아니면 손이 안 가는 옷을 집어 든 은수는 확실히 망가져 보자고 결심했다. 은수는 끝까지 보여주고 나면 답이 나올 것 같았다.

"뭘 해도 예쁘다는 말밖에 안 해서 안 믿어요."

혁준은 안전벨트를 매주려 몸을 숙였다가 은수의 입술 위에 자신의 입술을 포개놓고 고개를 흔들었다. 빼죽거리며 내미는 입술을 무시하기에는 너무 귀여웠고 어디선가 보았던 방법인 입술도장을 찍어보고 싶었다.

"가자. 기운 백 배 난다. 무슨 심사서 그렇게 고민하는지 몰라도 한번 해보자."

은수는 차를 몰면서 말하는 혁준의 옆모습을 바라보며 자신의 입술을 손으로 쓸었다. 담배의 잔향이 아직 입술에 남아 있는 것 같았다. 그의 입술이 닿았던 뜨거운 숨길이 남아 있는 것 같아 느껴보고 싶었다. 하지만 막상 손이 닿자 자신의 입술밖에 느낄 수 없어 아쉬움만 생겼다.

'받아줄 자신 있는데 웬만하면 진하게 하지.'

둘은 가볍게 회사 이야기를 주고받으며 은수의 기분이 나아질 때쯤 술집 앞에 도착했다. 이미 은석과 은혁의 차가 주차되어 있는 걸 보고는 둘은 급한 걸음으로 들어갔다.

"우리 정씨 가문에 새로운 동반자가 등장했군."

은혁이 일어나 상석을 내주자 혁준은 은수를 데리고 들어가 앉았다. 혁준은 안면이 있는 은석 부부와 인사를 나누곤 서로 어색해하며 웃었다. 하지만 처음이라는 것에 어쩔 수 없어하며 시간을 기다렸다.

"우리 은수 잘 부탁하네. 가르친 것도 별로 없고, 아직 부족한 아이인데 자네가 선뜻 데려간다니 이젠 내가 발 뻗고 잘 수 있겠다 싶네."

은석의 말에 은수가 기겁하고 말을 했다.

"오빠가 아버지야?"

은수의 말에 은혁도 이상하다는 눈초리로 은석을 보았다.

"그러게. 왜 형은 꼰대 노릇을 하려고 그래?"

"네들이 진희한테 그렇게 말했다면서."

"맞아요. 저한테 은석 씨 잘 부탁한다면서 동생으로서 덜 배우고 부족한 형을 데려가서 마음이 놓인다고 했어요."

은혁은 유치한 진희와 은석을 보자 자신이 지금 잘하고 있는 건지 의심스러웠다.

"이 자리는 형수님의 쌓인 한을 풀자고 만든 자리가 아니라 두 번째 혼사를 앞둔 우리 집안의 번창하는 핏줄 제2탄을 위한 자리입니다. 염두에 두세요. 이제 거행식이 시작되겠습니다."

은혁의 말에 은석은 자리에서 일어나 양복 안주머니에서 종이 한 장을 꺼냈다.

"김혁준을 한가족으로 받아들이며 동반자적 관계를 선언하는 바이다. 반품과 A/S 불가 방침이신 정씨 가문의 수장의 입장을 전해 드리며 죽을 때까지 은수에 대한 책임을 부여하는 바이다."

은혁이 테이블을 손으로 치며 휘파람을 불자 진희도 박수를 치며 동조했다.

"축복받은 영혼의 소유자 정은수를 아주 날로 먹는 김혁준에게 폭력 및 부부라는 이유로 강요되는 강간 행위나 은수의 여가생활에 지장을 주는 육체적, 정신적 손해가 적발될 시 가차없이 회수하며 법적 손해 배상 및 준거한 보복을 당할 것이다."

은수는 은석의 말에 박수를 치며 혁준을 쳐다보았다. 혁준은 지금 무엇을 하고 있는 건지 어리둥절했다. 이것은 시작의 일부분이었다.

"우리에게 보호 요청을 할 수 있는 경우는 은수의 지난날로 보아 폭력적 행위의 가능성이 있으므로 그 부분과 넘치는 정력을 제공 못하는 혁준에게 성적 압박을 해올 경우이다. 단, 우리의 적극적 보호의 성공 여부는 불확실하며 그것마저 겸허히 받아들이고 감싸줄 것을 간곡히 요청하는 바이다."

은석의 말이 끝나자 은혁이 자리에서 일어났다.

"다른 것 다 필요 없어. 무조건 재우지 말고 한 일주일 봉사해 줘. 그럼 지쳐서 떨어져 나갈 거고 때리려고 하면 도망가. 쇼핑해 봐야 얼마나 한다고 그거 아까워 말고 하나 사면 두 개 사라고 해라. 우리 은수가 마음이 괴롭다거나 사는 게 힘들다는 말이 입 밖에 새어나오는 순간 넌 목숨 내놓을 각오를 해라."

혁준은 두 형제의 말을 다 듣자 웃을 수밖에 없었다.

"이제 번창하는 핏줄 2탄의 본격적 막이 시작됩니다. 다들 기대하시라."

은혁이 인터폰을 통해 준비한 것 들여보내라고 하자 큰 그릇과 다섯 개의 국 대접이 들어왔다.

"자, 은수, 섞어 테마송 불러라."

은수는 상의를 집어 던지는 두 오빠를 보면서 돌이킬 수 없는 길에 접어든 걸 깨닫고 테이블 앞으로 나가 마이크를 잡았다.

"무반주입니다. 다만 제가 부르는 노래는 원츄송을 개작한 겁니다."

"알아. 그냥 해."

"혁준 씨는 모를 것 아냐."

은수의 말에 아랑곳하지 않고 열심히 술병을 따는 은석과 은혁을 보면서 혁준은 지금 뭘 하는 건지 헷갈렸다.

"섞자~ 섞자~ 섞자~ 섞자~ 와~ 발견했어. 폭탄주를. 우리 찜했어. 섞어. 섞어."

은수의 섞으라는 말에 은혁은 맥주와 양주를 양손에 잡고 큰 그릇에 들이붓기 시작했다. 은석은 그 모습을 흐뭇하게 보며 은수의 노래를 감상했다. 진희가 이렇게 동화되었고 혁준도 이제 벗어날 수 없을 거라 생각했다.

"우리가 주는 최고 선물 바로 이거. 폭탄~ 폭탄! 마셔봤어. 절라 쏠려. 말하고 싶어. 쏠려~ 쏠려. 내가 받은 최고 선물 바로 폭탄주. 쏠려~ 원츄~!"

폭탄주라는 단어가 나오자 은혁은 우유와 소주도 마저 들이붓기 시작했다. 은석은 일어나 넥타이를 벗어 던지고 와이셔츠를 접어 걷어 올리기 시작했다.

"우린 좋아. 네가 참 좋아~ want you I want you. 기억해. 고문이란 그 사실을. want want you you."

은석이 와이셔츠를 걷어 올린 한쪽 손으로 국자를 잡고 큰 그릇에 깊게 넣어 젓기 시작하자 혁준은 인상을 쓰기 시작했다. 아마도 이걸 가지고 폭탄주를 만들어낼 것 같았다. 은수는 상관할 바 없다는 듯 노래에 스스로 도취되어 혁준에게 눈길도 주지 않았다.

"나는 좋아. 폭탄주 좋아. want you I want you. 기억해. 언제나 함께 마신다는 걸~ 마셔! 마셔! 우리를 위해 마셔! 마셔! 마셔! 마셔! 마셔!"

무반주에 손가락 하나를 하늘로 치켜세우며 고개를 좌우로 흔들던 은수가 노래를 끝내자 은혁은 국자로 대접에 하나씩 덜어내기 시작했다.

"전 결혼식 전날이라 네 잔으로 끝냈지만 내일 주말인데 김 사장님은 몇 잔 할까요?"

혁준이와 진희를 뺀 세 명은 동시다발적으로 외쳤다.

"여덟 잔! 들이부어. 죽어봐. 느껴봐. 정씨 가문 파이팅!"

혁준은 저들이 언제 저렇게 구호까지 만들어 외워서는 자신에게 말하는지 싶었다. 그사이 조금 전에 자신을 걱정하던 은수는 노래를 마친 이후로 은혁 옆에 앉아 있었다. 아, 은수가 전화로 걱정하던 게 이거구나. 역시 마음이 너무나도 예쁜…… 그녀는 손가락으로 술 맛을 보더니 비율이 안 맞았다며 은혁을 타박하고 술을 더 넣었다. 이 남매들은 지금 즐기는 것이다. 이들이 모인 이유가 진정 가족이 된다는 자축연일까. 혁준은 고개를 설레설레 흔들었다.

"여덟 잔 심했습니다. 다섯 잔으로 합시다."

혁준은 두 병의 양주와 각각 한 병씩 들어간 맥주와 소주, 그리고 우유까지 들어간 저 폭탄주는 너무도 커 보였다. 국 대접이 커봐야 얼마나 크겠는가 싶은 사람도 있겠지만 지금 혁준에게는 대접에 여덟 잔을 마시는 건 죽음과도 같아 보였다. 술을 못 마시는 편은 아니지만 자신이 조심해야 할 이런 자리에서는 가급적 피하고 싶었다.

"은수야, 혁준이 뺀다. 옆에 가서 앉아라."

은수는 물수건으로 손을 닦으면서 혁준의 옆으로 와 눈웃음을 흘리며 가까이 다가앉았다. 은수의 손은 이미 그의 허벅지 위에 올려놓고 가까이 다가와 귓가에 '후' 하며 바람을 넣으며 말했다. 그 모습에 은석과 은혁은 박장대소하면서도 혁준을 매섭게 째려보았다.

"올케 언니가 네 잔 마시고 결혼식장에 늦게 가서 식이 한 시간이나 지연됐었어요. 그 바람에 우리 엄마에게 단단히 찍혀서 한동안 정말 시집살이 톡톡히 했거든요. 혁준 씨가 안 마시면 은석 오빠가 나한테 평생 이를 갈 건데 우리 남매의 평화를 위해 마셔줘요."

혁준은 귓가에 바람이 들어갔을 뿐인데 며칠 전과 같은 남성의 반응에 놀라며 얼굴이 붉게 달아올랐다. 그의 남성이 한 번 느끼기 시작하면 제어할 수 없는 반응이 일어날 것 같아 알았다는 말을 하고 살짝 떨어져 앉았다.

"우리 은수가 유혹하는데 다섯 잔은 부족하지."

은석의 말에 진희는 박수를 치며 혁준 앞에서 대접을 들고 쭉 들이켰다.

"술 끊었던 제가 먼저 시범 보였습니다. 고모부 되실 우리 김 사장님, 아무리 크게 싸우더라도 친정으로 보내지 마시고 약혼 기간 너무 길게 잡지 마세요. 우리같이 짧은 연애로 예쁜 결실 맞으세요."

진희의 말에 전부 박수를 보내자 이번엔 은혁이 들이켰다.

"친구이자 이제는 매제인 김혁준, 은수 만난 걸 행운으로 여겨라. 내 동생이지만 멋진 여자다. 복받은 거야. 다만 고생은 할 거다. 우릴 원망하지 마."

은혁의 말이 끝나자 은석이 마시고는 진희의 손을 꼭 잡으며 말을 열었다.

"난 은수에게 많이 미안한 오빠입니다. 무엇을 원하는지 알면서도 내 가정을 꾸리느냐 바빠서 제대로 한 번 알아준 적도, 따스히 안아준 적 없습니다. 우리 은수 강해 보여도 속은 여린 애입니다. 잘 부탁합니다. 미운 짓 하더라도 우리들 봐서라도 예쁘게 보려 노력해 주십시오."

은석의 말에 진희는 눈물이 글썽이게 맺혔다. 은수도 말을 못 하고 쳐다보자 은석이 말했다.

"이리 와라. 언제 안아보냐, 술기운에 안아보지."

은수는 혁준을 넘어 은석의 품에 안겼다. 집안의 장남이고 많은 나이 차로 어려웠던 오빠지만 유학 때도, 회사 생활에서도 꼼꼼히 신경 써준 사람인 걸 모르지 않았다. 은수가 귀국하고 다시 친해지려 하자 결혼하는 바람에 서운하고 멀어진 마음에 가까이 가지 못했지만 자신보다 어린 혁준에게 부탁하는 오빠의 모습에서 또 다른 아버지가 보였다.

"우리 은수, 언제 이렇게 시집갈 나이가 되었는지 모르겠다. 하고 싶은 말은 참아라. 하고 싶은 말 한 번 생각하고, 속으로 한 번 삭이고, 그러고도 하고 싶으면 말해라. 우리 식구들은 조급증이 매번 문제인 것 알지?"

은수가 은석의 품에서 울먹거리자 혁준이 더 이상 이 신파극을 보지 못하고 잡아끌어 당겼다.

"저희 결혼이 아니라 약혼합니다. 결혼식 때는 어찌하시려고 미리 이러십니까?"

너무 오버한 자신들의 모습에 민망해하면서 혁준 앞에 대접을 옮겨놓았다.
　"알아, 여기 모르는 사람 아무도 없어. 다만 우리가 감정적으로 너무 예민한 사람들이라 조금 오버가 되었을 뿐이야. 마셔."
　은혁의 말에 혁준은 한 잔을 들이켰다. 대접을 내려놓으려니 은수가 새하얀 치아를 드러내고 환하게 웃으며 두 손에 얌전히 올려진 대접을 건네는데 거절할 수가 없었다. 한 잔이 두 잔 되고, 두 잔이 넉 잔 되고…… 그러다 보니 여덟 잔을 단번에 다 채웠다.
　"괜찮아요?"
　은수의 말에 혁준은 넘어오려는 속을 진정시키기 위해 물을 찾았다. 생각보다 우유의 비린 맛이 속을 굉장히 불편하게 했지만 표현하지 않으려 애써 웃으며 물을 받아 마셨다.
　"미안해요. 내가 이렇게 하지 않으면 저 많은 것 오늘 다 마셨을 거예요. 은석 오빠가 특히나 기대하던 거라 어쩔 수 없어요. 올케가 당한 것만큼 갚아준다는 일념하에 지금까지 버텨온 사람인데 내가 딱 걸렸어요. 미안해요."
　은수는 혁준의 등을 쓸어주면서 안쓰러운 마음에 미안하다는 말밖에 할 수 없었다. 자신이라도 나서서 끝내지 않았다면 아마 끝을 보려고 할 성격들이기에 미리 선수쳐서 여덟 잔을 쉴 새 없이 먹였다.
　"괜찮아. 걱정하지 말고 미안하단 말도 하지 마. 난 오히려 이 정도로 우리를 걱정해 주는 가족이 있다는 게 고마워. 처음엔 황당했지만 나에게, 그리고 자신들에게 가족이라는 틀을 주는 계기를 만들려고 하는 걸 알고는 즐거워졌어."

유별난 남매 때문에 혹시나 자신까지 별나게 보지 않을까 조바심을 냈지만 이해해 주는 혁준이 고마웠다.

"작은오빠, 장가 안 가? 빨리 가라. 그때도 우리 이렇게 해."

"안 가. 내가 왜 이 꼴을 알아서 당하냐. 안 해."

"큰오빠, 내일 당장 작은오빠 장가 보내라. 응?"

은석은 서로 상견례에 만나 어색하게 인사 나누고 불편한 밥을 먹는 것보다 편한 상태에서 가족이라는 끈끈함을 느끼며 서로에게 가까이 가기를 원했다. 어쩌면 은석은 진희 때 겪은 복수라기보다는 그로 인해 더욱 가까워진 자신들을 보면서 생각해 냈을지도 모른다.

"야 '사랑은 은석이 한다' 불러줘야 하지 않겠냐?"

은석은 사랑은 아무나 하나를 개사 해 기회가 있을 때마다 부르더니 오늘도 어김없이 오가는 술대접 속에 나왔다.

은혁이 밴드를 부르고 잠시 기다리는 사이 밴드와 함께 병현이 들어왔다.

"형님들, 너무합니다."

들어서자마자 목 메인 음성으로 서운함을 토로하는 병현을 모두들 쳐다만 볼 뿐 아무 말 하지 않았다.

"정씨 가문의 번창하는 핏줄과 연관없는 새끼는 빠져라. 어디

함부로 끼어들어. 너 누가 불렀냐?"

은수의 말에 병현은 은혁을 보았다. 그도 반응이 없자 병현은 은석을 보았지만 역시 마찬가지였다.

"제가 은수의 둘도 없는 친구이자 형님들의 충실한 심복으로 자리잡은 상황에서 이런 자리에 빠지면 안 되지 않습니까?"

모두들 각자 앞에 놓인 술대접만 쳐다보자 병현은 은혁 옆에 앉아 소곤소곤 말했다.

"저를 이렇게 버리시면 은수한테 스파이 노릇 한 거 다 불을 겁니다."

은혁이 입 모양으로 '스파이'라는 단어를 은석에게 말하자 태도가 돌변했다.

"병현이가 빠질 수야 없지. 우리야 한가족이지. 노래하자."

그제야 맘이 풀린 병현은 혁준의 옆으로 갔다. 참여한 경력이 있는 병현은 앞에 놓인 대접을 혁준에게 권하며 말을 꺼냈다.

"은수가 혹시 학대한다고 저한테 말하시면 해결 안 됩니다. 그냥 참고 사세요."

병현의 말에 혁준은 웃으며 음악 소리에 시끄러워진 테이블 너머에 있는 두 형제를 보았다.

"사랑은 아무나 하나, 사랑은 은석이 한다."

"앗싸! 돌려, 돌려. 화끈하게 돌려보자."

혁준은 싸이키 조명을 켜고 시끄럽게 코러스를 넣는 은혁과 이에 아랑곳하지 않고 노래하는 은석을 보면서 이렇게 유쾌한 형제들 사이에서 은수가 컸다는 것이 부러웠다. 혼자 자란 혁준은 부모님이 다행히 사이가 좋으셨으나 마음 편히 자신의 고민을 털어놓을 만한 형제는 내종간인 태욱이 하나였다. 그러던 태욱이 사춘기를 힘들게 보내더니 데면데면해졌다. 지현이 죽기 전까지 태욱이 자신과 멀어진 이유가 외사랑 때문인 줄 몰랐다. 일찍 부모를 여읜 태욱이 남들에게 속을 쉽게 내보이지 못한다고 생각하고 멀어져도 가까이 가려 해보지 않았다. 혁준은 돌아보면 관망하는 입장이었다. 그가 다가가 손을 내밀어본 적이 없었다. 주변에서 그를 먼저 봐주기에 그는 봐주는 사람만 상대하며 살아온 것 같았다. 그렇지만 그는 은수에게는 그러고 싶지 않았다. 그가 내민 손을 그녀가 잡아 옆에서 같이 걸어와 주었으면 했다. 그렇기에 이 자리가 좋았다. 그에게 모든 모습을 보여주는 은수에게 그도 더 이상 겁내지 않고 내보일 수 있을 것 같았다.

"노래 끝나간다. 우린 오늘 한가족이 된 거다. 이제 형식이 아니라 마음으로 혁준이랑 우리는 감싸주고 보살펴 주면서 반평생을 살아가야 할 의무가 생긴 거다. 다같이 우리들의 번영을 위하여!"

은석이 노래 중간에 대접을 들고는 마시기를 청하자 모두 기분에 취해서 연신 마시기 시작했다. 다만 불쌍한 병현은 국자를 들고 마셔야 하는 푸대접에 벗어나지 못했다.

"난 이런 가족을 꿈꿨어요. 아무 감정도 없는 사람에게 아내의 자리, 자식의 엄마라는 자리를 탐할 생각을 했던 게 참 무모했다는 생각이 들어요."

은수는 아무 감정도 없는 조건 괜찮은 남자를 이 자리에 앉혀 놓았다면 아마 자신은 이렇게 웃으면서 말할 수 없었을 거라는 생각이 문득 들었다. 최소한의 감정 교류를 지나 충분히 서로에게 이끌림이 있어야 가능하다는 걸 깨달았다.

"나도 마찬가지야. 무조건 괜찮다고 추천하는 여자를 선택했다면 아마 이런 자리는 없었을 거야. 그리고 가족이라는 걸 제대로 느껴보지 못했을 거야."

혁준은 은수의 어깨에 팔을 두르며 자신의 품 안으로 끌어당겼다. 서로 강렬히 두 사람의 존재를 느끼고 있었다. 한쪽으로만 흐르는 기운이 아니라 서로가 철저히 자신들의 관계에 대해서 다시금 생각하고 있었다. 한쪽으로만 흐르는 기운이 아니라 서로 강렬히 두 사람의 존재를 각기 느끼고 있었다. 그리고 지금 이 순간 그들의 관계에 대한 자신들의 감정을 다시금 생각하고 있었다. 그것은 눈에 띌 만큼 큰 변화였지만 변화 속의 중심에 서 있는 그들은 그것을 느끼지 못하고 있었다. 폭풍의 눈 속은 고요하여 오히려 아무것도 느낄 수 없는 것이 당연한 거였다.

"정은수, 아줌마의 길로 들어선 첫발에 축복이 내려라."
"아저씨가 되어버린 유병현, 인생의 단비만 쏟아져라."
은수와 병현은 서로 따라주는 술을 번갈아 마시면서 오랜만에 친구로서 편하게 티격태격했다. 밤은 깊어가도 그들의 술자리는 끝나지 않았다.

머리에 넥타이를 매고 뻗어 자고 있는 병현을 불쌍히 여겨 던져 주는 옷들이 꽤 많이 쌓였다.

그들은 시간이 빠르게 흘러가는 것도 상관하지 않은 채 앞으로의 일들과 가벼운 주제들로 이야기꽃을 피웠다. 그리고 그들에게 가족의 구성원 하나가 더 늘었다.

4

혁준은 사무실에 앉아 확 트인 창 너머의 세종로를 내려다보며 아버지의 마지막을 떠올렸다.

혁준은 급격히 나빠진 아버지의 병세 이유를 알고 있었다. 알면서도 풀어줄 수 없는 것이기에 외면하고 더욱더 보려고 하지 않았다. 그래도 자신의 아버지이기에 발길을 병원으로 옮겼다.

"저 왔습니다."

혁준은 침대에 핼쑥한 얼굴로 누워 있는 자신의 아버지를 보자 한없이 쓸쓸했다. 한 나라의 경제를, 그리고 존재조차 마음대로 할 수 있다는 대기업의 최고 총수가 찾아든 병마를 이기지 못하고 힘없이 누워 있는 모습은 그에게는 감당할 수 없는 죄책감마저 주었다.

"왔느냐? 깜빡 잠이 들었었구나. 저녁은?"

김 회장은 오랜만의 찾아온 아들의 방문이 반가웠다. 지현이 그렇게 떠나고 어려운 사람을 상대하는 듯 거리가 일정히 유지되던 부자 간이었다. 김 회장은 하늘도 끊을 수 없다는 자식과의 엇갈린 인연을 늦기 전에 풀어보려고 생각하고 있었다.

"네, 먹었습니다. 상의드릴 일이 있어 들렀습니다."

"그래, 회사는 별일없느냐?"

두 부자의 삭막한 대화가 이어졌다. 서로의 안부를 묻고 회사 돌아가는 상황을 얘기하는 동안 혁준은 하고 싶은 말을 꺼내기가 힘들었다. 자신들의 상처인 그 이야기를 어떻게 시작해야 할지 몰랐기 때문이다.

"박 의원 기사 봤다. 아무리 자기가 국세청에 떠든다고 해도 그 일은 성사될 수 없으니 맘 편히 먹어라."

혁준은 힘없이 말을 하는 아버지의 얼굴에서 분노를 보았다.

"드릴 말씀이 없습니다."

"자식을 잃었으니 제정신이 아니겠지. 그러니 저리 앞뒤 없이 행동해도 너무 상처받지 말거라. 정신 차리고 나면 잠잠해질 것이야. 사람이 악한 감정만으로 살아지는 것이 아니니 때가 되면 그 사람도 자신의 욕심이 부른 화라는 걸 알게 되겠지."

혁준은 속에 담고 풀어놓고 싶은 말을 하지 못했다. 그는 주변에서 얼마나 손가락질하는지 알려 드리고 싶지 않았다. 하루가 다르게 박 의원의 말에 살이 보태져 눈덩이처럼 불어난 말들이 자신들에게 되돌아온다고 말하지 못했다. 박 의원이 자신이 가진 권력으로 언젠가 되돌려 주겠다 말하는 것도 옮길 수가 없었다. 그는 차마 병상에 누워 있는 아버지 앞에서 무너질 수가 없었다.

"내 그 아이를 본 게 참 오래되었지. 맑은 아이인데 인연이 아닌 걸 부모 욕심만 챙겼으니 화를 당한 게야. 정 회장이 너를 보살펴 줄 테니 내가 가더라도 굳건히 지켜라."

김 회장은 말을 멈추고는 멀리 떨어져 있는 혁준을 침대 가까이로 불러 걸터앉게 했다.

"가야 할 때가 온 거지. 지나쳐 가거라, 제발 잊어라. 아들아, 내가 너에게 죄인이더냐?"

혁준은 죄인이라는 단어를 내뱉는 아버지를 바라보았다. 그의 붉어진 눈시울은 이미 촉촉해져 있었다. 한 사람의 죽음은 두 부자 모두에게 상처를 주었다. 김 회장에게는 뜻하지 않은 상처를 자식에게 주어야 했던 욕심에 대한 죄책감으로, 그의 아들은 뜻하지 않은 그녀의 죽음에 변명조차 하지 못하고 들어야만 했던 수많은 억측과 비난에 상처를 입었다. 김 회장은 아들을 볼 때마다 물 흐르듯 감정이 흐르게 그냥 놔둘 것을 욕심으로 옭아매어 화를 본 것 같아 자신이 늘 죄인이 된 듯했다.

"아버지가 왜 죄인이고 우리가 왜 죄인처럼 말 한마디 못하고 이래야 합니까? 뭐가 아쉬워서 아니라고 말도 못하고 다 뒤집어

쓰고 있는지 정말 답답합니다."

"김혁준."

"제가 죄인입니다. 여자 마음 하나 받아주지 못하고 내친 게 죄죠. 마음 하나, 몸 하나 움직이지 못한 제가 죄인입니다."

김 회장은 더 이상 대화를 포기하고 또 자책하는 혁준을 보면서 아무것도 해줄 게 없는 자신에게 아버지의 자격이 있나 되물었다.

"이토록 모질고 험하기만 한 것이 우리 부자의 운명인가 싶다. 그래도 난 널 믿는다. 운명은 이제 너의 손에 달렸다. 제발 앞만 보고 가거라. 이젠 앞만 보고 가거라."

혁준은 아버지의 주름진 손을 보았다. 세월만큼이나 많이 주름진 손 사이로 늘어진 가죽을 보면서 혁준은 고개를 들지 못했다.

"그만 가거라. 피곤하다."

혁준을 재촉하며 내보내는 아버지를 뒤로하고 끝끝내 건강하라는 말조차 하지 못하고 나왔다. 축 처진 어깨를 하고 병원을 빠져나가는 혁준을 창문으로 내려다보는 김 회장은 가슴이 찢겨지는 듯한 고통을 느껴야 했다.

'아들아, 사랑하는 나의 아들아. 내 이제 갈 날이 얼마 남지 않은 것 같구나. 그 자리에 올라선 너를 보면서 자랑스럽던 날들이 왠지 무상하구나. 그 자리로 인해 네가 겪는 고통은 내가 만든 것이 아닌가 하는 생각이 드는구나. 이제는 나를 탓하거

라. 아들아, 나를 탓하거라. 네 가슴의 아픔을 가져오지 못하는 이 부족한 아비를 원망하거라. 아들아.'

혁준은 병원을 나와 아버지의 병실이 보이는 벤치에 앉았다. 한참 동안 불 꺼진 병실에서 자신을 내려다보는 아버지를 보았다.

'아버지, 우리가 그리 잘못한 것입니까? 그토록 아프시면서도 잊히길 바라며 무시하고 살아야 합니까? 하지만 아무리 애를 써도 지워지지가 않습니다. 제 안에서 점점 커져 갑니다. 돌아오지 못할 길을 걸어가는 것이 아닌지 모르겠습니다. 제가 어찌 가야 하는 겁니까? 뒤도, 옆도 보지 말고 앞으로만 가면 되는 겁니까?'

혁준은 병실의 창문에서 아버지가 사라지자 올려다보던 고개를 거두었다. 그리고 아까 자신이 하지 못했던 말을 작게 내뱉었다.

"아버지, 얼른 회복하셔서 복귀하세요. 혼자서는 힘에 부치네요."

병원을 등지고 돌아가는 혁준의 마음속에서는 아버지의 사랑으로 가득 차 있었다. 그들의 관계가 풀리려는 것도 잠시, 다음 날 아침 김 회장은 조용히 눈을 감은 채 아무리 불러도 대답하지 않았다.

이미 고인이 된 아버지이지만 혁준의 가슴속에는 살아 계시는 분이다. 자신에게 언제나 절대적인 신임을 보여주면서 어려울 때마다 버팀목이 되어주셨다. 지현의 일로 힘들어할 당시 아버지는 절대 돌아보지 말고 전진만 하라 하셨다. 앞만 보고 간다면 뒤의 일은 스스로 풀린다 하셨는데 사실은 그렇지 못했다. 지현의 사후에 벌어진 일은 혁준에게 늪이었다. 그가 빠져나오려 몸부림치면 칠수록 더 깊이 안으로 빠져 버리는 늪. 그래서 혁준을 그 자리에서 멈추어 있게 만들었다. 하지만 늪에서 빠져나올 때는 다른 사람의 손길이 필요하다는 걸 뒤늦게 깨달았다.

 은수로 인해 그는 그 늪에서 빠르게 빠져나오는 것을 느끼고 있었다. 혁준은 아버지가 왜 정 회장에게 자신을 부탁하고 세상을 떠난 건지 은수의 식구들을 만나면서 알 것 같았다. 그가 이루어야 할 가족이 어떤 것인지 다시 생각해 보는 계기가 되었고 절대적으로 변치 않을 그의 편이 생긴 것 같은 기분이었다. 또 따뜻한 남매의 끈을 보았고 그도 그 끈에 묶여지게 되었다.

 혁준은 이제야 어른들이 왜 집안끼리의 융합이라고 하는지 이해할 수 있을 것 같았다. 또 다른 그의 뒤에 그려질 배경의 등장이었다. 은수와 혁준으로 인해 은수의 가족은 그의 테두리 안에 들어왔고 그 또한 그들의 테두리 안에 넣어진 것이다.

 그러나 그런 모습에서도 은수에 대한 그의 감정을 딱 떨어지게 말할 수는 없었다. 그가 이제껏 맺어왔던 사람들과의 관계와 다른 감정임은 확실하다. 그의 지극히 평탄하고 기복없던 마음이 복잡해지고 자꾸만 그녀가 그리워진다. 그녀의 얼굴을 보고 뒤돌아서면 또 보고 싶어진다. 그녀의 목소리를 들으면 달려가 어떤 표정을 짓고 있는지 보고 싶다. 무심결에 스치는 그녀의 손길에 모든 걸 다 맡겨 버리고 싶다. 그녀를 생각하면 끝을 향해 달려가고 싶은 생각뿐이다. 그 끝에는 둘이 다정히 서 있는 모습 외에는 그려지지 않는다. 그래서 이 새롭고 낯선 감정에 두려움이 없었다.

"사장님, 칼론 투자 회사의 움직임이 이상합니다. 월요일에 기자회견을 가지겠다고 언론사에 연락을 했답니다."

기획실장은 오늘 아침까지 아무런 움직임이 없던 투자 회사의 행보에 잔뜩 긴장하고 있었다. 그들의 행동은 기습적 성격을 띠고 있는 것이었다. 주말에는 주식 시장이 문을 닫기에 별다른 문제는 없겠지만 지금같이 의도가 불분명한 상태에서 월요일 아침 갑작스러운 회견은 하루 만에 손에 쥔 패권을 바꾸어놓을 수도 있었다.

"31%에 대한 매입 공시를 했으니 이제는 입장을 밝힐 차례군요. 아무래도 예감이 좋지 않아요."

혁준은 기자회견의 방향을 짐작했다. 충분한 지분을 확보했다면 그들의 다음 절차는 분명 어느 방향으로든 경영권에 대한 요구가 동반될 것이다.

"내일 정은수 부팀장을 회의에 참석시키겠습니다. 자료 철저히 준비해 주시고 긴장하지 마세요. 저희가 그렇게 쉽게 당할 사람들이 아니지 않습니까?"

혁준은 기획실장이 사무실을 빠져나가자 거친 숨을 내뱉었다. 그는 예상치 못한 말에 당황하지 않고 침착한 모습을 보이려 애썼다. 원래 알고 건드리는 사람이 더 무서운 법이고 속을 완전히 파악하고 덤비는 사람에게는 배겨낼 재간이 없는 것이라고들 하는데 지금이 딱 그 모양새이다. 태욱의 주식 동향에만 치중했던 그의 잘못된 판단이 상대편에게 너무 많은 준비 시간과 지분을 내준 것이다.

만약 기업의 경영자로서 그에게 책임을 묻는다면 한순간의 착오라고 말할 수는 없다. 그는 실패해 보지 않아서 그것이 어떤 것인지 모른다. 그는 이 자리밖에 모르고 살아왔고 이 자리에만 있었기에 내놓으라 한다면 벼랑 끝으로 떨어질지도 모른다. 그에게 몇 년 만에 찾아온 따뜻하고 평안한 기운이 불안감으로 바뀌었다. 그가 지금 제대로 하지 못하면 이 자리를 지키지 못할 뿐 아니라 은수마저 놓칠 것이다. 사람의 원동력을 끌어낼 때는 단 하나의 강한 것만으로도 충분하다. 그것이 지금 혁준에게는 은수이다.

"아직 자는 중이야?"

혁준은 꽉 잠긴 목소리로 누구냐고 묻는 은수 때문에 자신의 시계를 잠깐 보았다. 이미 오후를 한참 넘긴 시간이었다.

[오랜만에 과음으로 인해 고생하는 중이에요. 어제 올케 언니가 눈에 불을 켜고 먹으라고 주는데 안 받을 수도 없고 주량을

넘기면 원래 다음날 타격 오잖아요.]

"비서실 일은 인수인계 끝냈을 테니 하루 일찍 출근할 수 없을까?"

혁준은 그녀가 말이 없자 혹시 다시 잠이 든 게 아닐까 싶어 부르려 할 때 말소리가 들려왔다.

[내일 점심에 혁준 씨 어머님 댁에 가기로 했어요. 더군다나 내가 점심 만들어 드리기로 했는데 난감하네요.]

혁준은 그 약속을 잊고 있었다. 한식구가 될 사람을 맞으면서 그냥 넘어갈 수 없다며 같이 식사를 하자는 어머니 말에 고개를 끄덕였는데 그 약속이 내일인지 몰랐다.

"그럼 내일 집에서 점심 먹고 바로 회사로 출근하자. 지금 팩스로 자료들 보낼 테니 검토하고 내일 나머지를 얘기해 줄게."

혁준은 자신의 굳어 있는 말투를 느끼면서도 더 이상 말하지 않고 전화를 끊었다. 그는 자신의 복잡한 심정을 전해주고 싶지 않아 무장한 것이나 마찬가지였다. 항상 그래 왔듯이 그녀와 대화가 깊어지거나 추궁당하면 모든 걸 다 털어놓을 것이다. 그의 자존심은 마음속 불안감과 방어를 하지 못했을 때 다가올 실패의 그림자를 그녀에게 들키고 싶지 않았다.

"어머님, 저 왔어요."

은수는 두 손 가득 비닐 백을 들고 현관에 들어섰다. 아침에 진희가 보내준 재료를 꼼꼼히 챙기는 은수에게 김 여사는 차라리 자신이 만들어줄 테니 가져가서 데우기만 하라고 말렸었다. 하지만 은수는 자신이 직접 하겠다는 생각을 버리지 않았다. 그렇지 않다면 혁준이네 와서 음식을 한다고 할 필요가 없는 것이기 때문이다.

"그래, 일찍 왔구나. 손에 든 것은 뭐니?"

박 여사는 은수의 손에 든 비닐 백 속에 비치는 야채들과 퍼런 미역들을 보면서 무엇을 만들려고 저리도 많이 사 왔는지 걱정부터 들었다. 자신도 시집오기 전까지 무엇 하나 제대로 만들어본 적이 없었음을 떠올리며 요즈음 딸을 둔 부모들의 말을 들어보면 시집보내는 게 안타까워 부엌에 발도 못 디디게 만든다는데 뭘 알고나 저러는지 싶었다.

"점심 국거리랑 반찬거리 몇 가지 사 왔어요. 주방이 어디예요?"

박 여사는 은수를 데리고 주방으로 들어갔다. 일하는 사람들이 손에 든 걸 받아 들려 하자 은수는 손수 조리대 위에 꺼내놓기 시작했다.

"어머니, 저 사실은 요리 서투른데 그래도 할 줄은 아니까 조금만 도와주세요."

박 여사는 얼굴을 붉히며 수줍게 말하는 은수의 모습에 괜스레 웃음이 나왔다. 그녀는 식탁 앞에 앉아 은수가 하는 양을 지켜보았다.

"그거 혹시 우럭 아니니?"

박 여사는 은수가 깨끗이 손질된 채 비닐에 쌓여 있는 생선을 풀어내자 물었다.

"우럭 미역국 드셔보셨어요? 저희 올케 언니가 색다른 맛을 느낄 수 있을 거라고 추천했는데 어머니, 생선 싫어하세요?"

"우럭 미역국은 처음인데 어디 한번 맛이나 보자꾸나."

은수가 큰 그릇에 마른 미역을 다 쏟아 부으려 하자 또다시 박 여사가 말렸다.

"한 주먹. 식구가 많은 것도 아니고 한 주먹만 하렴. 미역은 불면 양이 많아진다."

"참, 어머니가 보내주신 혼서지(결혼을 청하는 문서)랑 청홍양단 잘 받았어요."

"그래. 나도 사주단자 잘 받았다고 전해 드리려무나."

둘은 어색하게 서로 말을 주고받으면서 음식을 만들어가기 시작했다. 서투른 솜씨인 게 한눈에 보이게 무조건 많이 넣으려고만 하는 은수와 조금만 넣으라며 말리는 박 여사의 실랑이까지 있었다.

박 여사는 이마에 땀이 맺히도록 자신의 앞에서 노력하는 은수의 모습에 언젠가 집에 초대했던 지현이 생각났다. 지현은 꽃을 사 오곤 부엌에는 식사 전까지 얼씬도 안 했었다. 새침하게 앉아 입맛에 안 맞는다며 새 모이 쪼아 먹듯 깔짝거리던 모습이 거슬려 정이 안 갔다. 그러더니 끝내는 가슴에 못을 박았다. 지현이나 은수나 곱게 자란 건 마찬가지인데 역시 가풍에 따라 많이 다르다는 생각이 들었다.

"어머니, 취나물은 얼마나 삶아야 하나요?"

박 여사는 자리에 일어나 은수 옆으로 갔다. 불을 확인하고 직접 넣으면서 더 이상 지켜볼 필요가 없을 것 같아 은수에게 말했다.

"저기 식탁에 가서 앉아 있어라. 어차피 일하는 사람이 상주할 테니까 일부러 음식 배울 필요 없다. 바깥일 할 거라면서?"

은수는 옆에서 있다가 아무것도 안 하는 손이 부끄러워 식탁으로 자리를 옮겼다.

"생각도 안 했는데 혁준 씨가 먼저 기회를 줬어요. 마음이 넓은 사람인 것 같아요. 특히 나눔경영이라는 제안을 한 건 놀라워요. 처음엔 딱딱하고 차가운 줄만 알았는데 점점 안을 보면서 다르다는 걸 제가 알아간다는 게 좋아요. 어쩌면 저를 여자로만 여기는 게 아니라 동반자로 보는 것 같아요. 제가 너무 멀리 봤나요?"

은수는 자신이 혁준에게 느끼고 감정을 감출 생각이 없었다. 박 여사 앞에서 잘 보이기 위해서가 아니라 좀 더 가깝게 그녀를 느끼기 위해 솔직하게 말했다. 그녀에게 거짓으로 입바른 칭찬을 늘어놓을 이유도 없었다. 은수는 보이는 대로, 느끼는 대로 솔직히 말하면 박 여사도 자신의 마음을 알아줄 거라 믿었다.

"혁준이가 참 고생 많았어. 남들 눈에는 지 아버지 돌아가시니 그냥 앉은 자리인 줄 알지만 그 애는 그것밖에 모르고 커서 주변에서 모진 소리를 해도 꿋꿋이 그 자리에 앉은 거야. 알다시피 사람들 입에 안 좋은 소리 돌면서 애가 차가워졌단다. 원체 성격이 무디다고는 해도 사람인데 안 들리겠니? 어휴, 여자 하나 잘못 만나서 고생한 거다 생각하면 되지만 억울한 면도 많은 게 사실이지."

 박 여사는 이제는 한식구가 되었으니 은수에게 못할 소리도 없겠다 싶어 자식 역성을 들었다.

 "혁준의 아버지가 생각이 깬 분이셨어. 여자라고 집에 있을 필요 없다며 회사로 나오라고 하실 때는 나조차 의문이 들었지. 우리 때는 여자가 집 밖에 나가서 일한다는 게 흉이었거든. 그런 걸 보고 자랐으니 아마 성별에 구애받지 않는 평등한 시각을 가졌을 거야. 그런 면에서 지현이는 혁준이를 너무 옭아매기만 했어. 옆에 있어주기 원하고 기대려고만 하면서 기회다 싶으면 결혼을 끊임없이 요구하니 혁준도 숨통이 막혔던 거지. 그렇다고 피한 것은 아닌데 어쩌다 보니 일이 그렇게 되었더구나. 박 의원한테는 안타까운 일이고 우리한테는 잊지 못할 일이지."

 "사람들 말이 다 맞는 건 아니잖아요. 전 혁준 씨 말을 믿어요. 아니라면 믿어야지 의심해 봐야 저희들 사이만 나빠지잖아요. 억울하다고 말해 봐야 더 말만 많아지고, 지금껏 어머님도 참으시느라고 힘드셨으니 앞으로 저희가 효도할게요. 잘살면 그런 소리 다 사그라들 거예요."

박 여사는 자신들의 조건 하나만 보고 이루어지는 혼사가 태반인데 혹여나 지난 일로 흠잡으면서 자신들을 무시하지 않을까 걱정했었다. 그래서 혁준이 선을 보고 별다른 말을 하지 않아도 참고 있었다. 혁준이 뜬금없이 약혼을 하겠다는 말에 반가우면서도 걱정이 들었다. 박 여사는 은수의 말에 어느새 의심했던 마음이 눈 녹듯이 사라졌다. 진실된 마음은 사람을 단번에 움직이게 하는 법이다. 박 여사는 어느새 풀어진 마음으로 솔직한 심정을 토해냈다.

"내가 처음에 심하다 싶을 정도로 너한테 말하면서도 마음에 걸렸어. 혹시나 네가 잘났다고 우리 혁준이 흠잡아 무시하지 않을까 싶기도 하고 워낙 너희 집안의 평이 좋으니 우리 집하고 걸맞지 않을까 내 자격지심에서 그랬던 거야. 앞으로 우리 집사람이니 좋게 생각하고 앞으로 잘살아라. 난 너한테 시어머니 대접받고 싶은 생각 추호도 없어. 다만 네가 혁준이랑 별 탈 없이 살아주는 것 그거 하나 바란다."

은수는 박 여사의 말에 놀랐다. 벨을 누르기 전까지 얼마나 고심했는지 생각하면 의외로 쉽게 마음이 열렸다. 아침에 올케가 한 말이 맞았다.

"아가씨, 김 사장님에 대한 진심을 보여주면 다 잘될 거예요. 진실된 마음은 외면할 수 없는 거니까 마음으로 통해보세요."

"저한테 과분한걸요. 너무 멋지잖아요. 춤도 얼마나 잘 추는데요. 혁준 씨가 절 예뻐해 주는 것만으로도 행복해요."

박 여사는 쑥스러워하면서도 혁준을 칭찬하는 은수의 모습이 한없이 예뻤다. 예쁘게 보기 시작하면 예쁘기 마련이고 밉게 보면 밉기 마련인데 은수는 예쁘게 보게 만드는 재주가 있었다.

"숙모님, 혁준이가 춤도 잘 췄습니까?"

갑작스럽게 들려오는 굵은 목소리에 박 여사와 은수는 식당 문을 보았다.

"태욱이 왔구나. 둘이 처음 만나는 거지? 혁준이 동갑내기 내 종사촌이다."

은수는 자리에서 일어나 가볍게 목례를 보냈다.

"처음 뵙습니다. 최태욱입니다. 혁준의 유일한 사촌이고 회사 내 유일한 라이벌입니다."

"정은수입니다. 제가 알기로는 생일이 늦으신 걸로 아는데 도련님이라고 불러야 하나요?"

"자주 만날 사이이니 편하신 대로 부르세요."

은수는 웃으며 말하는 그에게서 음습한 기운이 밀려오는 것을 느꼈다. 얼굴은 웃고 있지만 눈은 차갑게 자신을 훑어보고 있었다. 결코 자신을 반갑게 보는 시선이 아니었다.

"혁준이만 오면 되는구나. 이제 마무리할 테니 너희들은 거실로 가거라."

은수는 끝까지 도와주겠다고 했지만 박 여사가 한사코 거절하는 바람에 어쩔 수 없이 거실로 자리를 옮겼다.

"혁준이랑 약혼하셨다고 들었는데 큰 결심하셨습니다."

은수는 태욱의 큰 결심이라는 말에 인상이 찌푸려졌다. 한 사람과의 약혼이 큰 결심인 건 사실이지만 비꼬는 말투 속에는 각오하고 시작하는 것이냐고 묻는 도전적인 의미가 들어 있는 것 같았다.

"좋은 사람을 만났을 때 놓치지 않는 것이 결심이라면 결심이지요."

은수는 자기도 모르게 기분이 나빠져 말이 날카로워졌다. 태욱은 그녀를 비웃었다.

"주변의 말들을 다 무시할 정도로 혁준의 조건이 꽤나 맘에 드셨나 보군요."

은수는 극도로 불쾌했다. 그의 생김새도 날카로웠지만 눈에 걸친 비웃음이 더욱더 맘에 안 들었다. 사람은 한 번 보고는 절대 모른다지만 은수는 육감이라는 것이 존재한다고 믿는다. 내종사촌 간이라면서 혁준 주변의 시선을 끄집어내 그를 깎아내리는 태욱은 가까이 하고 싶지 않은 부류의 사람 중 하나였다.

"나보다 더 좋은 조건 가진 집안에서도 탐내는 사람이야. 말 조심해."

혁준의 목소리가 뒤에서 들려오자 은수는 일어나 혁준의 옆에 섰다. 그녀는 까치발을 하고 그의 볼에 살짝 입을 맞추고 립스틱이 연하게 묻어 있는 곳을 손가락으로 닦아내며 말을 했다.

"나 보고 싶었지요? 어제 전화 그렇게 끊어서 나 화났어요."

눈을 흘기면서도 입으로 웃고 있는 은수를 본 혁준은 자신도 은수의 볼에 입을 맞추었다.

"어제 정신없이 바빴다는 건 자료 받아본 사람이 더 잘 알 거라고 믿어. 보고 싶었다는 건 방금 표현했으니 더 말할 필요 없지?"

"표현이 너무 약한데요?"

혁준이 투정하는 은수의 입술을 두 손가락으로 잡아당겼다. 태욱은 장난스러운 행동에 서로 소리 내어 웃으며 토닥거리는 두 사람에게 싸늘한 시선을 보냈다. 혁준은 태욱의 시선을 느꼈지만 모른 척했다. 이제는 자신을 표현하고 내비추어도 더 이상 주위에서 곱지 않은 시선을 받을 이유가 없다고 느낄 정도로 죄의식이 옅어져 있었다. 누군가 들추어내도 아니라며 당당하게 말할 수 있을 만큼 은수의 말은 뇌리에 강하게 남아 있었다.

박 여사는 혁준의 목소리에 주방에서 나오다 문 앞에서 혁준을 향하고 있는 태욱의 시선을 눈치채고는 내뱉지 못하는 한숨을 속으로 삭였다.

자신의 시누이인 태욱의 어머니는 시아버지의 내침을 받았다.

태욱의 부모는 대학 때 서로 만나 오랜 시간 사랑을 이어왔다. 그러나 가난한 집안에 철학과를 다니는 남자를 받아들일 수 없었던 시아버지는 극심한 반대를 했다. 결국 시누이의 임신으로 인해 끝내 돌이킬 수 없는 길로 각자 들어섰다.

하지만 하늘이 샘나할 만큼 깊은 사랑 때문인지 두 사람은 한 날한시에 빗길 교통사고로 아쉽게 세상을 등졌다. 아무것도 모르고 울고 있는 일곱 살짜리 아이를 집으로 데려온 후에도 그 아이의 눈가에서는 눈물이 마르지 않았다. 게다가 처음 아이가 집에 들어설 때부터 시아버지는 아이에게 제대로 눈길 한번 주지 않았다.

그 후로 커가면서 자신의 딸을 닮은 형색이 두드러지자 아이를 무시하며 냉대하기까지 이르렀다. 박 여사는 남의 자식에게 쏟는 사랑은 부모의 사랑만 못한 것이고 한계가 있다는 걸 느꼈다. 더구나 시아버지의 관심과 사랑이 혁준에게만 쏠리자 아이는 말조차 제대로 꺼내보지 못했다. 시아버지가 혁준을 챙기는 모습에 아이가 눈물을 흘리자 시아버지는 태욱과 겸상을 하지 않겠다며 화를 냈다. 그 일로 충격을 받았던지 그 어린 나이였음에도 아이는 다시는 눈물을 흘리지 않았다.

어두운 그늘 속에서도 박 여사에게만은 살갑게 굴던 태욱은 시아버지의 죽음과 동시에 뜻하지 않은 상당한 유산을 받았다. 태욱은 그 후로 그의 갈 길을 찾아 그들과 돌아서기를 원했다.

태욱은 외로움을 많이 타던 그 모습을 그대로 간직한 채 컸다. 유달리도 남의 손길이 타는 걸 거부했기에 박 여사도 멀찌감치 떨어져 가끔 보듬어주기만 했다. 어느 순간부터 태욱은 사랑을 받아보지 못하고 갈구하는 사람의 집요함을 드러내기 시작했다. 그와 동시에 그는 혁준을 보는 시선이 싸늘하게 변했다. 박 여사는 자신이 알지 못하는 사연이 둘 사이에 있을 거라 생각하며 태욱을 이해하려고 노력했다. 하지만 갈수록 깊어지는 태욱의 분노에 찬 눈 때문에 혁준이 걱정되기 시작했다.

"들어와 식사해라. 은수가 특별히 우럭 미역국을 만들었다. 맛은 알아서들 생각하자."

박 여사의 말에 민망해진 은수의 귓가에 혁준이 이렇게 속삭였다.

"맛없다고 하면 내가 다 먹어줄 테니까 걱정하지 마."

은수는 그의 말에 괜찮다며 걸음을 옮겼다. 식탁에 앉아 다들 국을 한 수저씩 맛보고는 아무 말도 하지 않았다. 어떤 말도 할 수 없었다. 박 여사의 손길이 전혀 닿지 않은 비릿하고 밍밍한 국을 뭐라 지칭해야 할지 몰랐다. 은수마저 물을 마시며 입을 헹궜다.

"약혼식을 하지 않겠다고?"

박 여사는 다들 굳어진 표정으로 국을 쳐다보며 어쩔 줄 모를 때 분위기를 바꾸려 말을 꺼냈다.

"네, 결혼을 늦게 할 것도 아니고 이번에 맡은 일만 마치면 바로 결혼할 건데 번거롭잖아요. 요새 일도 많아서 시간 내기도 힘들어요."

박 여사는 혁준의 말에 한 번뿐인 약혼식을 생략한다는 게 마음에 걸려 은수를 쳐다보며 동의하느냐는 시선을 보냈다.

"저도 하고 싶은 마음 없어요. 친척이나 친구들 약혼식장 다닐 때마다 귀찮고 번거로웠어요. 결혼식만 제대로 하면 되는 걸 겉치레로 여러 사람에게 폐 끼치고 싶지 않아요. 저 일 열심히 하고 멋지게 결혼식 할래요."

"어차피 네들 약혼식이니 너희 마음 내키는 대로 해라."

태욱은 숟가락을 멈추고 은수와 혁준을 쳐다보았다. 미식가인 혁준이 맛도 없는 국을 한 그릇 다 비워내며 더 달라고 하자 은수가 그를 말렸다. 혁준이 은수에게 맛있다고 칭찬하며 웃음 짓는 모습은 지현이와 있을 때랑 확연히 달랐다. 지현과 같이 있을 때는 그는 냉랭하고 끌려 다니는 듯 보였다. 하지만 은수에게는 그가 먼저 다가가 손을 얹고 장난을 치는 둥 생기있어 보였다.

태욱은 그녀의 외모밖에는 눈에 띄는 게 없다고 생각했었다. 하지만 혁준이 감정이 변화하고 있다고 느낀 그는 그녀를 다시 찬찬히 살펴보았다.

"무슨 일을 하시나요?"

태욱의 말에 은수가 말을 하려 하자 혁준이 먼저 대답했다.

"우리 기획실에 새로운 일이 생겨서 부팀장으로 발령 내렸어. 우리 집안 사람이 될 텐데 어머니처럼 회사 내에서 능력을 발휘해 보는 것도 좋잖아."

태욱은 혁준의 말이 끝나자 수저를 탁 내려놓았다. 그는 벗어 놓았던 자신의 상의를 집어 들고 분노에 찬 눈을 혁준에게서 떼지 않았다.

"숙모님, 먼저 일어나 죄송합니다. 하지만 이건 아니지 않습니까? 스물일곱 살밖에 안 먹은, 더구나 일이라고는 자기 오빠 비서실에 있어본 것밖에 없는 여자를 감히 본사 기획실로 발령을 내릴 수 있는 겁니까?"

은수는 당황해 아무 말도 못하고 얼굴을 붉히고 서 있는 태욱을 보았다. 박 여사도 아무 말 하지 않고 가만히 있자 혁준이 말을 꺼냈다.

"감히 내릴 수 있는 만한 능력이 있는 여자야. 너 스물일곱 살에 기획실 팀장을 했던 것 잊은 건 아니겠지?"

"말도 안 되는 소리 하지 마. 중요한 자리에 제대로 된 사람을 앉혀야 하는 건 당연한 일이고 난 그 자리에 오르기 위해서 잠도 못 자고 평사원으로 일 년 넘게 근무했어. 여자 치마폭에서 휘둘리는 주제에 나랑 같은 급으로 만들지 마."

"말이 심하구나."

듣고 있던 박 여사가 싸늘하게 말하자 태욱은 죄송하다는 말만 남기고 식당을 빠져나갔다. 남아 있는 세 사람은 아무 말도 하지 않고 별일없었다는 듯이 식사를 계속하려고 노력했다. 하지만 박 여사는 끝내 제대로 식사를 마치지 못하고 수저를 놓으며 침묵을 깼다.

"태욱이 말이 틀린 건 아니다. 은수가 맡게 될 일에 비해 나이가 어린 것도, 경험이 없는 것도 사실이지만 난 혁준이가 보여준 은수 졸업 논문이 맘에 들었기 때문에 동의한 거다. 은수가 앞으로 얼마나 제 역할을 하느냐에 따라 혁준의 위치가 달라질 거야."

은수는 생각지 못했던 부담감에 고개를 떨어뜨렸다. 하고 싶던 일을 한다는 것에만 빠져서 다른 건 생각지도 않고 무작정 좋아만 했다. 위치에 따른 부담감이나 자신을 반대할 요지가 있다는 건 생각해 보지도 않았다. 더구나 자신으로 인해 혁준의 위치까지 달라진다는 말에 너무 쉽게 덤볐던 자신의 경솔함을 탓했다.

"신경 쓸 필요 없어. 나머지는 내가 알아서 할 테니까 일만 해."

혁준은 무뚝뚝하게 말하며 그녀를 다독였다. 혹시라도 은수를 비난하는 시선이 있다면 자신이 받을 것이고 반대하는 목소리는 자신만 들을 것이다. 은수에게 하고 싶어하던 일을 마음껏 하게 해주고 기뻐하는 모습만 보고 싶은 게 그의 마음이었다. 앞으로 은수가 겪어야 할 일들에 대해 혁준이 해줄 수 있는 최선의 말이었다.

회사의 로비에 들어서면서 은수는 출근한다고 한껏 기대되었던 마음이 조금 전의 일로 인해 사라져 버렸다. 혁준은 은수의 어두운 표정을 보고 한마디 하려다 스스로 감당해야 할 몫이기에 섣불리 건드리지 않으려 했다. 그의 서툰 위로가 그녀를 되레 움츠려 들게 할 것 같아 참았다.

"오셨습니까?"

은수는 깍듯이 인사하는 중년 남자의 모습에 영문을 몰라 혁준을 쳐다보았다.

"기획실장님, 아무리 제 안사람이라지만 아랫사람인데 편하게 대하십시오."

은수는 그제야 기획실장에게 정중히 고개를 숙여 인사했다.

"잘 부탁드립니다. 최대한 위치를 망각하지 않고 열심히 일하겠습니다."

기획실장은 은수를 이리저리 살펴보았다. 그녀가 혁준을 끌어당겼을 만한 특별한 모습은 보이지 않았다. 하지만 분명 그녀의 안에 무언가가 들어 있을 것이다. 그는 그것을 보고 싶은 마음이 성급한 것 같아 천천히 살펴보기로 했다.

"부팀장으로 발령받은 정은수입니다. 앞으로 부탁드릴 일이 많을 것 같아 미리 죄송하다는 말씀부터 드립니다. 열심히 하겠습니다."

은수는 다섯 쌍의 눈이 그녀에게로 고정되자 부담스러웠다. 그들은 자신들의 눈에 특별할 것 없어 보이는 그녀가 가졌다는 능력을 보고 싶었다. 다들 그녀를 어떻게 실험대에 올려놓을까 고민하기 바빴다.

"회의 시작합시다."

혁준이 말을 꺼내자 그들의 고민은 어느새 뒤로 물러나고 서

두를 꺼내기 시작했다.

"두 회사가 하나의 회사로 교묘히 포장한 것에는 분명 숨은 의도가 있습니다."

말을 계속하려는 직원의 말을 은수가 끊었다.

"제가 살펴본 바로는 교묘히 포장한 게 아니라 칼론펀드와 뉴스타증권 이 두 회사 중 뉴스타는 칼론에서 만든 페이퍼 컴퍼니(실체가 없는 서류상 회사)인 점을 잡아내지 못한 게 아닌가요? 지금 뉴스타가 조세 회피지역인 영국령 버진 아일랜드에 주소를 두고 있고 칼론은 모나코에 본부를 두고 있기 때문에 잡아내지 못하고 흘려보낸 게 아닌가 싶습니다."

은수의 말에 혁준은 고개를 끄덕였다.

"교묘히 포장한 게 아니라 둘을 주소지로만 분류했던 실수인 것 같습니다."

한 직원의 말에 은수는 계속 말을 이었다.

"교묘히 포장한 거라고 보고하는 의도는 책임 회피인가요?"

예리하게 물어보는 은수 때문에 직원들은 말을 아꼈다. 자신들의 실수를 처음부터 내보이고 싶지 않아 말을 꾸몄지만 잘못했다가는 베일 것 같았다.

"책임 회피라고도 할 수 있지만 실수일 거라 믿습니다. 부팀장의 말은 지금 그런 부분에 대해 감추지 말고 솔직히 인정할 건 인정하고 앞으로의 일을 상의하자는 말입니다."

혁준이 직원들을 일일이 훑어보며 말하자 기획실장은 흐뭇해졌다. 지금 혁준의 행동은 지나치게 자신의 존재를 부각시키기 위해 직원들을 밀어붙이는 은수에게는 확실한 제동을 거는 것이고, 은수의 독설을 듣는 직원들을 진정시키는 역할을 충분히 해내고 있었다.

"유럽계인데다가 국내에 이름이 알려지지 않아 정체에 대해 그동안 의문이 있었던 건 사실입니다. 지금 저희가 가장 불안해하는 이유는 갑작스러운 지분 증가가 원인입니다."

"한국의 주식 시장이 국제 수준에 비해 상대적으로 저렴한 가격이라 자본을 무기로 삼고 있는 외국계 주식 회사들의 먹잇감이 되고 있는 상황에서 지금 행동은 단기적 시세 차익을 바라는 거라고 봅니다."

"단기 세력이었다면 이미 매입을 시도했을 때보다 몇 배나 가격이 오른 현 시점에서 주식을 팔아야 정상적인 행동이 아닐까요?"

자료 분석에 대해 계속해서 서로 다른 의견을 내는 직원의 말을 들으면서 혁준과 은수는 서로 종이에 적어 의견을 나누거나 귓속말을 했다. 서로 같은 의견을 내야만 지금 의견이 분분한 상황을 정리할 수 있을 것 같았다.

"투자든 경영 참여든 그들의 목적은 하나이지 않겠습니까? 내일 열리는 기자회견에서 그들의 진짜 목적이 밝혀지겠죠. 우리 예상이 빗나가 그저 입장 설명이면 좋겠지만 아니라면 분명 언론 플레이를 시도할 거라고 생각합니다. 지금 이 상황에서는 의견을 하나로 모아 각 방향으로 대책을 수립하는 게 더 시급할 거라고 보는데 어떻게 생각하십니까?"

은수의 말에 혁준과 기획실장은 묵언으로 동의했다. 직원들도 은수의 말에 동의하며 혁준을 보았다.

"오늘 퇴근하겠다고 하실 분 계십니까?"

그들은 혁준의 말에 웃으면서 새로 온 은수를 눈여겨보았다. 젊은 여자 하나가 여러 명의 직원을 단시간에 자기 편으로 만들었다. 계속되는 귓속말이나 의견 교환을 위해 종이가 오가는 걸 본 직원들은 혁준의 조언이 있었다는 걸 알았다. 하지만 은수는 단시간 안에 본질을 꿰뚫는 모습을 충분히 보여주었다. 자신들의 반박에 절대 기죽지 않는 모습과 자신들을 향해 날카로운 말을 던지는 배포는 더 이상 혁준의 안사람으로 보지 않고 부팀장이라는 자리에 서 있는 사람으로 보게 만들었다.

"너무 조급해하지 마. 어차피 며칠간은 적응 기간이야. 지금이야 기습적인 일에 정신없어 다들 여유가 없지만 조금 지나면 느슨해질 거야."

은수는 회의 시간 내내 조언을 해주며 자신을 감싸주었던 혁준이 고맙고 부족한 자신이 미안했다. 혁준은 날카로운 말들이 오가는 속에서 자신의 손을 잡아주며 한 번씩 쓰다듬어 주기도 하고 무조건 잘했다고 하지 않고 틀린 말을 할 때는 말을 막으며 방향을 잡아주었다. 그로 인해 직원들이 자신을 좀 더 객관적인 시선으로 볼 수 있게 만들어주고 있었다. 혁준은 그녀에게 배려를 넘어선 신뢰를 구축하게 만들었다. 그는 그녀에게 냉정해야 하는 자리에서 해줄 수 있는 최선의 일을 하고 있었다.

"부팀장님은 사내 연애라도 하시는데 저희는 가정도 버렸으니 저녁을 베푸시는 게 어떨까요?"

직원이 커피를 가져오면서 은수에게 말을 걸었다.

"사내 연애요?"

"사장님하고 부팀장님이 우리를 들러리로 세우고 연애를 하신다는 첩보가 들어왔는데요."

"그래요? 전 잘 모르겠는데 사장님한테 물어보세요."

직원들의 시선이 혁준에게 쏠렸다. 은수도 그들을 따라 혁준을 보자 제법 당황한 얼굴이었다.

"저녁은 도시락으로 제가 사겠습니다."

"사장님, 왜 저희 질문을 피하십니까?"

"거참, 김 대리. 같은 총각끼리 너무 그리 야박하게 굴지 마시게. 그리고 김 대리, 은수 씨 옆에서 조금 떨어져 앉지."

혁준의 말에 직원들과 더불어 은수까지 황당해 입을 다물지 못했다. 혁준은 그녀 곁에 자신 이외에 다른 사람이 가까이 있는 게 싫었다. 자칫 그녀가 눈을 돌려 다른 사람의 모습에 현혹될까 하는 조바심이 그를 변하게 만들었다.

"도시락 싫은데. 점심을 너무 부실하게 먹어서 배고파요."

"도시락도 먹을 만해. 호텔에서 주문해 오면 나가서 먹는 것보다 맛있어. 나가게 되면 움직이는 시간도 많이 걸려. 혹시 지금 직원들 하고 어울려 놀고 싶어서 그러는 건 아니지?"

혁준이 은수의 귀에 속삭이자 그녀는 입을 다물었다. 은수는 자신을 향해 질투하는 그를 보면서 자신의 손안에 이 남자가 잡혀 있다는 생각과 함께 자신들이 같이 느끼며 앞으로 향해 가는 관계라는 걸 확인시켜 주어 만족스러웠다.

"부팀장님, 칼론에 별도의 전주(돈을 대는 사람)가 있다고 생각이 들지 않으십니까?"

혁준이 나가자 한 직원이 망설이며 말을 했다. 은수는 의심이 되는 부분을 정리해 놓은 파일을 검색해 보았다.

"어차피 펀드에 투자되는 돈은 국경이 없는 법이고 이 회사는 국내 자금이 유입된 것 같단 생각이 들기는 했어요. 뻔히 알아챌 수 있는 페이퍼 컴퍼니를 차려놓고 경영 참여 목적을 내세운다면 국내에서 자금을 제공한 사람들과 거래했을 가능성도 충분히 있죠."

은수의 말에 다들 동의하며 그녀가 정리했던 파일을 출력했다. 조금 더 자세히 적혀 있는 파일들 속에서 서로 가능한 시나리오들을 내놓기 시작했다.

"하지만 사장님은 그런 면으로 전혀 생각을 안 하시는 것 같습니다."

"지난번에도 그룹 계열사가 그룹지분에 손을 되는 바람에 한바탕 난리가 났었는데 국내 자금의 유입된 경우라면 아마 우리 그룹 내에서도 일부 참여했을 가능성이 있는데도 불구하고 그런 생각은 아예 배제하고 계십니다."

은수는 직원의 말을 들으며 경영권 다툼이야 그룹 내에 비일비재하게 있는 일이고 한 번쯤 생각해 보아도 될 문제를 배제하는 혁준이 이상하게 생각되었다.

"사장님이 내일 기자회견을 지켜보시고 어떤 대응책을 사용할 지 결정을 내리시겠지요. 괜히 사장님 심기를 건드릴 필요는 없어요."

은수는 몇 시간 만에 자신의 자리가 여기였는 듯 신이 나 있었다. 결단코 신이 나거나 흥미를 일으킬 주제 거리의 일이 아니었다. 그러나 그녀는 지난 몇 년간의 체증이 풀리듯 서류더미와 수많은 자료, 그리고 토론들을 대하면서 살아 파득거리는 물고기를 떠올렸다. 다만 자신이 혁준이 원치 않는 방향으로 뼈대를 잡아가고 있다는 게 마음에 걸렸다.

〈화계사〉 성북구에 위치한 사찰.

박인석 의원은 늦은 저녁, 삼천 배 기도의 시작을 알리는 '딱! 딱! 딱!' 세 번 연이은 죽비 소리에 무릎을 꿇고 절을 올리기 시작했다. 버거웠던 세월의 업장이 소멸되길 바라며 다시 절을 하고 절을 했다. 지현의 죽음에 대해 혁준이를 탓하는 못된 마음을 놓을 수 있도록 소원했다. 그는 자기 자식을 잘못 키운 죄를 남에게 탓한 이기심에 다시금 절을 올렸다. 사람의 감정을 지배하려 했던 자신의 오만함에 절을 올렸다.

오십 배에 한 번씩 쉬어가는 삼천 배를 박 의원은 쉬지 않았다. 이제는 놓아야 할 것들이 그의 눈에 보였다. 헛된 기대감에 자식마저 저 세상으로 보낸 욕심이 이제야 자신의 탐욕의 죄라는 사실을 깨달았다. 처절한 자신에 대한 반성의 삼천 배를 마치고 대적광전 밖으로 나왔다.

그는 툇마루에 준비되어 있는 둥굴레차 한 잔을 마신 후 후들거리는 다리를 주무르며 시원한 바람을 쐬었다. 아직 해가 다 뜨지 않아 어둑한 새벽녘 분주하게 움직이는 스님들을 보면서 입구인 일주문을 내려다보았다. 세속의 욕망과 번뇌는 모두 놓고 들어오라 세워져 있는 저 문을 통과하는 태욱을 보면서 그가 잘못된 자신으로 인한 또 다른 피해자였음을 떠올렸다.

"오늘이 하늘의 문이 열리는 택일이라 정했네. 우연치고는 참 신기하지."

지현의 아버지인 박 의원은 태욱에게 차 한 잔을 권하며 말했다.

"뭐 하러 이리하십니까? 영혼 결혼식은 지현이가 원하지 않을 겁니다. 혁준이만 보고 살았던 애가 죽어서 다른 영혼을 받아들이겠습니까?"

"처녀로 죽었으니 영혼이 구천에 떠도는 거겠지. 그러니 자네도 지현이를 못 잊고 그리 사는 것 아니겠나? 혁준이가 인연이 아니었으니 저 세상에서라도 인연을 만나 행복하면 될 것을 너무 오래 혼자 뒀어."

박 의원은 오 년 만에 지현의 영혼 결혼식을 결심했다. 자신마저 혁준이가 인연이라는 착각에 빠져 미루고 미루었던 일을 마무리 짓는 것이었다. 가야 할 사람은 가고 남은 사람은 남는 것이다. 그동안 떠나야 할 지현이를 붙잡아두고 혁준을 원망하며 미워했었다. 혁준의 잘못이 아니었건만 그때는 그가 견디기 위해 분노의 대상이 필요했다. 그 잘못이 태욱을 오늘에 이르게 만들었다는 죄책감에 박 의원은 늦게나마 그의 마음을 돌려보려 이리로 불렀다.

"최 사장, 보내게. 자네가 지현이에게 품었던 감정도, 혁준에게 품었던 분노도 오늘 모두 보내 버리게."

태욱은 앞에 놓인 짚으로 만들어진 두 개의 인형을 보았다. 아직도 웃으며 자신을 쳐다보는 지현의 영정 사진에 손가락을 대어 따라 그려보고는 한 발 뒤로 물러섰다.

"전 제가 할 일을 합니다. 살리지 못하고 보낸 죗값은 살아남은 자들이 치러야 한다고 어르신께서 그러지 않으셨습니까?"

박 의원은 깊은 한숨을 내셨다. 이 또한 자신이 만든 죄인 것을 어찌할까 막막했다.

"아빠, 이건 아닌 것 같아. 십 년이면 강산이 변한다고 하는데 난 여전히 같은 자리에 맴돌아. 그만 하고 싶어."

"혁준이는 다른 여자를 만날 사람이 아니다. 네가 불안해하는 건 알지만 조금만 더 참으면 신성그룹의 안주인이 되고, 그러면 이 아비 앞날도 탄탄대로인데 뭐가 문제라고 소란을 피우는 게야."

"나도 흔들렸어. 십 년을 사랑한다고 믿고 있던 사람을 앞에 두고 다른 사람한테 마음이 흔들렸어. 나도 이런데 혁준 씨가 무슨 수로 안 흔들릴 거라고 자신을 해요? 혁준 씨가 흔들려 버림받으면 나 아무것도 할 수 없는 처지가 되어버리잖아. 이쯤에서 아빠도 욕심 버리고 그만두자. 나 너무 힘들어."

박 의원은 그때 지현을 쳐다보는 태욱의 눈이 다르다는 걸 직감적으로 알고 있었다. 그리고 그 시선에 혁준이 전부인 줄 알던 지현이 흔들렸다. 혁준의 차가움에 질릴 대로 질린 지현은 태욱이 주는 따스함에 이미 혁준을 놓으려 하고 있었다. 그래도 자신은 혁준을 놓치기 싫었다. 지현에게 혁준만 보고 살아야 한다고 말렸다. 흔들리는 모습을 절대 보이지 말라고 타일렀다. 스치는 바람은 언젠가 사라질 뿐이라고 태욱을 보지 말라고 강요했다. 그래서 더욱더 지현이 혁준에게 집착했는지도 모른다. 지현은 흔들리는 자신을 혁준이 잡아주길 바랐지만 마음에 없는 사람을 헤아리기에 그는 너무 멀리 있었다.

이 모든 일의 잘못이라면 자신에게 있는 것이었다. 차라리 지현이 원하는 대로 약혼을 깨고 자유롭게 두었다면 목숨이라도 구했을 것이다. 구태여 혁준에게 묶어두고 도덕적 관념을 들이대면서 지현이를 압박하니 이기지 못하고 떠난 것이다. 그만큼 세상에 자신이 없던 심약한 아이였다.

"내가 왜 이제 와서 지현이를 보낼 생각을 했는지 아는가?"

태욱은 박 의원에 말에 침묵하며 다음 말을 기다렸다.

"지현이를 죽게 만든 게 혁준이가 아니라는 사실을 인정하게 되었네."

"어르신!"

박 의원은 한 손을 태욱의 허벅지에 올리며 침묵하라며 신호를 보냈다.

"주는 것에 익숙한 아이가 받는 게 무엇인지 눈을 뜨고 보니 흔들리더군. 그때는 혁준이가 신성의 유일한 후계자였고 나 또한 든든한 배경이 필요했을 때였다는 걸 알고 있을 걸세. 그래서 내가 부추겼지. 결혼하고 나면 안정될 거라고 자네에 대한 마음은 사라질 테니 혁준이한테 세월로 강요해 보라고 했지."

태욱은 급해지는 심장 박동과 다르게 박 의원의 말을 이해하려고 노력했다. 그녀에게 자신에 대한 마음이 존재했다는 게 가당키나 했던 일이었나 생각이 들었다. 그녀에게 혁준이가 전부였지 않는가. 그는 갑자기 펑 하고 세상의 모든 존재가 사라진 듯한 기분이 들었다.

"지현이가 저를…… 설마, 지현이가 그럴 리 없습니다."

"자네 때문에 흔들린 건 확실하지. 그때 내가 약혼자를 배신하고 사촌에게 간다면 너만이 아니라 집안까지 파멸이라고 닦달하지 말았어야 했어. 그 심약한 애가 스스로 혼돈스러운 감정을 감당하지 못한 나머지 사람들의 시선이 무서워 죽은 거야. 아무도 모르는데, 혼자만 알고 있는데도 사람들이 손가락질하는 것 같다면서 시달리더니⋯⋯. 이게 진실일세."

태욱은 그의 말에 헛웃음만 내뱉었다.

"그렇다면 왜 여태껏 혁준이의 잘못이라 하셨습니까? 저에게 왜 어르신 대신 움직이라 하셨습니까?"

"내 자식이 죽었는데 혹시나 그 이유를 혁준이 눈치채고 그 허물을 들추어내면 나한테 타격이 올까 봐 건드리지 말라는 경고조로 시작했네. 일파만파 말이 커지면서 나도 감당할 수 없게 되어버리고 그러다 보니 나도 그게 진실인 줄 믿어버리고 마는 오류를 범했네."

박 의원이 말을 마치고 한동안 태욱은 말없이 두 주먹을 꼭 쥐고 고개를 떨어뜨리고 있었다.

"허물이시라고 생각하시는 저의 생각을 무엇으로 돌리시려는지 몰라도 저는 의원님의 충고대로 넘지 말아야 할 선을 이미 넘었습니다."

"내 잘못이야, 내 죄지. 자네한테 몹쓸 짓을 한 나를 용서하게."

"저만이 아니라 혁준이까지 진흙이 가득한 구덩이에 밀어넣고 더럽히시고 나니 마음 편하셨습니까? 저에게 혁준이만 아니었어도 지현이가 살았을 거라며 흘리신 눈물은 거짓이셨습니까? 넘지 못할 선까지 오게 만들어놓으시니 부담되셨습니까?"

태욱의 꽉 다문 이 사이로 나오는 나지막한 소리에 박 의원은 절로 소름이 돋았다.

"아직 멀리 가지 않았지 않나? 돌아오면 돼."

"그러게 왜 이제야 말씀하십니까? 왜? 아예 말을 하지 마시고 혼자 알고 계시지 이제 와서 어쩌라고 이러십니까?"

"미안하네. 미안해."

"왜 저를 이렇게 두 번 죽이십니까? 왜 저입니까? 왜 만날 억울한 일은 저만 당해야 합니까?"

박 의원은 고함을 지르며 괴로워하는 태욱을 더는 보지 못해 고개를 돌렸다.

"어디로 돌아가야 하는지조차 잊었습니다."

"잘 기억해 보면 길이 보일 거야."

"돌아간다고 저를 반기겠습니까?"

"가족이지 않는가. 그래도 자네에게는 핏줄 아닌가. 내가 이리 끊어놓았지만 이제라도 돌아가게. 가서 웃으면서 지내게. 지현이도 잊고, 내가 지어낸 거짓말도 잊고 가서 되돌리게."

태욱은 혼란스럽던 생각을 찬찬히 정리하기 시작했다. 그리고 그는 다시 무표정해졌다. 아무 일 없었다는 듯 박 의원과 눈을 마주쳤다.

"지현이가 저 같은 천한 태생에게 흔들려서 자존심 상하신 것 이해합니다. 앞으로 두 번 다시 뵙지 않기 바랍니다. 하지만 저에게 두 번 거짓말을 하신 것이면 용서하지 않겠습니다."

박 의원은 뒤돌아가는 태욱의 모습에 진실을 말하고 나면 가벼운 마음일 거라는 예상과 달리 더욱 묵직해졌다.

태욱은 사찰 안에 있는 지현의 유골함을 찾아갔다. 찾아와도 가까이 오지 못하고 매번 멀리서 보다 돌아갔기에 그의 행동은 변화이고 결심이었다.

"듣지 말아야 할 소리를 들었나 보다. 말이 안 되지? 그런데 생각해 보면 가능해. 그래서 더 웃겨. 널 사랑했다면서 네가 보내는 동정일 거라고, 연민의 눈초리라고 생각했으니 내 열등감이 널 외면했나 봐."

"'그대 가슴에 나를 봉인하여 주오. 사랑은 죽음보다 강하리니' 아가서 구절에 나오는 말이야."

태욱의 귓가로 지현의 마지막 음성이 아득히 들렸다. 그는 가슴이 찢어지고 머리가 다 터져 버리고 사지가 찢겨 나가듯이 그녀가 그립다. 그가 알고 있던 모든 게 깨져 버렸다. 자신의 세상을 지키던 막이 걷혀진 기분이다.

"지현아, 너 어디 있니? 내가 갈까? 널 만날 수도 없는데 나 매일 기다려. 이런 내가 지긋지긋해. 그때 널 잡지 못한 내가 병신 같아."

태욱은 눈물이 흘러내릴 것 같아 뒤돌아섰다. 이제는 다시는 찾아오지 않을 것이다. 죽기 전에는 다시 찾지 않을 것이다. 사랑이란 것이 참 묘하다. 말을 했다면, 아니, 자세히 들여다봤다면 알 수 있는 걸 이미 막을 치고 바라보았기에 가능성조차 찾지 못했던 거다. 사랑은 편견을 가지고 볼 때가 아닌 순수하게 그 사람을 볼 때에만 이루어지는 것인가 보다. 잘못된 그의 시작이 이런 그릇된 결과를 가져왔을 거라고 생각하며 그는 마지막이라며 듣지 못하는 지현에게 말했다.

"내 가슴에 너를 이제야 봉인했다. 진작 알아채지 못해서 미안해. 그리고 늘 하고 싶던 말이 있었어. 사랑해, 영원히."

태욱은 아쉬워 떨어지지 않은 발을 억지로 옮겼다. 조금이라도 더 있다가는 완전히 그가 무너질 것 같았다. 차에 올라탄 태욱은 차창 너머 빠르게 오가는 사람들을 보았다.

'저 많은 사람들은 무엇을 향해 걸어가고 있을까? 나는 이제 어떻게 해야 하지?'

"기자회견 끝났습니다."

태욱은 이기지 못할 승부는 쳐다보지도 않는다. 숙고 끝에 시작한 승부라면 설령 죽더라도 질 수 없는 것이다. 그렇기에 태욱은 자신이 걸어가는 이 길에 자신이 있었다. 더군다나 지현의 죽음에 대해 혁준의 책임이 있다고 생각했다. 하지만 태욱은 혁준에게 더 이상 책임이라는 명분을 들이댈 수 없었다. 다정했던 혁준과 은수의 모습이 태욱의 머리 속에서 떠나지 않는다. 그들은 사랑하고 있었다. 서로를 바라보는 눈빛 속에 행복을 가득히 담고 웃고 있었다. 그들의 웃음에 자신은 더욱더 그 웃음을 걷어 내리라고 맹세했다. 하지만 지금은 왜 그들의 웃음을 그가 무엇 때문에 걷어내야 하는지 딱 부러진 이유가 사라졌다. 그들에 대한 질투라고 하기에는 너무 허약한 변명이 될 것이다. 지현이가 아니라면 그는 더 이상 그들에게 그 어떤 짓도 할 필요가 없어진 것이다. 그렇다면 태욱은 앞으로 그들을 어떻게 대해야 할지 막막해졌다.

"본사 쪽 반응은 어떻습니까?"

"김 사장님은 오늘 스케줄을 모두 취소하시고 본사에 남아 계시며, 정은수 씨라는 신임 부팀장이 기자회견장에 참석했다는 연락이 왔습니다."

"그쪽이야 워낙 철저한 사람들이니 흔들리지 않을 테지만 우리 쪽에 지원 요청이 오면 위임장 이외는 따로 보고하지 말고 지원하세요."

"위임장 이외에는 지원을 하라고요?"

"우선은 해줘. 조금 더 생각해 볼 일이 생겼어."

"알겠습니다."

직원이 말이 끝나자 태욱은 다시 고개를 돌려 차창 밖을 보았다. 얼마 전 만났던 은혁과의 일이 떠올랐다.

"혁준이가 중요하게 생각하는 것에 대해 건들지 마. 경고야."

은혁은 식사를 마치고 일어나며 태욱에게 말했다. 은혁은 혁준에게 느끼는 그의 열등감과 같잖은 책임론에 싸늘한 시선을 보냈다. 방문을 나가려는 은혁의 등 뒤로 태욱이 날카롭게 말했다.

"너한테 혁준이가 중요한지, 아니면 네 동생이 중요한지 결정해. 어차피 지금 우리 사이에 우정 따위는 존재하지 않잖아. 마지막 결정권은 너한테 준다."

"내 동생이 선택한 사람은 이미 나에게 내 동생이나 같은 존재야. 만약 내 동생을 건드린다면 그 순간 넌 죽음이야. 이게 핏줄이라는 거야. 핏줄은 적이 될 수 없다는 걸 너도 깨달았으면 좋겠다."

태욱은 비서의 말에 생각에서 깨어나 그를 쳐다보았다.

"무슨 일이죠?"

"본사 경영기획실 정은수 부팀장님이 지금 사장실에서 기다린다는 전화가 왔는데 어떡할까요?"

태욱은 예상하던 대로 움직이고 있다는 생각이 들었다.

"만나겠다고 하고 본사 김 사장한테 정은수 부팀장이 왔다고 직접 연락 넣으세요."

서울호텔 그랜드 볼륨 A홀은 백 명이 넘는 기자들로 북적였다. 전날 '31%에 대한 매입 공시에 따른 입장 표명'이라는 발표를 해놓은 상태여서 그들의 의도에 관심이 쏠려 있었다. 특정 외국자본이 투자에 대한 기자회견을 하는 것도 이례적이지만 그만큼 한국을 대표하는 대기업의 향방에 대한 관심도를 나타내는 것이었다.

『저희 칼론자산운용에 관심을 가져주셔서 감사합니다. 오늘부로 저희는 신성그룹의 지배구조 개선을 위해 경영에 참여하기로 결정했습니다.』

맥클린 최고 운영책임자의 말이 떨어지자 홀은 정적만 감돌았다. 신성그룹만큼 국내에 투명성 경영을 위해 노력을 하는 기업은 드물었다. 더욱이 외부에서도 긍정적 평가를 받고 있는 상황에서 지배구조 개선은 어불성설이었다.

『전(前) 회장의 부인이 그룹 회장의 자리를 납득할 수 없는 이유로 지키고 있습니다. 또한 그녀의 아들인 김혁준 사장의 말에 의해 도장이나 찍어주며 지분으로 힘 실어주기를 하는 것은 분명 근절되어야 하는 족벌 경영의 가장 심한 형태입니다. 부적격한 대표이사는 물러나야 한다는 취지하에 저희는 국내 워크숍을 가지고 빠른 시일 내에 새로운 이사 후보 및 CEO 선임을 할 예정입니다. 투자수익 창출과 기업가치 재고를 위한 칼론자산운영의 노력은 앞으로 계속될 것입니다.』

지배구조 개선은 오너에 대한 견제, 소수 주권의 신장이지 오너의 퇴진이 지배구조 개선일 수 없다. 상투적 허울에 지나지 않는다고 생각한 은수는 자리에서 일어나 직원들에게 말했다.

"먼저 일어납니다. 나머지는 사장님께 알아서 보고하세요. 전 잠시 들를 데가 있으니 나중에 회사로 가겠습니다."

은수는 차에 올라타 신성자동차가 있는 세종로로 향했다. 묻고 싶은 말이 있었다. 혁준을 보던 싸늘한 시선이 마음에 걸렸고 직원들의 말을 들었을 때는 최태욱이라는 사람이 어떤 사람일지 가늠할 수 있었다. 하지만 겉으로 드러난 것들이 사실이 아닐 수 있기에 찾아가는 것이었다.

"기다리게 해서 죄송합니다."
사무실로 막 들어온 태욱의 몸에서 향 냄새가 강하게 났다. 은수는 그의 냄새에 의아했다.
"괜찮습니다. 불쑥 찾아온 제가 기다리는 게 당연한 일입니다. 어디 절에 다녀오셨나 봐요?"
"아, 일이 있어서."
태욱은 들어온 비서에게 차를 부탁하고 그가 건네준 보고서를 확인하고 은수를 쳐다보았다.
"무슨 일로 급하게 저를 찾으셨습니까?"
"오늘 칼론이라는 외국 투자사가 기자회견을 자청했었습니다."
"언론이 다 주목하고 저도 세상에 귀를 열고 있는데 당연히 알고 있지요. 도움을 원하십니까?"
태욱은 차분한 은수를 쳐다보았다. 자신을 보는 눈에는 이미 궁금증으로 가득 차 있지만 그녀는 그것을 감출 줄 아는 대화의 기술이 있는 여자였다.
"도움을 주실 의향은 있으십니까?"
태욱은 은수의 말에 뜸들이며 서류를 뒤적거렸다.

"이번 기자회견의 의도가 뭐라고 생각하십니까?"

태욱의 질문에 은수는 주저하지 않고 말했다.

"새로운 CEO 선임이라는 말은 자신들의 뜻대로 회사를 움직일 수 있는 꼭두각시를 세우겠다는 의미 아니겠습니까?"

"제가 그 꼭두각시가 될 거라고 생각하십니까?"

은수는 태욱의 눈을 보고 말을 멈추지 않았다.

"최 사장님은 얼마 전에도 경영권에 도전장을 내밀 거라고 물밑 작업을 하다가 지분이 회수된 적이 있다고 알고 있습니다."

태욱은 고개를 끄덕이며 비서가 가져온 차를 은수에게 권하며 말을 꺼냈다.

"제가 만약 그 사람들의 도움으로 그 자리에 앉는다면 어떻게 되겠습니까?"

은수는 자신이 하려는 말이 나와 약간은 주춤했지만 가능하다고 생각했던 시나리오의 결론을 말했다.

"그 자리에 앉는다면 그에 상응하는 대가로 구조조정이라는 명분하에 주식 가치를 높인 뒤 매각할 가능성이 있다고 생각합니다."

"과대망상증이 있는 것 아닙니까?"

"지금 저한테 하신 말씀입니까?"

태욱은 은수의 날카로운 대꾸에 엷은 비웃음을 지었다.

"난 내가 피땀 흘려 이룬 신성자동차를 매각할 생각은 추호도 없습니다."

"전 자동차를 매각한다고 말하지 않았습니다."

"지금 신성에 전자와 자동차를 빼면 특별하게 흑자를 내는 계열은 없습니다. 그리고 칼론에서 무리한 요구를 한 게 아니란 건 곧 드러날 겁니다. 한 그룹의 생사를 좌지우지해야 하는 회장의 자리에 숙모님이 너무 오래 앉아 계셨지요. 벌써 삼 년이면 후임에게 넘기셨어야지 명분이 없지 않습니까?"

은수는 대답하지 않았다. 박 여사의 회장직 유지는 참여연대에서 꾸준히 제기해 온 문제이고 자신이 봐도 그룹의 회장의 갑작스러운 부재의 혼란 속에서는 충분히 받아들일 수 있는 문제였지만 그룹 기반이 안정된 시기에 전문성이 결여된 회장은 허수아비라는 비난을 벗어날 수 없을 것이고 정상적 그룹을 끌어나가기에 무리가 있다.

"전 숙모님의 퇴진에 찬성하는 입장입니다. 그 외에는 제가 지금 딱히 말씀드릴 입장이 안 됩니다."

은수는 태욱의 말에 더 이상 답을 찾을 수 없을 것 같아 자리에 일어나 인사를 하고 나왔다. 퇴진의 찬성이라는 말이 의견인지 일침을 가하는 선전포고인지는 앞으로 결론이 나겠지만 그는 꼭두각시나 할 인물이 아니라는 생각이 들었다. 자신의 성급한 추측에 자신이 말려들어 가는 기분이었다.

은수는 로비로 내려와 대기하고 있을 차를 찾기 위해 두리번거리고 있는데 혁준이 차에서 내렸다.

"차 보냈어. 타."

혁준의 잔뜩 굳은 인상이 거슬렸지만 방금 전 기자회견을 생각하며 지금 이 상황이 그에게 유쾌한 일이 아니기에 말없이 차에 올라탔다. 서로 한참이나 입을 굳게 다물고 있다 혁준이 먼저 말을 꺼냈다.

"왜 태욱이를 찾아간 거지?"

"안 되는 건가요?"

"너라면 이런 일에 오빠들을 의심할 거니?"

"우리 오빠들은 그럴 사람들이 아니고, 지금껏 그렇게 생각할 만한 어떤 행동도 하지 않았어요. 하지만 최 사장은 다르잖아요. 불과 얼마 전에도 본사 주식을 매입하다 걸려서 회수한 사례까지 있는데 어떻게 우리 오빠들하고 비교해요."

"네 오빠들이 너한테 중요한 만큼 나한테도 태욱이가 중요해. 어떻게 비교할 수 있냐는 말 상당히 거슬려. 이젠 너한테도 가족이 될 사람을 그렇게 비하하지 마."

"가족이라 하기엔 무리가 있지 않나요? 내가 아는 가족은 서로 배려하고, 위로해 주고, 힘들 때 기댈 수 있는 존재이자 내가 어떤 일을 해도 변치 않는 후원자예요. 하지만 최 사장이 그랬던가요? 내 앞에서 당신의 조건 운운하고 지난 일을 들추어내 흠잡으려는 사람을 당신 혼자 가족이라고 생각하는 것 아니에요?"

"세상 모든 가족이 너희 같지는 않아. 그리고 네가 알고 있는 게 전부가 아닐 수도 있어."

"내가 납득할 수 있게 다른 면을 설명해 봐요. 나도 이제 당신 가족이니까 알아야 하잖아요."

"내가 아니라면 믿어줄 수 있는 거 아냐? 지금같이 복잡할 때 일일이 다 설명해 줄 여유가 있을 것 같아?"

"난 지금같이 복잡할 때 일일이 다 들어야겠어요. 그래야 내 생각에 변화가 있을 것 아니에요. 나도 이렇게 캐묻는 것 짜증 나요. 하지만 이상하게 마음에 걸려요. 확실하게 아니라고 생각할 수 없게 뭔가 찜찜해요."

"나도 의심이 들어. 하지만 우선은 내 가족이기에 믿어보는 거야. 다른 감정이 있을 수 있지만 태욱은 우리 회사가 어떻게 일구어졌는지 충분히 알고 있고, 회사가 흔들리면 자신도 타격을 받는다는 것쯤은 알고 있어. 그렇기에 방관할 입장이지 동조할 생각은 안 할 거야."

"다른 감정이라는 게 뭐죠?"

"다른 감정까지 설명해야 하나? 이 정도 설명으로 부족해?"

"부족해요. 난 혁준 씨를 보던 최 사장의 눈빛 자체가 이해가 안 갔어요. 왜 그렇게 싸늘하고 분노에 차 있는지. 무슨 사연이 있을 거라는 생각은 했지만 아무리 생각해도 이해가 안 돼요. 한집에서 자란 친형제 같은 사이에서 그런 눈빛을 가진다면 이런 일을 저지를 수 있다고 믿어요. 내 말이 틀렸어요?"

"우리 둘 사이에서 왜 태욱이 때문에 이렇게 열을 내는 거지?

말하기 싫어하는 나를 위해서 덮어줄 요량 따위는 없는 건가? 내가 때가 되면 말해 줄 수도 있는데 재촉하고 말하라고 하면 더 감추고 싶은 게 사람 심리야. 지금 중요한 건 태욱이와 내 사이에 대한 궁금증이 아니라 어떻게 칼론에 대응해야 할지 방향을 잡는 것 아닌가?"

"그러니까 알려 하지 말고 일이나 제대로 하라 그런 뜻인가요?"

"일만 잘하면 돼. 일하라고 불러들였지 내 개인 감정이나 캐내라고 불러들인 것 아냐."

"일하면 될 거 아니에요."

"그냥 일하지 말고 똑바로 해."

"내가 뭘 똑바로 안 했는데요?"

감정적으로 치닫는 말싸움은 회사의 정문이 보이자 멈추었다. 차에서 내린 두 사람은 냉랭하게 사무실 앞에까지 왔다. 혁준은 굳어진 인상으로 자신의 사무실 문을 소리나게 닫으며 들어갔다. 은수는 벌게진 얼굴로 욕설을 내뱉고 반대편 사무실로 들어갔다. 혁준의 비서는 두 사람이 분명 사랑 싸움을 했을 거라고 생각하며 혁준의 사무실 안으로 들어갔다.

"주주들의 반응은?"

날카로운 혁준의 목소리에 그의 비서는 심상치 않은 기운을 느끼고 괜히 자신에게 화살이 꽂힐 것 같아 조금 전의 일에 대해 언급하지 않았다.

"별다른 움직임은 없습니다. 주가만 급격히 상승해 한 주당 육만 원대를 넘어섰습니다."

"처음 칼론의 매입가는 만이천 원이었던 것에 비하면 다섯 배가 넘는 차익을 말 한마디로 이끌어낸 거군."

"수단 좋은 놈들이죠."

"정보팀에게 새로 이사 후보나 CEO가 물색되는 즉시 그들의 발을 묶으라 지시하고 가능성이 있는 사람들에게는 우리랑 적이 될 경우 다시는 고개를 들 수 없게 매장시켜 버리겠다고 미리 경고장 보내라고 해. 누구든 칼론하고 손을 잡으면 신성의 적이 된다는 걸 제대로 심어주라는 뜻이야. 알겠나?"

혁준은 우물쭈물하는 비서에게 나가보라고 하고는 나머지 서류들을 보았다. 하지만 서류가 눈에 들어오지 않았다. 방금 전 은수와 제삼자로 인해 다투었다는 게 더 마음이 쓰였다.

"젠장! 지금 뭐가 중요한지조차 잊어버리는 것 같아."

태욱에 대한 것은 은수에게 차근히 설명해 주면 되는 문제였다. 하지만 아침부터 온몸의 신경이 가시처럼 서 있는 상황에서 전 약혼자와 얽힌 태욱의 감정은 쉽게 답을 해줄 만한 문제는 아니었다. 시간을 두고 차근히 풀어나가야 할 정도로 깊이 얽혀있기에 더욱 어려웠다.

태욱의 비서실에서 연락을 받고 은수에게 가는 도중 갑작스런 어머니 퇴진에 참여연대 움직임이 급물살을 타고 있다는 소식이 들어왔다. 아직 안정적으로 확보하지 못한 상황에서 다른 외국계 투자 회사가 칼론의 의견에 찬성을 표명했다는 소식까지 더해지자 신경이 날카로워질 대로 날카로워졌다. 사람들은 유능한 기획실이 버티고 주주 확보만 한다면 아무 문제 없을 거라고들 말하지만 결코 만만치 않은 시련이었다. 아마 평상시라면 설명했겠지만 오랜 시간 묻어왔던 일들을 꺼내기 귀찮았고 거슬렸다. 그는 누구에게도 눈앞에 닥친 일이 아니라면 신경 쓰고 싶지 않아 말이 날카롭게 나갔다.

"주문한 것 도착한다는 연락 없었나요?"

[늦은 오후에 도착할 거라고 연락 왔습니다.]

"기획팀은 또 회의입니까?"

[네, 정은수 부팀장님이 소집했습니다.]

"그 팀은 매 시간 회의만 하는군요."

비서는 아무 말도 못하고 그저 숨소리만 인터폰으로 넘어오자 혁준은 빠르게 말하고 끊었다.

"정 부팀장 기분 파악해서 알려줘요."

혁준은 방금까지 귀찮고 신경쓰기 싫다고 해놓고 은수가 혹시 자존심이 상하거나 날카로운 말에 상처 입지 않았을까 걱정이 들었다. 그는 왜 지금 눈앞에 닥친 위기보다 그녀의 감정에 더 급급해하며 혹시나 그에게 실망하지 않았을까 마음을 졸이는 건지 스스로 실소를 내뱉었다. 그녀를 좋아한다는 호감을 넘어서 완벽히 그의 여자로 만들고 싶은 확신이 들었다.

은수는 벌게진 얼굴 때문에 손부채질을 하면서 사무실을 정신없이 서성이며 직원들의 대답을 재촉하고 있었다.

"말들 좀 해보라니까요?"

은수의 말에 직원들은 왜 자신들이 지금 이 질문에 심각하게 대답을 찾아야 하는지 서로 멀뚱히 쳐다보기만 했다.

"원래 남자들이 더 예민한 법이에요. 게다가 입장을 바꿔 잔뜩 신경 쓰여 말하기 싫은 일에 대해서 말하라고 하면 부팀장님은 어떠실 것 같아요?"

"그렇다고 일이나 하라고 신경질 부리는 건 너무하지 않아요? 우리가 일을 안 했나요?"

"제가 볼 때는 부팀장님이 불난 집에 부채질한 격입니다. 무조건 열만 내지 마시고 찬찬히 생각해 보세요. 혼자 잘못해서 싸우는 경우는 드물다는 게 결혼한 선배로서의 충고입니다."

은수는 서성거리던 걸 그만두고 자리에 앉아 생각해 보았다.

혁준은 잔뜩 긴장했고 날카로운 상태였을 거다. 그를 위로하고 편하게 만들어줘야 했거늘 스스로의 궁금증 하나로 인해 집요하게 캐물었으니 그의 가시 돋친 말을 이해 못할 정도는 아니었다. 더구나 그의 친형제 같은 태욱을 의심하는 걸 불쾌해하는 것도 그녀의 오빠들을 생각하면 틀린 말도 아니니 궁금한 건 참지 못하는 자신의 성미를 탓할 수밖에 없었다.

"남자 분들의 충고를 겸허히 받아들이겠습니다. 이제 일합시다. 내버려 두면 풀리겠죠."

은수의 말에 직원들은 다들 유쾌하게 웃었다.

은수는 직원들을 퇴근시키고 눈에 확 띄는 부분을 확인하기 위해서 수십 장의 자료에 밑줄을 그으며 정리하고 있었다. 혁준과 화해를 해야 하긴 하는데 솔직히 먼저 가서 미안하다고 하기에는 자존심이 상했다.
"그런 건 비서실에 맡기지 이 밤에 웬 고생이야?"
컴퓨터와 소등 하나만 켜놓은 어두운 사무실에 들려온 갑작스러운 말소리에 놀란 은수는 손가락 하나 움직이지 못하고 굳어 있었다.
"왜 그래?"
혁준은 은수가 아직 퇴근하지 않았다는 보고를 받고 화해를 하려고 찾아왔다. 오후와 저녁 내내 보지 못한 것이 아쉬워 찾아왔는데 뻣뻣이 굳어버리는 은수를 보고는 자신을 피하는 것 같아 순간 주춤했다.
"야밤에 왜 사람을 놀래키고 그래요?"
은수는 놀란 가슴이 진정되자 고개를 돌려 소리를 질렀다.
"퇴근 안 했다기에 혹시 몰래 야한 거라도 보고 있으면 내가 해결해 주려고 시찰 나왔다."
은수는 속에서 서운하고 화났던 감정이 그의 얼굴을 보자 사라지는 걸 느꼈다. 몇 시간 만에 만난 반가움에 서로 마주 보며 웃었다.

"타자 오래 치면 손가락 망가져. 가끔 쉬어줘야지. 손 지압해 줄게. 이리 줘봐."

은수가 손을 주지 않으려고 뒤로 감추자 혁준은 프로그램 저장을 누르고 책상에 걸터앉아 손을 잡아당겼다.

"징그럽게 왜 그래요."

혁준은 은수의 한 손을 그의 양손으로 잡아 엄지손가락으로 그녀의 손바닥을 지그시 쓸어 올려주었다.

"간지러워요. 그만 해요."

은수가 말을 다 하기도 전에 혁준은 그녀의 검지를 입에 가져가 깨물었다.

"가만있어. 계속 움직이면 열 손가락 다 깨물 거야."

은수는 더 이상 말하지 않고 혁준이 하는 대로 가만히 놔두었다. 그는 그녀의 손가락을 하나하나 훑어 내려준 후 살짝 당겼다 놓았다. 자신의 손을 만지는 혁준의 부드러운 손길은 온몸을 감싸 안는 듯한 기분을 주었다.

"아까 전의 일 미안해. 신경이 날카롭다 보니 말이 심하게 나갔어."

은수는 먼저 미안하다고 말하는 혁준의 얼굴을 보았다. 쑥스러운 표정으로 손가락만 쳐다보는 그의 모습이 감정 표현이 익숙한 사람이 아닌 걸 알게 해주었다.

"힘들지 않아요?"

"글쎄, 힘들지만 견딜 만해."

"혁준 씨, 당신 옆에는 내가 있어요. 혼자가 아닌 둘이니까 이런 고비쯤은 쉽게 넘길 수 있을 거예요."

혁준은 고맙다는 말 대신 은수의 손을 늘어뜨리고 엄지손가락으로 그녀의 손목을 가볍게 쓸어 올렸다.

"우린 가족이야. 그치?"

혁준의 말에 은수는 고개를 끄덕였다.

"아까 태욱이에 대해선 내 전부가 아니라 일부이기 때문에 말하지 않은 거야. 묻어두어도 되는 일부."

"하지만."

혁준은 은수의 말을 막았다.

"서로에 대해 모든 걸 안다면 더없이 좋을 거고 나도 은수에 대해 모든 걸 알고 싶어. 하지만 가끔은 모른 척 넘어가 주면 좋겠어. 나에 대한 태욱이의 감정은 복잡해. 딱 이렇다 할 감정이 아니야. 가족으로서, 친구로서 너무 얽혀 버려서 쉽게 풀어놓기가 어려워. 이번 일 해결되고 편해지면 그때 풀어놓을게."

은수는 혁준의 손을 꼭 잡았다.

"우리 감정에 치우쳐 위험하고 무모하게 행동하지 말아요. 나에게 혁준 씨가 편히 기댈 수 있고, 나 역시 기댈 수 있는 그런 편한 등나무같이 지내요."

혁준은 잡고 있던 은수의 손을 놓았다. 그는 바지 주머니에서 반지를 꺼내 그녀의 네 번째 손가락에 끼어주었다.

"약혼반지야. 요새는 금지환 대신 탄생석으로 한다고 하더라.

루비는 정열, 활력, 순정을 나타내는 7월 탄생석이라서 골랐어. 이제 도망갈 수 없다는 표시야."

"이거 직접 골랐어요?"

"아니, 카탈로그 보고 골랐어. 하지만 누구를 위해서 고심하며 골라보기는 처음이야. 참, 이거 커플링이야."

은수는 어느새 혁준의 네 번째 손가락에 껴져 있는 자신과 똑같은 모양의 반지를 보자 가슴에 벅찬 감동이 밀려왔다. 잊어버리고 있던 약혼반지까지 챙겨주고 자신에게 먼저 화해를 청해준 혁준에게 어떻게 마음을 열지 않을 수 있겠는가. 은수는 자리에 일어나 혁준을 꼭 안았다.

"당신은 최고로 멋진 남자예요."

혁준은 자신의 어깨에 고개를 묻으며 말하는 은수의 머리를 쓰다듬어 주었다. 늦은 시간에 비서가 들고 온 반지는 때마침 두 배의 효과를 낼 수 있을 것 같아 기뻤지만 우선 그녀를 놔두었다. 화가 날 때는 스스로 풀어질 때까지 건드리지 않는 게 은수 같은 성격에게는 최고였다. 스스로 풀어지면 어느새 느슨해지면서 쉽게 잊어버리고 심각해하지 않기 때문에 말 한마디, 그리고 이 작은 반지가 최대의 성과를 낼 거라고 예상했던 것이다.

"남자는 그 어떤 말보다 최고와 멋지다는 말에 가장 감동한다는 거 알고 있었지?"

혁준은 웃으며 불편하게 안겨 있는 은수를 들어 무릎 위에 앉혔다.

"누구에게도 해본 적 없는, 행복하게 해주겠다는 약속을 하고 싶어. 최선을 다할게. 만약 내가 잘못하고 있다면 손에서 반지를 빼서 나한테 보여줘."

은수는 장난스럽게 혁준의 코를 두 손으로 잡아당겼다.

"절대 안 뺄 거예요. 지금도 충분히 잘하고 있고, 앞으로도 이만큼만 해요."

"우리 사랑하고 있는 것 맞지?"

사랑하고 있다 말하는 혁준의 확신에 찬 표정을 보며 자신은 왜 한 번도 사랑에 대해 생각해 보지 못했는지 당황했다.

"난…… 사랑같이 아프고 힘든 거 하고 싶지 않아요."

"그럼 우리는 뭘 하고 있는 거지? 마음이 움직이고 감정이 휘몰아치는 걸 나 혼자만 느끼는 거였나?"

은수는 대답하지 않았다. 아니, 할 말이 없었다. 자신과 혁준의 사이에는 약혼자라는 관계를 떠난 무언가가 있었다. 설렘과 행복한 감정에 허덕이는 자신이 보인다. 주변에서 흔히 보는 사랑은 아프고 힘든 거였지만 지금 자신은 하나도 아프지도, 힘들지도 않다. 머리 속은 점점 차가워지고 가슴은 불타는 듯이 뜨거워지고 있었다.

태욱은 사무실에 찾아온 박 의원을 차마 돌려보내지 못하고 안으로 들였다.

"다시는 뵙지 않길 바란다고 한 것 같은데 왜 자꾸 이러십니까?"

"자네가 피하는 마음 이해하지만 이 늙은이 말 한 번만 들어주게나."

여러 번 전화 통화를 시도하던 박 의원은 계속해서 거절당하자 그의 사무실로 찾아왔다. 자신이 직접 찾아오면 그동안의 관계 때문에 태욱이 내치지 못할 걸 알았기 때문이다.

"무슨 말씀이든 하고 싶은 대로 하고 가세요."

"혁준이와 만나보았나? 저번에 그 사람들에게 받은 서류는 어찌했나?"

"지나치게 간섭하지 마시기 바랍니다. 이젠 저, 예전처럼 박 의원 말 한마디에 왔다 갔다 하는 꼭두각시가 아닙니다."

"그렇다면 이미 넘겨주었나 보군. 괜한 걱정 했네."

"안 넘겨주었습니다."

"왜 그러나? 내가 그리 말했으면 원상태로 돌려야지. 시간을 더 끌어봐야 자네의 상처만 커지네. 툭툭 털어야지. 그래야 자네도 살지."

"말 한마디로 십오 년 세월 동안 품어왔던 미움이, 질투가 사라집니까?"

"그러게. 내가 욕심을 부렸네."

"마음을 다잡아야 하지 않겠습니까? 제가 무슨 기계도 아니고 어르신이 진실을 말해 주셨다고 다음날 바로 변할 수는 없지 않습니까?

"돌아가는 상황이 안 좋다고 하기에 마음이 불편해서 자네를 찾았네."

"저도 불편합니다. 지난 오 년 동안 악담을 퍼부어놓고 지금 와서 혁준이에게 '미안하네. 오해가 깊었네. 그만 잊고 잘 지내보세' 라고 말이 쉽게 나오겠습니까?"

"그래, 쉽지 않겠지."

"저도 끊임없이 고민하고 있습니다. 우리가 그들과 너무 깊이 관계되어 있는 건 아닌지, 발을 빼기에 너무 깊이 빠진 건 아닌지 확인하고 있습니다."

"휴. 내가 자네에게 몹쓸 짓만 하는구먼."

"저 혁준이에게 쌓였던 그 수많은 감정 한 번에 못 버립니다. 하지만 다시 시작하려고 준비 중입니다."

"그래, 이젠 자네도 가족을 챙기고 살아야지."

"어르신, 이젠 정말 버리려고 하고 있습니다. 잘못 심어진 감정이 너무 깊어 힘이 들지만 꼭 뽑아낼 겁니다. 저도 이제 사람답게 살고 싶습니다."

"그래, 자네가 부족한 게 뭐가 있겠나."

"너무 복잡하고 혼란스러워 정리가 잘되지 않습니다. 저 어르신 원망하는 마음 다 버리려고 합니다. 더 이상 누구를 원망하고 미워하며 살지 않을 겁니다."

박 의원은 고개를 숙이고는 아무 말 하지 못했다. 태욱의 말

한 마디 한 마디가 그의 마음을 너무나 아프게 했다. 죽은 자식 대신 의지하고 지냈던 그에게 자신이 한 몹쓸 짓을 용서받기까지 하니 너무 복이 많은 노인네 같았다.

"나 그만 일어나네."

한참 동안 박 의원이 나간 자리만 쳐다보던 태욱의 눈에서는 눈물이 떨어졌다. 지난 세월이 그에게 무엇을 주었는지 억울한 마음에 서러웠다. 이미 너무 멀어져 버린 혁준에게 그의 감정을 어떻게 털어놓아야 할지 막막했다. 이제 정말 아무것도 없는 텅 빈 가슴에 지현이가 너무나 보고 싶었다. 한 번만이라도 그녀의 따뜻한 품에 기대서 펑펑 울고 싶다. 그러면 모든 걸 다 버리고 그녀 옆으로 갈 수 있을 것 같았다.

"사장님, 김혁준 사장님 전화입니다."

박 의원이 나가고 한참이 지난 깊은 밤 뜬금없는 혁준의 전화에 태욱은 의아해하며 전화를 받았다.

[내일 칼론의 맥클린이 본사에 오기로 했어. 알고 있으라고 전화한 거야.]

"임원들하고 사장단은 내일 본사로 모이는 거야?"

[임원들하고 사장단에게 다 통보했지만 몰려나와 그 사람을 상대하는 것도 보기 안 좋을 것 같아 말렸다.]

"내가 가줄까?"

태욱의 말에 전화선에는 잠시 침묵이 흘렀다.

[왜?]

"하나보다는 둘이 낫잖아. 나 그쪽 조금 알거든. 나름대로 내가 능력이 좋아."

[사실 힘에 부치기는 했다.]

"도와줄 능력은 안 되지만 옆에 서 있는 거야 못하겠냐. 내일 보자."

태욱은 전화를 끊고는 한참을 그 자리에 앉아 아무것도 하지 않았다. 작은 변화. 시작점일 수 있는 그의 변화를 혁준이 알아채고 있을까. 태욱은 산적해 있는 앞으로의 일들에 벌써 지친 한숨을 내뱉으며 감정을 추스르기 시작했다.

혁준은 은수가 반지를 받아 든 며칠 전의 밤을 잊지 못하고 있었다. 그는 이전에 사랑이라는 걸 해보지 않았지만 사랑이 아프고 힘들다고 말하는 은수의 표정에 놀랐다. 그는 사랑이 이렇게 시간에 관계없이 빠르게 다가올 줄 몰랐다. 은수가 아니었다면 오랜 시간 옆에서 지켜보아야만 가능한 것이 사랑인 줄 아는 오류를 범했을지도 몰랐다.

이제 은수는 그의 전부가 되었다. 한 사람이 한 사람의 안에서 전부가 되어 모든 것이 기준이 되었다. 그 사람으로 인해 힘겨운 하루를 살아가게 하고 앞으로 나갈 힘이 된다면 이것이 사랑이 아니라면 그는 무엇을 사랑이라고 해야 할지 알 수 없었다.

그는 그의 마음 안에 가득 차 있는 사랑을 은수가 받아들일 시간이 필요할지도, 혹은 그와 다른 감정일지도 모른다는 생각이 들었다. 만약 그녀가 자신을 사랑하지 않는다면 그녀의 마음에 어떻게 그의 사랑을 심어주어야 할지 막막했다.

"사장님, 칼론의 최고 책임운영자인 맥클린 씨가 막 로비로 들어섰답니다."

혁준은 대기하고 있던 태욱과 은수는 긴장을 하며 안으로 불러들일 즈음 뒤따라 맥클린이 들어왔다.

『안녕하십니까?』

맥클린 인사에 은수는 손을 내밀어 악수를 청했다.

『정은수입니다. 만나뵙게 되어 불쾌합니다.』

은수의 말이 단순한 말장난이 아닌 걸 알아챈 혁준과 태욱은 그녀의 배포에 놀랐다. 삭막하고 차가운 공기만 가득 메운 사무실에 맥클린이 먼저 말을 꺼냈다.

『저희를 고발하신 것에 대한 의견을 들으러 왔습니다.』

혁준은 맥클린의 말에 보기 좋은 미소를 지었다.

『한국 법을 모르시는 분이 아니실 텐데 그 이유 하나로 저에게 찾아오신 거라면 설명해 드리지요. 외국인이 국내 기업의 지분을 10% 이상 취득했을 때는 사전 신고를 해야 된다는 외국인투자촉진법이 있습니다. 하지만 이를 신고하지 않으셨기 때문에 저희로서는 정확한 한국 법률에 의해 고소를 했을 뿐 다른 뜻은 없습니다.』

맥클린의 표정이 굳어지자 은수는 혁준을 보았다. 서로 며칠 밤을 새우며 준비한 일이 반은 성공한 것이었다. 어떤 일이든 기선 제압이 중요한 법이다. 더구나 먼저 공격적으로 방어하는 모습을 언론에서 보여준다면 칼론에게 불리할 것이다.

『우리는 한국 법에 대해 잘 모릅니다. 공시가 늦은 것에 대해서는 해명할 것입니다.』

은수는 맥클린을 보며 비웃었다.

『우리나라는 외국인 투자자에게 아주 관대한 나라입니다. 당연히 기소유예 판결을 받으실 테지만 칼론의 비전인 '옳은 방법을 통한 의미있는 성공'과는 거리가 멀어지게 되겠지요. 언론은 외국인 투자자에게 관대하지 못하다는 것 또한 아셨어야 했습니다.』

맥클린은 한낱 자그마한 나라의 기업가에게 당하는 멸시에 몸을 떨었다. 돈 때문이 아니라면 그들을 상대할 이유가 없었다.

『우리 칼론은 곧 열릴 주총에서 신성그룹의 새로운 경영자를 맞이할 수 있도록 권리를 행사할 것입니다. 이미 후보는 물색해 놓은 상태입니다. 하루라도 그 자리에 앉아 계시고 싶으시다면 더 이상 건드리지 않으시는 게 좋을 겁니다.』

이 말을 끝으로 맥클린이 태욱을 의미있게 쳐다보곤 나갔다.

"난 제의는 들어왔지만 동의는 안 했다. 그리고 저들이 노리는 건 따로 있는 것 같아. 그것부터 파악해라."

"널 믿는다."

"맘대로."

태욱은 혁준의 말에 예전 같으면 속으로 욕을 하고 등을 돌렸을 것이다. 하지만 그는 결심도 빠르지만 포기 또한 빠른 성격이었다. 그는 그동안 한 짓이 있어 앞에 나서서 도와줄 수는 없지만 대신 힌트가 될 만한 정보들을 이야기해 주고 있었다. 태욱은 혁준의 어깨를 두드리고 사무실을 빠져나왔다.

"저도 나가볼게요."

은수도 일어나려고 하자 혁준은 그녀의 손을 끌어 앉혔다.

"사랑해 달라고 애원하지 않을 거야. 네 안에서 외치는 소리에 외면하지 마. 나 혼자 느끼는 건 절대 아니었어. 너도 알잖아."

"나 일해야 해요."

은수는 확실하지 않은 감정에 대해 섣부른 행동을 하기 싫어 피했다. 그날 밤 자신이 끝내 대답하지 않자 혁준은 말없이 사무실을 나갔었다. 그리고 며칠 계속 자신에게 눈길조차 제대로 주지 않고 냉정한 선을 그었었다. 처음엔 자존심이 상했을 거라고 생각하고 조금 지나면 돌아오겠지 했지만 혁준은 의외로 변하지 않았다. 예전 같은 자상함이나 세심한 면은 찾아볼 수 없었다. 그런 모습을 자신이 스스로 만들었다는 것에 은수는 괴로웠다. 혁준이 무엇 때문에 사랑이라 확신을 하는지 답답했다.

"사랑은 폭풍같이 다가와 내 안을 다 잠식시켜 버리고 이젠 내가 되어버린 거예요."

예전에 정은이 했던 말이다. 그녀의 말은 혁준이 사랑을 꺼낸 이후로 머리에 맴돌았다. 폭풍같이 다가와 잠식해 버린다는 사랑이 왜 자신에게는 없는지, 설마 자신이 모르고 있는 건 아닌지 자꾸만 되짚어보아도 확신이 안 섰다.

정 회장은 혁준의 뜻밖의 전화로 인해 주말에 온 식구들을 불러들였다. 언론에서는 적절한 시기에 칼론의 허점을 잡아낸 신성을 칭찬하며 외국계 투자자들에 대해 부정적 시각으로 변화하기 시작했다. 그 일에 은수가 큰 도움을 주었다는 보고를 혁준에게 받은 정 회장은 제 몫을 단단히 한다는 혁준의 말에 뿌듯한 마음이 들어 그녀를 격려하기 위해 자리를 만들었다.

그러나 은수는 그 자리가 거추장스럽고 불편했다. 시끌벅적한 저녁을 보내고 한숨 돌리며 자신의 방으로 올라왔다. 자신의 기분과 같은 비가 주룩주룩 내리고 있었다. 창가 너머로 보이는 빗방울들은 창가에 부딪혀 산산이 쪼개지고 다른 방울들은 잔디 위에 조용히 내려앉았다. 또 어느 방울들은 나뭇잎 끝에 아슬아슬하게 매달려 있었다. 각기 다른 빗방울의 형태를 보면서 세상에 수없이 많은 사람들이 하는 사랑도 여러 가지의 형태로 포장되어 있지 않을까 싶었다. 사람들이 각기 다른 감정과 방식의 사랑을 하는데 자신은 그중 하나만 보고 그것을 사랑의 전부로 여기고 집착을 하고 있는 게 아닌가 하여 씁쓸했다.

"유에프오가 제 별을 못 찾아가나?"

은혁은 저녁 식사 내내 불편해하며 황급히 자리를 뜬 은수가 걱정되어 올라왔다.

"혁준 씨 말에 의하면 사랑이라는 별에 이미 도착했고, 나만 별에 안착한 걸 확인하면 돼. 왜 오빠는 혁준 씨가 날 사랑하지 않을 거라고 했어?"

은혁은 은수의 갑작스러운 물음에 대답하지 못했다. 그는 혁준의 얼어버린 마음이 절대로 움직이지 않을 거라고 생각했다.

혁준은 지현의 죽음 이후에 스스로 만든 죄책감으로 인해 어느 누구에게도 마음을 열지 않았다. 여자를 숱하게 데려다 옆에 놓고 심지어 술을 먹여 여자와 같이 호텔룸에 넣어주어도 혁준은 몸조차 열지 않았기에 은수를 사랑하지 않을 것이라 장담했다. 은수를 만나 열린 혁준의 마음에 처음엔 자신도 당황했기에 몸이 동하여 탐하고자 하는 마음인지 의심까지 했었다. 하지만 그동안 혁준은 자신과의 생각과 다르게 겉으로 약속을 지키는 거라는 변명으로 거절하며 자신의 약속을 깨줄 사람을 기다렸던 것이란 생각이 들었다. 하늘에서 주는 인연은 달리 있다고 하듯 그 둘의 모습을 보고 자신도 혁준을 믿어보기로 한 것이다.

"사람에게 가장 오래 남아 있고 선명한 기억이 뭘까? 그건 아마 아프고, 괴롭고, 처절히도 슬픈 기억일 거야. 아마 내가 그렇지 않은가 싶어. 큰오빠가 그렇게 사랑하고 행복한 모습은 행운을 잡은 거라고 차치한 채 내 머리 속엔 은선 언니와 병현이가 사랑 때문에 아파서 울던 기억만 가득해. 미리 겁먹고 나도 혹시 저들처럼 아플까 봐 사랑에 빠지지 말라고 자주 꺼내보면서 각인시켰어. 그렇다고 나에게 그런 기억을 만들어준 사람을 탓하는 게 아냐. 단지 난 지금 왜 내가 그런 기억들 속에 날 가두어놓았을까 하는 생각이 들어. 내가 그 사람도 아닌데 왜 나도 그럴 거라고 단정 지었는지 모르겠어. 분명 돌아보면 행복한 큰오빠도 보였을 텐데. 한심해."

은혁은 복잡한 감정에 버거워 보이는 은수의 곁으로 다가가 어깨를 감싸주었다.

"사랑하는 거 맞네. 불안정한 두 사람이 만나 완전한 한 사람으로 거듭나는 것이 사랑이야."

은혁은 지금 항상 잔잔하고 평탄했던 그녀의 감정선에 갑자기 사랑이라는 거대한 폭풍우가 몰아쳐 휩쓸리고 있다고 생각했다.

"중독이야. 너무 아픈 걸 봐서 행복할 수 없다는 가정을 만들어 버린 중독성. 사실 그 사람들은 사랑 때문에 슬픈 게 아니었어. 넌 겉으로 슬픈 것만 보았기 때문에 그렇다고 생각했겠지만 그 사람들이 슬펐던 건 자신들의 사랑이 인정받지 못하고 사회적 편견, 그리고 그들조차 인정해 버린 넘을 수 없는 경제적 차의 벽 때문에 사랑의 끝이 이미 예견되었기 때문이야. 하지만 그들이 정말 만남부터 헤어지는 그 순간까지 불행했을까? 아니야, 행복했어. 그렇기 때문에 더 슬픈 거야. 더 이상 이 행복을 공유할 수 없기 때문에. 넌 무엇이 널 가로막는 거지? 아무것도 없잖아. 잘 생각해."

그동안 은수는 사랑을 거부하거나 피했던 적은 없었다. 다만 사랑이라는 것의 불확실성 속에서 자신만은 확실하게 하고 싶었다. 아무런 제약도, 슬픔도 없는 그런 틀 안에서 행복한 것만 추구하고 싶었다. 그렇다고 혁준과의 행복했던 시간들을 다 사랑으로 덮어버릴 수 있는 것인가에 대해 의문이 들었다.

"난 내가 너무도 중요했어. 세상이 내 위주로 돌아간다고 생각했고, 그래서 내 방식대로 거침없이 살았어. 하지만 혁준 씨를 만나면서 모든 게 바뀐 것 같아. 나보다 혁준 씨의 감정이 더 중요해. 내가 한 말에 그 사람이 상처받지 않을까 조심스러워지고, 내 손길에 그 사람이 다칠까 머뭇거리게 되는 반면 그 사람이 웃는 일에는 주저없이 다가가게 돼. 내가 아닌 혁준 씨로 모든 게 갑작스럽게 바뀌니까 난 혼란스러워."

"사랑하는 사람은 나보다 중요해서가 아니라 이젠 그 사람이 나이기 때문에 더 조심스러워지는 것 아닐까?"

"내가 혁준 씨를 사랑한다고 어떻게 장담하지? 난 여태껏 내 감정에 솔직하게 좋다 싫다가 분명했는데 혁준 씨는 좋다는 감정을 넘어섰어. 하지만 이게 사랑이라고 단정할 수 없잖아."

"만약 혁준이가 네 별에서 날아온 유에프오가 아니라면 절대 사랑이라는 별에 안착할 수 없을 거야. 하지만 넌 이미 네가 사랑이라는 별에 안착한 걸 알고 그 별에 발을 디딜지 말지 고민하고 있는 거잖아. 그게 네 감정이야. 그 별로 이끈 유에프오를 믿고 발을 내디뎌 봐. 난 우리 은수가 자신의 마음조차 모르고 외면하는 실수를 하지 않을 거라고 믿어. 사랑은 가만히 있는다고 느끼는 게 아니라 네 마음을 봐야 느낄 수 있는 거야."

은수의 가슴에 잔잔하게 흐르던 물살이 갑작스러운 급류가 되어 마음속에서 요동치고 있었다. 그가 좋았다. 그가 겪었던 아픔에 가슴이 아프고, 그의 웃는 모습에 설레었다. 그가 따뜻하게 안아주는 품 안에서 행복했고, 그의 손길이 닿는 몸 구석구석이 열기에 휩싸였다. 그런 그가 자신을 차갑게 보고 한발 물러서니 끝없는 절망감이 밀려왔었다. 은수는 처음 느끼는 감정에 확신을 요구하는 자신에게 비웃음을 날렸다.

사랑은 말없이 자신의 안으로 들어와 어느새 자리잡아 자신을 봐달라 하고 있었다. 스스로 깨닫지 못하면 사랑은 어느새 그 안에서 소멸되어 버릴 것이다.

혁준은 태욱의 전화를 받고는 급하게 술집으로 왔다. 며칠 전 칼론의 최고 운영자를 만나던 날 태욱의 변화를 눈치챌 수 있었다. 날을 세워 끝으로 몰아세우던 태욱은 자신에게 느긋이 한발 다가오려는 모양새를 갖추었다. 여태껏 끊임없이 태욱을 믿는다고는 했지만 온전히 확신할 수는 없었다. 분명 이번 일에 그가 개입했을 거라는 의혹을 떨쳐 버릴 수 없었지만 마지막이라는 생각으로 그를 믿으니 자신의 가족이 되어 나타났다. 그 안에 무슨 변화가 있었을까 하는 궁금증도 있지만 지금의 관계를 깨고 싶지 않아 묻어두기로 했다.

"날아왔냐? 전화한 지 얼마나 됐다고 나타나냐?"

미니 바 앞에 앉은 태욱은 혁준이 자리를 잡자 자신과 같은 술을 한 잔 더 시켰다. 혁준은 땅콩을 집어 태욱의 얼굴에 던졌다.

"피는 못 속인다고 취향마저 똑같냐?"

태욱은 취향이라는 말에 피식 웃었다.

"한집에서 자란 게 몇 년이고 유학 생활 내내 같은 집에 부비고 산 세월이 몇 년인데 그런 것 하나 모르겠냐?"

혁준은 지나온 세월을 부정하지 않고 여유있게 웃으며 농담을 건네는 태욱을 보며 가족으로서 새로운 시작을 할 수 있을 거란 생각이 들었다. 긴 시간이 걸릴지는 몰라도 자신도 은수네 가족처럼 지금의 태욱과 얽히고 싶었다. 자신들도 분명 끈끈한 형제애가 마음 한구석에 존재할 것이다. 다만 그걸 가리는 요소들로 인해 모른 척했을 뿐이다.

"나를 불러낸 이유가 뭐지? 무슨 일이야?"

태욱은 옆에 있던 서류 봉투를 혁준에게 넘겨주었다. 혁준이 꼼꼼하게 붙여놓은 봉투의 입구를 열어보려 하자 태욱이 말렸다.

"사무실 가서 봐. 술 마시러 와서 일하냐?"

"그럼 이건 왜 보여줘서 궁금하게 만들어. 술값 네가 내."

"잘나가는 사장 속 봐라. 쪼잔함이 극치를 이룬다. 제수씨는 잘하지? 저번에 보니까 보통내기가 아니던데 피곤하겠다."

혁준은 제수씨라는 말에 놀라 손에 들고 있던 잔을 놓쳤다. 깨진 잔을 치우는 종업원이 건네준 수건으로 축축이 젖어 들어가는 바지를 닦으며 끝내 놀란 얼굴을 풀지 못했다. 그에게 지현이 이외에 어떤 사람도 자신의 옆에 있는 걸 허락하지 않겠다던 말을 바꾼 것이다. 혁준은 태욱이 무슨 생각으로 은수를 인정하고, 이런 말을 건네는 것인지 고민하느라 머리 속이 복잡했다.

"제수씨한테 잘해. 한 번은 인연이 아니라 어긋났다지만 두 번은 그러지 마라."

혁준은 아무 말 하지 않았다. 지금 태욱이 하는 말은 혁준을 미궁 속으로 끌고 들어가고 있었다.

"내 판단이 옳다고 여기면 죽어도 포기 안 하는 성격이지만 아니란 걸 깨달으면 그만큼 포기도 빠르다는 거 알지? 너무 늦게 깨달아서 미안하다."

태욱은 은수를 인정하기까지 오랜 시간이 걸릴 것이다. 그는 사실을 알았다 해도 쉽게 마음이 돌려지는 성격은 아니었다. 하지만 태욱은 한 번이라도 인정하는 말을 내뱉고 나면 그 말 때문에라도 움직이게 될 거라 믿었다.

"실없는 소리 하지 마. 지난 일에 대해서 너한테 물을 생각 없어. 덮을 수 있는 건 깨끗이 덮는 게 제일 좋은 방법이야. 그 얘기는 그만 하자."

혁준은 지현이 얘기가 나오자 이젠 죄책감보다는 미안한 마음이 들었다. 지금 자신이 사랑 때문에 세상의 중심축이 그 사람에게로 이동하는 경험을 해보니 지현이 사랑으로 인해 냉정히 내쳐졌을 때 겪었을 아픔을 충분히 이해할 수 있었다.

"사랑을 할 때는 말이야, 내가 상대방에게 내 감정을 제대로 말해 주지 않은 채 알아주기만 바라는 거 치명적인 실수다. 서로 말하지 않으면서도 사랑하면 당연히 느낄 수 있다고만 생각하는 것, 감정에 대한 오만이야."

혁준은 태욱의 말에 고개를 저었다.

"내가 꼭 사랑한다고 나의 감정이 얼마라고 말해야 안다면 서로 간의 말뿐이 믿을 수 있는 게 없잖아. 나는 상대의 마음을 조금만 들여다보면 사랑에 대해서 알 수 있다고 생각하는데."

태욱은 혁준의 말을 막았다.

"그게 문제야, 지레짐작으로 그 사람의 마음을 판단한다는 것. 하지만 네가 그녀의 마음을 들여다본다고 해도 네가 보고 싶어하는 것이 먼저 보이는 건 아닐까? 실패는 거기서 오는 거라고 생각해. 제대로 네 마음을 표현하지 않는다면 상대방도 너에게 제대로 표현할 수 없어. 마음은 눈에 보이는 사물이 아니야. 그래서 더욱더 말로써 표현해야 하는 거야. 이건 너보다 사랑을 먼저 해본 선배의 충고다."

태욱은 자신이 지현에게 하고 싶었던 말을 대신하는 거였다. 자신이 들여다본 지현의 마음속에 얼마나 큰 오해를 했던가를 떠올리며 말하고 있었다. 한 번만이라도 자신의 마음을 표현했다면 결과는 아마 달랐으리라. 제대로 보지도 않고 놓쳐 버린 사랑에 대해 새삼 안타까움이 들었다.

혁준은 자신의 감정에 확신할 수 있었다. 자신의 감정이 어떠한 방향으로 흐르면 그 방향에 분명 그 상대방도 마찬가지라고 여기는 경향이 있기에 태욱은 그 확신성에 의문을 주고 싶었다.

"말 잘 들었다. 네가 나한테 충고해 주는 날도 오는 걸 보니 세상이 그냥 흘러가는 것만은 아닌가 보다. 지현에 관한 일은 미안한 마음도 있고 여러가지로 복잡해. 그래서 난 묻어두기로 했어. 네가 어떻게 변했는지 몰라도 다시 원점으로 돌아가지만 않았으면 좋겠다."

"이제 우리 다시는 지현이 얘기 꺼내지 말자. 그 애도 쉬어야지."

"왜 그렇게 변했어?"

"나이를 먹으니 이상하게 기억력이 흐려지네."

"남들이 들으면 이제 곧 죽을 날 받아놓은 사람의 말처럼 들리겠다. 젊디젊은 놈 말이 그게 뭐냐?"

"젊디젊은 놈? 네가 더 노친네 같다. 아~ 원래 김혁준이 노친네 삘이 강하지."

피식 웃음을 흘린 두 사람은 이제는 변화된 관계를 어떻게 이끌어 나가느냐가 더 중요하다고 느꼈다. 둘은 쌓여 있는 일들이 태반인 것을 알면서도 지나간 일들에 대해 서로 놓지 않았다. 시시콜콜한 얘기까지 꺼내며 지난 시간들의 보상이라도 받으려는 듯 밤이 깊어가도록 자리를 뜨지 못했다.

사무실로 돌아온 혁준은 이미 취기가 돌았지만 태욱의 말을 들은 후 생각난 일을 해야겠다고 여겨 손에 펜을 집어 들었다. 하얀 종이 위에 글자를 써 내려가는 일이 얼마 만인지 생각하며 어색한 손놀림을 시작했다.

점심시간이 다 되어서 갑자기 시작된 회의에서 은수는 어색하게 자리에 앉아 손에 잔뜩 서류를 들고 들어오는 혁준을 보았다. 혁준이 웃으며 눈인사를 건네자 마음 한쪽이 싸하게 물들어 갔다. 어쩌면 자신의 행동이 거부일 거라고 생각했을 수도 있을 텐데 며칠 만에 다시 본래의 모습으로 돌아오자 그동안 마음 상하게 했던 게 미안해졌다.

"이 서류 검토 한번 해보세요."

혁준은 팀원들에게 태욱이 준 서류들을 건네주었다. 그는 은수의 얼굴이 며칠 새 핼쑥해진 걸 보면서 자신의 잘못인 것 같아 걱정 말라는 듯 밝게 웃어주었다.

"지금 이게 확인된 사실입니까?"

직원의 말에 은수는 서류를 들썩이던 손을 멈추고 혁준을 보앉았다. 좀 전과 다르게 딱딱하게 굳어 있는 얼굴로 그는 고개를 끄덕였다.

"이게 사실이라면 저희는 지금까지 엄한 곳만 들쑤신 격이네요. 하지만 조금 무모한 짓인데요."

"신성전자의 값어치가 이 정도일 줄은 몰랐습니다."

은수는 직원의 말에 서류를 마저 보고 어렵게 말을 꺼냈다.

"솔직히 무모하긴 하지만 실패해도 칼론은 큰 타격이 없을 겁니다. 실패할 경우 지금같이 몇 배 이상 뛰어오른 주식을 팔면 그만 아닙니까? 문제는 지금 그 뒤에서 조종하는 사람들인데 경영권 지분 확보가 가장 큰 문제겠군요."

은수의 말에 혁준은 또 한 장의 팩스 용지를 내보이고 창가로 다가섰다. 개운하지 않은 머리 속처럼 세종로는 보통 때보다 더 뿌연 매연으로 가득 차 있었다. 하얀 팩스 용지는 직원들 손에서 손으로 옮겨졌다.

〈저희 기밀서류가 누출되었다는 정보가 있습니다. 신성그룹과 관련없기를 바라며 금일 오후 한 시에 방문하겠습니다.〉

밑도 끝도 없는 칼론의 방문 통보였다. 은수는 혁준의 뒷모습이 오늘따라 무거워 보였다. 은수는 직원들을 내보내고 혁준에게 다가가 뒤에서 그의 허리를 꼭 잡았다.

"할 수 있어요. 겁내지 마요. 우리가 가진 것은 그만큼 값지기 때문에 탐을 내는 거예요. 지켜낼 능력을 충분히 가지고 있는 우리한테는 이런 일쯤은 한 번쯤 부는 황사와 같아요."

은수의 손이 혁준의 손을 꼭 잡자 혁준은 자신에게 괜찮다고 걱정하지 말라는 말보다 더 강한 위로가 되었다.

"고마워."

짧은 말이었지만 은수는 혁준의 등에 얼굴을 기대며 따뜻함을 느꼈다. 이 사람 곁에 서 있는 것만으로도 위로가 된다는 사실에 더없이 기쁜 자신의 모습을 발견하면서 감정의 확신은 다른 게 아니었다는 생각이 들었다.

"사장님, 맥클린 씨 오셨습니다."

둘의 모습에 머뭇거리며 말하는 비서를 보면서 둘은 오랜만에 편안한 미소를 지었다. 둘은 손을 꼭 잡고 혁준의 사무실로 자리를 옮겼다.

『아직도 저를 보시는 게 불쾌합니까?』

혁준의 사무실에 먼저 들어온 맥클린은 둘이 나타나자 자리에 일어나면서 은수에게 말을 건넸다. 혁준에게는 그런 맥클린의 모습이 능구렁이같이 느껴졌다. 감히 자신의 여자에게 보내는 희롱의 눈초리에 분노를 느꼈다.

『불쾌하지 않다면 황송하겠습니까? 한 번 잘못 맺은 인연은 무엇으로도 바꾸기 힘든 법이지요.』

은수의 말에 맥클린은 미간을 찌푸리며 앉았다.

『단도직입적으로 얘기합시다. 비비 꼬는 건 제 취향도 아니고 이미 다 아실 거라 믿습니다.』

맥클린은 살기등등한 어조로 말했다. 혁준은 날카로운 시선으로 그를 보았지만 저번과 다른 태도로 보아 이미 타협점이 없어 보였다.

『우리는 대립을 원하지 않습니다. 사실상 그룹 총수 역할을 하시는 김혁준 사장의 경영권만 내놓으시면 됩니다. 불필요한 싸움 따위는 하지 않는다는 게 저희 회사 철칙 중 하나입니다. 이건 저희 위임장 사본입니다.』

은수는 사본을 보자 숨을 들이마셨다. 위임장에 쓰여진 회사명에 10%의 주식을 보유한 우호적 투자 계열인 'ST은행'의 이름이 있자 혁준은 신음을 내뱉지 않을 수 없었다. 아직 위임장을 요청하지 않았지만 한국에 자리 잡고 그 후에도 수없이 신성그룹의 도움을 받은 기업이 이렇게 단번에 등을 돌리는 사태는 미처 예상하지 못했다. 친구가 하루아침에 적이 된 것이다.

『우리 서로 대립해 봐야 좋을 것도 없을 겁니다. 칼론이야 뒤에서 조종하는 대로 움직이는 꼭두각시이니 들을 얘기는 이미 다 들었지만 저희는 경영권을 내놓을 생각이 절대로 없습니다. 한 가지 묻겠습니다. 무엇 때문에 경영권을 원하십니까?』

혁준의 물음에 조롱 섞인 비웃음을 흘리는 맥클린에게 혁준과 은수 모두 모욕을 느꼈지만 지배주주 앞에서는 자신들도 어쩔 도리가 없었다.

『제 방문에도 임원들은 안 불러들이셨군요. 그 정도로 가볍게 저를 취급하시니 한 마디만 하지요. 제가 이런 행동을 하는 건 당신들의 경영 방식이 내 돈을 다 갉아먹을 것 같아서입니다. 신성전자가 내세울 만한 건 반도체 하나뿐이 더 있습니까? 요새는 그것도 주춤한다지요? 휴지 조각이 되기 전에 지키겠다는 것뿐입니다.』

은수는 그의 언사에 화가 나 숨이 가빠졌지만 혁준은 아무런 변화가 없었다.

『극으로 가봅시다. 주주총회도 열고 원하시는 대로 해드리지요. 하지만 만약 그쪽에서 진다면 어쩌실 겁니까?』

혁준의 당당한 눈빛에 도전 의식이 보였다. 맥클린은 만만히 보았던 작은 나라의 황금알을 먹기 위한 싸움에서 호랑이의 눈빛을 보는 듯했다.

『극으로 간다면 당신들은 신성그룹 및 신성전자와 완전한 결별입니다. 이 싸움에서 한발 앞서고 있는 나를 무슨 수로 이깁니까?』

『변수는 많지요. 그쪽도 아직 지분 확보를 완벽하게 한 것은 아니죠. 몇 퍼센트 앞섰다고 대주주 행세를 하는데 사실 당신들, 너무 오만해.』

맥클린은 할 말을 다 한 듯 앞의 냉수를 마시고 입술을 축였다. 그 모습에 은수는 직감적으로 그의 말이 모두 진실이 아님을 발견했다.

『한국을 아직 다 파악 못하셨나 봅니다. 저희 신성전자가 미국에서도 제대로 못 만드는 물건을 만들어 세계를 장악했으니 눈엣가시겠지요. 하지만 한국은 패쇄적인 나라입니다. 시장원리가 아닌 감정으로 움직이는 점이 있지요. IMF 때를 기억 못 하시는 건 아니죠?」

「그 말도 안 되는 금 모으기 운동이 또 일어난다는 겁니까?」

맥클린의 코웃음에도 은수는 말을 꺼냈다.

「우리 신성전자는 한국에서 일반 그룹과 달리 한국을 대표한다는 상징성을 가진 그룹입니다. 외국인의 손에 경영권이 넘어간다면 금 모으기 같은 일이 일어날 수 있다는 점을 상기시켜 드리는 겁니다. 부자들도 특별한 감정에 휩쓸리는 보통 사람입니다. 당신들과 다른 가치관을 가진 한국의 기업을 과소평가하지 말았으면 좋겠습니다.」

맥클린은 그들이 말하고자 하는 바를 알고 있었다. 애국심을 앞세운 눈물 겨운 호소. 하지만 이번 일은 시장원리에 입각한 문제였다. 돈이 지배하는 세상이다. 어느 한순간에 감정에 치우칠 수는 있으나 결국 돈이 이긴다는 신념을 가진 맥클린은 자리에 일어나며 말했다.

「그럼 주총에서 뵙는 걸로 하지요.」

「적어도 제가 아는 미국은 비윤리적인 일에 투자하지 않는다고 그들에게 전해주십시오. 더불어 저를 너무 얕보지 마십시오. 그깟 주식 몇 퍼센트 앞섰다고 다 이기는 게 아닙니다.」

혁준의 말에 뜨끔해 한참을 쏘아보던 맥클린이 나가자 바로 기획실장이 들어왔다. 임원들에게 통보해야 할 일만 남은 이상 앞으로의 전쟁에서는 단연코 이겨야 할 수밖에 없다.

"정 회장님의 위임장 및 국내 거주자의 위임장을 받아놓았습니다. 해외 거주자들에게는 따로 연락을 취하고 있습니다. 최 사장님이 움직이지 않아 몇몇 대주주 분들이 꺼려하셨지만 방금 전 위임하신다는 약조를 하셔서 위임장 대결로는 충분이 이길 가능성이 있습니다."

혁준은 남몰래 안도의 한숨을 내쉬었다. 혁준과 태욱으로 나누어져 있는 현재의 지배 구조에서 태욱이 혁준에게 힘을 실어 준다면 앞으로의 모든 일들이 좀 더 수월하게 진행될 것이다.

"가능성은 언제나 가능성일 뿐입니다. 우리 주식을 다량 보유하고 있는 독일계의 위임장들을 확보하십시오. 어차피 미국 내에 그룹들이 칼론을 좌지우지하고 있으니 아직은 손이 덜 미치는 독일 쪽으로 움직이시는 것이 나을 겁니다."

혁준은 뒤돌아 나가는 기획실장의 모습을 보고는 양복 상의 안주머니를 만지작거렸다. 막상 건네주려니 쑥스러워 머뭇거려졌다.

"시간 나면 읽어봐."

옆에 앉아 있는 은수의 손에 하얀 봉투를 건네는 혁준의 얼굴은 붉게 물들어 있었다. 어릴 때에도 해보지 않은 짓을 하려니 영 어색하고 창피스러웠다.

"알았어요. 그렇게 뻘쭘해하면 받아 드는 내가 다 미안하잖아요."

은수가 웃으며 자리를 뜨자 혁준은 차마 내쉬지 못한 한숨을 내쉬었다. 그들이 노리는 것은 경영권이 아니었다. 신성전자의 반도체 기술이었다. 한국 반도체에 맥을 못 추는 미국 기업들이 자사 연구진을 스카우트해 가는 시도는 종종 있었지만 그전에 미리 차단했기에 매번 허탕을 치는 경우가 많아 더욱 칼을 갈았을 것이다. 치졸하고 악랄하지만 그들의 시기심이 이런 어처구니없는 사태를 만든 것이었다. 태욱의 도움으로 한숨 돌린 혁준은 전화기를 붙잡고 명단에 적힌 사람들에게 일일이 전화를 하기 시작했다.

"신성전자가 너무 커버려서 그룹 전체가 이렇게 나서다 잘못되면 전자뿐만이 아니라 그룹 전체가 날아갈 수 있습니다. 차라리 계열사 분리를 권하는 게 어떨까요?"

조심스럽게 의견을 제시하는 직원의 말에 은수는 고개를 저었다.

"신성전자는 아직까지는 저희 소속입니다. 사장님도 한 번쯤은 이런 일이 일어날 거라고 각오하셨다고 하셨습니다. 큰일이다 생각하면 큰일이고 그저 한 번의 방어전이라고 생각하면 작은 일입니다. 벌써 시간이 이렇게 됐네요. 내일 아침에 뵙지요."

은수는 시간이 흐르는 것도 모르고 끝없던 주주들과의 실랑이가 매듭지어 가자 한숨 돌리고 시계를 보았다. 아홉 시를 훌쩍 넘긴 걸 보고 직원들을 퇴근시켰다. 힘겹고 어려울수록 가정이 그리울 수밖에 없기에 은수는 팀원들을 조금이라도 일찍 퇴근시키려고 노력했다.

다들 떠난 텅 빈 사무실에 앉아 낮에 혁준이 준 편지를 꺼냈다. 펼쳐 보고 싶다는 생각이 일하는 내내 수없이 들었지만 누구에게도 보이고 싶지 않은 자신만의 소유물이라는 생각에 참고 또 참았다.

〈나의 아내가 될 정은수에게.

지금 이 밤 가만히 책상에 앉아 당신을 처음 만났을 때를 떠올려 보았습니다. 그때 이미 마음이 움직였을 거라는 생각이 듭니다. 몸 전체에서 일어나는 욕망을 다스리며 애써 당신에게 향하는 시선을 외면하려 했지만 당신은 당돌함과 솔직함, 그리고 아름다움으로 나를 사로잡았습니다. 첫 만남 이후로는 당신의 포용력과 이해심에 난 다시금 나의 옹졸함을 돌아보았습니다.

당신은 나에게 세상을 가르쳐 준 사람으로 다가왔습니다. 나의 모든 선택의 선에서 당신이 가장 먼저입니다. 당신에게 우리는 사랑하는 거냐고 물은 적이 있습니다. 그만큼 고백에 대한 거절이 두려웠습니다. 쉽게 나의 마음을 포장해 사랑이라는 이름으로 당신에게 말을 해 현혹시키고 싶지 않았습니다. 진실된 마음은 말로 하지 않아도 서로 알고 있을 거라고 생각했습니다. 하지만 아닐 수도 있었습니다. 그래서 지금 이곳에 씁니다. 이 세상에 내가 태어나 불안정한 한 사람으로서 지금껏 살았다면 당신을 만나 진정한 사람으로 변해가고 있습니다. 당신 외에는 그 누구도 들어올 수 없는 단단한 마음으로 사랑합니다.

당신에게 애원하지 않겠다고 말했습니다. 감정을 강요당해 보았기에 당신에게 강요하고 싶지 않았습니다. 하지만 나도 사랑을 하고 나니 그 사람에게 무언가가 되고 싶어 당신에게 마음을 들여다보라며 내가 분명 있을 거라 강요하게 되었습니다.

당신에게 다가가는 한발한발이 조심스럽습니다. 당신을 조금이라도 상처 입힐까 이제는 손길 하나도 두렵습니다. 그러나 당신을 만났던 순간부터 하루하루가 행복입니다. 나에게 새로운 행복을 찾아줄 수 있는 사람은 당신뿐입니다. 당신에게 이 말은 꼭 해주고 싶습니다.

나를 사랑해 주세요. 앞으로의 당신에게 남은 인생의 동반자로 믿고 바라봐 주세요. 앞으로 모든 시간을 행복하게 만들어 드릴 수 없지만 적어도 행복하게 만들려 노력하겠습니다. 오늘따라 당신이 말없이 꼭 잡아주었던 손이 그립습니다. 다시금 이곳에 적습니다.

당신을 사랑합니다. 진실로 내 마음을 한 치도 속이지 않고 당신을 사랑합니다. 앞으로도 언제까지나 변함없이 정은수만을 사랑할 것입니다.

—당신의 남편이 될 김혁준.〉

은수는 편지를 다 읽고는 아무 말도 할 수 없어 두 손으로 입을 막았다. 벅찬 감동에 가슴이 뛰었다.

어떠한 고백보다 진실되어 보였다. 가슴에 글자들이 선명히 박히는 것 같았다. 둘이서 같은 곳을 향해 가는 것이란 확신이 들었다. 지금 혁준이 보고 싶어 은수는 자리에 일어났다가 다시 그 자리에 털썩 주저앉았다. 그의 편지를 들고 있는 그녀의 두 손이 떨렸다. 은수도 흰 종이를 꺼냈다. 떨리는 손을 진정시키고 차분히 써 내려갔다. 그녀가 하고 싶은 말을 단 한 글자도 빼놓지 않고 쓰기 위해 몇 번이나 멈추었다 다시 쓰기를 반복했다.

은수는 다 쓴 종이를 반듯하게 접어 혁준의 사무실로 향했다. 그의 사무실과 연결되어 있는 비서실에는 아무도 없었고 불도 꺼져 있었다. 보통 자정을 넘기는 시간까지 있었던 그들이 없어 돌아가려 할 때 그의 사무실 밑에서 불빛이 새어나오고 있는 걸 보았다. 은수는 사무실 문을 조금 열고 안을 들여다 보았다.

"혼자서 뭐 해요?"

혁준은 책상의 스탠드 하나 켜놓고 혼자 일을 하고 있었다. 얼마나 일에 몰두해 있었는지 은수가 말을 걸기 전까지 그는 그녀가 나타났는지도 모르고 있었다. 은수의 말에 혁준은 끼고 있던 안경을 벗고 고개를 들었다.

"퇴근 안 했어?"

"아직요."

"이리 와."

혁준은 은수에게 손을 내밀었다. 은수는 그에게 가까이 가 그의 손을 잡았다. 그가 이끄는 대로 그녀는 그의 무릎 위에 앉았다.

"나를 애 취급하는 것 같아."

"그럼 애지. 너 태어났을 때 나는 뛰어다니며 아이스크림 먹었다."

"나이 많아서 좋으시겠어요."

"보고 싶었어."

"왜요?"

"몰라. 나한테도 오빠라고 불러봐. 혁준 씨라고 부르는 것 너무 딱딱해."

"생각해 볼게요. 참 이거 답장."

혁준은 은수가 내미는 종이를 받아 들고 의아해하면서 조심히 펼쳤다.

〈나의 남편이 될 김혁준에게.

사랑합니다. 내가 당신을 사랑합니다. 우린 서로 사랑합니다. 변함없이 사랑하기를 소원합니다.

　　　　　　　　　—당신의 아내가 될 정은수가.〉

"이제 됐어요?"

혁준은 떨리는 손으로 그녀가 준 종이를 잘 접어 그의 와이셔츠 주머니에 집어넣었다. 그는 자신이 본 것이 사실인지 확인이라도 하는 듯 그녀를 뚫어져라 쳐다보았다. 그의 가슴은 그녀에 대한 감사한 마음으로 벅차오르고 있었다. 그는 처음으로 느끼는 폭포수처럼 쏟아지는 행복함에 몸부림칠 정도로 가슴이 떨렸다. 그녀의 허리를 안고 있는 두 팔에 힘을 주었다.

"사랑해요. 이제 와서 느꼈다면 거짓말이고 이제 깨달았어요."

"그래, 깨달아줘서 고마워. 사랑해 줘서 고마워."

"이제 알았어요. 어렵게 풀 필요도 없고 남들하고 비교할 필요도 없었어요. 그냥 우리만 느끼면 되는 거였어요. 내가 사랑이라고 하면 사랑이었어요."

"같은 마음. 같은 곳을 향한 마음. 같이 누리고 싶은 마음."

"그래요, 그게 사랑이었어요."

"사랑해. 정은수, 사랑해. 어떤 수식어도 필요없는 말. 사랑해. 사랑해."

은수의 그의 입에서 나오는 달콤한 말에 온몸이 짜릿해졌다.

"고마워. 날 사랑해 줘서 고마워."

"나도 고마워요. 사랑해 주어서 고맙고, 날 사랑하게 할 수 있게 만들어주어서 고마워요."

혁준은 그녀의 입술 위에 살짝 그의 입술을 포개놓았다. 움직이지 않고 그녀의 수줍은 떨림을 고대로 전해받고 있었다. 혁준은 그녀의 입술에서 물러났다.

"행복해."

"나도 행복해."

"이대로 계속 같이 있고 싶어. 그냥 이대로."

"날 사랑해요?"

"사랑해."

"얼마만큼요?"

"뼛속까지 사랑해."

"그럼 뼈 검사하고 다시 말해요."

"못 믿겠다는 거야?"

"피곤해요. 이대로 우리들의 시간 속에 갇혀 버리고 싶어요. 아무것도 모르게."

"널 내 몸으로 길들이고 싶어."

"당신이라면 길들여지는 것도 나쁘지 않을 것 같은데요."

혁준은 은수의 입술을 강하게 빨아들였다. 그녀의 입술을 그는 물고 핥고를 반복하면서 그녀의 블라우스를 풀어내기 시작했다. 은수의 손도 그의 넥타이와 와이셔츠를 풀기 위해 바쁘게 움직이기 시작했다.

"꼭 침대여야 할까? 소파에서는 안 될까?"

혁준이 은수의 입술에서 떨어져 말을 했다. 은수는 그의 말에 고개를 끄덕였다. 혁준은 은수를 두 손으로 안아 들고 자리를 옮겼다. 은수의 아랫입술을 자근자근 깨물며 혁준은 소파 근처에 섰다. 서로의 손동작이 빨라질수록 숨은 더욱 거칠어졌다.

그는 그녀를 그의 품에서 내려놓았다. 그의 앞에 서 있는 그녀를 내려다보며 혁준은 다 풀어진 블라우스를 벗겨내고 그녀의 가슴을 감싸고 있는 속옷을 풀어냈다. 혁준의 입술은 그녀의 귀로 옮겨가 귓속까지 깊숙이 혀를 넣어 간질이기 시작했다. 그녀는 작은 신음 소리를 내었다. 그는 그녀의 목선에 자잘한 키스를 남기며 여린 살갗을 입 안에 넣고 자근자근 깨물었다. 은수의 몸이 참지 못하고 비틀렸다. 혁준은 혀로 그림을 그리듯 그녀의 가슴으로 움직였다. 그녀의 가슴에 돋아져 있는 유두를 살짝 깨물자 그녀는 몸이 크게 흔들렸다. 그의 손은 그녀의 스커트 지퍼를 내렸다. 혁준은 그녀 앞에 무릎을 꿇고 앉았다. 은수는 두 손으로 스커트를 단번에 끌어 내린 혁준에게 놀랐다.

"일어나요."

혁준은 은수의 말을 듣지도 않은 듯 그녀의 스타킹과 속옷을 단숨에 벗겨냈다. 그녀는 그의 앞에 나체가 되었다. 그녀는 온몸에 한기를 느꼈다. 그녀는 빨리 그의 따뜻한 품 안으로 들어가고 싶었다.

"잠깐만요, 혁준 씨."

은수의 맨발 위에 혁준의 입술이 닿았다. 그의 입술이 닿는 발을 빼려 하자 혁준은 그녀의 발목을 잡았다.

"평생 너를 이렇게 사랑하며 살게."

그의 입술은 한동안 그녀의 발등 위에서 떨어지지 않았다. 은수는 자신의 앞에 몸을 구부리고 혁준을 보면서 눈물이 터질 것 같았다. 그녀는 그의 사랑이 이토록 깊을 줄은 예상도 못했다. 사랑한다는 말이 이토록 그에게 절절할지 상상도 하지 못했다. 그의 사랑은 열정적이고도 겸손했다. 그는 그녀에게 그의 사랑에 어떤 것도 요구하지 않고 있었다.

혁준은 고개를 들어 그녀의 맞붙어 있는 허벅지 사이로 혀를 집어넣어 조금씩 벌어지도록 했다. 그녀의 예민한 안쪽을 번갈아가며 살짝 물다가 혀로 핥았다. 그의 머리가 점점 위쪽으로 향하자 은수의 몸은 심하게 흔들렸다. 그가 그녀의 허리를 꽉 잡지 않았다면 그녀는 그대로 뒤로 넘어졌을 것이다. 그녀의 중심에 닿은 그의 입술은 예민한 그녀를 한 움큼 물어 강하게 빨아들이며 우물거렸다. 그의 혀는 촉촉이 젖어 있는 그녀의 중심부를 양 갈래로 벌렸다. 돋아진 그녀의 부분을 이로 살짝 깨물었다. 그녀의 안에서 마음껏 탐하는 그로 인해 은수는 발끝부터 서서히 짜릿한 기분이 퍼져 올라왔다. 혁준의 입술이 닿는 곳마다 그녀는 열기로 들떠 올랐다. 은수는 그의 머리를 두 손을 잡아 그녀에게 떼어냈다.

"힘들어요."

은수가 숨을 헐떡거리며 말하자 그는 몸을 일으켜 그녀의 깊은 곳에 그의 긴 손가락을 넣었다. 흥건히 젖어 있던 그녀가 그의 손가락을 꽉 조이자 그가 손가락을 움직이기 시작했다. 벌어져 있던 그녀의 다리는 그의 움직임에 점점 더 좁혀졌다. 중심을 잡기 힘들 정도로 그녀의 몸 전체가 들썩거리자 그는 그녀의 손을 자신의 어깨에 얹었다. 그의 손가락은 그녀의 깊은 곳에서 벗어나 그녀의 여성을 강하고 빠르게 아래위로 문지르며 양 옆으로 손가락을 흔들기도 했다. 은수는 고양이 울음과도 같은 신음 소리를 내지르며 가슴이 들썩일 정도로 가쁜 숨을 쉬기 시작했다.

"싫으면 말해. 참을 수 있어."

"아니야, 싫지 않아."

혁준은 일어나 걸치고 있는 옷들을 빠르게 벗었다. 바지를 벗으며 살짝 균형을 잃는 그의 급한 모습에 은수는 작은 웃음이 터져 나왔다. 그의 탄탄한 가슴이 드러나자 은수는 그의 작은 유두에 입을 대었다. 작은 유두가 꼿꼿이 서 있자 은수는 그것을 꽉 깨물었다. 혁준이 참지 못하고 뒤로 물러나려 하자 은수는 그의 남성을 꽉 잡았다. 이미 단단해져 있는 그를 손으로 쥐어 빠르게 움직였다. 그녀의 손길이 위아래로 움직일 때마다 혁준은 온몸을 출렁거렸다. 터질 듯이 부풀어 오른 남성은 돌처럼 딱딱하게 굳어졌다.

"시작도 하기 전에 끝나겠어."

혁준의 말보다 그의 뜨거운 입김이 그녀를 더 자극시켰다. 그를 잡고 있는 그녀의 손을 풀러낸 뒤 소파 위로 끌어당겼다. 그녀가 눕자 혁준도 그녀의 위로 몸을 겹쳤다.

"사실은 나 급해."

"나도요."

혁준은 급하다고 말을 하고 그녀의 안으로 들어가는 게 성급하게 느껴질까 봐 곁에서 맴돌기만 했다. 은수는 깊숙이 오지 않고 곁에서 맴돌기만 하는 그의 남성 때문에 흥분된 몸을 견딜 수가 없었다. 그녀가 엉덩이를 들어 앞으로 내밀자 그 순간 혁준이 그녀의 안으로 들어가려 했다. 하지만 그녀는 생각보다 좁았기에 그는 반도 채 들어가지 못했다.

"아, 아파."

"너무 좁아."

"밀고 들어와요."

은수는 그가 들어올 수 있도록 다리를 최대한 벌려 그의 허리를 감아 당겼다. 혁준은 그녀의 겨드랑이 사이에 손을 넣어 깊숙이 당겨 안았다. 그는 두 눈을 질끈 감고 그녀의 안으로 단번에 들어갔다. 그가 들어온 동시에 은수는 외마디 비명을 내질렀다. 그는 경직되어 있는 그녀의 안이 풀리도록 한참을 움직이지 않으며 그녀의 눈과 코에 입을 맞추었다.

"꽉 채워져 터질 것 같아요."

"이런 기분 처음이야."

그가 천천히 움직이기 시작하자 그녀의 안은 놓아주지 않을 듯 그를 꽉 조였다. 혁준은 이런 기분은 처음 느꼈다. 터질 듯한 그녀 안에서 그는 점점 빠르게 움직이기 시작했다. 은수는 소파를 짚고 있는 그의 팔을 강하게 잡아 그에 맞춰 엉덩이를 빠르게 들썩거렸다. 그녀의 입에선 그들의 움직임에 맞춰 달콤한 교성이 새어나왔다. 그녀의 발가락이 절정에 다다른 듯 안으로 오므라들었다.

"내 안에서 움직이는 게 좋아요."

은수는 땀이 맺혀 있는 등을 쓰다듬으며 들썩거리는 그의 몸을 훑었다. 그녀가 느끼는 만족감은 움직임이나 기교에서 얻어지는 게 아니었다. 마음으로 원했기에 그 어떤 전희보다 흥분되었고 기교보다 몸을 마비시킬 능력을 가졌다. 뜨겁게 맞대어져 있는 몸 안에서 은수는 안식처를 찾은 기분이었다.

"이대로 이 안에서 영원히 있고 싶어."

혁준은 은수의 이마에 입을 맞추며 움직임을 늦추자 은수는 갑자기 몸을 틀었다. 어느새 혁준과 은수의 위치가 바뀌었다. 혁준은 자신의 위에 앉은 은수를 놀란 얼굴로 쳐다보았다. 은수는 그런 그에게 웃으며 잠시 빠져나온 그의 남성을 손에 쥐고 자신의 안에 맞추었다.

"한 번에 가능할까?"

혁준의 말에 은수는 그대로 주저앉았다. 그녀는 자신이 느낄수 있는 부분의 끝까지 들어온 그를 느끼며 서서히 위아래로 움직였다. 그의 시선은 그녀의 움직임에 따라 흔들리는 그녀의 가슴에 머물러 있었다. 그의 손은 그녀의 엉덩이를 받치고 움직임을 도와주었다.

은수는 혁준의 시선을 느끼며 웃었다. 그녀는 묘한 웃음을 띤 뒤 자신의 손을 그녀의 유두로 가져가 비틀었다. 그녀의 행동을 보던 혁준은 눈앞이 아득해지기 시작했다. 그녀가 두 손 가득 자신의 가슴을 주무르며 신음 소리를 흘리자 그는 금방이라도 그녀 안에 다 토해낼 것 같았다. 교성과 함께 들썩이는 그녀의 모습은 승마를 하는 모습과 흡사했다. 그녀 마음대로 그를 깊게 품었다 얕게 품었다를 반복하며 그의 이성을 마비시켰다.

혁준은 은수의 움직임이 빨라지자 그녀가 절정으로 향해 가고 있다는 걸 알았다. 그는 그녀의 허리를 잡아 움직임을 멈추게 하고 그녀를 들어 그의 아래에 눕혔다.

"왜 그래요?"

갑작스럽게 혁준에 의해 멈춰진 은수는 그에게 물었다.

"내가 길들인다고 했잖아."

혁준은 은수의 양다리를 들어 넓히고 그녀의 붉어진 여성에 입을 맞추었다. 그녀의 자지러지는 신음과 몸부림에도 그는 멈추지 않았다. 그는 혀에 힘을 주어 그녀의 전체를 감싸듯이 눌러 아이스크림을 먹는 듯 부드럽게 위로 감아올리며 깨물고 핥기를 멈추지 않았다. 발끝에서부터 머리까지 퍼지는 열기에 은수는 속수무책으로 몸이 떨렸다. 혁준의 혀가 여성의 깊은 곳으로 들어와 혀를 안쪽으로 말아 넣었다. 혀끝이 깊은 곳의 벽을 닿자 온몸이 경직되며 은수의 입에서 탄성이 흘러나왔다.

"미쳐 버릴 것 같아. 멈추지 말아요."

혁준은 은수의 코에 입을 맞추고 그녀의 어깨를 깨물어 그만의 진한 흔적을 남겼다. 야수가 자신의 영역 표시를 하듯 은수에 대한 그의 표시였다.

그녀의 양다리를 그의 어깨에 걸치고 단번에 깊숙이 그녀 안으로 들어갔다. 그는 끝을 향해 한 치의 흔들림도 없이 강하게 몰아붙였다. 은수는 숨이 막혀오는 절정으로 치달자 몸 안에 피들이 서로 바깥으로 나갈 듯이 팽창되고 머리 속이 멍해지기 시작했다. 그녀의 몸 전체가 파득파득거리는 물고기처럼 이리저리 비틀리다 알 수 없는 신음 소리를 내뱉으며 축 늘어졌다. 그는 그녀가 절정을 넘어섰음을 알고 그녀의 허리를 붙잡아 그의 몸에 꽉 붙였다. 그는 참고 있던 많은 양을 그녀의 안에 토해내기 시작했다. 그는 조금이라도 빠져나갈까 그녀의 허리를 더욱 더 당기며 거친 숨을 토해냈다.

"내 몸 같지 않아요. 몸 전체가 당신에게 빨려들어 간 것 같아."

그는 그녀의 풀린 눈동자에 입을 맞추며 사랑하다고 속삭였다. 지금 그녀의 모습은 너무나 아름다웠다. 그녀는 그가 느껴보지 못한 쾌감을 주었다.

"이대로 잠시만 있자."

혁준은 생전 처음 느껴보는 황홀하고 뜨거운 열기가 사라질까 은수를 강하게 껴안고 놓지 않았다.

"행복해?"

"행복해요."
"사랑해?"
"사랑해요."
 둘은 식지 않은 뜨거운 체온을 서로의 몸에 새기며 떨어지지 않았다. 거칠었던 그들의 숨소리는 차츰 잦아졌다. 모든 걸 다 잊어버리고 다른 세상에 둘은 툭 떨어진 듯한 기분이었다. 영원히 벗어나고 싶은 않는 세상.

5

태욱은 회의를 마치고 올라온 결재 서류들을 보다 의자에 몸을 깊숙이 묻곤 이마를 두 손가락으로 누르며 피곤을 달랬다. 근래에 자신의 변화를 돌아보노라면 사람이 사는 것이 물 흐르는 것과 다를 바 없단 생각이 들었다. 급히 가겠다고, 또는 역류하겠다고 제 아무리 발버둥을 쳐도 흘러가는 순리를 거스를 수는 없는 것. 그것을 몰라 그토록 발버둥 치고 살아온 세월을 생각하면 아쉽고 돌이키고만 싶었다. 그러나 지나온 세월은 다시 오지 않는 법이듯 그도 이제 앞으로 갈 일만 남아 있었다.

태욱은 거칠게 열리는 문소리에 눈을 뜨고 누구인지 확인했다. 칼론의 맥클린은 열린 문을 한 손으로 짚고 몸을 비스듬히

기댄 상태로 서 있었다. 그는 방 안으로 들어오지 않고 거만하게 태욱을 노려보며 숨을 고르고 있었다. 태욱은 이제야 돌아가는 상황을 파악하고 한 발 늦게 나타난 그를 향해 웃음을 지었다.

『Please, Come in.』

태욱의 말에 맥클린은 문을 소리나게 닫곤 소파에 앉았다.

『우리와 한배를 탄 사람이 어느 날 우리의 적이 된다. 무슨 뜻입니까?』

『'ST은행'이 신성그룹과 한배를 타고 그 배에 오를 수 있도록 도움을 받았음에도 불구하고 그들의 적이 된 상황과 같다고 보시면 됩니다.』

그 말에 맥클린은 인상을 찌푸리며 주먹을 꼭 쥐었다.

『당신이 우리를 도와주는 조건으로 우리는 모든 정보를 제공하고 차기 회장으로 임명하기로 구두 약속한 엄연한 동반자입니다. 갑작스럽게 우리의 정보를 신성에게 넘겨준 이유가 뭡니까?』

『뭔가 오해가 있으신 것 같은데 서면이 아닌 구두로 이루어진 약속이란 어떤 상황이 닥치더라도 아무 소용 없는 말에 불과하다는 걸 잊으셨습니까?』

『아무리 구두였다 해도 엄연히 약속인데 그것을 깰 만큼 가벼운 사람이었습니까? 회장의 자리가 탐나지 않으십니까? 갑자기 마음을 바꾸신 이유가 무엇입니까?』

태욱은 담배를 꺼내 불을 붙였다. 한숨과 함께 토해지는 담배 연기처럼 허망하게 날아가는 자신의 마음속 응어리를 어찌 이 사람에게 다 설명할 수 있겠는가. 아니다 싶을 때 돌려야 하는 것이 최선이라는 걸 이 사람에게 어찌 다 말로 표현해야 하나 하는 생각에 잠시 말을 삼켰다.

『지극히 개인적인 감정으로 시작한 일이었습니다. 솔직히 전 회장 자리에 관심이 있었던 게 아닙니다. 제 개인사에 대해 소상히 말씀드릴 수는 없지만 개인적 감정과 회사 사이에서 잘못된 판단을 한 제 자신을 이제 제자리로 돌리기 위해 어렵게 약속을 깼습니다. 전 어차피 신성그룹에 포함된 사람이었습니다. 이런 일에 대한 위험을 감수하시고 저를 택하신 것 아닙니까?』

『그렇다면 당신이 말하던 단 한 사람은 사라진 겁니까?』

태욱은 단 한 사람만 무너뜨리면 될 거라고 생각했다. 그 사람이 가진 것을 모두 빼앗아 고통에 빠뜨리면 지현의 힘들고 괴로웠던 시간을 보상받을 수 있을 거라 믿었다. 하지만 지현을 괴롭힌 건 자신의 열등의식이었다. 그렇다고 혁준이에게 아무런 적대감이 없는 것은 아니다. 그가 조금만 그녀를 품고 지금 은수에게 대하듯이 따뜻하게 대해주었다면 지현은 견딜 수 있었을 것이다. 그녀가 죽음까지 택하며 벗어날 필요 없이 혁준의 옆에 안착할 수 있었을 거라는 미련이 가슴 한쪽에서 맴돌았다.

사랑이 아니고 운명이 아니었던 걸 누구도 탓할 수 없었다. 태욱은 세 사람의 인연의 끝을 본 지금이 덮을 때라 생각했다. 더 이상 명분없는 감정으로 혁준에게 해가 되는 일을 해서 나중에 지현의 앞에서 움츠려 들고 싶지 않다. 이제는 그의 마음 한 구석에서 오랜만에 행복해하는 혁준의 사랑에 축복의 선물을 주고 싶어했다.

『죄송합니다. 하지만 저는 더 이상 잘못된 선택을 해 인생을 허비하며 살고 싶지는 않습니다. 전 앞으로 맥클린의 적입니다. 적과 동지는 종이 한 장을 뒤집는 차이입니다. 드릴 수 있는 말은 여기까지입니다.』

『당신은 참 간단한 사람이군. 지극히 개인적 감정으로 시작했든 안 했든 발을 쉽게 뺄 수 있다고 생각하십니까? 전 이미 그쪽에 경고를 보냈습니다. 제가 마지막으로 경고를 보낼 곳은 최태욱 사장님인 것 같군요. 무슨 일을 시작하든 회사의 일에 개인 감정을 이입시키는 우매한 짓은 다시는 하지 마십시오. 이번 일로 인해 신성 전체가 얼마나 흔들릴지 두고 봅시다.』

『그 계획이 한국 주주들에게 알려지면 결코 승리할 수 없다는 건 그쪽이 더 잘 알 거라고 생각합니다. 이미 실패한 게임입니다. 한 사람의 배신이 당신들한테 큰 타격을 줄 정도로 허술하게 만들어진 계획을 탓하십시오.』

『우리는 이십 년이 넘는 시간 동안 결코 패배란 걸 해본 적이 없습니다. 그 계획을 주주들에게 알릴 경우 우리는 법적으로 해결할 것입니다. 당신의 혐의까지 같이!』

태욱은 돌아 나가는 맥클린의 자신만만한 뒷모습을 보면서 그가 혁준에게 무너질 모습이 자못 궁금해졌다.

"개자식들. 도와달라고 고개 숙일 때는 언제고 이제 지들 자리 잡으니 나 몰라라 하는 꼴이라니. 정말 밥맛없군."

혁준은 'ST은행'의 은행장과 여러 번 통화를 시도했지만 번번히 실패했다. 그들의 의도를 모르는 것도 아니고 미국에서 내려온 본사 지시를 따른 것뿐이라 하지만 그동안의 관계를 보아 설득해 보려 했다.

"세상이 돈으로만 움직인다고 생각하는 사람들한테까지 우리가 고개를 숙일 필요는 없어요. 지금껏 모아온 지분만으로도 승부는 날 수 있어요. 당신, 요새 너무 예민해. 몇 주 동안 잠도 제대로 못 잤잖아. 이러다 병 나요."

혁준이 식사도 제대로 하지 않고 매일같이 계속되는 야근과 연달아 잡힌 주주들과의 만남을 갖는 강행군을 계속하고 있었기에 은수는 그의 건강이 가장 걱정되었다. 혁준은 은수의 손을 잡아끌어 자신의 무릎에 앉혔다.

"잠시만 눈을 감아요."

은수는 혁준의 눈가에 손을 올리고 눈을 감기듯 쓸어 내렸다. 혁준은 은수가 하라는 대로 눈을 감았으나 입가에는 웃음이 잔뜩 걸려 있었다.

"시키는 대로 했으니 보상이 있어야지."

은수는 혁준의 말에 고개를 숙여 그의 목 언저리에 자잘한 키스를 남기곤 달콤한 목소리로 그에게 속삭였다.

"사랑해요. 잠시 눈 좀 붙여요."

혁준은 은수의 허리를 두 손으로 꼭 안고 서서히 숨을 고르게 쉬기 시작했다. 그는 귀에서 맴돌던 은수의 목소리가 점차 멀어져 감을 느끼며 서서히 잠에 빠져들었다.

그가 잠든 걸 확인한 은수는 그의 얼굴을 만지며 피곤에 지친 그를 위해 자신이 어떤 존재가 되고 싶은지 깨달았다.

"가지 마. 사랑해."

은수는 자신의 무게 때문에 혁준의 다리가 아플까 봐 손을 풀려 했으나 잠꼬대처럼 내뱉는 그의 말에 온몸에 힘을 빼고 편안히 그에게 기댔다. 그녀는 서로에게 이처럼 편한 쉼터가 될 수 있음에 행복함을 느꼈다. 행복이 잔잔하게 가슴속에서 퍼져 나갔다. 둘은 서로에게 기대어 눈을 감고 잠시 평온한 시간을 보냈다.

주총을 하루 앞두고 불러온 임원 및 사장단 회의실은 전투를 앞둔 긴장감으로 인해 모두들 얼굴이 굳어 있었다. 모두들 처음 겪는 생사의 기로에 기진맥진한 상태였다. 혁준과 은수는 멀찌감치 떨어져 앉아 있었다.

"그들도 신성전자 기술이 탐이 나긴 했나 보군."

"그러게 말입니다. 하지만 아무리 기술이 탐이 나더라도 그렇지, 어찌 자기들끼리 연합해서 매수할 생각을 했는지 그 속이 궁금하네."

"우리가 이기면 나중에 이 책임을 물어도 되지 않을까 싶은데 김 사장님은 어떠십니까?"

그들은 혁준과 기획팀이 그룹 내에 보낸 자료들을 보고 한 마디씩 던지기 시작했다. 혁준은 별다른 말을 하지 않았다. 놀란 마음은 그들과 같았으나 치졸하다고 하더라도 일어날 수 없는 일은 아니었다.

"내일은 2%의 전쟁입니다. 2%의 주식을 가지신 분을 찾아내 많은 인원을 동원해 연락처를 추적했지만 워낙 베일에 가려져 있어 연락할 방도를 찾아낼 수 없었습니다. 하지만 칼론 측도 같은 상황이기에 일단은 안도의 한숨을 내쉴 수 있는 상황입니다."

혁준의 말에 임원들과 각 사장단은 침묵으로 답을 했다. 은수와 기획실 직원들은 고개를 떨어뜨렸다. 지난 보름이 넘는 시간 동안 모든 통로를 통해 연락을 시도했지만 성공하지 못했다. 이름 석 자만 알아냈을 뿐 어디에도 흔적을 찾을 수 없었다. 적막하고 긴장되는 순간 한 임원이 입을 열었다.

"회장님의 퇴진은 저희도 적극 환영합니다. 하지만 무슨 연유로 후임이 최태욱 사장이 아니고 김혁준 사장입니까? 지금까지 경영 실적을 보면 최 사장님이 훨씬 뛰어나다는 건 저희 모두가 알고 있습니다."

한 사람의 말이 막혀 있는 고랑을 터준 듯 서로들 한 마디씩 하느라 회의장은 금세 술렁이기 시작했다. 그러나 혁준은 쉽게 말을 꺼내지 않은 채 그들의 말을 차분히 듣고 있었다. 한 계열사 사장이 조금의 망설임도 없이 말을 꺼냈다.

"하지만 한 사업장의 능력과 그룹에 속해 있는 각 사업장 전반에 걸친 김 사장님과의 능력이 비교될 수 없다고 생각합니다. 그렇기에 김 사장님의 회장직 승계가 아무런 문제가 없음을 자신있게 말씀드립니다."

계열사 사장의 말이 끝나자 가장 나이가 많은 임원이 입을 열었다. 어떤 말을 할지 궁금해하며 모두들 목소리를 줄였다.

"전 최 사장님이 후임이 될 거라고 예상했지만 김 사장님이 되신다 해도 반대하지 않습니다. 다만 소액주주들이 지금 저희에게 위임장을 써주면서 하는 말이 김 사장님이 마음에 들지 않지만 신성그룹이 위기이기 때문에 우리의 손을 들어준다고 합니다. 이런 문제에 대해서 신성그룹을 지키시고 난 후에도 자리에 계속 앉아 계실 생각이십니까? 믿지 못하는 사람에게 회사를 맡겨놓고 불안에 떠는 주주들의 심정도 헤아려 주셨으면 합니다."

태욱이 무례한 말을 하는 임원 때문에 탁자를 두 손으로 소리 나게 짚으며 자리에 일어나려 하자 혁준은 손으로 그를 저지했다. 혁준은 매번 듣는 소리이기에 적응돼 있을 뿐만 아니라 자신의 할 말을 태욱이 대신하는 것도 우스워 보일 것 같았다.

"우선 제 능력에 대해 의문이 들도록 한 점에 대해 죄송스럽습니다. 후계자 구도에 대해서 지난 오 년 동안 꾸준히 문제가 제기되었음에도 불구하고 지금의 제가 이 자리에 있다는 것이 능력을 대표한다고 봅니다. 어느 곳이든 불만이 없다면 그건 광신도적인 종교 단체 아닙니까? 우리는 기업입니다."

혁준의 말에 모든 사람들은 웃었다. 그는 선을 긋는 여유로움과 더 이상 예민하게 반기를 드는 사람들에게 일일이 신경 쓰지 않으며 모두를 인정하려는 생각이 그의 안에 자리 잡아 있었다. 자고로 한 기업을 대표하는 자리에 앉은 사람의 첫 번째 조건은 포용력이다. 혁준이 서서히 그 모습을 드러내자 그를 보는 사람들의 시선이 바뀌기 시작했다.

혁준의 말을 끝으로 잠시 휴식 시간을 갖기 위해 사람들은 자리에 일어나 회의장 밖으로 삼삼오오 모여 나갔다. 혁준도 은수와 함께 그의 사무실로 자리를 옮겼다.

"유머감각이 있는 줄 몰랐네요? 내가 알던 혁준 씨가 아닌 것 같았어요. 혼자서 못하는 게 뭐예요?"

은수는 혁준이 기지개를 켜며 굳어 있는 몸을 풀자 그의 책상에 걸터앉았다. 혁준은 책상에 앉아 있는 은수의 다리를 보자 안쓰러운 마음이 들었다. 지난 며칠 동안 높은 힐을 신은 채 부산하게 주주들의 위임장을 받으러 다녔었다. 그녀의 부은 다리가 얼마나 고생했는지 알 수 있게 해주었다. 그는 옆에 앉아 있는 그녀의 등을 부드럽게 쓰다듬었다.

"혼자서도 잘하는 남자가 매력적이지 않을까? 그리고 혼자 못하는 것은 너랑 하는 사랑."

은수가 삐죽 내민 입술을 혁준은 두 손가락으로 잡아당겼다. 은수는 혁준의 넥타이를 자신 쪽으로 당겨 볼을 맞대고 귓가에 속삭였다.
　"혼자 잘하는 남자는 매력없어요. 같이 하나둘 만들어 나가는 것, 그게 부부예요. 아셨어요?"
　혁준은 은수의 말에 웃으며 한 손으로 그녀를 끌어안았다. 은수는 그의 심장 소리가 고요히 들리는 그의 가슴 안에서 둘이 함께 있는 시간이 그동안의 혼자였던 시간보다 더 뿌듯하고 좋았다. 은수는 자신의 머리를 부드럽게 쓰다듬는 그의 큰 손을 고스란히 느끼며 시간이 이대로 멈추어 어떤 일도 일어나지 않았으면 좋겠다고 생각했다. 그를 만나고 힘든 일을 옆에서 직접 겪으니 그에게 해줄 수 있는 일이 너무 적었다. 힘든 일들은 아직도 산적해 있었고 자신들은 그 길의 초반에 와 있으니 자신이 그 수많은 일들에 대해 도와줄 능력을 하루 빨리 배워 나가길 소원했다.
　"그만 좀 하지. 그 손 민망하지도 않나?"
　갑자기 들리는 태욱의 목소리에 혁준은 은수를 두 품에 품어 감추고 싶었다. 아무에게도 보여주고 싶지 않았다. 자신만 보고, 자신만 느끼고, 온전히 자신만의 은수이길 바랐다. 그러면서도 혁준은 지나친 소유욕에 놀랐다. 매번 은수와 있으면 새로운 감정이 하나둘씩 그의 안에서 발견된다.
　"솔직히 우리가 민망하지는 않지. 부러우면 너도 빠른 시간

내에 네 인연을 만나. 지나간 인연에 얽매이면 앞으로 만날 사람을 놓칠 수 있어."

은수는 혁준의 말에 궁금증이 생겨 그의 귀에 대고 소곤거렸다.

"태욱 씨도 사랑하는 사람 있었어요? 헤어진 거예요?"

"나중에 시간 지나면 알게 돼. 왜 태욱이한테 관심을 가져?"

"그럼 가족한테도 모른 척하며 살까요? 질투하는 거죠?"

은수는 단정히 넘긴 머리에서 삐져 나온 몇 가닥의 머리카락을 잡아당기며 장난치는 혁준을 말렸다. 그런 두 사람의 토닥거림을 보니 태욱의 입가에도 저절로 웃음이 지어졌다.

"난 생사에 놓여 있으면서도 혁준을 저렇게 여유롭게 만드는 제수씨의 능력이 궁금해지는데요. 어쩌다 저놈이 저렇게 팔불출이 되었습니까?"

"도련님, 제가 알기로는 혁준 씨보다 생일이 늦으신데 가능하시면 형수님이라고 불러주세요. 한번 해보세요. 형.수.님."

혁준은 한 글자씩 힘주어 말하는 은수의 모습이 너무 귀여워 보여 자신도 모르게 은수의 입술에 살짝 입술을 대었다. 촉촉한 입술의 느낌에 더 파고들고 싶었지만 태욱의 눈길에 아쉬워하며 살며시 떼어냈다.

"네, 형수님. 앞으로 꾸준히 형수님이라고 불러 드리오리다. 근데 혁준아, 우리 회의하다 중간에 나온 거 잊었냐?"

혁준은 회의 중이란 것을 순간적으로 잊고 있었다. 근래 들어 사람들 속에 있으면서도 주변의 시선이나 시간은 신경 쓰지 않을 정도로 두 눈에 은수밖에 들어오지 않았다. 혁준의 사랑에 대한 부작용은 세상의 중심이 단 한 사람으로 변해 주변은 그저 풍경밖에 되지 않는 것이었다.

세 사람은 다시 지긋지긋한 회의가 이어질 회의장으로 향했다. 그곳으로 향하던 중 혁준은 은수의 손을 꽉 잡았다. 그녀의 손을 잡으면 왠지 그의 마음은 평안해졌다.

다시 회의가 시작되면서 불만의 목소리가 사그라지지 않자 태욱은 자리에 일어나 시선을 집중시켰다.

"그동안 사적인 감정과 공적인 감정을 구분하지 못했던 제가 시시때때로 후임에 대해 반기를 들었던 것은 사실입니다. 그러나 저희 신성그룹에서는 더 이상의 경영권 논란이 일어나지 않게 하기 위해 노력하겠습니다. 전 앞으로 김혁준 사장을 적극적으로 도와 신성그룹을 이끌어갈 것입니다. 그동안 저에게 힘을 실어주셨던 많은 분들께 감사한 마음을 전해 드리면서 앞으로 김 사장님을 적극적으로 지원해 주시기 바랍니다."

갑작스런 태욱의 말에 임원진들은 술렁거렸다. 지금까지 적대적인 두 파벌의 중심 중 하나였던 태욱의 변화에 따른 파급효과는 확실했다. 드디어 하나로 힘이 뭉쳐지고 있었다. 혁준은 태욱을 보며 그의 결심에 고맙고 그동안 미안했다는 뜻의 눈빛을 전했다.

"지금 저희는 50%의 우호지분은 확보해 놓은 상태지만 만약 칼론의 48%에 2%가 더해진다면 동률입니다. 재경합을 펼칠 경우 우선 이미 손을 들어주었음에도 불구하고 이기지 못한 우리 쪽에 등을 돌릴 가능성이 더 큽니다. 하지만 저와 임원진은 최악의 상황에서도 꼿꼿이 고개를 들고 신성인으로서 자부심을 지켜야 합니다. 최선을 다한 결과가 비록 우리를 버린다 해도 우리는 아름다운 마지막을 보여주어야 합니다."

모두들 혁준이 말한 최악의 상황까지는 받아들이기 어려운 표정이었다. 탄탄대로를 달리던 회사가 단 한 번의 바람에 이토록 흔들리는 모습은 그들의 자부심에 상처를 주었다. 서로에게 위로를 보내지만 혁준이 말하는 아름다운 마지막은 결코 일어날 수 없을 거라는 자신은 할 수 없었다.

회의실을 가득 메우고 있던 사람들이 하나둘 자리에서 일어나 회의장을 떠나자 혁준, 은수, 그리고 태욱 셋만 남아 있었다.

"아무리 반도체 기술이 탐난다고 하지만 연합을 해서 한 회사를 통째로 삼키려 한다는 건 정말 독특한 발상 아니에요? 도저히 생각해 볼 수도 없는 일이라 당황스러움을 넘어서 유치해 보이기까지 하더라고요."

태욱은 넥타이를 느슨하게 하며 의자에 몸을 기댔다. 그러고는 혁준과 은수를 보며 말했다.

"미국이니까 가능한 게 아닐까 싶어. 넘치는 자본력, 그리고 그들의 결속력 또한 작은 나라에서 세계의 반도체를 두 손에 쥐고 제멋대로 흔드는 게 그들에겐 자존심이 크게 상했을 거야.

그래도 너무 겁준 것 아냐? 노인네들 자그마한 심장 다 얼어붙었겠다, 말년에 왜 이리 꼬이나 하고. 아마 오늘 저녁 불안해서 못 잘걸."

"그동안 위기가 와도 우리에게는 스치는 바람이었어. 하지만 이번은 스치는 바람이 아닌 태풍임을 정확히 알아야 해. 그들은 그동안 우리가 얼마나 힘들게 위임장을 받아내고 대책을 강구하느라 고심했는지 생각을 안 해. 자신들은 아무것도 안 하면서 일이 터지고 나면 책임만 묻기 바쁘지. 그래서 한마디 한 거야."

"솔직히 말하면 태욱 씨 도움이 아니었다면 우리는 아마 의도도 파악 못하고 엉뚱한 대책만 세웠을 거예요. 그렇다면 제대로 붙어보지도 못하고 포기했을 거고. 진심으로 감사드립니다. 이제 우리 진짜 가족이죠?"

은수는 환하게 웃는 태욱을 보면서 그의 웃음이 완전히 환하지 않다고 느꼈다. 그것은 태욱을 볼 때마다 느끼는 것이었지만 그녀는 아직 물어볼 자격이 없기에 그저 시간이 지나기만을 기다리며 그 물음을 가슴에 담아놓았다.

은수의 마음속에 태욱은 치사하고 야비한 사람으로 그려졌었다. 첫 만남에서 그가 보여준 모습은 충분히 그렇게 인식하게 만들었다. 하지만 적절한 시기에 중요한 서류를 가져온 그의 행동과 오늘 혁준에게 힘을 실어준 발언을 보고 가족이라는 울타리는 쉽사리 벗어날 수 없는 것이라고 생각했다.

"미안한 말이지만 결론이 어찌 나든 우리의 결혼에는 차질이 없었으면 좋겠어."

혁준은 처음에 이 자리를 놓치게 된다면 자연히 은수를 잃어버릴 거라고 생각했다. 그러나 시간이 흐르면서 신성그룹의 김혁준 사장으로서 정은수를 사랑한 것이 아니라 김혁준이란 사람이 사랑한다는 걸 깨달았다. 그 뒤 일이 잘못되든 잘되든 그들에게는 부수적인 일이라는 생각을 했다. 서로의 조건을 맞추어 만났다지만 사랑은 온전히 두 사람의 마음으로 시작하고 끝을 맺는 것이기 때문이다.

"난 날 사랑해 주는 김혁준, 당신만 있으면 돼요. 우리 그런 겉치레는 다 벗어던져요."

은수는 만약 자신이 누리고 있는 것을 단 한 사람으로 인해 잃어버릴 수 있는 위험이 생긴다면 그것을 고려조차 하지 않을 거라 생각했다. 소위 말하는 속물이 정은수였다. 조건, 그것이 전부는 아니지만 그것이 단지 일부이지도 않았다. 은수는 선택의 기준점에서 항상 저울질하고 있었다. 하지만 사랑은 조건을 떠나 사람만을 보게 한다. 그가 지금 어느 위치에서 얼마만큼을 자신에게 줄 수 있느냐는 것은 눈에도, 머리에도, 그리고 가슴에도 영향을 주지 못했다. 아픈 사랑은 눈으로, 머리로, 그리고 가슴으로 주변을 의식할 때 시작하는 것 같다.

태욱은 자신들의 감정에 확고한 눈빛을 서로에게 전달하는 두 사람을 보면서 지나간, 그리고 놓쳐 버린 자신의 안타까운 사랑 때문에 마음이 아팠다. 사랑은 언제나 기회를 주지만 그것을 놓친 수많은 연인들의 안타까움이 자신과 같을 거라고 믿었다. 찢어져 너덜너덜한 가슴으로는 다시 사랑을 할 수 있을지조차 알 수 없지만 다음 생이 존재한다면 지현에게 자신의 온전치 못한 모습마저 내보이며 저들처럼 서로를 보듬어주리라 스스로 다짐했다.

"전 세계를 닭들의 천국으로 만들고 싶지 않으면 내일 숙모님이 발표하실 서문이나 완성해라. 내가 죽을 때가 되었나 보다, 김혁준이 닭살 떠는 꼴도 보고."

"설마 죽기까지 하겠냐? 같이 밥 먹을래?"

"됐다. 내일 사진 찍힐 테니 가서 피부 마사지나 받아야겠다."

태욱이 투덜거리며 회의실을 나가자 은수와 혁준은 작은 웃음을 내뱉고 서로 입술을 맞추었다. 달콤하고 부드러운 키스는 어느새 매콤한 음식의 들뜬 열기로 변해 몸으로 퍼져 갔다. 혁준은 은수의 블라우스를 스커트 밖으로 꺼내 안으로 손을 넣었다. 그리곤 매끄러운 은수의 등을 쓰다듬었다. 키스의 농도가 짙어지는데도 혁준의 손은 은수의 등을 떠나지 않았고 몸을 더 이상 가까이 끌어당기지도 않았다.

"사랑은 몸과 마음의 두 가지로 표현할 수 있는 것 같아요. 서로 쓰다듬고 움직이고 그런 건 말 이상의 표현으로 서로를 알아가는 건데 당신은 몸으로 할 수 있는 말을 너무 아껴요. 말로 다 하지 못하는 것은 몸으로 말해 줘요."

"한 번 시작하면 끝을 봐야 할 것 같아. 눈에 띄는 곳 어디에서나 너한테 무리하게 요구할 것 같아 조심스러워."

"지금 말해 줘요."

혁준은 뒤를 돌아 회의장의 문으로 걸어가 잠금 버튼을 눌렀다. 그러고는 은수에게 다가와 두 손으로 그녀를 번쩍 들어 넓은 탁자에 앉힌 후 다리를 벌려서 스커트 안으로 머리를 집어넣었다. 혁준은 놀라서 발버둥 치는 은수의 다리를 꽉 붙잡고 매끈한 그녀의 허벅지 안쪽에 입을 맞추며 천천히 올라갔다. 혁준이 촉촉이 젖어 있는 그녀의 중심에 입술을 맞추자 그녀의 몸이 사시나무 떨리듯 떨렸다. 그의 입술에 닿은 부드러운 실크 너머로 파르르 살결이 떨리는 것을 느낄 수 있었다.

혁준은 은수의 두 다리를 들어 그의 어깨에 올리곤 두 손으로 자꾸만 뒤로 물러나려는 그녀의 엉덩이를 꽉 쥐었다. 은수의 한껏 부풀어 있는 그곳을 혁준이 한 움큼 머금는 순간 그녀의 머리 속이 하얘지며 엉덩이가 들썩거렸다. 그의 머리카락이 그녀의 허벅지 위에서 따끔거리며 움직이고 그가 내쉬는 숨이 다리에 물방울 퍼지듯이 사방으로 퍼졌다.

은수는 입에서 터져 나오는 신음을 막아보려 입술을 굳게 다물었지만 그 사이로 빠져나오는 소리는 어쩔 수 없었다. 그녀의 스커트 안에서 혁준은 거친 숨을 쉬며 분주하게 머리를 들썩였다. 촉촉하게 젖어드는 그녀의 숲을 그의 혀로 가르며 깊이, 더 깊이 찾아 들어갔다.

"야! 너희들, 뭐 해? 문 안 열어? 당장 열어."

갑자기 문을 두드리는 소리에 혁준은 급하게 그녀의 다리 사이에서 머리를 빼냈다. 은수도 갑자기 들리는 은혁의 목소리에 놀라서 뒤로 넘어갈 뻔했다.

"정은혁, 문 열 테니 조용히 해."

혁준은 밖으로 나와 있는 은수의 블라우스 자락을 치마 안으로 꼼꼼히 넣어주었다. 위로 말려 올라가 있는 그녀의 스커트를 내려주면서 아쉬운 듯 짙은 입맞춤을 시도했다.

"남녀칠세부동석인데 왜 문을 잠그고 지랄들이야. 정은수, 너 속도위반이 우리 집안 내력이라고 소문나면 죽어."

혁준이 문을 열자마자 은혁은 회의장 안으로 튕기듯 들어왔다. 얌전히 의자에 앉아 있는 은수의 볼이 발그스름해진 것을 보고 은혁이 웃음을 터뜨렸다. 은수는 새침하게 입을 다물고 아무것도 모른다는 듯 초롱초롱한 눈빛을 하고 있었다.

"너 왜 웃어? 우리가 뭐 못할 짓이라도 했냐?"

혁준은 은혁의 웃음소리가 심하게 거슬려 이를 악물고 날카롭게 말했다. 자신을 향해 웃는 건 가능할지 몰라도 은수를 앞에 두고 그러는 것은 참을 수 없었다.

"너 아직 모르나 본데 은수가 보통 외계인이 아니다. 사람의 생각을 조종하는 능력이 있어. 넌 딱 걸린 거야. 어이, 외계인. 내숭 그만 떨고 고개를 들고 지구인의 탈을 벗어라."

은혁의 말에 은수는 자리에 일어나 두 손을 허리를 짚고 은혁을 노려보았다.

"인생에 도움이 안 돼. 나 나름대로 순수한 정은수를 지향하는데 왜 거기다 찬물을 끼얹는 건데?"

"순수한 정은수? 너 사랑을 하더니 미쳤나?"

혁준은 슬그머니 은수의 옆에 섰다. 은수도 그가 옆에 서자 한 발 그의 쪽으로 옮기며 그의 팔에 팔짱을 끼었다.

"예전에 누군가가 나에게 그러더라, 사랑하면 비정상이 될 거라고. 근데 그 말이 사실일 수밖에 없어. 사랑은 나만이 아니라 내 상대방마저 감싸 안아야 하고, 그 사람의 감정마저 내 안에 담아야 하고, 그 사람만을 바라봐야 하는데 이게 지극히 정상적이고 이기적인 우리들에게 가능할까? 그래서 변화하는 걸 보고 미쳐 간다고 하는 거겠지. 그리고 사랑하는 감정에 대해선 은수는 어느 누구보다 순수해."

은수는 머리를 혁준의 어깨에 기댔다. 마주 잡은 따뜻한 손이 모든 걸 말하고 있었다. 당신이 있어 얼마나 행복한지. 만나지 못하고 지나쳤다면 자신들의 인생에 가장 중요하고 버팀이 되는 사랑을 놓쳤을지도 모른다며 서로 맞잡고 있는 손에 힘을 주었다.

"저번에 말한 나눔경영 프로젝트 마무리하려고 들어왔다. 내일 아버지가 주주총회에 가신다더라. 위임장도 위임장이지만 참석하는 게 더 바람몰이 하기 쉬울 것 같다는 계산인가 봐. 나가서 술 한잔할래?"

혁준은 은혁의 말에 고개를 가로저었다. 오늘은 어머니 곁에 있기로 이미 마음을 먹었기 때문이다. 갑작스러운 불명예 퇴진에 마음이 상하셔서 근래 식사도 제대로 못하시고 속으로 수많은 생각을 삼키는 어머니를 생각하면 마음이 무거웠다. 그는 자신의 능력이 조금 더 출중했다면 그의 어머니에게 좀 더 좋은 조건에서 아름다운 뒷모습을 보여 드릴 수 있었을 것을 아직은 부족한 자식으로 인해 뜻을 이루지 못해 죄송스러웠다. 은수는 혁준의 어머니에게 시간이 필요하실 거라고 생각하고 자신은 그저 뒤에서 묵묵히 지켜보기로 마음먹고 각자의 집으로 향했다.

서울호텔의 연회장.

(주)신성의 정기 주주총회에 참석한 사백여 명의 주주와 기자들은 주총이 시작되기를 기다리고 있었다. 장내에는 팽팽한 긴장감이 감돌고 있었다. 신성그룹의 실질적 오너로 등극한 김혁준의 그룹경영권 상실이냐, 아니면 방어하느냐가 오늘의 주총에서 결정될 것이기 때문이다. 만약 (주)신성의 이사 선임이 부결되면 사실상 신성그룹의 오너 체제는 무너지게 되는 것이었다.

열 시 정각, 사회자인 최태욱 신성자동차 사장이 단상 위로 올라와 개회선언을 알렸다.

"정기 주주총회를 시작하겠습니다. 주주 분들은 모두 착석해

주시고 가능하면 촬영은 총회가 끝난 후에 하셨으면 좋겠습니다. 우선 보고에 앞서 오늘부로 퇴진하시는 박 회장님의 말씀을 들어보겠습니다."

박 여사는 자리에 일어나 혁준을 한번 쳐다보고는 당당히 단상 위에 올라가 아래를 내려보았다. 자신에게 쏠린 수많은 사람들의 시선과 칼론 측의 비웃음을 조용히 내려다보며 말을 시작했다.

"사실은 많은 분량의 페이지 속에 제가 하고 싶은 말을 담았었습니다. 하지만 어제저녁 저의 아들이자 신성그룹의 새로운 회장이 될 김혁준 사장과 몇 마디 말을 나누고 모든 걸 찢어버린 후 아무것도 들지 않고 이 자리에 올라섰습니다. 제 아들이 해준 이야기를 들려 드리겠습니다. [기러기가 말했다. '나는 새들 가운데 우박 한번 맞아보지 않은 새가 있는 줄 아느냐? 문제는 너처럼 우박을 맞고서 높이 날기를 포기하는 데 있다' 갈매기가 물었다. '그럼 우박을 어떻게 생각하여야 하는가요?' '재난은 보다 강하게 해주는 단련인 거야. 그리고 결코 하지 못함의 통지가 아니라 약간 기간이 더 필요하다는 연기 통지인 거야' 기러기가 물었다. '청춘의 또 다른 이름은 무엇지 아니?' 갈매기가 고개를 저었다. '결코 꺾이지 않음이야'.] 저는 이 이야기를 들으며 김혁준 신임 회장을 믿기로 결정했습니다. 그동안 저희 그룹을 믿고 투자해 주시며 저를 이 자리에 서 있도록 승인해 주신 분들께 감사의 말씀을 드립니다. 그룹은 제 것도, 제

아들 것도 아닙니다. 원래 저희 것이란 없습니다. 모두 여러분이 만들어주신 것입니다. 저희는 여러분의 결정에 아무런 이의 없이 담담히 받아들일 것입니다. 그동안 진심으로 감사했습니다."

허리를 숙여 좌중에게 인사하는 박 여사에게 모든 주주들이 박수를 보냈다. 그들을 믿는다는 굳건함만 말속에 담아두고 돌아서는 그녀의 뒷모습은 아무런 욕심도 없어 보였다. 박 여사는 수많은 말을 하고 싶었다. 하지만 여러 가지의 말보다 감사하다는 겸손한 말 한마디가 그들에게 더 가슴에 남을 것이라는 걸 알고 있었다. 청춘의 또 다른 이름인 결코 꺾이지 않음이란 김혁준 회장을 가리킨다는 건 이야기를 듣던 모두가 알았다.

태욱은 출석 주주 및 주식 수 보고, 영업 보고 등을 하며 약 삼십 분 정도 시간이 지난 후 의안 심의에 들어갔다. 하지만 식이 시작되고 나서도 2% 주식의 주인공은 장내에 얼굴을 비추지 않았다. 참석한 사람들은 모두 신성과 칼론의 상황을 알고 있어 그 2% 주주가 나타나기만을 손에 땀을 쥐고 기다렸다. 끝내 나타나지 않으면 기권으로 처리되기에 신성에게는 이익이었다.

마지막으로 가장 중요한 안건이 상정되었다. 신성의 운명이 걸리는 김혁준 사장의 이사 선임권이다. 표결에 앞서 찬반 의견 발표가 시작되었다. 먼저 말을 꺼낸 사람은 칼론의 맥클린 최고운영책임자였다.

『우리는 그동안 능력없는 회장의 퇴진을 꾸준히 제기했습니다. 하지만 별다른 방도도 없이 그저 자신의 아들에게 승계만 하고 뒤로 빠지는 형태는 기회주의적인 세습을 위한 동정 여론몰이라고 봅니다. 능력이 충분히 검증되지 않은 김혁준 회장의 이사 추천은 주주들을 경시하는 행위입니다. 우리 주주는 상황을 변화시킬 수 있는 기회를 가지고 있습니다.」

그의 말이 끝나자 정 회장은 자리에 일어나 소리 높여 비난을 퍼부었다.

"당신들은 투자하기 전에 이미 신성의 박 회장님이 공공연히 후계자를 김혁준 사장이라고 명시한 것을 알고 있었습니다. 그렇다면 투자를 하지 말았어야지 뭐 하러 투자해서 분란을 일으킵니까? 그동안 우리 주주들과 국민이 원해서 신성그룹이 컸는데, 외국에서 우리나라 기업을 송두리째 삼키려는 것은 용납할 수 없습니다."

조용하던 장내는 정 회장의 말로 술렁거리기 시작했다. 회의장에 도착하면서 받은 자료를 보면 미국의 반도체 회사들이 연합해서 칼론에 돈을 대고 신성그룹의 경영권을 장악하려 했다고 나와 있었다. 그 후 신성전자의 본사와 모든 연구소를 미국으로 옮겨 완벽하게 기술을 장악한 후 신성전자를 공중분해시킬 계획을 가지고 있음을 알게 되었다. 이를 본 주주들은 속으로 분을 삭이며 발언권을 가질 때까지 기다렸었다.

"내 주식이 휴지조각이 되는 한이 있더라도 네들한테는 표 안 준다. 더러운 놈들!"

여기저기에서 들리는 수많은 비난의 목소리에 장내가 시끄러워지자 은수는 웃음을 지어 보였다. 칼론은 자신들의 계획이 이토록 쉽사리 들킬 줄 몰랐는지 당황하는 모습을 보여주었다. 이미 승부는 판가름이 났음을 알 수 있었다.

"그럼 이사 승인 건에 찬반 투표를 시작하겠습니다."

태욱이 말을 마치기 전에 굳건히 닫혀 있던 문이 열리며 검은 양복을 입은 노인과 한 여자가 들어왔다. 모두들 소리가 나는 문 쪽으로 눈을 돌렸다. 갑작스러운 인물의 등장에 사람들은 그가 그토록 궁금해하던 2% 주식의 주인공일 거라고 추측하기 시작했다. 혁준은 장내를 지키던 경호원들이 두 사람의 진입을 막으려 움직이자 재빨리 단상에 내려가 그들을 직접 맞았다.

"어르신, 안녕하셨습니까?"

혁준이 고개를 숙여 인사하는 모습에 모든 사람들의 눈이 동그래졌다. 흰머리가 가득한 노인의 가슴에 달려 있는 빛나는 금배지를 보고, 그가 야당의 실세이자 막강한 권력자인 박인석 의원이라는 것을 알았다. 신성그룹과 박 의원이 이미 오래전에 틀어진 걸로 정·재계에 소문이 파다했기에 사람들은 그의 등장이 어느 쪽에 영향을 미칠지 궁금해졌다.

"오 년 만인가? 우리는 나중에 따로 얘기하고 우선 자리에 앉아 일부터 마무리하세."

박 의원 옆에 서 있던 그의 조카이자 병현의 아내인 정은이 손에 들고 있던 서류를 단상으로 가져가 최 사장에게 넘겨주었다. 혁준은 단상으로 올라가 정은을 내려다보았다. 은수는 자신의 옆에 앉아 초조해하는 정은을 보면서 그녀의 의도가 뭔지 궁금해했다.

"기권 처리했던 이미숙 주주님의 위임장을 박정은 씨께서 김혁준 회장에게 제출하셨습니다."

숨죽이고 있던 장내 여기저기서 작은 환호성이 터지기 시작했다. 비로소 한숨을 돌리고 안정적으로 승리를 예견할 수 있었다. 들뜬 가운데 투표가 시작되었다. 무표정한 표정으로 앉아 있는 박 의원과 다르게 혁준과 박 여사, 그리고 그들의 측근들은 이해할 수 없는 일에 당황하고 있었다. 대한민국의 현직 국회의원의 행보로는 도덕성 시비에 휘말릴 수 있는 일이다. 그럼에도 불구하고 이 자리에 나왔다는 것이 그에게, 그리고 지금 혁준에게 무엇을 의미하는지 금방 알 수 없을 정도로 앞이 보이지 않은 짙은 안개가 끼어 있는 상황이었다.

"병현이 넌 알고 있었어?"

병현은 은수의 말에 멀찌감치 떨어져 앉은 정은을 보면서 굳게 다물고 있던 입을 열었다.

"몰랐어. 알면 너한테 말해 줬겠지. 근래 우리 따로 살았어."

은수는 손을 들어 병현이의 머리를 세게 내려쳤다.

"미친 새끼. 마누라한테 잘못하면 나중에 벽에 똥칠할 때 후회한다더라. 정신 차려."

"그러고 싶어 그러는 것 아니야."

"그럼 그러지 마."

병현은 정은만을 뚫어지게 쳐다보았다. 하얀 원피스를 입은 정은은 가냘픈 천사처럼 보여 감싸주고 싶은 충동이 들게 만들었다. 평상시와 다르게 너무나 수척해진 모습에다 앉아서 고개를 떨어뜨리고 치맛자락을 손으로 쥐어뜯는 등 불안한 모습이 안쓰럽게 느껴졌다. 은수는 같은 여자 입장에서 사랑하는 사람에게 사랑받지 못하는 정은이 어느 쪽으로든 빨리 제자리를 찾아가길 바랐다. 또한 사랑은 물꼬가 한 번 트이면 쑥쑥 커나가나 그렇지 못하면 그 안에서 썩어가기에 사랑이란 참 쉬우면서도 어려운 것이라 생각했다.

"잘 지냈니?"

혁준은 안색이 좋지 않은 정은에게 먼저 인사를 건넸다.

"네. 건강하시죠?"

정은이 어색하게나마 혁준에게 호의적으로 인사를 했다. 혁준은 그들의 출현이 궁금해 그녀의 옆에 앉았다.

"어디서 난 위임장이니?"

"큰아버지가 설명하실 거예요."

"그래. 어쨌든 고맙다."

"일전에 제 경솔한 행동 사과드릴게요."

"갑자기 왜?"

정은은 지현의 사촌이지만 참 많이 닮은 자매였다. 단아하던 지현의 모습을 그대로 닮아 있는 정은을 보면서 불안으로 떨고 있는 손을 잡아주었다.

"묻어두자. 행복하게 잘살아라."

정은은 아무 말 못하고 혁준의 손을 내려다보았다. 알고도 모른 척 그에게 이전같이 행동을 할 수 없었다. 문을 열고 들어오기까지 수많은 생각이 교차했지만 이제는 잘못된 인연을 끊고 자신도 훨훨 날고 싶었다. 언니의 죽음, 잘못된 결혼, 그리고 어긋난 관계의 연속에서 벗어나려고 준비 중이었다.

"나 자리 옮긴다."

병현이 자리에서 일어나 정은에게 가는 걸 보고 은수는 혁준에게 다가갔다. 그는 시간이 흐를수록 밝은 표정은 사라지고 대신 긴장으로 굳어진 얼굴로 은수의 손을 잡았다. 혁준은 이제 모든 게 제자리로 돌아오겠지만 아직은 확정된 게 없는 이 순간이 조마조마했다.

투표는 일사천리로 진행되어 열두 시쯤 최 사장이 마이크를 잡고 웃으며 결과를 발표했다.

"의결권이 있는 발행 주식 중 52%의 찬성으로 김혁준 회장의 의사 선임 건이 가결되었습니다."

식장 내에서 조마조마한 마음으로 기다리던 혁준과 신성그룹 직원, 그리고 주주들이 가슴을 쓸어 내렸다. 반면 완벽하게 패배한 칼론 측은 낙담한 얼굴로 변호사와 같이 자리에 일어났다. 주주들은 박 여사와 혁준의 근처로 몰려들기 시작했다. 그들의 환한 표정이 두 모자에게 전염된 듯 혁준과 박 여사는 입을 다물지 못하고 이가 드러나도록 웃었다.

"축하드립니다."

혁준은 여기저기서 내미는 손과 악수하며 사람들 사이를 분주하게 옮겨 다니자 손이 아파오기 시작했다. 혁준은 옆에 있어야 하는 은수가 보이지 않자 사람들에게 의식적으로 손을 내민 채 홀 안을 둘러보기 시작했다. 박 여사는 주변을 두리번거리는 혁준의 옆구리를 찔렀다.

"딴 데 정신 팔지 마. 집중해서 한 사람, 한 사람을 대해야 마음이 전해지는 거야. 지금 은수가 눈에 들어오니?"

"어머니, 저에게는 처음으로 큰 위기가 닥쳤을 때 옆에서 절 지켜준 은수가 제일 중요해요. 많은 사람들의 힘으로 이 위기를 넘겼다고 해도 제게 가장 큰 힘이 되어준 건 은수였어요."

"그래, 나도 네 아버지가 생각나더라. 오늘 보셨다면 흐뭇해 하시며 와인 한잔하자고 하셨을 텐데······."

혁준은 말끝을 흐리며 쓸쓸한 미소를 짓는 박 여사를 보았다. 언제나 꼿꼿한 모습으로 사람들을 호령하고 계실 줄 알았다. 하지만 시간은 자신에게만 흐른 게 아니라 어머니한테도 흐르고 있었던 거다. 이젠 세상에 의지할 곳이라곤 자신밖에 없을 나이 드신 어머니가 갑자기 멀게 느껴져 꼭 안아드렸다.

"어머님, 저도 안아주세요."

갑자기 나타난 은수의 말에 박 여사는 아들의 품을 빠져나와 미소를 지으며 은수를 안았다.

"수고했다. 앞으로도 혁준의 옆에서 지금처럼만 서 있어주렴."

박 여사는 은수의 등을 몇 번 토닥거리다 눈시울을 붉히며 사람들 속으로 사라졌다. 혁준이 웃기만 하며 말없이 서 있자 은수가 그의 손을 잡았다.

"다 끝났네요. 폭풍이 지나가면 평온하다고 하잖아요. 이렇게 반나절이면 끝날 것을 그동안 그렇게 고생하며 일한 걸 생각하니 허무한데요."

이로써 지난 몇 달간 갑작스럽게 일어났던 경영권 전쟁은 막을 내렸다.

기자들이 혁준과 은수의 근처로 모여들기 시작했다.

"외국의 거대 투자 회사와의 싸움에서 승리하신 기분이 어떠십니까?"

혁준은 기자의 말에 웃으며 은수를 쳐다보았다.

"글쎄요. 그동안 기사 쓰시느라 고생하셨습니다."

"제가 듣기로는 약혼녀 정은수 부팀장이 일일이 위임장을 받으러 다니며 큰 역할을 했다고 하던데 처가의 힘이 컸던 것 아닙니까?"

기자의 말에 은수는 속으로 욕을 퍼부으며 겉으로는 초승달 모양의 미소를 만들며 웃었다.

"글쎄요, 전 그렇게 생각 안 하는데요. 너무 멀리 추측하지 마시고 가까이에서 일어난 현실적인 일들에 대해서만 기사를 써

주시기 바랍니다."

은수가 쌩끗 웃으며 기자들을 쳐다보자 저마다 저런 미모를 가지고 두뇌와 재력까지 갖춘 여자를 손에 넣은 혁준을 부러워했다.

"그렇다면 오늘 정 회장님의 발언은 어떻게 해석해야 하나요?"

"한 명의 주주로서 하신 말씀입니다. 도움을 받을 수 있는 것도 능력 아니겠습니까? 일이 좋은 쪽으로 해결된 만큼 좋은 쪽으로 기사 써주시기 바랍니다."

은수는 혁준의 말에 팔짱을 끼고는 기자들을 뒤로하고 돌아섰다. 환호하는 주주들과 임원진들에게 둘은 일일이 인사를 하면서 식장을 빠져나가려 막 문을 나설 때 맥클린이 다가왔다.

『자료를 검증조차 거치지 않고 상대방을 비방하고 모함하기 위해 배포한 혐의에 대해서는 법적 조치를 취할 것입니다.』

『검증이 되었든 되지 않았든 결과가 중요하죠. 더구나 이 자료는 칼론에서 직접 만든 거라는 증거도 있습니다. 저희는 그렇게 허술하게 일 처리를 하지 않습니다. 작은 나라라고 쉽게 보시고 한국 사람들의 결속력을 만만히 보신 칼론도 한수 배우셨을 거라고 생각합니다. 그럼 수고하셨습니다. 앞으로 다시 뵐 일이 없기를 바랍니다.』

혁준의 말을 끝으로 맥클린의 돌아가는 뒷모습을 보며 태욱은 씁쌀한 계피를 입 안 가득 물고 있는 기분이 들었다. 처음 자신에게 손을 내밀 때 끝까지 같이 가자며 자신에게 최선을 다하던 모습이 아른거렸지만 손해 보는 건 없을 것이다. 본 목적은 달성하지 못했다 해도 지금 있는 주식을 팔아버린다면 조세지역에서 세금을 회피해 아마 세금 한 푼 내지 않고 5~6배쯤 되는 이익금을 챙겨 발을 뺄 수 있을 것이다.

"어르신!"

혁준은 은수의 팔짱을 빼고 로비를 빠져나가려는 박 의원을 재빨리 쫓아가 붙잡았다. 박 의원은 갑자기 잡힌 팔에 의해 뒤를 돌아보고 혁준임을 확인하고 굳은 인상을 펴며 말을 꺼냈다.

"잘 지냈는가?"

박 의원은 말을 하면서도 혁준의 눈을 제대로 보지 못했다. 혁준을 보면 아직도 자신의 죽은 딸이 생각나고 더구나 옆에 서 있는 은수를 보니 가슴도 저렸다. 죽은 자식이 가슴에서 잊힐까만은 박 의원은 그 나이 또래의 아가씨만 봐도 눈가에 눈물이 맺히곤 했다.

"처음 뵙겠습니다. 정은수라고 합니다."

은수는 고개를 숙여 박 의원에게 인사를 건넸다. 은수는 혁준의 전 약혼자의 아버지이자 오늘 가장 중요한 역할을 하신 분에게 자신이 어찌 대해야 할지 몰라 살짝 한 발 뒤로 물러섰다.

"혁준이 짝이 될 사람이군. 잘 어울리네."

박 의원의 말에 혁준은 아무 말도 하지 않았다. 은수도 아무 말 못하고 그의 옆에 서 있었다. 은수는 주름진 얼굴에 흰머리가 가득한 노인의 눈가에 맺혀진 눈물이 무엇을 뜻하는지 알았다. 비록 혁준의 집안과 좋지 못한 관계에 있지만 차갑게 그의 눈을 외면할 수 없었다. 자신의 아버지도 자신을 잃는다면 그와 다를 바 없을 듯해 더욱더 안쓰러웠다.

"난 그만 가려네. 지나간 것에 미련 두지 말고 잘살게나."

"어르신, 점심 전이실 텐데 같이 식사하시겠습니까?"

은수는 자신없는 목소리로 말하는 혁준을 보면서 왜 저렇게 움츠려드는지 안쓰럽기만 했다. 사람이 아무리 잊으려 해도 잔상이 남는 것인가 하며 이해할 수 없는 부분에 대해서 과감히 떨쳐 버리기로 했다.

"식사는 다음에 하고 커피나 한 잔 마시겠나?"

혁준은 궁금한 게 많았다. 왜 자신의 편에 섰는지, 어디서 가져온 위임장인지, 더구나 자신을 보던 적대적인 눈길은 어디로 사라진 건지, 그만큼 묻고 싶은 것도 많고 머리 속도 복잡했다.

"아가씨도 같이 가지."

대답을 듣기도 전에 박 의원이 몸을 돌려 나가자 혁준은 은수를 보고 가자는 말만 남기고 먼저 걸어나갔다. 은수는 아무리 어려운 분 앞이라지만 자신을 챙기지 않는 혁준의 모습에 서운한 마음을 감출 수 없었다.

사람들의 눈을 피해 일부러 커피숍 구석의 룸으로 들어갔다. 혁준은 박 의원의 눈을 보며 시선으로 많은 것을 묻고 있었다. 박 의원은 계속되는 침묵 속에서 차 한 잔을 다 마시고 나서야 입을 열었다.

"궁금한 것부터 풀어주지. 자네가 아는지 모르겠지만 이 주식은 지난날 지현이 죽으면서 자네 아버지에게 받은 걸세. 그때 워낙 언론이 우리의 뒤를 캐고 있는지라 쉽게 내 앞으로 해놓지는 못하고 외국에 나가 있는 지현이 이모 명의로 돌렸었네. 외국에 나가서 한국에 들어오지 않은 지 십 년이 훨씬 넘었으니 여기 연락처도 없고 더군다나 미국에서는 요양원에 가명으로 입원 중이라 행방이 오리무중이었을 걸세."

"왜 저를 도와주셨습니까?"

"오 년이란 시간이 모든 걸 바꿨다고 한다면 믿겠나?"

혁준은 박 의원의 눈과 마주치자 저절로 미간이 찌푸려졌다. 지난 오 년간 바뀐 것이 있다면 자신을 둘러싼 소문들과 끊임없는 손가락질, 그리고 죄책감이었다.

"안 믿겠지. 노인네가 세상의 끝을 보려고 하는지 미움과 원망도 잊혀지더군. 솔직히 하늘이 정한 지현이의 명이 거기까지였던 걸 남을 탓해야 뭐 하겠는가? 자네나 잘살면 될 것을 내가 지나치게 내 자식만 붙잡고 늘어졌지."

"그게 아닐 거라고 생각합니다. 얼마 전에 태욱이가 갑자기 마음을 바꾸었습니다. 알아보니 화계사에서 의원님을 만난 뒤더군요. 사실을 말씀해 주십시오."

혁준의 말에 박 의원의 안색이 급속도로 흙빛이 되었다. 그걸 본 혁준은 무언가 다른 이유가 있을 거라고 짐작하고 대답을 기다렸다.

"자네가 모르고 지나가야 할 것도 있다네. 세상 사람 모두 마음이 변하는데 이유가 있다고 생각하나?"

"어르신, 전 지현이에게 벗어나기가 참 힘들었습니다. 제 옆에 앉아 있는 이 사람이 아니라면 아직도 저는 제가 지현이를 죽인 사람이라고 생각하며 살았을 겁니다. 그리고 절 그렇게 만든 장본인이 어르신 아닙니까? 이제 와서 나는 변했으니 너도 아무것도 아니라 여기고 잊으라는 무책임한 말씀을 하시면 그동안의 제가 받은 고통은 누가 책임지라고 이러십니까? 그리 변하실 거면 애초에 저에게 그리하시지 마셨어야 합니다. 지현이 장례 치를 때 너만 아니었어도 살아서 숨 쉴 아이를 네놈이 죽였다고, 그거 하나 평생 기억하고 살라고 하지 않으셨습니까?"

힘들고 어려웠던 시간에 대한 억울함으로 혁준의 말 한 마디 한 마디가 심하게 떨리자 은수는 그의 손을 꼭 잡아주었다. 지금 그 무엇으로도 그를 위로할 수 없었기에 은수는 그를 애써 다독거렸다.

"그래서 억울했나? 눈앞에서 자식을 잃은 아비가 이성을 잃고 한소리 한 게 그렇게 억울했나?"

박 의원은 생각보다 깊은 상처를 떠안고 있는 혁준의 곪은 상처를 도려내 주어야 할 것 같았다. 자신으로 인해 생긴 상처이니 더욱 독하게 말이 나갔다.

"자네가 언제부터 나한테 그렇게 말할 수 있는지 참 궁금하군. 그래, 그래서 기억하고 살았는가? 그럼 옆에 있는 아가씨는 뭔가?"

"어르신, 지현이 죽음에 숨겨진 것이 무엇입니까? 갑작스럽게 영혼 결혼식을 치르고 태욱이가 마음을 돌린 이유에 제가 모르는 무엇인가가 있다고 생각합니다. 말씀해 주십시오."

"자네 때문에 죽은 게 아냐. 이제 알겠나? 그 아이는 자네에게 사랑을 갈구하다 죽은 게 아니라 그 아이 나름대로 문제가 있어 죽은 걸세. 더 이상 자네가 상관할 일이 아니야. 아니라면 믿어야지, 어디서 감히 사람을 의심해. 내가 그리 실없는 사람이었나? 아님 내가 여기저기 다니며 지난날 내가 한 말은 거짓이었고 김혁준 회장은 절대 그런 일이 없네 하고 해명이라도 해야 하는가? 그래 내가 무지해서 뒤늦게 알았네. 미안하네. 이런 말까지 하게 만드니 속이 시원하겠구먼."

"그것이 다가 아닌 것 같습니다."

혁준의 말에 은수는 자신이 나서야 할지 망설이다 어렵게 입을 열었다.

"혁준 씨, 의원님의 말씀을 믿어요. 이 정도면 됐어요. 당신한테 아무런 잘못이 없다는데 뭘 더 원해요?"

박 의원은 은수를 쳐다보았다. 소문으로 듣던 것처럼 미인임을 떠나 얼굴에 밝은 빛이 돌고 있었다. 눈가에 총명함이 가득한 반면 볼에는 화사함이 가득했다. 입꼬리가 부드러우며 붉은 입술 선이 영롱한 기운을 내고 있으니 저런 여자를 옆에 두면 복이 절로 들어오겠다 싶었다. 박 의원은 인연은 이리 따로 있는 것이고 운명을 거스르면 화를 입는 법이라는 걸 다시금 상기했다.

"죄송합니다. 제가 지나친 실례를 범했습니다."

혁준의 말에 박 의원은 고개를 좌우로 흔들며 혁준의 손을 잡았다. 그동안 마음속에 있던 미안함이 이 손으로 통해 혁준의 심장까지 도달하기를 바랐다. 지금까지 겪은 고초가 이렇게 한 번에 사그라질 수는 없겠지만 그에게 박 의원은 이것밖에 해줄 수 있는 게 없었다.

"그렇게 생각하지 않네. 그러니 그런 생각 말고 정 회장 딸에게나 잘해주게. 실패는 한 번으로 끝내야 하지 않겠나?"

"의원님, 저희 잘살게요. 하늘에 계신 따님 몫까지 행복하게 살아서 좋은 소식만 전해 드릴게요."

은수는 혁준을 대신해서 박 의원에게 말을 전했다. 이 자리에서라도 혁준의 짐을 벗겨준 그에게 고맙고 한때나마 혁준의 옆에서 짝으로 있던 여자의 아버지에 대한 예우였다.

"그러게. 죽은 사람이 뭘 알겠느냐만은 아마 혁준이 행복하게 지내는 걸 바라고 있을 걸세."

박 의원이 일어나자 혁준과 은수는 자리에서 일어났다.

"혁준이 자네, 이제는 지현이에 대한 죄의식을 버리게. 무리하게 인연을 만들려고 발버둥 친 내 죄가 컸던 것이야. 무리한 욕심이 사단을 만드는 거라는 걸 이 나이에 깨달았으니 나도 헛살았지. 자네한테 내가 미안한 마음이 크지만 내 치부이기에 그냥 묻어두고 싶네. 알겠는가?"

혁준은 고개를 숙여 박 의원에게 인사하는 걸로 대답을 대신했다. 하지만 궁금증은 아무것도 풀리지 않았다. 아니, 적어도 위임장에 대한 궁금증은 풀렸다. 그러나 왜 그가 자신의 잘못이라 하는지는 도통 감이 잡히지 않았다.

"지금 혁준 씨 땅 파고 굴속으로 들어가는 것 같아."

혁준은 뜬금없는 은수의 말에 눈을 크게 뜨고 쳐다보았다,

"아니라면 믿어요. 그 부분은 아무리 생각해 봐도 당신이 알 수 없는 거잖아요. 왜 혼자 답도 안 나오는 것들을 가지고 고민해요? 단순하게 생각해요. 당신이 탓이 아니다. 원래부터 아니었지만, 아닌 거라고 결론을 내리면 될 걸 왜 혼자 깊은 수렁에 우울하게 갇히려는 거죠?"

혁준은 말없이 은수를 보았다. 말만 들으면 세상에 이처럼 바보 같은 말이 어디 있을까 싶지만 가장 현명한 결론이었다. 그러나 깊게 쌓인 멍울은 말처럼 쉽게 없어지지 않았다.

"의원님 가셨냐?"

태욱이 나타나자 혁준은 태욱의 코앞까지 걸어갔다. 혁준이 자신을 노려보는 눈빛이 너무 강해 태욱은 한 발 뒤로 물러섰다.

"말해. 뭐야, 뭘 감추고 있어?"

"너 왜 이래?"

태욱은 아무래도 박 의원이 끝내 혁준이에게 말했는가 싶어 말을 이으려 하자 혁준이 기다리지 못하고 먼저 말을 꺼냈다.

"말하라고. 뭐가 무리한 욕심이고, 뭐가 지현의 문제였는지 다 말해."

"할 말 없어. 은수 씨 앞에서 뭐 하는 짓이야?"

태욱은 숨을 들이마셨다. 혁준은 항상 자신의 감정을 절대 밖으로 드러내지 않는 침착한 포커페이스의 오너로 주변에 알려져 있었다. 그런 그가 사람 많은 장소에서 오늘같이 좋은 날 독이 올라 있는 감정을 나타낸 것은 그가 감정의 제어선을 넘었다는 뜻이다. 태욱은 지금 혁준을 말리지 않는다면 사단이 날 것 같아 머리를 굴리기 시작했다. 지현에 대해 혁준의 이미지를 바꾸고 싶지 않았다. 죽은 자에 대한 말들은 이미 그 사람에 대한 모욕이라고 느꼈기 때문이다.

"난 속이 터질 것 같아. 왜 지금 와서 아니라고 하는데? 그전에 내가 당한 고통들은 어떡하고, 내 속으로 비수를 박았던 날카로운 말들은 어떻게 잊으라고? 아니라면 다 해결돼? 그럼 좋은 거야?"

태욱은 아무 말도 할 수가 없었다. 자신이 받은 상처만큼 그의 상처도 깊을 수 있다는 걸 알았다. 타인에게 선망받는 자리에서 태어나 험한 소리 한 번 듣지 않고 살아온 혁준에게 지현의 죽음으로 동반된 비난은 감당하기 힘들었을 거다. 자신은 면역이 돼 있어도 남들의 시선이 한 번씩 가슴을 찌르는데 그는 어땠을지 생각하면 그가 지금 화를 내는 것이 이해가 됐다.

"미안하다."

혁준은 태욱의 말에 서 있던 태욱을 밀치며 고함을 쳤다. 말 한마디로 모든 걸 대변할 수는 없는 것이다.

"시끄러. 입 닥쳐."

혁준은 은수가 잡는 팔마저 내치고 빠르게 걸어 로비로 향했다. 둘은 나가는 혁준의 뒷모습을 보며 손댈 수 없는 아픔을 가진 사람에게 섣부른 위로를 하지 않으려고 자신들의 마음을 다독거렸다. 태욱은 은수의 멍한 얼굴을 보면서 자신이 진실을 말해야 하지 않을까 잠시 생각하다 지나간 일에 대해 말해 보았자 그에게 어떤 도움도 되지 않을 것이기에 입을 꾹 다물었다.

"좋은 날 왜 이래야 하는지 답답해요."

태욱은 기운없는 은수의 목소리에 자신도 답답해짐을 느꼈다. 이 일을 이렇게 만든 장본인이었기에 충격받고 상처받은 그의 모습에 마음이 편해질 수 없었다. 더욱이 자신의 상처만 크다고 혁준을 몰아세웠던 지난날이 눈앞에 스쳐 지나갔다. 지난 일에 대해 무릎을 꿇는다고 해도 그 상처가 치료되는 것은 아니었다. 자신은 그저 상처가 묻히도록 한발 물러나 지켜보기로 했다. 그만큼 자신도 아프기 때문이다.

"은수 씨, 저 녀석이 곱게 자란 티를 냅니다. 잘 다독거려 주세요."

태욱은 자리를 비켜 갑자기 사라진 혁준을 대신해 나머지 일들을 처리하기 위해서 회의장 안으로 들어갔다.

혁준은 주주총회가 끝나고 삼 일이 지날 동안 아무런 연락도 하지 않았다. 은수는 양쪽 집안뿐 아니라 회사 안팎에서도 그를 찾는 사람들이 늘어나자 점차 불안해지기 시작했다.

"찾았어. 갈 자신은 있어? 밤도 늦었는데 같이 갈까?"

은혁은 어렵게 찾아낸 혁준의 별장의 주소를 들고 은수의 사무실로 찾아갔다. 은혁은 은수가 눈 밑에 어두운 그림자 가득 담은 채 제 손톱을 물어뜯으며 서성이는 모습에 마음이 무거웠다. 은혁은 혁준이 지금쯤 그가 담고 있는 수많은 소리를 떨쳐 내려고 하는 것임을 알고 있었다. 하지만 그것을 봐야 하는 은수가 얼마나 그를 이해할 수 있을지 걱정이 되었다. 차라리 그가 돌아오기를 기다리는 것이 은수에게 더 나은 일인지도 모른다. 그래도 은혁은 은수가 며칠째 잠을 못 이루고 하루를 불안하게 보내는 모습에 어쩔 수 없이 주소를 건네주었다.

철썩. 철썩, 쏴!

파도 소리였다. 따뜻하긴 했지만 까칠한 모포 속에 누워 있는 자신을 발견한 혁준은 깜짝 놀라 몸을 튕기듯 일어나 사방을 둘러보았다. 자신이 왜 여기 있는지 금방 생각나지 않았다. 어둑한 실내 한쪽에 놓인 석유 난로 위에서 주전자가 수증기를 내뿜고 있었다. 혁준이 몸을 일으키려 하자 삐거덕대는 간이 침대 소리 때문에 신경을 쓰면서 몸을 이끌고 탁자로 다가가 휴대폰을 확인했다.

이곳에 온 지 삼 일째, 그러나 털어낸 것은 아무것도 없다. 그의 마음속에는 아직도 수많은 말들이 맴돌며 그를 자극하고 떨어져 나가지 않는다. 그는 자신과의 싸움에서 무너지고 싶지 않았다.

박 의원과 태욱을 향한 분노, 그 일과 연관된 분노는 모두 다 버리고 싶었다. 그들의 갑작스러운 변화가 새로운 시작에 축복이라고 생각하고 싶지만 쉽사리 떨쳐지지 않는다. 그들이 한 말로 인해 그의 안에 얼마나 심한 생채기가 났는지 알리고 싶었다. 그가 당한 만큼 갚아주고 싶었다. 커튼 사이로 하얗게 부서지는 파도가 보였다. 혁준은 짧은 팬츠와 티셔츠로 갈아입고 신고 있는 운동화의 끈을 단단히 조였다.

은수는 더 이상 차가 들어갈 수 없는 길에 다다르자 차에서 내려 걷기 시작했다. 시골길을 겨우겨우 물어서 그가 있는 초라한 별장 앞에 섰다. 들어가지 않고 한 발짝 앞으로 나와 주변을 보았다. 텅 빈 바닷가의 바위산 밑에 자리 잡은 별장 위에는 바위가 하늘을 가리고 있었다. 앞으로는 망망대해가 펼쳐져 있었다. 은수는 밑에 보이는 백사장 위를 뛰고 있는 한 사람을 보자 그가 혁준이라고 확신했다. 바닷가로 내려가려 해도 더 이상 길이 보이지 않아 무리하지 않고 그를 기다리기로 했다.

혁준은 백사장 끝과 끝을 수없이 뛰고 또 뛰었다. 이마의 땀방울이 흘러내려 눈 안으로 들어가 따가움에 눈을 감자 그 탓에 발이 엇갈려 넘어지고 말았다. 다시 일어나 달리고 또 넘어지고 다시 달리고 그것을 수십 번 반복하자 숨이 목 끝까지 차 올랐다. 숨이 한꺼번에 몰려와 다 내뱉지 못하자 꽉 막힌 기분에 주저앉았다.

 버리고 또 버려야 한다. 원망과 분노를 가지고는 절대 한 발자국도 못 나간다. 은수를 만나고 수없이 깨달았다. 이젠 그 늪마저 사라졌다. 아니, 원래 존재하지 않은 망상이었다. 다시 일어나 깊은 숨을 내뱉고 다시 속력을 내기 시작했다. 뛰면서 날아가는 땀방울처럼 자신의 마음속도 비워지기 바랐다. 다 떠나보내고 잊어버리며 좋았던 기억만 머리 속에 남겨두길 바랐다. 그래서 지금껏 하루하루 버티며 살아온 것이다.

 '정.은.수.'

 혁준이 뛰어가면 갈수록 숨이 목에 턱 막히고 눈앞이 아른거려도 잊혀지지 않은 단 한 사람. 너무 그리워 달려가 안고 싶은 여자. 찾아가기 전까지 가슴속의 모든 분노를 다 비워내려 두 눈을 꼭 감고 또 속력을 내기 시작했다. 속 안의 것을 쏟아내듯 소리를 내지르며 두 팔을 벌려 정신없이 뛰었다.

 "혁준 씨."

 혁준은 어렴풋이 들리는 은수의 목소리에 고개를 들고 별장을 올려다보았다. 바위 끝에 아슬아슬하게 몸을 내놓고 애타게 자신을 부르는 은수의 모습에 혁준은 몸을 돌려 바위를 타고 올라갔다.

 "어떻게 왔어?"

은수는 어깨를 한번 으쓱하고 손수건으로 땀으로 범벅된 혁준의 얼굴을 닦아주었다. 그녀는 그의 얼굴 전체에 땀으로 엉겨 붙어 있는 모래를 털어주며 이토록 스스로를 괴롭히면서까지 그가 찾고 싶어하는 것을 도와줄 수 없다는 생각에 작은 한숨을 여러 번 쉬었다.

"뭐 했어요?"

오두막 안으로 따라 들어온 은수는 밖과 다름없이 초라한 안을 둘러보며 어렵게 입을 열었다. 혁준은 더 이상 캐묻지 말라는 듯 주방으로 보이는 곳에서 컵라면과 햇반을 꺼내 테이블 위에 올려놓았다. 취사용으로 보이는 휴대용 가스레인지에 물을 얹고 햇반을 데우면서 라면에 물을 붓기 시작했다. 그의 행동이 익숙해 보였다. 그것은 그가 매번 머리가 복잡할 때면 일상을 피해 조용한 이곳에서 자신을 다스렸기 때문이리라.

"배고프지?"

은수는 멋쩍어하며 나무젓가락을 쪼개 건네주는 혁준의 속셈이 궁금해 자신과의 약속을 어기고 그에게 질문을 했다.

"뭐 하는 사람이에요?"

"뭐?"

"며칠 동안 연락도 없이 이런 외진 곳에 처박혀 먹을 것도 없는데 돌아오지도 않고. 당신 뭐 하는 사람이냐고요?"

혁준은 자신을 걱정하는 은수의 물기 어린 눈을 피해 젓가락으로 라면을 뒤적거리며 말을 꺼냈다.

"버리려고 노력 중이야. 내가 가진 분노, 미움, 그리고 상처까지 다 버리려고."

혁준이 고개를 들어 은수를 보자 가슴 한곳에 뭉쳐져 있던 사무침이 올라왔다. 그동안 서럽고 아팠던 기억이 주마등처럼 은수의 얼굴 위로 스쳐 지나갔다. 눈시울이 붉어졌다 싶더니 굵은 눈물이 뚝뚝 떨어졌다. 은수를 보니 꽁꽁 묻어두었던 마음이 일순간에 풀려 버렸다.

"혁준 씨, 이러지 마요. 지나간 일이잖아요. 좋은 날 좋은 일이 덤으로 생겼다고 생각해 봐요. 하지만 미안하게도 난 당신이 아니라서 당신 마음을 전부 이해하진 못해요. 당신의 아픔은 누구도 알아줄 수 없고 나눠 가질 수도 없는 당신만의 것이에요. 우리에게 그게 얼마나 아픈지, 얼마나 가슴에 깊이 박혀 있는지 말해도 우리는 안됐구나, 아프겠구나 생각하는 게 전부예요. 당신은 이제 지현 씨의 그림자로부터 완전히 자유예요. 그것만 기억해요."

은수의 말이 틀린 것은 아니었다. 분명 혁준에게는 더 이상 짊어질 짐 따위는 없는 거다. 이젠 정말 모든 게 다 사라져 버린 것이다. 그가 더 어떤 것을 원한다면 그건 보상심리일 것이다. 은수는 그를 위해 아무 말도 하지 않았다. 그의 손이 자신의 허리를 감싸고 배에 머리를 대고 속을 다 뱉어내듯 우는 모습을 지켜보았다. 세상에 많은 일들이 벌어지고 잊혀지고 반복되는 속에서 이 사람만은 다시는 이런 상처를 받지 않았으면 하는 바람밖에는 가질 수 없었다. 은수는 자신에게 애처롭게 기대어 있는 혁준의 머리를 쓰다듬어 주었다. 말을 하지 않고 가만히 그의 머리를 쓰다듬으며 차분해지기를 기다리고 있었다. 가끔은 말을 아끼는 것이 상대에 대한 배려이다.

"고마워."

혁준은 이 단어 이외에는 지금 자신의 마음을 표현할 수 있는 게 없었다. 편안히 기댈 수 있는 등나무 같은 여자, 그것이 정은수다. 그동안 안에 담고 있던 모든 감정들은 은수의 품에서 서서히 걷혀지고 마음이 편해지기 시작했다. 그렇게 되기까지 아무런 이유도 없었다. 그저 정은수 품에 있다는 것 하나로 모든 게 풀렸다.

"당신 이해하려고 노력하면서 나 괴롭히는 짓 안 해요. 지금의 모습도 당신의 일부분이니까 그대로 안고 싶어요."

사랑의 시작은 이유가 없다. 하지만 유지시키고 깊어지기에는 분명한 이유가 있다. 서로에 대한 믿음, 그 안에 가진 모든 것들을 인정하려는 노력, 그리고 상대방에 대한 확신이다. 이것이 부족하다면 사랑은 시작할 수 있으나 결코 지속될 수 없는 것이다. 둘은 비록 그 사랑을 깊게 만들어가는 이유를 알지 못했으나 본능적으로 겪어가며 진정한 사랑을 깊이 있게 만들어 나가고 있었다.

6

은수는 결혼식을 하루 앞두고 가족과 시간을 보내려 저녁에 모두 모였었다. 그러나 눈물부터 흘리는 엄마 때문에 기분이 좋지 않아 일찍 집을 나섰다. 이제는 정말 혼자라는 자유를 누릴 마지막 기회이기에 술집에 혼자 앉아 있었다. 은수는 이십칠 년간 머물던 호적에서 빠져나갈 것을 생각하니 가족들과 남이 되는 기분이었다. 자신들의 울타리를 떠나 다른 울타리로 들어가 서로 손을 흔들어 안부를 묻는 소원한 사이가 되는 것 같았다.

심란한 기분에 혼자 술잔 가득 술을 부어 입 안에 털어 넣었다. 앞으로 자신이 잘못하면 자신의 식구들 전체에게 해가 될 것이고 잘한다 한들 그것이 얼마나 표가 날 것인가 싶었다. 사는 게 똑같지 뭐 다른 게 있을까 싶었던 마음이 얼마 전 만난 혁준의 어머니 행동을 보니 다른 게 있을 거라는 막연한 생각이 들었다.

 은수와 박 여사는 예전에 잠시 혁준이 독립해 있었던 펜트하우스를 신혼집으로 결정하고 인테리어 공사를 시작했다. 은수는 인테리어 공사가 끝나자 확인 겸 집을 둘러보려 문을 열고 내부로 들어갔다. 유럽의 웅장한 분위기를 고스란히 옮겨온 듯 클래식하면서도 고풍스러운 인테리어가 편안한 분위기를 자아냈다. 이국적인 느낌의 하얀 벽난로와 대형 TV가 놓인 거실, 최첨단 전동 커튼과 조명 시스템, 사용할지 여부도 확실치 않은 주방엔 빌트인 시스템을 넣어 오픈 바에 이르기까지 집은 속된 말로 돈을 바른 티가 줄줄 흘렀다.
 "둘이 살 집 간단하게 하면 되지 뭐 그리 치장하는지. 이게 다 사치지."
 혼잣말을 하며 메인 침실로 들어가자 입에서 감탄사가 흘러나왔다. 창밖으로 펼쳐진 개인 정원은 각종 나무와 꽃이 가득한 길을 따라 산책을 할 수 있을 정도로 넓었다. 다른 쪽 창을 보니 이번엔 이십칠층에 걸맞는 한강과 선릉, 도심의 스카이라인이 한눈에 펼쳐지는 아름다운 전망이라 또 다른 감탄이 터져 나왔다. 집 안으로 들어서서 처음으로 마음에 든 곳이다. 더구나 이

곳이 신혼을 마음껏 누릴 메인 침실이라는 점에서 환호를 내지르며 넓은 침대 위에 몸을 내던졌다. 은수가 넓은 침대에 누워서 몸을 뒤척일 때 박 여사가 문을 열고 나타났다.

"어머님?"

"집은 마음에 드니? 좁은 건 아닌가 모르겠다."

둘이 살 집치고 너무 크다고 생각했던 은수라 그저 웃으며 별다른 말을 하지 않고 박 여사를 따라 옆에 놓인 티 테이블에 앉았다.

"너무 마음에 들어요."

은수의 말에 기분 좋은지 주위를 한번 훑어보던 박 여사가 은수를 보고 머뭇거리며 말을 꺼냈다.

"정말 너희 둘이 살 거니?"

"네?"

"내 말을 오해하지 않았으면 좋겠다. 나 혼자 그 큰집에서 사는 것도 그렇고 너도 우리 집 가풍을 배우려면 일 년은 들어와 살았으면 좋겠는데 넌 아직도 싫으니?"

은수는 어떻게 말해야 박 여사의 기분을 나쁘게 하지 않을까 생각하며 조심스럽게 말을 꺼냈다.

"어머님, 싫은 게 아니라 저희는 조금 시간이 필요한 것 같아요. 연애 기간도 짧았고 저도 회사를 계속 나가야 해서 살림을 도와드릴 수 없을 테구요. 같이 살면 오히려 폐만 끼칠 것 같아서 어렵게 결정한 건데 마음에 안 드세요?"

"솔직히 혁준이가 외아들 아니겠니? 마음에야 안 들지만 네가 그리 생각한다면 어쩔 수 없지. 근데 너희 큰오빠도 처음부터 나가 살았니?"

"네. 어머님, 저희 나가 산다고 하시니까 섭섭하세요? 자주 찾아가 뵈면서 살림도 배우고 나중에 들어가 살면 되지요. 오래는 안 걸릴 거예요. 아기 가지기 전까지만 봐주세요. 저희 그리 무책임한 사람들 아닌 것 아시잖아요."

생글생글 웃으며 옆으로 옮겨와 자신을 쳐다보는 은수 때문에 박 여사는 한숨을 쉬고는 고개를 끄덕거렸다.

"알았다. 너희 집이 그렇게 키웠으니 네가 그러는 것도 당연하지. 누굴 탓하겠니."

마지막 말에 은수는 아들 가진 어머니의 유세일까, 또는 자신의 딸이 이런 결정을 했다면 어땠을까 하는 생각이 들면서 시어머니의 매몰찬 말이 가슴에 꽂혔다. 이래서 아무리 너그러운 시어머니라도 친어머니는 될 수 없는 거라고 하는구나 생각했다.

"결혼한다는 애가 혼자 앉아 술 마시고. 참 보기 좋다."

은수는 뒤에서 들리는 소리에 고개를 돌렸다.

"쓸쓸하고 심란한 나의 마음을 네가 어찌 알까?"

병현은 옆에 앉아 웨이터에게 잔을 부탁하고 은수를 보았다. 그는 심각한 얼굴로 술만 들이마시는 그녀의 모습에서 아무리 확실한 사람을 만나 결혼해도 심란한 건 매한가지인가 보다 생각했다.

"너보다 결혼을 먼저 한 선배로서 하는 말인데 결혼하기 전에 누구나 다 심란해. 설 자리가 바뀌는 건데 똑같겠냐. 이제 한 남자의 아내이자 며느리이고, 한 그룹의 안주인이자 곧 한 아이의 어머니가 될 운명적인 순간 앞에 어찌 들뜬 기분만 들겠냐?"

"시집을 보내고, 며느리를 맞아들인다. 나만 그 집으로 들어가고 혁준 씨는 그대로인 것 같아서 조금 억울해."

병현은 은수의 떨떠름한 표정을 보자 자아가 강하고 가족을 중요시하는 그녀가 겪는 혼란이 충분히 이해가 갔다.

"오빠!"

은수는 자리에 벌떡 일어나 막 술집 안으로 들어오는 은혁에게 안겼다. 저녁 모임에 참석하지 않아 서운했던 은혁은 은수를 꼭 안아 들어 올려 한 바퀴 빙 돌리고는 내려놓았다.

"이놈아, 숨 막혀."

"유부녀 될 여자가 총각을 왜 그리 애타게 끌어안아? 집에서 안 봤냐?"

"유병현, 부러우면 집에 가."

은수는 갑자기 술자리에 나타난 은혁에 의해 우울했던 기분이 날아가 눈이 안 보일 정도로 크게 웃었다.

"내 동생이지만 너무 예쁘지 않냐? 넌 네 할 일이나 잘해."

"그치? 오빠 동생 너무 예뻐서 시집보내기 아깝지?"

은수가 은혁의 옆에 딱 붙어 병현에게 혀를 내밀자 셋은 크게 웃었다. 그들은 자리에 앉아 지난 이야기를 하기 시작했다. 은수는 오빠로서, 친구로서 가슴속에 한자리를 차지하고 있는 이 사람들과 이런 편한 자리가 또 올 수 있을까, 마지막이 아닐까 하는 생각을 했다. 그들은 보내고 가는 섭섭한 마음에 더 웃을 수 있는 얘기만 꺼내며 의식적으로 결혼식에 대한 걸 잊고 있었다.

"너 정말 김혁준 사랑하니?"

술이 올라 다들 벌게진 얼굴로 웃던 모습이 병현의 말로 인해 표정이 싸늘하게 굳었다.

"응, 나 김혁준 사랑해. 그 한 사람 보고도 세상이 밝아지는 기분이야. 그 사람 보고 있으면 뒤에 광채가 나는 것 같고, 그 사람 곁에 있으면 세상에서 제일 행복한 사람이 나인 것 같아."

"두렵지 않아?"

"그러니까 이상하다는 거야. 그 사람을 바라보고 있으면 너무 행복한데 막상 결혼을 하려니 두렵고 이게 옳은 선택인가 싶어."

"그럼 하지 마. 그동안 친구라는 이유로 너한테 한 번도 말 못했는데 나 너 정말 사랑해."

"유병현!"

은혁이 소리치며 병현의 뒤통수를 강하게 내려쳤다.

"정신 차려. 네가 너랑 키스했니? 섹스 했니? 아님 한 번이라도 널 사랑한다고 한 적이 있니? 내가 항상 하는 말 잊었니? 난 절대 친구랑 섹스 안 해. 몸을 섞는 순간 감정이 섞이게 되고, 이성으로 보이고 그러다 보면 그 관계는 끝나. 너 그거 원했니?"

"널 사랑한다고, 이 바보야."

"나도 너 사랑해. 그러나 친구로서 사랑해."

"이 자식, 술 취했나 보다."

은혁이 자리를 마무리하려고 병현을 일으키자 손을 뿌리치곤 은수의 앞으로 가 그녀의 얼굴을 두 손으로 잡았다.

"너 말해 봐. 지금 두려운 것 맞아?"

"두려워. 그러나 널 충동적으로 선택할 만큼 멍청하진 않아. 왜냐하면 나만이 아니라 결혼을 앞둔 모든 여자가 다 느끼는 심리일 테니까. 지금까지 살았던 것과는 다른 인생이 눈앞에 놓여 있는데 너라면 어느 두려움도, 혼란도 없이 발을 들이겠니? 하지만 이런 감정 내일이면 사라질 거야. 김혁준을 믿기 때문에."

"바보."

"병신. 네 마누라가 불쌍하다."

은수의 말에 은혁은 두 손을 벌려 병현의 등을 치면서 허파에 바람 든 것처럼 끊임없이 웃기 시작했다. 은수는 병현과 은혁의 얼굴만 쳐다보고 혹시나 하는 마음에 말을 꺼냈다.

"너 연기했냐?"

"이 자식, 내가 연기 지도 하나 잘 시켰지. 너 정 먹고 살 것 없으면 연예인 해라."

병현은 아직도 배를 잡고 웃으면서도 고개를 끄덕였다. 은수는 놀랐던 마음이 풀리자 의자에 주저앉았다.

"아무리 그래도 그렇게 정색하냐? 그래서 더 재미있었지만. 형님, 안 그렇습니까?"

"너 하도 우울해한다기에 그 역할을 내가 하려다 근친상간을 만들 수 없어서 불륜을 만들어봤다."

은혁은 아직 멍한 은수의 볼을 꼬집어주었다. 하나뿐인 동생의 결혼식 앞에서 괜히 우울해지고 싶지 않았다. 자신의 마음이 허전한 것 못지않게 떠나는 은수의 마음도 편치 못한 것을 알기에 은혁이 병현과 둘이 생각해 낸 연극이었다. 그러면서 다시 한 번 은수의 마음을 확인해 보자 그들의 마음이 훨씬 편해졌다.

"사랑이 인간이 만든 최악의 최면이라더라. 그 최면에 걸린 정은수에게 축복을 빌며."

병현의 말이 끝나자 얼떨결에 은수와 은혁은 잔을 들어 큰 소리 나게 부딪쳤다.

"마시고 죽자. 결혼식이야 가서 서 있으면 되고 어차피 한 번 사는 인생 우리 오늘 죽어라 퍼부어보자."

은수의 말에 다들 하이파이브를 하고 술을 주문해 입 안에 들이붓기 시작했다. 마시는 것이 아니라 잊기 위해서 억지로 붓는 것이었다.

한참의 시간이 지나고 은수가 소파 위에서 자고 있자 둘은 어떻게 해야 할지 고민이었다. 이 시간에 은수를 집에 데려다 놓으면 정 회장한테 붙잡혀 밤새 설교를 들어야 하고, 그렇다고 호텔에서 재우면 결혼식장을 가는 것이 문제고. 둘이 한참을 씨름하다 핸드폰을 꺼내 번호 하나를 누르기 시작했다.

"거의 다 왔단다."

은혁의 말에 술이 덜 취한 병현이 은수를 업고 술집 앞에 나갔다. 검은색 세단이 앞에 멈춰 선 후 그 안에서 나오는 혁준의 얼굴에 가득한 냉기를 보고 은혁과 병현은 한 발 물러섰다.

"오늘 일 각오해라."

"지랄. 네가 은수가 심란해하는데 제대로 못 챙겨서 그런 것 아냐?"

"내일 은수 화장 안 받는다고 짜증내면 알아서 해."

병현은 업고 있던 은수를 두 손으로 조심히 안아 들고는 돌아가는 혁준에게 보이지 않는 인사를 하며 크게 소리쳤다.

"꼭 행복하세요!"

은혁은 인사하는 병현의 뒤통수를 힘하게 한 대 때리고 다시 술집 안으로 들어갔다.

"정은수."

혁준은 차에 앉히고 아무리 깨워도 일어나지 않는 은수 때문에 화가 날 대로 나 있었다. 하루 종일 연락이 되지 않아 자신은 마음을 졸이며 여기저기 연락을 넣느라고 하루를 다 보냈다. 그런데 은수는 태평히 술을 마시고 한껏 술에 취해서는 아무리 친구라지만 다른 남자의 등에 업혀 있으니 불난 집에 부채질한 꼴이었다.

"내일 일어나서 보자."

이를 꾹 다물고 운전을 하면서 혁준은 은수를 어떻게 해야 하나 고민이었다.

집 앞에 다다르자 혁준은 생각이 변했다. 자신도 하루 종일 결혼을 앞두고 심란했는데 은수라고 다를 것도 아니고 오늘 일은 묻어두기로 했다. 은수 나름대로 쌓인 스트레스를 풀었던 거라고 넘기며 혁준은 조심히 안아 집 안으로 데리고 들어갔다.

두 사람의 결혼식은 가든에서 조용히 시작되었다. 성대한 결혼식을 기대했던 많은 사람들은 참석도 못한 채 소식만 접하며 혹시나 하는 마음으로 청첩장을 기대했다. 결국은 양쪽의 가족들과 지인들만이 자리에 앉아 시원하게 트인 한강을 내려다보며 조용히 식을 기다리고 있었다.

신부 대기실에 있는 은수는 거울 앞에 자신을 비춰보았다. 깔끔하게 아무 장식도 되어 있지 않은 드레스 위에 장갑을 끼지 않는 두 손을 가지런히 놓았다. 새로운 시작을 알리는 새하얀 드레스가 눈부시게 자신을 감싸 안고 있었다. 이제 하나가 아닌 둘이 만들어가는 나머지 인생이 하얀 드레스 위에 하나하나 어떻게 그려질지 설레고 기대되었다.

"정은 씨."

대기실 안에 사람들이 들락날락거리는 사이 문 앞에 정은이와 병현이 서 있는 모습이 보였다.

"들어와요."

은수는 옆에서 옷을 매만져 주고 축하 인사를 건네는 사람들을 물리치고 정은에게 옆에 놓인 의자에 앉으라고 권했다.

"둘이 같이 온 모습 보기 좋은데요."

은수의 말에 병현은 멋쩍은 웃음만 보이고 정은은 보일 듯 말 듯한 미소만 보였다. 자신의 결혼식 날이 생각났기 때문이다. 눈부신 하얀 드레스를 입고 앉아 있던 날 세상에서 제일 행복한 줄 알았는데 은수가 자신의 결혼식 때 한 말처럼 세상은 뜻하는 대로 흐르지 않고 마음처럼 모든 게 이루어지지 않았다.

"할 말이 있어요."

정은의 말에 은수는 정은을 쳐다보았다. 큰 숨을 내쉬는 정은의 손을 꼭 잡아주는 병현의 모습에 은수는 저절로 미소가 피었다.

"결혼 축하드려요. 외람된 말이지만 우리 언니 몫까지 행복하게 사세요. 우리 언니도 아마 저 하늘에서 축하해 주고 있을 거예요."

은수는 정은의 한쪽 손을 잡았다. 그리고 부드러운 미소와 따뜻한 눈으로 정은을 보았다.

"축하해 줘서, 그리고 같이 와줘서 고마워요. 잘살게요."

"그래, 잘살아라. 신혼여행 후에 부부모임 한번 하자."

"긴장하지 마세요. 우선 식장 안에 들어가면 모든 게 해결돼요."

"우린 그만 나가자. 정은수, 파이팅!"

병현과 정은은 두 손을 꼭 잡고 대기실을 빠져나갔다. 은수의 눈에 그토록 어려워 보이던 두 사람이 조금씩 변해가는 것이 보였다. 이번에 잡은 손은 다시는 놓치지 않았으면 좋겠다는 마음에 어렴풋이 웃음이 흘렀다.

은수는 사람들을 다 내보내고 텅 빈 대기실에 혼자 앉아 있었다. 검은 양복을 입은 아버지가 하얀 장갑을 손에 끼고 들어오자 은수는 눈가가 촉촉해졌다.

"아버지."

"갈 준비 하자."

은수의 옆에 서서 말을 하고도 못내 아쉬운 듯 정 회장은 은수를 꼭 껴안았다. 그가 어떻게 키운 딸인데, 품 안에 놓고 평생을 봐도 빛바래지 않을 아이를 보내는 게 쉬운 일은 아니었다. 면사포를 덮어쓴 머리를 쓸어 내리며 하나뿐인 딸을 가슴에다 새기기 시작했다.

"아장아장 걸으며 아빠라는 말도 제대로 못하고 품에 안기던 게 엊그제 같은데 어느새 이렇게 컸니?"

"아빠."

"잘살아라. 우리 딸 어디서나 잘할 거라고 믿는다. 당당하고 기죽지 마라. 며느리는 죄인이 아니야. 알지?"

아무 말 없이 고개만 끄덕이는 은수를 보자 정 회장의 눈가에서 눈물이 주르륵 흐르기 시작했다. 그는 이 아이를 어찌 보낼까, 아무래도 이 아이를 시집보내는 것이 아까워 무르고 싶었다.

"잘살게. 너무너무 잘살아서 아버지가 웃을 수만 있게, 그렇게 살게."

"잘살아야 해."

"나 가지 말까?"

"마음에 없는 소리 하지 말고 자주 놀러와. 알았지?"

은수는 아버지 어깨에 고개를 묻으며 흐르는 눈물을 참으려 입술을 깨물었다.

"신부 입장 대기해 주세요."

정 회장은 은수의 눈가에 묻은 눈물을 직접 닦아주고 손을 꼭 잡아 식장 앞에 섰다. 봄기운이 만연한 초록 잔디 위에 놓인 빨간 카펫 위로 한 발을 올려놓고 카펫의 끝에 서 있는 혁준을 쳐다보았다.

"가자."

한발한발 옮기며 앞으로 나가자 사람들의 시선이 두 사람에게 쏠렸다. 붉어진 눈시울의 아버지와 붉어진 볼의 딸의 모습에 은수네 식수들은 가슴이 먹먹해졌다. 딸을 보내는 아버지의 섭섭할 마음에, 그리고 새로운 시작을 위해 한 발 내디디는 은수에게 모두 박수를 보냈다. 사람들의 박수 소리가 들리고 혁준과 점점 더 가까워지자 긴장한 은수는 입술이 파르르 떨렸다.

정 회장의 손도 떨리고 음악과 상관없이 서로 발이 어긋나는 것도 모른 채 앞으로만 나갔다. 긴장해 실수하는 두 부녀를 보면서 사람들은 웃으면서 그들의 어긋난 발맞춤에 맞춰 박수를 쳐주기 시작했다. 음악도 한 박자씩 늦어지며 둘은 끝내 카펫의 끝에 다다랐다. 정 회장은 자신의 손 위에 놓여 있는 은수의 손을 꼭 잡았다. 한 계단 내려와 허리 숙여 인사하는 혁준에게 가볍게 고개를 끄덕여 답례를 했다. 혁준이 은수의 손을 잡으려 정 회장 앞에 서자 정 회장은 작은 소리로 말했다.

"너 우리 은수 반품 안 된다고 구박하지 말고 잘 모시고 살아. 안 그럼 확 거세시킬 줄 알아."

은수는 터져 나오려는 웃음을 삼키며 자신 앞에 있는 혁준의 손을 보았다. 아버지 손에서 혁준의 손으로 옮기려다 머뭇거리며 혁준의 눈을 쳐다보았다. 자신을 향해 웃는 그의 미소에 과감히 아버지의 손에서 혁준이의 손으로 옮겼다. 혁준은 자신의 손에 얹어진 은수의 손을 꼭 잡았다. 이젠 정말 행복할 시간들만 앞에 놓여 있음에 둘은 웃으며 주례 앞에 섰다.

"각기 다른 두 사람이 하나의 가정을 꾸리고 아이를 키우는 일은 결코 쉽지 않습니다. 하지만 이 모든 것은 이해와 양보, 그리고 타협에서 발전한다고 생각합니다. 앞에 서 있는 두 사람도 이 점을 명심하여 타의 모범이 될 아름다운 가정을 꾸려 나가기를 바랍니다."

주례사를 마지막으로 사진 촬영, 그리고 폐백까지 정신없이 흘렀다. 무엇을 하는 게 아니라 순서에 맞춰서 끌려가듯 옷을 벗고 갈아입었다. 은수는 이제 한숨 돌리려 하니 비행기 시간이 다 되어 나서야 했다.

은수와 혁준은 식이 모두 끝나고 로비에서 리무진에 오르기 위해 차를 기다리는 동안 사람들이 축하의 말을 건네기 위해 주위에 몰려들기 시작했다. 은수는 반나절 가까이 신은 높은 힐 때문에 발이 아파와 빨리 떠나고 싶은 마음에 주위 사람들에게 건성으로 웃어주었다. 그와 반대로 혁준이 일일이 그들의 손을 잡으며 인사하자 은수는 혁준의 옆구리를 쿡 찔렀다.

"왜?"

혁준이 은수의 귀에 대고 소리 죽여 말하자 은수는 인상을 쓰며 부어오른 발을 손가락으로 가리켰다.

"미안. 저기 차 온다."

때마침 들어오는 차로 인해 둘은 사람들의 무리에서 빠져나왔다.

"외계인, 혁준이 힘 너무 빼지 말고 적당히. 알았지?"

"사돈 총각, 신혼인데 그런 게 어디 있어요? 아가, 마음껏 놀고 기진맥진해서 꼭 아이도 품어 오너라."

박 여사의 말에 모두 웃으며 두 사람이 리무진에 오르는 모습을 보았다. 이제 막 새 출발하는 두 사람을 지켜보는 눈들은 행복하고 평탄하기를 바라는 마음이었다.

"이제 앞으로 잘사는 모습만 지켜보는 것밖에 없네요."

정 회장의 말에 모두들 고개를 끄덕이며 사라지는 차의 뒷모습만 아쉽게 보고 있었다.

많은 사람들은 서로에게 필요에 의한 정략결혼이라고 떠들지도 모른다. 얼마나 오래 결혼 생활을 할 것인지 내기를 할지도 모른다.

하지만 그들은 모른다. 매일같이 서로에게 노력하며 사랑을 키워 나가는 두 사람에게 어느 고비가 찾아와도 그 사랑으로 극복해 나갈 수 있다는 것을……

혁준은 비행기 창밖에 솜사탕처럼 두리둥실 떠 있는 구름을 내려다보며 자신의 어깨를 베고 잠든 은수의 어깨를 더 꽉 안았다. 은수는 처음 보았을 때부터 지금까지 나서야 할 때에만 나서며 자신을 내세우지 않았다. 빛나는 사람일수록 빛을 감추며 자신을 낮출 때 더욱더 빛이 난다는 것을 은수는 알고 있을까?

자신 앞에 먼저 고개 숙인 은수는 누구보다 더 커 보였다. 세상에 둘도 없는 동반자이자 아내를 얻은 혁준은 조용히 눈을 감고 은수의 숨소리에 맞춰 잠이 들었다. 그리고 행복한 꿈을 꾸었다.

그리고 그 후…

은수는 늦은 오후 계속해서 들려오는 전화벨 소리 때문에 더 이상 잠자는 걸 포기하고 더듬더듬거려 침대 옆에 놓인 전화기를 들었다.

"서방님?"

혁준은 꽉 잠긴 목소리면서도 자신을 부르는 은수 때문에 행복한 미소만 잔뜩 머금었다.

[우리 마나님은 아직 주무시나요?]

혁준의 밝은 목소리에 은수는 손등으로 눈을 비비며 전화기를 꼭 잡았다.

"그리운 내 서방님은 언제 오시려나요? 이 몸 서방님 기다리다 그리움에 잠시 꿈으로 찾아갔었나이다."

[나는 아직 그대를 보지 못했는데 그대는 어디로 갔었는가?]

"더 이상 닭살 돋아 못하겠다."

은수는 끝내 웃음을 터뜨리며 자리에 일어났다. 전화기를 들고 욕실로 발걸음을 옮기려 무거운 몸을 움직였다.

[오늘 일찍 퇴근할 거야. 먹고 싶은 거 없어?]

"우리 신랑님 맛본 지 너무 오래돼서 궁금하긴 한데 그건 패스."

[왜 패스인데? 제발 맛 좀 봐주라. 온몸에 간이 제대로 배어서 아주 맛있을 거야.]

"갈수록 뻔뻔해. 처음에는 제대로 만지지도 못하더니 요새 들어서는 아주 능숙해. 당신, 내숭이었지?"

[내숭은 무슨, 이렇게 변하는 건 좋은 현상이지. 우리 마나님을 위해 불타는 이 몸은 일하러 갑니다. 욕실 미끄러우니 조심해.]

욕실에서 나온 은수는 양팔을 위로 올려 깍지를 끼고 위로 쭉 잡아당기며 굳어 있던 몸을 풀었다. 고개를 좌우로 움직이다 침실 창문 너머 보이는 개인 정원에서 시선이 멈추었다. 가지각색의 옷을 입고 있는 꽃들과 초록색으로 뒤덮인 정원에는 햇살이 한껏 내려앉아 반짝반짝 빛을 내며 바람에 흔들리는 모습이 자신에게 오라는 듯 손짓하고 있었다.

은수는 충동적으로 탁자에 놓인 잡지를 들고 창문을 열었다.

바람과 함께 밀려오는 상큼한 풀 냄새에 잠시 눈을 감았다. 숨을 들이마실 때마다 몸 깊숙이 상쾌한 공기가 배어들어 자고 있던 감각들이 깨어나 몸이 붕 뜨는 기분이었다. 눈을 뜨고 햇살이 조금 덜 드는 흔들의자에 앉았다. 한가로운 오후의 여유를 느끼며 의자를 여러 번 앞뒤로 흔들거리며 혁준이 접어놓았던 페이지를 펼쳤다.

〈우선 이 기사를 적기까지 독자들의 꾸준한 요청에도 불구하고 긴 시간이 걸린 점에 대한 해명을 하겠다. 알다시피 본 기자의 별명은 한 번 걸리면 죽어서만이 빠져나갈 수 있다는 에이즈이다. 하지만 결혼 후 근 이 년간 모든 인터뷰를 거절하던 김혁준 회장 부부를 취재하기까지 과연 나의 별명이 올바르게 지어진 것인지 고심하지 않을 수 없었다. 그들은 사양하던 중 더 이상 나의 다각도 접근을 통한 압박을 무참히 짓밟을 수 없다는 현명한 판단을 내리고 인터뷰에 응해주었다. 이 자리를 빌어 두 시간이 넘는 시간 동안 인터뷰에 응해준 두 분에게 감사의 인사를 전한다.

신성그룹의 젊은 회장 김혁준(34) 회장과 그의 부인 정은수(29) 씨는 약혼식을 생략했을 뿐 아니라 재계의 결혼식 틀을 깨고 이 년 전 서울호텔의 가든에서 조용히 결혼식을 올렸다. 두 사람은 각 집안의 소개로 만나 연애를 시작했고, 회사의 어려운 고비를 지혜롭게 넘기며 사랑의 결실을 맺었다.

"약혼식은 주변에 시간을 할애하는 부담과 폐를 끼치는 경우가 많아서 저희는 생략하고 결혼식으로 지인들을 모셨습니다."

임신 중인 정은수 씨의 상황을 고려해 집에서 만난 그들의 얼굴엔 미소가 멈추지 않았다. 연신 웃음을 터뜨리며 유쾌한 그들의 모습에서 행복한 냄새가 가득 풍겨왔다. 서로의 마음에 상처를 입혔을 때 손가락에서 빼기로 했다는 약혼 루비 반지와 결혼식 때 나눠 낀 다이아몬드 반지 커플링이 손가락에 나란히 껴져 있었다.

"이 년의 결혼 생활 동안 빼본 적이 없어요. 그만큼 멋진 남자랑 결혼했다는 증거죠."

특별할 게 없다는 사람들과의 특별한 인터뷰

"결혼식은 많은 사람들의 축복을 받으며 성대하게 치르고 싶은 마음도 있었지만 우리들이 가지고 있는 특수한 위치 때문에 외형적인 면을 많이 줄이려고 했어요."

그녀 말처럼 두 사람은 야외 결혼식장에서 양가 가족과 몇몇 지인, 그리고 극소수의 기자만 참석한 가운데 조용히 치렀다. 두 사람 모두 우리나라를 대표하는 재벌 2세로 그들의 결혼은 세간의 관심을 피할 수는 없었다.

결혼 후 끈질긴 취재 요청에 단 한 번도 인터뷰에 응하지 않은 이유에 대해 김혁준 회장은,

"저와 제 아내는 특별할 것이 없기 때문에 그동안 인터뷰를 해야 할 이유를 느끼지 못한 것뿐 특별한 이유는 없습니다."

라며 다소 딱딱한 반응을 보였다.

그와 다르게 정은수 씨는 웃으며 부드럽게 말문을 열었다.

"사람들은 우리가 특별할 거라고 생각해요. 하지만 우리도 평범한 부부거든요. 조금 더 편한 생활을 할 뿐이지 우리가 기삿거리가 된다고는 생각 안 했어요. 그리고 우리를 보는 사회의 눈이 좋은 편만은 아니잖아요?"

그들은 결혼 후에도 추측성 기사가 쏟아져 나오며 정략결혼에 힘을 싣는 언론에 대해서 반응을 보이지 않았다. 어떤 형태로든 그들에게 기삿거리를 제공하고 싶지 않기 때문에 입을 다물고 있었다고 한다. 실제로 얼마 전 신성그룹은 정진그룹과 공동 마케팅을 펼치기 시작했고 계열사 맞바꾸기 작업에 들어갔다.

"저희가 정략결혼이라는 말에 구태여 아니라고 반박하지 않아요. 저희 아버지가 혁준 씨를 저에게 소개시켜 주셨을 때 그 안에는 정말 순수하게 저에게 좋은 사람을 만나보라는 권유만 있었다고 생각하지는 않아요. 다만 저희들의 마음이 어땠느냐가 중요하죠. 서로 조건만 보고 상대방을 결정지어 버리는 그런 만남이 아니라 마음을 원하는 다른 연인들하고 하등 다를 게 없었어요."

이 년간의 부부 생활에 어떤 잡음도 나오지 않고 깔끔하게 유지해 나가고 있는 그들은 그동안 공식석상에서 다정한 모습을 여러 번 보여주었다. 특히나 얼마 전 경제인 만찬회에서는 서로 귓속말을 나누다 김 회장이 큰 소리로 웃는 일로 인해 모든 사람의 이목이 그들의 부부에게 집중되었었다.

"특별한 건 없지만 우리에게는 우리만의 특별한 게 있어요. 우리는 서로에게 충분히 적당한 간격을 유지해요. 그렇다고 우리가 서로에게 무관심하거나 사랑하지 않아서가 아니에요. 사람에게는 저마다 혼자 가꾸어야 할 자기 세계가 있기 때문에 그걸 관심이라는 말로 구속해서 서로를 힘들게 하지 않아요."

그녀의 대답에 김 회장은 그녀의 손을 꼭 잡으며 웃었다.

"정말 사랑하는 사이이면 자연히 상대방을 구속하듯 구속하지 않기 위해 서로의 마음에 어느 정도 간격을 유지하는 일이 필요하다고 느낄 겁니다. 너무 가까이 다가가서 상처를 주기보단 서로의 존재를 늘 느끼고 바라볼 수 있는 정도의 간격을 유지하는 지혜를 살면서 터득했죠. 절대 사랑이라는 포장으로 터무니없는 간섭이나 구속은 안 합니다. 그래서 서로 그리워할 수밖에 없는 거리, 그 정도가 사랑하는 사람이 지켜야 하는 상대방에 대한 배려라고 생각합니다."

사랑 얘기가 나오자 정은수는 그들의 사랑에 마지막 정의를 내렸다.

"한 사람이 한 사람을 사랑하는 건 온전히 자신을 내주는 일이에요. 그리고 내가 그 사람이 되는 거죠. 그렇기에 그를 위한 내 자신을 지킨다는 거지요. 내가 없다면 그도 없는 거니까요. 그렇죠?"

정은수의 말에 웃으며 김 회장은 고개를 끄덕였다. 쿨해 보이는 사랑법일지라도 그들의 눈은 어떤 연인보다 뜨거운 사랑을 담고 있었다.

그들도 결혼하고서 여러 번 부부싸움을 경험하면서 서로에 대해 더 깊이 받아들였다고 한다.

"저희는 아주 만족할 만한 가정생활을 하고 있습니다. 특히 제 아내가 많은 부분을 감싸주는 편이어서 항상 부족한 저를 위해 고생하지요. 처음 일 년은 어느 부부나 그렇듯 저희도 사소한 것 가지고 많이 싸웠답니다."

김 사장의 말에 정은수 씨는 웃으며 말을 이었다.

"아침이면 밥과 국을 먹어야 하는 저와 간단히 빵을 먹고 마는 혁준 씨랑 아침마다 다른 식탁에서 기 싸움을 하기도 하고, 벽을 보고 자는 버릇이 있는 혁준 씨 때문에 등만 보고 자야 하는 제가 한동안 다른 방을 쓰기도 했죠. 아주 사소한 일상생활의 버릇들 때문에 처음엔 다 거슬리고 불만을 털어놓기도 했어요. 하지만 서로의 세세한 것들을 알아가면서 더 깊이 이 사람에 대해서, 또 나에 대해서 알아가는 방법이라고 생각해요. 이 년 동안 그렇게 살면서 이제는 서로에게 없어서는 안 될 사람이 되어버렸죠."

정은수 씨는 작은 소리로 김 회장의 방귀 냄새만큼은 적응을 하지 못했다고 했다.

"서로 이십 년 넘게 남남으로 살다 한 가정을 꾸리는 동안 겪는 사소한 차이는 사랑이라는 치료제가 극복할 수 있게 만든다고 봅니다. 사랑이 없었다면 아마 이런 행복한 가정생활을 할 수 없을 거고, 더불어 회사 생활도 안정적으로 꾸려 나가기 힘들었을 겁니다."

주변과 함께 어우러지면서……

정은수 씨는 시집 식구와 허물없이 지내는 사이라고 한다. 그 밑바

탕에는 경영인 집안이라는 공통분모와 특별히 화목하기로 소문난 친정에서의 생활이 도움이 되었다고 한다.

"돌아가신 시아버지께서 시어머니를 경영 활동을 하시게 하셨죠. 그래서인지 제가 처음에 회사 생활을 시작할 때 반대는 없으셨어요. 저희가 처음 결혼하고 조금의 문제도 없었던 건 아니에요. 외아들이기 때문에 같이 살기 원하시는 시어머니를 설득해야 하는 일도 있었고, 아이를 가지는 시기에 대해서도 그렇고 한가족이 되기까지 서로 조금은 더디게 진행됐어요. 하지만 시간이 지나면서 반복적으로 만나고, 대화하면서 이해의 폭이 점차 넓어진 거죠. 저도, 시어머니도 서로의 입장을 이해하려 노력했어요. 그렇게 서로에게 물들어가면서 가족이 되는 거죠. 무조건 '넌 이렇게 해야 한다' 아니면 '이건 절대 못 해요'라는 강요는 없어요. 간혹 이야기를 나누던 중 감정이 상하면 잠시 서로 시간을 두고 생각하고 그러면 기분이 금세 풀려 자연스럽게 다시 이야기를 시작해 결국은 서로를 이해하게 돼요. 하지만 제가 최선을 다해도 시어머니에게 제 친어머니만큼의 애틋함이 없듯이 딸 같은 며느리는 있을 수 있지만 딸은 될 수 없는 것 같아요."

두 사람에 주변에서 많이 물어보는 질문 중 하나가 정은혁 이사의 결혼이라고 한다. 워낙 가까운 남매인 것을 아는 주변 사람들이 둘에게 어떠한 정보라도 얻어서 자신의 여식과 맺어 주기를 원하기에 그렇지 않겠느냐는 물음에 '글쎄요' 하고 대답한다.

"전 오빠가 좋은 사람을 만나고 있다고 생각해요(웃음). 비밀인데, 나중에 결혼식장에 들어가야 알겠지만 지금은 치과 의사와 좋은 관계로 만나고 있어요. 원체 오빠가 사람들의 관심을 좋아하지 않아서 아마 정식 보도문이 나가지 않는 이상 누구도 알 수 없겠죠? 더 이상은 자제해 주세요."

그녀는 말을 하면서도 조심스러운 태도를 보였다.

"둘째 처남에 대해서는 언론의 관심이 조금 자제되었으면 합니다. 그의 자리에 초점을 맞추기 때문에 그를 보지 않는 여성들이 상당히 많습니다. 둘째 처남은 순수하게 자신을 봐줄 사람이 필요했고 그만큼 지금 좋은 사람을 만났기 때문에 신중하게 진행되고 있다고 생각합니다."

절친한 친구라고 알려진 정 이사에 대한 김 회장의 입장은 걱정부터 앞서 있었다. 그들은 한가족으로서 정 이사에 대한 세간의 관심을 벗어나게 만들 수 있는 방법이 무엇인지에 대해 많은 생각을 하고 있었다. 또한 최태욱 사장에 대해서도 잠시 언급해 주었다.

"아직 만나는 사람이 없습니다. 좋은 사람을 기다리고 있습니다. 그는 다른 사람을 만나기 위해 아직은 시간이 더 필요한 것 같아 그저 바라보고 있습니다."

서울호텔의 유병현 사장과 이성임에도 불구하고 막역한 사이로 알려진 정은수 씨는 얼마 전 아들을 낳은 유 사장 부부에 관해서도 언급해 주었다.

"언론에 알려진 만큼 처음엔 좋은 사이가 아니었어요. 하지만 부부 사이는 아무도 모른다잖아요. 지금은 저들을 보면 비 온 뒤 땅이 굳는다는 말을 실감해요. 그만큼 사랑하며 서로 노력한다고 보면 돼요."

"유 사장이 매일같이 딸 낳아서 사돈 맺자고 전화하는 통에 저희가 피하는 중입니다."

유병현 사장의 부인인 박정은 씨는 불의의 사고로 목숨을 잃은 김 회장의 전 약혼녀의 사촌이다. 잠시 그에게 전 약혼녀에 대해 물으려 하자 김 회장 부부는 고인에 대해 언급은 자제하고 싶다며 거절했다.

"죄송하지만 그 부분에 대해서는 드릴 말씀이 없습니다. 고인에 대해 어떤 언급도 좋은 모습으로 보이지 않습니다. 다만 저희는 좋은 관계를 맺어가고 있다고만 하겠습니다."

2세를 기다리며……

지금 임신 9개월 막바지에 접어든 김 회장 부부는 아이에 대해 자신들이 어떤 부모가 되어야 하는지 하루에도 몇 번씩 의견을 교환한다고 한다. 태어날 아이에게 준비된 부모이고 싶은 마음과 최선의 환경을 조성해 주고 올바르게 자랄 수 있도록 도와줄 수 있는 부모가 되기 위해 부단히 노력 중이라며 쑥스러워했다.

"솔직히 딸이길 바랍니다. 제 아내같이 현명한 딸이요. 여자로서 저 같은 남자를 구원해 주는 멋진 역할을 한번 누리게 해주고 싶고 그렇게 키우고 싶습니다."

그는 아내가 세상을 보는 여자의 기준점이라는 생각을 가지고 있었다.

"양쪽 집에서 꾸어준 태몽에 의하면 아들일 거라고 해요. 그래도 이이는 아직 미련을 못 버렸는지 태몽은 우리가 꿔야 한다면서 과일을 머리맡에 놓고 잘 때도 있어요. 어떤 성별을 가지고 태어나든 적어도 사람을 사랑할 줄 아는 아이였음 좋겠어요. 그것이 정말 우리가 지금 하는 일을 배워 나갈 자격이 있다고 생각하거든요."

아이가 생기면서 두 사람은 더 바랄 게 없을 정도로 행복하다고 한다. 이미 수혁이라는 이름을 지어놓았다고 한다.

"우리가 얻은 사랑에 마지막 꽃을 피운 것 같아 행복해요. 앞으로 태어날 아이에게 최선을 다하면서 기회가 되면 다시 회사로 복귀해야죠."

마지막으로 서로에게 가장 자주 하는 말이 무엇이냐 물으니 '사랑해'라는 말을 하며 서로 살짝 입을 맞추었다.

또 다른 가정을 꿈꾸는 이들은 너무나 행복하고 사랑스러운 모습으로 살고 있었다. 이제 새로운 가정을 꿈꾸는 만큼 앞으로 좋은 일만 이어지길 바라며 한국 경제를 위해 더 알찬 이들의 모습을 기대해 본다.

기자의 사담: 지면의 한계로 긴 시간의 인터뷰 중 가장 굵직한 것들만 적었다. 일부러 그들의 생활을 다 보이며 관심을 끌기보다는 짧은 기사이지만 이 기사 안에 우리가 느낄 부분이 많다고 생각한다. 내가 이 두 사람의 사랑에 대해 평가를 내릴 의무는 없다. 다만 우리가 알고 있는 많은 부유층의 난잡한 사생활 이면에 깨끗한 사랑을 하고 있는 올바른 사람도 있다는 걸 다시금 깨달았다. 색안경을 쓰고 보면 그 색으로밖에 보이지 않는다는 말을 마지막으로 하고 싶다.〉

"뭐 해?"

은수는 고개를 들어 혁준을 보았다. 세상에서 가장 사랑하는 사람. 언제나 자신을 행복하게 만들어주는 남자. 오늘따라 그가 더욱 그리웠다.

"나 안아줘요."

은수의 말에 혁준은 코끝에 주름이 잡히게 환한 미소를 그리며 은수 앞에 무릎을 꿇었다.

"안아주고 싶지만 남산만한 배를 품을 만큼 내 팔이 길지 못해."

혁준은 은수의 부풀어 오른 배에 귀를 대며 작은 소리라도 들으려 촉각을 세웠다. 은수는 자신의 배에 기대어 있는 혁준의 머리를 쓰다듬으며 눈을 감았다. 세상에서 가장 행복한 가정을 생각하며 태어날 아이에게 이 사랑을 어떻게 다 전해줄지 벌써부터 기대감에 부풀었다. 갑자기 입술에 닿는 뜨거운 기운에 은수는 눈을 떴다.

"안아주지는 못해도 이 정도는 할 수 있지."

은수는 한쪽 입꼬리를 올리며 웃는 혁준의 목에 양손을 감으며 가까이 끌어당겼다.

"당신을 만난 건 내 인생 최대의 행운이었어요. 우리 태어날 아기를 위해 더 열심히 사랑하며 살아요."

혁준은 은수 옆에 앉아 고개를 자신의 어깨에 기대게 했다.

"앞으로 눈을 감는 그 순간까지 내 곁을 떠나지 마. 사랑해."

언제나 들어도 가슴 떨리는 말이 있다면 '사랑해'라는 말이다.

"내 아이와 나를 만들어준 당신을 어떤 일이 있더라도 변치 않고 사랑할게요."

이미 이북으로 나왔던 'the perfect match'가 이번에는 책으로 여러분에게 선보입니다. 이글을 완결한 지도 벌써 반년이 훌쩍 넘어버렸네요. 제목에서 보듯이 불안정한 두 남녀가 완벽한 한 쌍으로 변화하는 탄생기입니다.

이 글을 쓰면서 저는 사랑에 대해 딱 두 가지만 생각했습니다. 믿음과 배려. 상대방에 대한 흔들리지 않는 믿음과 최대한의 배려를 로맨스 코드를 많이 벗어나지 않으면서 보여 드리려 노력했습니다.

거침없고 당당한 정은수와 사람에게 받은 상처로 움츠렸던 김혁준의 유쾌하고 진중했던 사랑 이야기에 저는 최소한의 방해물만 넣었습니다. 악조나 삼각관계들을 피해서 둘이 하는 사랑 중 성숙하게 발전해 나가는 모습을 그렸습니다. 사람에게 받은 상처는 사람이 치료해야 한다고 합니다. 은수는 혁준에게 사랑 치료사였습니다.

은수가 혁준에게 보여줬던 믿음만큼, 그리고 혁준이 은수에게 했던 많은 배려들이 현실에서도 자주 볼 수 있기를 바랍니다. 그래서 더 이상 사랑에 실패하는 사람이 없었으면 하는 어쭙잖은 생각도 해봅니다.

책장을 덮으신 후에 '아~! 나도 사랑하고 싶다', 혹은 '돈(시간)은 안 아까웠어' 이 생각이 드셨다면 저는 더할 나위 없이 기쁠 겁니다. 그것

작가후기

이 제가 로맨스 소설을 쓴 이유이니까요.

처음부터 뜻하지 않은 행운들에 의해 글을 세상에 내놓을 수 있어 행복합니다. 더 많이 노력하고 공부해서 여러분의 시간과 돈이 아깝지 않은 글로 다시 찾아뵙겠습니다.

글쟁이는 글에 대해 말이 많으면 안 된다고 하더군요. 제 글을 읽고 이 후기까지 같이 와주신 여러분들 진심으로 머리 숙여 감사합니다.

추운 겨울 날씨이지만 마음만은 따뜻하고 건강하게 보내시기 바랍니다. 새해에는 하시는 일 모두 잘 풀리시고 알찬 시작으로 모두 행복하세요.

Thanks to.

제가 감사해야 할 사람이 참 많습니다. 지면이 부족할 정도로 감사한 사람의 이름들이 떠오르니 행복합니다. 우선은 제가 태어나 이렇게 글을 쓸 재주를 주신 제 부모님, 밤 새가며 수정한다고 야참 만들어달라고 할 때마다 작가 부모 되는 거 힘들다 하시면서도 열심히 하라고 기운 주셔서 너무 감사합니다. 자랑스러운 딸로 남을 수 있도록 노력하겠습니다. 사랑합니다. 필리핀에서 같은 집에 살면서 글 쓴다며 컴퓨터 앞에서 누나가 신경질만 내도 꿋꿋이 받아준 제 남동생, 현우야~ 고마워! 그리고 사랑해. 그리고 노벨에서 처음 글을 올릴 때부터 지금까지 큰 힘을 주고 계시는 숲님. 항상 너 글 괜찮아로 위로하며 용기 북돋아 준 이현숙 작가님. 노벨 관리자 서비님. 노벨에서 만나 좋은 인연을 쌓은 작가님들. 글 쓴다는 저를 자랑스럽게 여겨주던 제 친구들. 다음에서 만난 인연이 몇 년을 지나면서도 변치 않는 언니, 동생들. 그리고 또한 느릿느릿 연재하는 연재 카페를 지켜주시는 독자님들. 마지막으로 청어람의 이종민 씨께 감사의 말씀드립니다. 부족한 저 때문에 고생 많으셨습니다. 저는 종민 씨 덕분에 수월하게 왔습니다. 앞으로 더 좋은 로맨스 소설을 선보여 주기 바랍니다.

이 많은 사랑과 관심 덕분에 제가 지금 여기까지 왔습니다. 감사한 마음 잃지 않고 중용을 지키며 앞으로 더 열심히 노력하겠습니다.

—박미연 드림.